i grandi libri Garzanti

OPERE DI LUIGI PIRANDELLO
diretta da Nino Borsellino

Romanzi e novelle

L'esclusa

Il fu Mattia Pascal

I vecchi e i giovani

Quaderni di Serafino Gubbio operatore

Uno, nessuno e centomila

Novelle per un anno (6 voll.)

Maschere nude

Liolà. Testo siciliano e traduzione dell'autore a fronte

Pensaci, Giacomino! – 'A birritta cu 'i ciancianeddi – Il berretto a sonagli

Sei personaggi in cerca d'autore – Ciascuno a suo modo – Questa sera si recita a soggetto

Così è (se vi pare) – Il giuoco delle parti – Come tu mi vuoi

Enrico IV *– Diana e la Tuda*

La nuova colonia – Lazzaro – I giganti della montagna

Atti unici
Lumie di Sicilia – Il dovere del medico – All'uscita – La giara – La patente – L'uomo dal fiore in bocca

Saggi

L'umorismo

Luigi Pirandello

La nuova colonia
Lazzaro
I giganti della montagna

Introduzione di Nino Borsellino
Prefazione e note di Marziano Guglielminetti

Garzanti

I edizione: maggio 1995
II edizione: ottobre 2003

La *Guida bibliografica* e la *Cronologia*
sono a cura di Graziella Pulce

Pirandello, Luigi
La nuova colonia. Lazzaro. I giganti della montagna
Introduzione di Nino Borsellino. Prefazione e note di
Marziano Guglielminetti. (I grandi libri Garzanti)

ISBN 88-11-36553-8

I. Borsellino, Nino II. Guglielminetti, Marziano III. Tit.
IV. Tit.: Lazzaro V. Tit.: I giganti della montagna.

852

www.garzantilibri.it

Luigi Pirandello

la vita

profilo storico-critico
dell'autore e dell'opera

guida bibliografica

cronologia delle opere
e delle prime rappresentazioni

prefazione

Luigi Pirandello in una fotografia del 1920.

Una modernità permanente

Pirandello oggi

La presenza di Pirandello in questo declinante Novecento è artisticamente e culturalmente tra le più rilevanti in tutto il panorama della letteratura mondiale; ma essa rappresenta anche un caso eccezionale di sconfinamento dell'opera nella vita, di trasferimento dei suoi contenuti dentro un sentire comune. Il nome, Pirandello, ormai non designa soltanto un autore ma anche un soggetto di identificazione collettiva, ovviamente d'ambito intellettuale. Pure, chi non abbia mai letto uno dei suoi capolavori sa che a quel nome risalgono i derivati di valore ormai proverbiali che definiscono particolari sentimenti e concetti via via acquisiti nel linguaggio corrente. Si dice "pirandelliano" uno stato d'animo che introduce dubbi psicologici, sulla nostra identità, o incertezze conoscitive che mettono in crisi l'evidenza stessa dei fatti; ed è "pirandelliana" (la pubblicistica dei giornali, della radio e della tv ne dà quotidianamente conferma) una situazione indistinta in cui le asserzioni si contraddicono, le parti si scambiano, la verità si maschera lasciando il giudizio sospeso. Ancora, è pirandelliano un momento politico che non consenta soluzioni radicali (diversamente dal momento "machiavelliano"), senza dire del rilievo che assume l'aggettivo quando viene applicato oltre che ai personaggi in senso proprio di Pirandello agli individui che la tipologia umana creata dallo scrittore ci induce a caratterizzare in quel modo, con implicito un marchio di anomalia o stravaganza intellettuale. E si aggiunga la fortuna fraseologica, e pur sempre allusiva a una realtà non circoscrivibile, aperta, di tanti titoli pirandelliani: *Così è (se vi pare), Il giuoco delle parti, Ciascuno a suo modo, Come tu mi vuoi. Non si sa come, Uno, nessuno e centomila*, e l'abuso, con le opportune variazioni del numero di base, di *Sei personaggi in cerca d'autore* (talvolta anche con inversione del rapporto: un autore in cerca di personaggi). Come dire, insomma, che quell'opera si è trasformata in un bene linguistico di consumo espressivo.

Il nome e i derivati

Il pirandellismo

Quanto al "pirandellismo", alla derivazione più esplicitamente concettuale dal nome dello scrittore, il termine vale soprattutto a significare nella mappa degli ismi novecenteschi una *forma mentis* esasperata del relativismo moderno, a torto bollata come cerebralismo, che caratterizza un particolare uso della ragione (non un suo contro-uso irrazionale) inquieto, sospettoso delle apparenze e antifideistico, critico in definitiva, anche ostentatamente, delle verità tanto del senso comune quanto di quelle astratte dello scientismo, ma, di riflesso, anche delle ideologie e mitologie totalitarie. Perciò questa generalizzata appropriazione del termine vale più del suo significato ristretto che è analogo a tutti gli altri ismi letterari e che serve ad indicare la pratica di un'imitazione e anche dell'interpretazione dell'opera, la quale, peraltro, continua ad essere fermentante.

La presenza di Pirandello non è solo un dato accertato per il presente, ma anche una fondata previsione per il futuro.

Una creatività illimitata

La creatività di questo scrittore è illimitata; si è manifestata fuori d'ogni confine di genere: con poesie, saggi letterari, romanzi, novelle, drammi e perfino scenari cinematografici. Ma in definitiva non è questa dilatazione letteraria in tante forme d'espressione che dà la sensazione di una eccezionalità e spiega perciò la fortuna di Pirandello. Si potrebbe dire, anzi, che essa è la caratteristica di una *belle époque* novecentesca, dei primi decenni del secolo, in cui si riversa ancora un'onda tardo-ottocentesca di artisticità affluente, con tutti i suoi detriti di romanticismo, decadentismo e realismo, mentre si apre un'avventurosa stagione di novità e sperimentazioni individuali e di gruppo. Basti pensare in Italia al movimentismo futuristico e all'opera tanto dissimile di un D'Annunzio e anche a quella affine e per certi aspetti congeniale di Svevo, entrambe multiformi. Ma fuori d'Italia gli esempi si possono moltiplicare, senza limitarci per di più alla letteratura. Tutta l'opera di Pirandello sembra avere una sigla epocale e di lunga durata più esemplificativa dei processi di trasformazione e condensazione delle forme tradizionali messi in atto in riferimento ai mutamenti della sensibilità letteraria. La sua poetica di supporto è nota, è quella coscientemente elaborata dallo scrittore e sintetizzata nella nozione di "umorismo"; la sua forma, narrativa o teatrale che sia, si può a sua volta, e sbrigativamente, riportare a quella di tragicommedia: un ircocervo, un corpo chimerico solo per un'estetica fondata su nette distinzioni categoriali, che è ormai da molto in disuso. La modernità è caratterizzata da questo genere biforme in cui il basso e il sublime si intrecciano, e tragico e comico a vicenda si legittimano dentro l'inseparabilità dell'esperienza quotidiana, vissuta come realtà e rivissuta come sentimento. E non è pensabile che questa condizione umana muti nella svolta del millennio e che l'effetto Pirandello si attenui.

La presenza di Pirandello, la sua persistente e crescente

modernità, è infine, e in misura ancora maggiore, legata a un fattore che solo per pregiudizio idealistico può essere considerato antiestetico: il carattere di reversibilità e alienabilità della sua opera, il suo *valore d'uso.* Pirandello stesso aveva teorizzato la stabilità della Forma rispetto alla mobilità della Vita, ma è un fatto che le sue forme, i modi diversi con cui egli esprimeva la sua vita creativa sono il prodotto di un'incessante mobilità e variazione di generi, dalla novella alla commedia, dalle riflessioni del saggista alle affabulazioni del romanziere, e poi ancora dal teatro al cinema, la nuova industria artistica che trasse presto alimento dall'opera pirandelliana e con la quale egli accettò di collaborare vincendo con entusiasmo di neofita la sua diffidenza verso la contaminazione di parola e immagine e la conseguente applicazione delle tecniche di riproduzione. In realtà l'era tecnologica favorisce la trasmissione del repertorio pirandelliano senza fissare confini formali alla sua traducibilità e alla sua ricezione che i mezzi audiovisivi già estendono di là dai recinti delle biblioteche, delle sale teatrali e cinematografiche, con tutti i rischi che può comportare questa convertibilità postuma, e necessariamente più popolare, della forma pirandelliana. Del resto, già da parte sua Pirandello aveva voluto tramutare la scena tradizionale nella messinscena di un *evento*, nella recita di un accadimento, in un'azione che mobilitasse tutti gli elementi che concorrono a fare spettacolo: attori, regista, personaggi e pubblico, tentando di estraniare da tutto l'insieme soltanto l'autore con funzione esclusiva di *medium.* E se l'esperimento si è poi rivelato ripetibile solo accettando il suo carattere di finzione scenica, resta tuttavia l'efficacia simbolica di questa utopia creativa che i mezzi di comunicazione di massa possono valorizzare, quando, come è frequente, non siano indotti a degradarla con facili effettismi. In questo senso l'interpretazione più radicale del pensiero di Pirandello è stata formulata da un suo personaggio di fattezze caricaturali, il dottor Hinkfuss, il regista di *Questa sera si recita a soggetto*, lo stregone della scena che pretende di trasformare un racconto dello scrittore in un suo prodigio teatrale:

Convertibilità delle forme

> Se un'opera d'arte sopravvive è solo perché noi possiamo ancora rimuoverla dalla fissità della sua forma; sciogliere questa sua forma dentro di noi in movimento vitale; e la vita glie la diamo allora noi; di tempo in tempo diversa, e varia dall'uno all'altro di noi; tante vite, e non una; come si può desumere dalle continue discussioni che se ne fanno e che nascono dal non voler credere appunto questo: che siamo noi a dar questa vita [...].

Un classico "anomalo"

Infine, questa presenza di Pirandello a tutte le latitudini, questa sua compenetrazione nel vissuto delle esperienze interpersonali e personali, sanciscono un riconoscimento di classicità, ma anche di classicità anomala. Infatti, la nostra esperienza di posteri di quella modernità di cui Pirandello è già un estremo testimone, ci consente di acquisirla non in riferimento a parametri dettati dalla tradizione ma come portatrice di valori dinamici, alienabili di volta in volta a riscontro dei mutamenti di una società (e tanto più della nostra, definita "complessa") che se li aggiudica e li rigenera con i mezzi che essa possiede e sperimenta. Se consideriamo questa classicità come una modernità permanente, dobbiamo alla fine trarre qualche conclusione che può valere come un vademecum per la lettura: 1. Considerare esaurito quel tipo di *pirandellismo* che consiste nel ridurre le motivazioni fantastico-razionali interne all'opera a un ricettario di sentenze più o meno provocatorie; semmai riconvertire, stando a quanto desiderava lo stesso Pirandello, la sua *logica* («pompa che filtra la vita») in *sentimento*, in quell'energia del sentire che spiega le esasperazioni della ragione, e più ancora nella "verità" diffusamente percepita, e più volte proverbialmente ribadita, che il pirandellismo è una situazione esistenziale, che la vita stessa è per la sua contraddittorietà pirandelliana; 2. Mostrare indifferenza per le sopravviventi dispute tra lodatori e detrattori in senso estetico-valutativo dell'opera di Pirandello: la sua acquisizione è un fatto sociale, pubblico, come tutte le acquisizioni nel tempo di valori classici. Il resto, come ogni questione di gusto, è un fatto privato, personale, su cui è vano disputare; 3. Prendere atto della trasformazione della critica da esperienza militante e giudicante, in pratica dell'*interpretazione*, in un'ermeneutica che comporta un incremento di senso indotto dalla ricezione del messaggio artistico dello scrittore così come esso si determina modificandosi nei decenni e quindi rendendosi disponibile a una varietà di valutazioni.

Critica ed ermeneutica

Appunto guardando indietro, agli ultimi decenni, questo incremento di senso può apparire finanche esorbitante per la pluralità delle metodologie – talora non garantite da pur elementari riscontri filologici –, degli strumenti di lettura storica e critica e delle strategie sceniche messe in atto non solo per rappresentare ma anche per esplorare il continente pirandelliano e anche per de-costruirlo delle forme, strutture e delle significazioni del testo, anziché per ricostruirlo rappresentandolo. Ma se la letteratura è dominio dell'immaginario, la critica come del resto la messinscena teatrale, quando è anch'essa motivata da un'esigenza di interpretazione, vuol essere la coscienza delle immagini e dei processi dell'immaginazione, del loro valore storico e simbolico. Pirandello fu un grande produttore di immagini; tanto più dunque la sua opera mette alla prova.

Anche l'esistenza di Luigi Pirandello può essere rievocata in chiave pirandelliana, quanto meno come realizzazione involontaria di un destino soggetto fin dalla nascita all'imprevedibilità delle circostanze. Il titolo di una autobiografia lasciata nello stato iniziale di un piccolo frammento (pubblicato postumo), *Informazioni sul mio involontario soggiorno sulla terra*, è in questo senso esplicito, ed è esplicita la simbologia della nascita nell'intonazione lirica del racconto che inquadra il mistero dell'origine dentro uno scenario notturno di campagna magicamente animata da sprazzi di lucciole:

Esistenza e destino

Una notte di giugno caddi come una lucciola sotto un gran pino solitario in una campagna d'olivi saraceni affacciata agli orli d'un altipiano d'argille azzurre sul mare africano. Si sa le lucciole come sono. La notte, il suo nero, pare lo faccia per esse che, volando non si sa dove, ora qua ora là vi aprono un momento quel loro languido sprazzo verde. Qualcuna ogni tanto cade e si vede sì e no quel suo verde sospiro di luce in terra che pare perdutamente lontano. Così io caddi quella notte di giugno, che tant'altre lucciole gialle baluginavano su un colle dov'era una città la quale in quell'anno pativa una grande morìa. Per uno spavento che s'era preso a causa di questa grande morìa, mia madre mi metteva al mondo prima del tempo previsto, in quella solitaria campagna lontana dove si era rifugiata.

La magia della rievocazione non altera i dati biografici essenziali e neppure quelli paesaggistici di contorno. Luigi Pirandello nacque infatti il 28 giugno 1867 in una contrada di campagna presso Agrigento (allora Girgenti) dove la famiglia si era ritirata per sfuggire a un'epidemia di colera. La campagna era chiamata, a quanto pare, Caos, e Pirandello volle sottolineare l'evidenza simbolica di quel toponimo, come dichiarava nel 1893 in un *Frammento d'autobiografia* dettato a un amico: «Io dunque son figlio del Caos; e non allegoricamente, ma in giusta realtà, perché son nato in una nostra campagna, che trovasi presso ad un intricato bosco, denominato, in forma dialettale, *Càvusu* dagli abitanti di Girgenti», aggiungendo che la pronuncia locale corrompeva il «genuino e antico vocabolo greco Xaos». Pirandello coltivava questa mitologia greco-sicula e insulare delle sue origini, anche se per linea paterna la sua ascendenza era continentale. Dalla Liguria il nonno Andrea si era trapiantato a Palermo, dove aveva raccolto buone sostanze con iniziative mercantili, che poi il padre, Stefano, impiegò a lungo con fortuna nell'industria e nel commercio dello zolfo a Girgenti e Porto Empedocle. Il matrimonio del padre con Caterina Ricci-Gramitto nel '63 siglò l'unione di due famiglie di patrioti antiborbonici e garibaldini. Il nonno materno Giovanni fu nel governo provvisorio siciliano del 1848, per cui dovette ri-

Figlio del Caos

Tradizione risorgimentale

fugiarsi a Malta (dove lo raggiunse la famiglia) e subire la confisca dei beni. Garibaldini nel '60, nel '62 e nel '66 furono i tre fratelli della madre. Quanto a Stefano, a venticinque anni combatté con Garibaldi a Palermo e fu con lui sull'Aspromonte, sfuggendo in tempo alla carcerazione.

La tradizione familiare del Risorgimento resta impressa nella formazione ideologica di Pirandello e nella memoria dello scrittore. Ne traggono alimento le più polemiche poesie giovanili e i temi di alcune novelle e di romanzi: in parte dell'*Esclusa* e abbondantemente de *I vecchi e i giovani*. E resta anche viva nello scrittore un'impronta domestica anticlericale che estraniò il fanciullo da pratiche regolari di devozione, ma non da fascinazioni mistiche, di animismo magico-popolare, che la nutrice Maria-Stella coloriva di favole e leggende superstiziose e che Pirandello rievocherà più volte, e specialmente negli anni terminali, in trame mitiche, narrative e drammatiche. Quanto alla sua istruzione, essa fu dapprima molto poco normativa, forse non diversa da quella che Mattia, protagonista del *Fu Mattia Pascal*, riceve dall'aio Pinzone, nella realtà anagrafica tale Fasulo. Avviato in seguito agli studi tecnici, li abbandonò per quelli ginnasiali avendo rivelato un precoce interesse per la letteratura e una vivace passione per il teatro come organizzatore di recite in casa e autore a dodici anni di una tragedia, *Barbaro* (perduta), scritta per influsso dell'*Eufemio da Messina* del Pellico. Compì gli studi liceali a Palermo, dove la famiglia si era trasferita dopo un dissesto aziendale, e vi rimase anche dopo il rientro dei suoi a Girgenti. All'università si iscrisse contemporaneamente in due facoltà, di Legge e di Lettere. Optò infine per quest'ultima, decidendo ben presto di abbandonare Palermo per seguire i corsi nell'università di Roma.

Poesie della giovinezza

Adolescenza e prima giovinezza erano state stagioni letterariamente non eccezionali ma operose. Il primo reperto dei suoi *juvenilia* è un quaderno autografo di quarantadue poesie composte nel 1883 che, secondo il suo più attento biografo, Gaspare Giudice, «debbono costituire appena uno stralcio di una produzione infinita». La baldanza vitalistica del poeta sedicenne è intonata sui classici strenuamente affrontati a scuola e sui moderni paganeggianti (Carducci, Stecchetti e il corregionale Rapisardi) letti con più immediata partecipazione e costituisce un elemento di continuità con la prima raccolta di versi edita a Palermo nel 1889 con un titolo già bifronte, tipico di altri titoli successivi, *Mal giocondo*. In quello stesso anno si sbarazzava allegramente del suo rapisardismo, come dimostrano gli schizzi beffardi disegnati su una copia delle stucchevoli *Elegie* del vate catanese in vena di effusioni sentimentali dopo aver esibito in poemi e polemiche un ceffo luciferino. E in realtà ritmi e metri di *Mal giocondo* mettono in evidenza sprezzature stilistiche e movenze scapigliate seppure ancorate su un fondo libresco di dantismi e leopardismi talora crudi, intercalati con richiami evidenti a forme tardo-romantiche, aleardiane, e soprattutto del poeta per allora prediletto, Arturo Graf. A Palermo, dove lo studente universitario ebbe contatti con i giovani che fondarono il movimento socialista dei Fasci siciliani, era possibile aggiornare un'educazione scolastica e provinciale con aperture alla cultura europea (sollecitate dalla rivista di G. Pipitone Federico, «Il Momento») e interventi di critica militante, che più di altri G.A. Cesareo animava contrapponendo il primato di Verga all'infatuazione dannunziana, ma anche con non consuete esplorazioni nella tradizione italiana (nei territori contermini della filosofia e della letteratura) forse suggerite da Enrico Sicardi, editore del *Candelaio* di Giordano Bruno.

Vita letteraria a Palermo

Di taglio veristico, verghiano, è la prima prosa narrativa (apparsa nella torinese «Gazzetta del popolo della domenica» del 1° giugno 1884), il bozzetto siciliano *Capannetta*. Lo stile è rigido, ma serve a dar risalto a un gesto di collera paterna: l'incendio della nera capanna da parte di un grosso contadino dopo che la maggiore delle sue figlie è fuggita con l'amante. Vi si può riconoscere l'effetto provocato dalla tipologia delle *Rusticane*, pubblicate l'anno prima, e specie della furia autodistruttiva dell'avaro Mazzarò nella *Roba*, ma anche l'anticipazione di un altro esasperato gesto paterno, seppure caratterizzato in senso opposto, depressivo e autopunitivo, quello del padre di Marta nell'*Esclusa*. Tuttavia, il bozzetto vale di più come spia di un antagonismo filiale, che nella vita e nell'opera di Pirandello si caratterizza come separazione delle due figure parentali, mai agenti in piena solidarietà di coppia. Un gesto clamoroso di collera l'aveva compiuto proprio il quattordicenne o quindicenne Luigi sputando su una donna (una parente) scoperta in tenero colloquio col padre nel parlatorio di un convento palermitano, come a lavare un'offesa fatta al vincolo coniugale garantito dalla madre. Un temperamento esuberante ed anche prepotente come quello di Stefano provocava forse inconsapevolmente l'ostilità del figlio. Ma era anche la sua sensibilizzazione traumatica all'amore e al sesso che gli ispirava quei risentimenti. Da bambino gli capitò di assistere ad un incontro furtivo di una coppia di adulteri in un rudere cittadino adibito a *morgue* per assassinati e ignoti suicidi. Contenuti non ancora espliciti – il sesso come brutalità virile e, per condensazione psichica, paterna; la morte che si associa a quella violenza e che è, fuori da ogni credenza religiosa, peccato, soggezione carnale – emergeranno più tardi, benché non tutti autenticamente pronunciati, dal fondo di una mate-

«Capannetta»

Padre e figlio

ria narrativa e drammatica di fatto incontrollabile. Per il momento valgono come rivelazione *a posteriori* di una difficile educazione sentimentale.

A Roma

Il trasferimento a Roma faceva profilare una doppia carriera, universitaria e letteraria, non dissimile da altre parallele carriere di poeti-professori, da Carducci a Pascoli a Graf, tipiche della cultura fine-secolo. Pirandello comunque in questo primo periodo sembra insistere su opportunità di successo teatrale. Le lettere alla sorella Lina conservano titoli o accenni di commedie perdute per cui vagheggiava qualche recita: *La gente allegra*, da affidare alla compagnia di Cesare Rossi, e un copione addirittura in prova per una messinscena al Valle poi non eseguita; ed è di qualche anno dopo un titolo che forse rinvia a quell'esperienza incompiuta ed è premonitore della sua vocazione metateatrale, *Provando la commedia*. Ma il soggiorno romano non durò a lungo. Un battibecco con un suo professore, il latinista Onorato Occioni, lo indusse, su consiglio di un maestro di studi romanzi, Ernesto Monaci, ad abbandonare la Sapienza per l'università di Bonn, in Germania, dove avrebbe potuto perfezionare la sua preparazione linguistica e filologica. Vi si trasferì dal novembre 1889 e frequentò tre corsi semestrali laureandosi nel marzo 1891 con una dissertazione in tedesco di fonetica e morfologia siciliana, *Laute und Lautentwickelung der Mundart von Girgenti* (Suoni e sviluppo di suoni della parlata di Girgenti), subito recensita da W. Meyer-Lübke. Poco dopo lascia Bonn e, dopo un soggiorno a Girgenti, torna a Roma, dove prende stabilmente dimora.

Prove di teatro

La stagione di Bonn

A Roma si chiude il percorso dall'isola al continente, un percorso senza ritorno, se non da morto, e per volontà testamentaria espressa molto presto. L'esperienza tedesca non era stata affrontata in alternativa a quella palermitana e alla romana. Bisognava concludere un curriculum universitario nei modi severi in cui era stato avviato e con un impegno non privo di civetteria specialistica testimoniato piuttosto che dalla tesi di laurea (che in definitiva non esorbita dai limiti descrittivi rilevati dal titolo), da una "corrispondenza" letteraria, l'articolo *Petrarca a Colonia* apparso nel 1891 nella rivista fiorentina «Vita nuova», dove G.S. Gargàno aveva recensito favorevolmente *Mal giocondo*. E proseguiva la sua attività poetica col poemetto *Pasqua di Gea* (edito a Milano nel '91), la traduzione delle *Elegie romane* di Goethe e la composizione di altri distici, le *Elegie renane* (inizialmente *boreali*), entrambe completate e pubblicate più tardi, tra il '95 e il '96. Quel vitalismo naturalistico, che già annunciava nella precedente raccolta «la sacra pasqua di Gea», si infervora nei settenari del poemetto celebrando l'epifania della primavera in opposizione alla mesta festività cristiana; ma la

Poemetti ed elegie

dedica a Jenny Schulz-Lander, la ragazza con cui intrattiene a Bonn un pieno rapporto amoroso, resta come testimonianza di una ben controllata bohème goliardica e di un addio alla giovinezza recitato sul filo dell'autocommiserazione e dell'autoironia.

In definitiva, l'esperienza tedesca non altera la fisionomia mediterranea di un giovane scudiero dei classici, non ci consegna un Pirandello europeo. Semmai essa sarà fruttuosa a distanza, nel recupero che in seguito la sua matura riflessione farà della classicità di Goethe e dell'ironia dei romantici, da Tieck fino a Heine, così come dei filosofi dell'idealismo, ma soprattutto di Schopenhauer. Che li leggesse allora pare certo, ed è certo che la memoria acquisirà i dati di quella breve gioventù renana per colorire successivamente tipi e situazioni: in varie novelle siciliane, dove il rapporto tra nord e sud sembra incolmabile, nell'*Esclusa*, dove un bizzarro irlandese riproduce i tratti di un compagno di studi, nell'*Enrico IV*, che rievoca il discepolato di Bonn, e nella *Vita che ti diedi*, che attualizza lontane apprensioni materne per il distacco del figlio dalla casa. Tuttavia, per il momento, a Roma, quell'esperienza sembra chiusa in vitro.

Roma «portacenere»

Invece Roma si caratterizza subito come il suo *habitat*, nel senso appunto di un insieme ambientale che favorisce lo sviluppo della sua vita in privato e in pubblico. E tuttavia, per la sua anomalia di capitale del recente stato unitario, di urbe antica e sacra incapace di assumere un'immagine moderna, la città gli ispirerà un sentimento duplice, di compianto per una grandezza sempre visibile in monumenti e ruderi e di sdegno per i guasti della speculazione edilizia dopo l'arrivo dei "piemontesi", ma anche di adesione, di simpatia, si direbbe, con la sua degradazione borghese, con la mescolanza dei suoi abitanti, fatta di pochi romani ormai e già di molti forestieri, in cui egli coglieva agitazioni febbrili, etiche e dialettiche che sono poi quelle dei suoi personaggi, anche se nella quotidianità cittadina esse non erano sempre apparenti. È perciò una Roma dissacrata, opposta a quella che D'Annunzio esalta seppure per inveire contro la sua decadenza e di cui nella pubblicistica tra fine e inizio di secolo si tentava di celebrare una rinascita. Ma proprio per questo Pirandello la fa sua, come Mattia Pascal quando vi viene ad abitare col nome di Adriano Meis. Valgono in quel romanzo, a definire i sentimenti dello scrittore per Roma, le considerazioni di un estroso pensatore, l'affittacamere di Mattia, Anselmo Paleari:

I papi ne avevano fatto – a modo loro, s'intende – un'acquasantiera; noi italiani ne abbiamo fatto, a modo nostro, un portacenere.

D'ogni paese siamo venuti qua a scuotervi la cenere del nostro sigaro, che è poi il simbolo della frivolezza di questa miserrima vita nostra e dell'amaro e velenoso piacere che essa ci dà.

Il noviziato del narratore

Piccolo *rentier* con attività libera di pubblicista oltre che di poeta, narratore e autore drammatico, Pirandello è per il momento noto a pochi. Letterati siciliani, Ugo Fleres soprattutto, e il più autorevole della colonia isolana, Luigi Capuana, assumono una specie di patrocinio del suo noviziato nel decennio 1892-1902, folto di articoli e saggi e ancora di versi (raccolti nel 1901 nel volume *Zampogna*, che include divagazioni riflessive e memoriali entro cornici agresti), ma soprattutto per la svolta verso il genere narrativo compiuta nel 1893 con un romanzo, *Marta Ajala*, pubblicato nel 1901 col titolo *L'esclusa*, e infine con le prime serie di novelle in progressiva crescita. Decresce, comunque, nel pieno della svolta narrativa, l'interesse per la poesia, che però non si esaurisce mai del tutto. Nel 1912 uscirà un'altra raccolta, *Fuori di chiave*, che incorpora componimenti intenzionalmente dissonanti, su temi difformi, oscillanti dalla pensosità sociale di *Padron Dio* a quella etico-politica di *Pier Gudrò* fino alla vacuità ironica di un *Belfagor*.

Il matrimonio

Si intrecciano peraltro con la maturazione letteraria di Pirandello gli eventi familiari e in particolare quelli coniugali. Una più anziana cugina era stata la sua prima fidanzata in Sicilia, e alla sua famiglia era legata anche la nuova, Maria Antonietta Portulano, figlia di un socio in affari del padre, il quale aveva preso l'iniziativa del matrimonio che si celebrò a Girgenti nel gennaio 1894. Col matrimonio la sistemazione a Roma fu definitiva e garantita da una carriera di professore di lingua italiana, stilistica e precettistica nell'Istituto Superiore di Magistero (femminile) di Roma, dapprima per incarico, nel 1897, poi in cattedra, dal 1908 al '22, quando lascerà volontariamente l'insegnamento. Tra il 1895 e il '99 nacquero i tre figli, Stefano, Lietta (Rosalia) e Fausto, e già si profilavano i primi sintomi della labilità nervosa della moglie, destinati ad aggravarsi in forma paranoica, dopo un attacco di paralisi nel 1903 per la notizia della perdita della sua dote investita dal suocero nello sfruttamento di una miniera di zolfo allagatasi per una frana. Il tracollo economico e la malattia di Antonietta, segnata da deliri di persecuzione e di gelosia, forzeranno il ritmo del lavoro intellettuale di Pirandello sia per sopperire al mantenimento della famiglia, una volta venuto meno il sostegno del padre e del suocero, sia per liberare creativamente una tensione altrimenti insostenibile. Girgenti è il maggiore serbatoio della tipologia seria e comica e perfino farsesca che anima le sue storie; e la più farsesca e provinciale è quella intrecciata nel

Turno, il breve romanzo scritto nel '95 e pubblicato nel 1902. Ma la materia "umoristica" del *Fu Mattia Pascal*, pubblicato nel 1904 – vale a dire il tema dominante della morte-rinascita – denuncia un'istanza autobiografica impellente, di liberazione da un nodo di angosce familiari che le lettere coeve mettono drammaticamente in evidenza.

Memoria di Girgenti

A Girgenti risale invece la memoria narrativa che detta *I vecchi e i giovani* (1909), anche se la vicenda si proietta nella capitale di una terza Italia già inquinata dai giochi del potere, e perciò in rapporto speculare con una provincia non certo innocente, ma ancora segnata da inquietudini postrisorgimentali. Ma Roma è poi lo scenario vivente, non il semplice fondale, dei successivi *Suo marito* (1911) e *Si gira...* (1915; nel '25 col titolo ritoccato in *Quaderni di Serafino Gubbio operatore*); e quelle trame romanzesche, pur tanto fitte di notazioni di costume, ridavano forma con nuove riflessioni a una poetica che Pirandello da tempo aveva maturato e infine aveva argomentato storicamente e teoricamente nel saggio *L'umorismo* del 1908, breviario di un'arte "filosofica", manifesto antiretorico di una letteratura della crisi.

Nelle novelle del quinquennio 1909-14, via via raccolte in volume con titoli che riflettono l'ambivalenza tragicomica di quella poetica, la drammatizzazione umoristica dell'esistenza è spinta all'estremo, mentre emergono aspetti più latenti di quella poetica che testimoniano di un'affinità elettiva, che Pirandello non volle mai ammettere, con la psicoanalisi e, di fatto, con gli sviluppi della psico-letteratura.

Martoglio, Musco e il teatro siciliano

All'inizio anche il suo accesso al teatro fu possibile per un'intermediazione siciliana, per la richiesta pressante di Nino Martoglio, poeta e drammaturgo catanese, di brevi lavori per il «Teatro Minimo», la compagnia da lui diretta nel 1910 (e furono gli atti unici *La morsa* e *Lumie di Sicilia*), e poi per una strettissima, ma tutt'altro che tranquilla, collaborazione col grande attore comico Angelo Musco, particolarmente fitta tra il '15 e il '17 e caratterizzata da una serie di copioni dialettali, originali o tradotti. Capuana, Martoglio, Musco: le svolte verso il successo del narratore e del drammaturgo sono segnate da un vincolo di solidarietà regionale che però è anche testimonianza di una sicura intuizione critica, di un valore artistico riconoscibilissimo in tutte le latitudini, anzi destinato al successo proprio fuori dal perimetro isolano, sulle grandi piazze teatrali, per il momento esclusivamente nazionali. Ed era un successo che la popolarità di Musco gli assicurava. Pirandello trasferiva alla scena il materiale già ingente del suo magazzino di novelliere, in alcuni casi solo con un minimo di ristrutturazione dialogica o monologica di una scrittura che si presentava di per sé drammatica, ma per lo più reinventava le situazioni e la fisionomia dei personaggi mettendo in atto sulla misura del diverso linguaggio scenico i meccanismi interni della sua creatività. Ricordava Corrado Alvaro: «Spesso, a una battuta che partiva dal palcoscenico, egli suggeriva una replica là per là, e altre volte era la stessa che si sentiva poi sulla scena. Era come se conoscesse la matematica dell'opera di teatro».

La Grande Guerra

L'attività del drammaturgo fu particolarmente intensa nei primi anni della Grande Guerra, ma fu intensa anche la sua partecipazione emotiva, prima che politica, e anzitutto per le sue apprensioni nei confronti dei due figli, Stefano, presto catturato al fronte, dove era arrivato volontario, e del minore, Fausto, ammalatosi ai polmoni durante il servizio militare. L'aggravarsi delle condizioni psichiche della moglie (qualche anno dopo internata in una clinica romana) gli imponeva di surrogare anche a quel ruolo materno che la guerra solitamente esalta, ma che Pirandello esercitò sempre, anche superata quell'emergenza e anche e di più con la figlia Lietta, come appare dalle lettere e dalle testimonianze dei più stretti familiari che mettono allo scoperto un rapporto improntato a un'affettività esclusiva, molto possessiva, con alternanza di effusioni e risentimenti. La sua opera del triennio '15-18 non reca segni di entusiasmo bellico, semmai di intimizzazione dell'esperienza collettiva colta nella sofferenza dei padri e delle madri dei combattenti e dei caduti (come nella novella *Quando si comprende*) o in figure anacronistiche ritratte con partecipe ironia (*Berecche e la guerra*, *Frammento di cronaca di Marco Leccio*). Un'altra novella pubblicata nel '22 ma composta a caldo nel '18, *Un goj*, esprime addirittura una condanna radicale della più clamorosa contraddizione della cristianità belligerante con il messaggio di fraternità pur sempre diffuso nella festività del Natale. Le circostanze lo inducevano a vivere gli eventi in modo duplice nella simultaneità della loro eccezionalità storica e insieme della loro irrilevanza rispetto alla natura, ai suoi ritmi che restano nel tempo invariati. Uno dei personaggi ai quali egli ingiunge (nel primo dei *Colloquii coi personaggi* pubblicati nel «Giornale di Sicilia» a breve distanza dall'entrata in guerra dell'Italia) di non fare domanda e presentare titoli «per essere ammessi in qualche romanzo o novella» considerate le drammatiche circostanze, finirà invece per costringerlo a dare ascolto alla sua voce interiore:

Che contano i fatti? Per enormi che siano, sempre fatti sono. Passano con gli individui che non sono riusciti a superarli. La vita resta, con gli stessi bisogni, con le stesse passioni, per gli stessi istinti, uguale sempre, come se non fosse mai nulla: ostinazione bruta e quasi cieca, che fa pena. La terra è dura, e la vita è di terra.

Questa "religione" della vita, questo "gusto" assaporato in «quel profondo oscuro» che sfugge alla coscienza, è in Pirandello più forte della religione della patria e non interrompe il flusso della sua creatività. L'abbozzo di un «romanzo da fare» già intitolato *Sei personaggi in cerca d'autore*, pubblicato postumo e sicuramente databile nel luglio 1917, nasce da quella tensione duplice della belligeranza, traducendosi in una belligeranza interna, tra i suoi atti di coscienza che gli dettano una poetica del rifiuto, cioè di difesa dalle sue figurazioni e animazioni letterarie, e il richiamo che viene dal profondo e lascia emergere la sua vita creativa, quel doppio oscuro dell'esistenza di cui l'autore si dichiara soltanto testimone. Ma la manifestazione di questa poetica tutta in tensione, impossibile da realizzare con la forma "autoriale" del romanzo, si compirà qualche anno più tardi in teatro, e paradossalmente proprio come un dramma "impossibile" dallo stesso titolo, sovvertendo ogni verosimiglianza scenica.

Pirandello e il fascismo: l'adesione al regime

Dalla sua duplicità di sentimenti, politico-sociali da una parte, filosofici e creativi dall'altra, Pirandello volle uscire clamorosamente dopo l'avvento del fascismo e nel pienc della crisi del nascente regime dopo la sua messa in stato d'accusa per il delitto Matteotti. Con una lettera a Mussolini, pubblicata su «L'Impero» il 19 settembre 1924, chiese l'iscrizione al partito fascista suscitando sdegnate reazioni tra gli intellettuali d'opposizione; più tardi il suo consenso al regime non conobbe pentimenti, semmai insofferenze e incomprensioni. Ebbe dal duce ufficiali riconoscimenti e vestì la marsina di accademico d'Italia; ottenne sovvenzioni per un teatro da lui diretto, ma non per quel teatro nazionale che vagheggiava e per il quale chiedeva la solidarietà del potere. Fu peraltro oggetto di polemiche perfino aspre di parte della cultura fascista, ma anche di tentativi di assimilazione della sua arte all'ideologia dominante. Questi, certo, sono i fatti, e in quanto tali chiusi nel loro tempo, ma il loro contenzioso non è ancora chiuso, e non basta ribattere con un motto di Pirandello stesso, che un fatto è un sacco vuoto se non lo riempiamo della nostra comprensione.

La contraddizione dell'opera

Quel che colpisce della sua adesione al fascismo, che fu comune alla stragrande maggioranza della classe colta italiana e limitò l'efficacia della minoranza attiva antifascista, fu il suo carattere di scelta arrogante, compiuta all'indomani di un misfatto generalmente esecrato; e colpisce la contraddizione tra questa scelta e il valore critico, etico più che politico, della sua opera. La filosofia della forza – l'ideologia del solidarismo totalitario, il simbolismo del fascio – non incrinerà mai il sentimento umoristico, disgregante, della realtà che lo scrittore professerà sempre e che è semmai coerente con quella "pena di vivere" che lo induceva a dichiarare «sono apolitico, mi sento soltanto uomo sulla terra», e a disporre per la sua morte la cremazione del corpo (quasi il suo assorbimento alla terra) e umili esequie, senza alcuna onoranza ufficiale, da "dimissionario" dalla storia, come i personaggi delle sue opere "testamentarie", Vitangelo Moscarda del romanzo *Uno, nessuno e centomila*, edito nel '26, e il mago Cotrone degli incompiuti *Giganti della montagna*.

La fama internazionale

Eppure la sua gloria, dopo il successo dei *Sei personaggi*, immediatamente seguito al tumultuoso fiasco della prima romana nel maggio 1921, era mondiale. Il Nobel nel 1934 non fece che consacrarla, quando ormai teatri e compagnie in Italia e all'estero si disputavano le sue novità drammatiche, l'industria cinematografica affidava a registi del muto e poi del sonoro (L'Herbier, Palermi, Righelli, Camerini) e ad attori popolari (Mosjoukine, Veidt, la Garbo, von Stroheim, Douglas), traduzioni filmiche delle sue opere, e Pirandello stesso vi collaborava firmando sceneggiature (*Acciaio*, con regia di Ruttmann), mentre il «Teatro d'Arte», da lui fondato nel '25, univa esigenze di impresa a una volontà di sperimentazione e promozione di una nuova drammaturgia.

Il suo non fu quindi un fascismo vissuto e meno che mai celebrato. Tentare di rintracciare nella sua opera, come pure si continua a fare, presagi di ideologia totalitaria, interpretando in chiave pre-fascista la delusione post-risorgimentale de *I vecchi e i giovani* e il ribellismo del *Fu Mattia Pascal*, significa applicare ai testi una lettura del sospetto per denunciare forzatamente responsabilità "oggettive" secondo criteri di critica giudiziale, questa sì totalitaria.

Pirandello e il «disagio della civiltà»

Politicamente Pirandello fu un radicale, spingeva alle ultime conseguenze la critica all'Italia umbertina, in cui cessava la spinta "propulsiva" del Risorgimento (e più in particolare del garibaldinismo) nella pratica amministrativa dello stato, con le sue compromissioni e corruzioni, e nel parlamentarismo spesso vacuo dei partiti. Da qui probabilmente la sua sopravvalutazione del fascismo e della novità che i suoi ideologi propagandavano, cioè la sua pretesa di essere la "forma" politica originale della storia dell'Italia moderna dopo le forme che avevano improntato altre epoche del passato, da porre a confronto con le altre forme politiche nazionali dell'Europa postbellica, e eventualmente da proporre come modello. Pirandello sopravvaluta questo aspetto del fascismo (o vuole sopravvalutarlo) per sottrarsi all'angoscia della conflittualità sociale allora molto acuta, che la sua opera registra e commenta, e dell'avvilimento elettoralistico degli ideali risorgimentali, e ha bisogno di tradurlo in un mito individuale. Donde la promozione di Mussolini a "personaggio", e il suo "mussolinismo" oscillante, nell'esperienza del rapporto dello scrittore col dittatore e nell'inevitabile ridimensionamento del personaggio, tra culto, fastidio e finanche avversione. L'ascesa del movimento totalitario in Italia è anticipato, invece, proprio da quelle esaltanti mitologie dell'antico e del moderno (D'Annunzio, da una parte, e i futuristi dall'altra) che proprio Pirandello smascherava, come altri interpreti del «disagio della civiltà», Freud, Musil e anche Svevo, testimoni dell'unica cultura critica e analitica, tutt'altro che celebrativa, con cui l'opera pirandelliana resta di fatto solidale.

L'"effetto" Pirandello: misconoscimenti e rivalutazioni

Ma la presenza di Pirandello degli anni Venti e Trenta va riportata alla storia che fu veramente sua e che coincide con la stagione del Novecento di più fervida modernità. In Italia lo scrittore rappresentò un elemento attivo di coagulo artistico e intellettuale e di rinnovamento. Sottovalutato dapprima, come narratore popolare (in compagnia di Luciano Zuccoli e Carola Prosperi l'aveva collocato il sensibilissimo Renato Serra in un suo noto ragguaglio d'annata letteraria), denigrato come divulgatore di pseudoconcetti (tra questi niente di meno che la teoria dell'umorismo) e di funambolismi romanzeschi dalla cultura idealistica, *in primis* dal Croce, avversato da quella cattolica ufficiale per il suo criticismo antifideistico fino a fargli rischiare la scomunica papale (evitata *in limine*), Pirandello dovette vincere in patria ostilità e incomprensioni che all'estero invece non incontrò. E infatti egli poté dichiarare che la sua affermazione in Italia fu un fenomeno di ritorno (come quella di Svevo), e più per un consenso di pubblico alla novità della sua opera teatrale portata al successo con messe in scena di grande effetto anziché per una valorizzazione della critica. Anche quella militante, delle cronache teatrali, s'era mostrata perplessa e oscillante tra la stroncatura e l'entusiasmo, e in realtà il *dossier* dei giudizi più o meno meditati sulle "prime", fittissimo di nomi di rilievo non solo giornalistico, da Marco Praga a Silvio d'Amico, Renato Simoni, Antonio Gramsci, Piero Gobetti, costituisce di per sé un capitolo di storia della cultura teatrale italiana inseparabile dall'"effetto" Pirandello.

Tilgher: la Vita contro la Forma

Si deve comunque a un filosofo, ad Adriano Tilgher, la conversione, nel 1924, del giudizio di valore su singole opere, peraltro opinabile, in un'interpretazione globale dell'opera pirandelliana in parte coincidente con l'antistoricismo e col «casualismo critico» da lui professati, come espressione di una *Weltanschauung* che esprime una irriducibile opposizione tra la mobilità della Vita e la fissità della Forma. Da allora anche Pirandello accentuò il carattere filosofico della sua arte, pur sottolineandone l'origine creativa, fantastica, come testimonia la *Prefazione* del '25 alla terza

Gramsci: dialettica e dialettalità

edizione dei *Sei personaggi*. Gramsci nel carcere elaborava una sua interpretazione programmaticamente antitilgheriana, radicata in una dialettica e in una dialettalità di tipo popolare in parte alterata da un intellettualismo d'ambizione cosmopolita. E da allora in realtà, soprattutto con il forte e poi inarrestabile rilancio delle interpretazioni critiche e sceniche negli anni Sessanta, l'attenzione alla sua opera si è sviluppata in senso sempre meno frammentario, inscindibile da un riscontro con tutto il "sistema" pirandelliano, ovvero con la sua poetica della modernità. Per temperamento Pirandello era portato a smentire l'irrigidimento della sua immagine di scrittore.

Bontempelli e il «candore»

Massimo Bontempelli, commemorandone ufficialmente la morte, mise in risalto il suo «candore», quasi una disponibilità ingenua all'arte come alla vita, che egli infatti seguitò ad affrontare senza ostentazioni di celebrità.

«Rinascere»: un mito personale

Un dramma del '33, *Quando si è qualcuno*, vuole essere l'apologo dell'artista che tenta di ribellarsi al ruolo fisso e cristallizzato assegnatogli dalla mitologia del divismo per rinascere sempre diverso.

Nelle opere più tarde svolgeva in modi imprevedibili la sua personale mitologia della «rinascita», dal romanzo *Uno, nessuno e centomila*, del '26, alla novella *Una giornata*, apparsa postuma, fino ai miti teatrali, in cui il tema si articola su tre piani simbolici, della società, della fede e dell'arte, ma in definitiva ribadendo, con l'ultimo, *I giganti della montagna*, il desiderio di una «rinunzia»: alla storia più che al mondo, di cui vagheggia un recupero magico, dentro la natura.

In Europa e in America

Viaggiava molto in Europa – a Parigi, a Berlino, in Svizzera – e nelle due Americhe, raccogliendo successi (particolarmente graditi quelli negli Stati Uniti) e concedendo interviste, alcune illuminanti per la genesi dei suoi lavori drammatici.

Il sodalizio con Marta Abba

Molto spesso gli era accanto nelle *tournées* della compagnia da lui diretta Marta Abba, l'attrice che egli aveva scoperta giovanissima e subito valorizzata come "prima donna" e come destinataria di drammi composti proprio per lei, *Diana e la Tuda*, *Come tu mi vuoi*, *Trovarsi*. La relazione con la Abba appare improntata nelle lettere fin qui rese note a un'esclusiva devozione amorosa e insieme a un bisogno di risarcimenti paterni non pienamente soddisfatti; colmava almeno in parte il rammarico per la lontananza della figlia, sposatasi con un diplomatico e stabilitasi in Sud America. Di fatto non era solo né privo di devote amicizie e di affetti filiali. A Roma il figlio Fausto s'andava affermando come pittore e Stefano, che aveva mutato il suo cognome in Landi per distinguere la sua fisionomia di scrittore, collaborava col padre anche con funzioni di segretario. A lui si deve la rivelazione dell'estremo concepimento del finale dei *Giganti della mon-*

tagna raccolto sulle labbra del padre morente. Pirandello non era riuscito a portare a termine quella storia di trasformazioni dell'arte nella vita e della vita nell'arte che l'aveva occupato per molti anni. Morì di polmonite nella sua casa romana di via Antonio Bosio, nel quartiere Nomentano, la mattina del 10 dicembre 1936. Nel decennale della morte le ceneri furono traslate ad Agrigento; poi una «rozza pietra», come egli desiderava – e tuttavia profilata da mano discreta –, fu posta per memoria ai piedi di un pino della contrada del Caos, dove sessantanove anni prima lo scrittore era nato.

La morte: il ritorno al Caos

Le opere

«L'umorismo»: storia, poetica, teoria

Tutta l'attività letteraria di Pirandello fu accompagnata da una coscienza critica dell'arte che non si esaurisce in una professione di poetica individuale. Lasciando da parte la sua dissertazione universitaria, tuttavia recuperabile come testimonianza di un interesse linguistico perdurante, articoli, recensioni, saggi, discorsi ed anche interviste formano tutti insieme un'ingente raccolta solo marginalmente contraddistinta dall'occasionalità più effimera. Nella sua pubblicistica giovanile più volte viene ribattuto il chiodo del «sincerismo», una specie di programma di letteratura antiretorica che rifletteva prese di posizione di gruppo facenti capo alla lezione del Capuana (e alla rivista «Ariel», di breve durata) e che più tardi, nel '20, con il *Discorso su Giovanni Verga* si tradurrà nella distinzione tra «scrittori di cose» e «scrittori di parole» applicata a tutta la tradizione italiana. E intanto la sua attenzione si concentrava su esemplari più o meno rilevanti di letteratura scapigliata e bizzarra che favoriscono la sua definizione storica di umorismo: le divagazioni bozzettistiche di Alberto Cantoni, del quale promosse la fortuna postuma pubblicando e introducendo il romanzo *L'illustrissimo* nel 1906, e soprattutto la discussione nel 1896 sulla poesia di Cecco Angiolieri a proposito di uno studio di Alessandro D'Ancona, da cui prende le mosse per il suo saggio più celebre, *L'umorismo*, pubblicato nel 1908.

Il «sentimento del contrario»

Il motto che si può porre a questo libro coincide con quello che apre *Il candelaio* di Giordano Bruno: *In tristitia hilaris in hilaritate tristis*, «che pare – dichiara infatti Pirandello – il motto dello stesso umorismo». Ad esso risale la formula che distingue l'umorismo dal comico, cioè il «sentimento del contrario», generato dal pathos dell'identificazione col soggetto che produce il ridicolo, dall'«avvertimento del contrario, prodotto dall'effetto immediato e irriflessivo della situazione comica». Su questa base è più facile per Pirandello orientarsi nella ricerca degli antenati umoristi in un arco sovranazionale che copre la prima parte del volume e va da Socrate a Manzoni passando attraverso l'ironia dei poemi cavallereschi e soprattutto dell'*Orlando furioso* e culminando nel *Don Chisciotte*. Poi, nella seconda parte, l'inchiesta si spinge più oltre fino al personaggio dei romanzi di Dostoevskij (di cui dà un'interpretazione in senso parodistico-tragico che anticipa quella "polifonica" di M. Bachtin) e si richiama alla nozione romantica di *humour* e alla valorizzazione da parte di Federico Schlegel dell'ironia come «coscienza dell'irrealtà della nostra creazione». Le argomentazioni teoriche della seconda parte del saggio sono strettamente legate a quelle storiche e sono improntate a una discorsività che acquisisce i contributi specifici sull'argomento (*Le rire* di Bergson del 1900 e il meno noto *Komik und Humor* di Th. Lipps, ma non la fondamentale teoria del motto di spirito di Freud, il trattato sul *Witz* del 1905 che non conosceva) e altri più generali di estetica e di psicofisiologia (di Séailles, di Binet, Negri, Marchesini): una bibliografia anomala per un saggio di estetica storica e filosofica che forse diede filo alle contestazioni di principio di Benedetto Croce (1909), cui Pirandello rispose con una concitazione dialettica finanche eccessiva nella riedizione del suo libro del 1920.

La polemica con Croce

Una strategia della crisi

A distanza appare chiara l'importanza del saggio. Se si riassume col termine onnicomprensivo, e pertanto equivoco, di decadentismo la crisi di fine e inizio di secolo di cui Pirandello stesso si sentiva partecipe, *L'umorismo* può essere considerato un *passe-partout* dell'esperienza artistica moderna e delle sue non sempre consapevoli finalità: una strategia per quella crisi. Per la coscienza critica dello scrittore la sua teoria ebbe un valore risolutivo; espresse *a posteriori* la poetica implicita della sua opera di narratore, in particolare dei suoi romanzi, e in questo senso fu indirizzata la loro interpretazione. La prima edizione del saggio (1908) reca una dedica inequivocabile: «Alla buon'anima di Mattia Pascal bibliotecario», cioè al protagonista di una storia che più visibilmente manifesta una condizione umana «umoristica». Ma nello stesso anno, pubblicando in volume *L'esclusa*, apparsa a puntate nel quotidiano «La Tribuna» nel 1901, aggiunge una lettera di ringraziamento a Luigi Capuana che l'aveva incoraggiato «a provarsi nell'arte narrativa in prosa» sottolineando la necessità per il lettore di cogliere la «parte più originale del lavoro: parte scrupolosamente nascosta sotto la rappresentazione affatto oggettiva dei casi e delle persone; al fondo insomma essenzialmente umoristico del romanzo». L'intenzione di ridurre a unità la sua esperienza di narratore e di orientare il giudizio per quella in corso è evidente. In realtà nell'*Esclusa* la vicenda di Marta, sposa ripudiata per un sospetto d'adulterio e poi riabilitata quando quell'adulterio è consumato, sembra determinata

I romanzi

«L'esclusa»

da condizionamenti diversi da quelli che definiscono il soggettivismo umoristico di successivi protagonisti pirandelliani. Semmai è umoristica la situazione non la coscienza del personaggio, il suo essere «alla discrezione della vita», della vita esterna con le sue convenzioni ambientali e sociali e soprattutto (come rivela l'analisi stratigrafica delle tre edizioni del romanzo: 1901, 1908, 1927) della sua vita interna, psichica. Ma questo aspetto più profondo né i personaggi né l'autore lo testimoniano coscientemente.

Una «fantocciata»: «Il turno»

In versione più comica la poetica dell'umorismo può essere applicata anche al secondo romanzo di Pirandello, *Il turno*, scritto nel 1895 e pubblicato nel 1902. Brevemente, in rapida successione narrativa, il romanzo svolge un intreccio farsesco a sorpresa, da commedia matrimoniale con un lieto fine ritardato per un giovane pretendente timido e squattrinato, a conclusione di due altri matrimoni per cui passa la ragazza desiderata. In «questa sciocca fantocciata che chiamiamo vita», dice il vecchio e smaliziato don Diego Alcozèr, «c'è da piangere e c'è da ridere». Nel racconto dominano però gli ingredienti del ridicolo di marca sessuale (la contrapposizione tra l'impotenza del primo sposo e la frenesia del secondo) che Pirandello sfrutterà più tardi nel teatro, in *L'uomo, la bestia e la virtù*, in *Liolà* e in parte nel suo terzo romanzo, *Il fu Mattia Pascal*.

«Il fu Mattia Pascal»: nascita del personaggio

Ma qui l'alternativa del serio e del comico, che caratterizza anche le novelle del decennio 1894-1904, fino alla composizione, appunto, del suo capolavoro narrativo, perde ogni residua tipicità distintiva, definisce inscindibilmente la fisionomia umoristica del personaggio, sulla quale si costruisce la vicenda, la sua autobiografia romanzesca. Il tema del romanzo è quello di un'identità perduta, del dissolvimento della *persona* ovvero di quell'io empirico ed esistenziale che è riconoscibile dentro una trama di relazioni sociali e familiari. Ma è anche quello di una rinascita come *personaggio*, nello spazio che la letteratura viene ad acquistare in sostituzione della vita e con una nuova durata, dentro il tempo permanente del racconto che egli stesso scandisce per significare un destino, non solo una semplice successione di eventi.

La nascita del personaggio è l'evento creativo più carico di conseguenze per l'opera pirandelliana. A differenza del "carattere" o del "tipo" della tradizione teatrale e romanzesca (ovviamente della più convenzionale), il personaggio pirandelliano non è riconoscibile su canoni morali e comportamentali o su posizioni sociali gerarchicamente definite, benché sia determinato dalle circostanze reali e pressanti dell'esistenza, tutt'altro che fantastiche o immaginarie. In una appendice polemica alla edizione del *Fu Mattia Pascal* del 1921, *Avvertenza sugli scrupoli della fantasia*, Pirandello volle siglare con un arduo stilema, «ma-

La «maschera nuda»

schera nuda», la natura autentica, credibile, del suo personaggio, tacciato di inverosimiglianza:

Credo che non mi resti che di congratularmi con la mia fantasia, se, con tutti i suoi scrupoli, ha fatto apparir come difetti reali, quelli ch'eran voluti da lei: difetti di quella fittizia costruzione che i personaggi stessi han messo su di sé e della loro vita, o che altri ha messo sù per loro: i difetti insomma della *maschera* finché non si scopre *nuda*.

Messi insieme, i due termini, «maschera» e «nuda», compongono un *adynaton*, una figura retorica dell'impossibilità, che però corrisponde alla condizione inconciliabile del personaggio pirandelliano, alla sua conflittualità irrisolta. Il denudamento della maschera trasforma il simulacro sociale dell'individualità in un volto che si riconosce ma che continua a essere deformato nello specchio degli altri. Questa tensione tra l'apparire e l'essere costituisce il primo nucleo delle molte *drammaturgie* del personaggio, ne esaspera la dialettica *istrionica*, quella sua mimica verbale e gestuale che esprime lo sforzo di legittimare le ragioni del sentimento con le ragioni della logica. Lo stile di Pirandello, il suo caratteristico «parlato-recitato» (Nencioni), talora sconfinante nel "declamato", è strettamente aderente a questa poetica dell'istrione, tanto interiorizzata. Mattia Pascal ne è la più vistosa incarnazione ed è anche l'esemplificazione della propria istanza esistenziale, della necessità di costituirsi come personaggio nello spazio residuo della letteratura.

Drammaturgie del personaggio

Lo spazio dell'istrione

Nei romanzi che seguono, *I vecchi e i giovani*, del 1909, e *Suo marito*, del 1911, quell'istrionismo, espresso con la loquacità di un io narrante che media il rapporto con gli avvenimenti, si stempera per effetto di una riduzione della materia sotto il controllo dell'autore, nello schema del racconto in terza persona e quindi del narratore che ne tiene dall'alto le fila e ne svela le motivazioni oggettive e soggettive. «Romanzo della Sicilia dopo il '70, amarissimo e poposo romanzo, ov'è racchiuso il dramma della mia generazione», *I vecchi e i giovani*, è a suo modo, in modo più diretto, senza la mediazione di un io in cui si trasferisca l'autore, un'autobiografia pubblica piuttosto che privata. La storia nazionale qui preme da vicino, ed è una storia sociale e politica disgregata dalla mediocrità degli intrighi parlamentari e sindacali che hanno rivelato il carattere illusorio delle idealità postrisorgimentali; in definitiva qui è la storia stessa che si fa personaggio distribuendo il carico della sua coscienza sulle spalle delle molte figure che la rappresentano e l'interpretano ancora una volta col pathos dell'umorismo, della maschera nuda che rovescia quella storia in una contro-storia. Il provvidenzialismo

«I vecchi e i giovani» o l'illusione storica

storico di Manzoni è molto lontano (ma non il suo modello letterario), mentre è evidente la consonanza con lo scetticismo dei veristi siciliani, il Verga del *Mastro-don Gesualdo* e anche del sarcastico *Dal tuo al mio*, più ancora il De Roberto dei *Viceré* e dell'*Imperio*. Dalla storia nella cronaca precipita l'intreccio mondano-intellettuale di *Suo marito*, romanzo a chiave dell'ascesa letteraria di una scrittrice, la Deledda, insignita più tardi del Nobel, ma oggi recuperabile fuori dalle sue intricanti vicende di costume (dove la poetica umoristica si traduce in satira), come presa di coscienza di un destino artistico o metafora dell'atto creativo incarnato nella donna-scrittrice, quasi un tramite dei poteri della natura e dell'arte come *gestazione*: un tema che aveva occupato e continuerà ad occupare la riflessione estetica di Pirandello.

«Suo marito»: l'arte come gestazione

La ripresa del modello storico-cronachistico del racconto in terza persona non va oltre *Suo marito*. Con i *Quaderni di Serafino Gubbio operatore* ovvero *Si gira...* (come suona il titolo della prima edizione del 1915 ritoccato nel '25) la voce narrante rientra nel campo del protagonista, che è in questo caso percettivo piuttosto che rievocativo, attua l'idea di un «romanzo da fare» che anticipa la «commedia da fare» dei *Sei personaggi in cerca d'autore*. La sua struttura tende a mettere in sintonia la narrazione con l'imprevedibilità degli accadimenti che il protagonista registra con lo sguardo meccanico dell'operatore cinematografico sottolineando però la dimensione nascosta alla macchina, un *oltre* che non sfugge alla sua passione conoscitiva e svela antefatti drammatici, cascami di vita privata e sociale depositati all'interno di ciascun personaggio fino a determinare la catastrofe dei comprimari del romanzo, figure in apparenza di puro trucco spettacolare, e quella del protagonista-narratore, ridotto dalla sua pretesa impassibilità tecnica al mutismo, a diventare «silenzio di cosa». Scrivendo, Serafino Gubbio soddisfa, come egli stesso dichiara, «a un bisogno di sfogo, prepotente» e vendica anche la condanna sua e di tanti «a non esser altro, *che una mano che gira una manovella*». Da qui, da questo bisogno di sfogo, l'intonazione monologante e allocutoria del suo racconto, come di chi chieda a un'udienza di lettori-spettatori indulgenza per la sua inazione, se non come macchina, e proprio per non essere, come gli altri suoi personaggi, «alla discrezione della vita». Con un'intonazione analoga si sviluppano le *Considerazioni di Vitangelo Moscarda, generali sulla vita degli uomini e particolari sulla propria in otto libri*: sottotitolo di *Uno, nessuno e centomila* nella pubblicazione a puntate nella «Fiera letteraria» tra il dicembre del '25 e il giugno del '26, caduto poi nella prima edizione in volume. La didascalia suona come un omaggio al modello digressivo del *Tristram Shandy* di Sterne,

«Si gira...»: la macchina e l'"oltre"

«Uno, nessuno e centomila»: un breviario di fede

«al suo ritmo mobilissimo e continuamente interrotto, ai suoi brevi capitoletti staccati, all'uso smodato dell'"opinione" che ostacola l'azione, alla tessitura umoristica e disordinata di tutto l'insieme» (Macchia).

Pirandello nell'*Umorismo* vagheggiava l'idea di un narrare sterniano, e forse già da allora cominciò a concepire questa sua bizzarra storia di una volontaria disgregazione dell'io e della sua mimesi nella natura in cui la vita si converte annullandosi come individualità storica e moltiplicandosi in centomila. Protraendosi poi la sua elaborazione per decenni, *Uno, nessuno e centomila* divenne il romanzo testamentario di Pirandello, assunse un significato insieme conclusivo e inaugurale per esplicita volontà dell'autore («c'è la sintesi completa di tutto ciò che ho fatto e che farò», ebbe a dichiarare), raccolse gli sviluppi della sua opera drammatica, di cui avrebbe dovuto essere «il proemio» mentre divenne il «riepilogo», come testimoniava ancora lo scrittore, rivelava infine la soluzione vitale, seppure sempre illusoria, dei conflitti che avevano preso forma nelle varie drammaturgie del personaggio. Il figlio Stefano lo definì un «breviario di fede», e Pirandello stesso rilasciava in interviste attestati di fede: «La realtà, io dico, siamo noi che ce la creiamo: ed è indispensabile che sia così. Ma guai a fermarsi a una sola realtà: essa si finisce per soffocare, per atrofizzarsi, per morire. Bisogna invece variarla, mutarla continuamente, mutare e variare la nostra illusione». In realtà, l'atto di fede era tutt'altro che una conclusione appagante, esprimeva un desiderio di liberazione esistenziale con una resa alla discrezione della natura, attuata, utopisticamente, dentro un tempo bergsoniano, della coscienza immediata non più storica.

Le novelle

L'ospizio di mendicità, finanziato da lui stesso, dove Vitangelo Moscarda si ritirerà a vivere in camicione e zoccoli, solo, senza nome e senza ricordi, ma rinascendo in ogni attimo e ad ogni variazione della natura, può considerarsi simbolicamente la stazione d'arrivo del personaggio più tipico delle novelle pirandelliane: il personaggio in cerca d'assoluto, che tenta di uscire dal limite del quotidiano.

La realtà l'assoluto, l'inconscio

Nella misura del racconto breve, adottata con più regolarità a partire dal 1909 con un'assidua collaborazione al «Corriere della sera», Pirandello inscena vicende più o meno rilevanti di borghesi apparentemente opachi invischiati nei più esasperati rapporti quotidiani e tuttavia ansiosi di riconoscersi in un'identità inconfondibile. Circostanze fin troppo futili inducono il notaio-filosofo dell'*Avemaria di Bobbio* verso la scoperta di un inconscio, quanto meno di un soggetto inconsapevole depositario di pensieri latenti e di memorie occasionalmente emergenti, quasi di una memoria involontaria. I monologanti di *Candelora*, *La carriola*, *La trappola* drammatizzano fino alla farneticazione la loro condizione esistenziale, denunciano vanamente l'irreversibilità del *fatto*, lamentano la *pena della forma*, alla quale cercano di sfuggire anche con atti gratuiti, bizzarramente infantili. Il tema della disgregazione della personalità e della coesistenza di "grandezze" diverse della coscienza risale molto indietro; è già presente a livello autobiografico nelle lettere con cui nel 1893 Pirandello svelava ad Antonietta, ancora fidanzata, la compresenza nel suo io di un «gran me» e di un «piccolo me», forze che di volta in volta tendono a sopraffarsi e da cui lo scrittore trae materia di ragionamento etico in due *Dialoghi* del '95 e del '97. In questi racconti è la dialettica del protagonista che svela la trama del vissuto. Tuttavia, il repertorio novellistico pirandelliano non è strettamente condizionato da questo fervore razionale esplicito o celato. Un piccolo capolavoro del 1912, *Ciàula scopre la luna*, risospinge il motivo della rinascita in una situazione elementare e verghiana che sottolinea senza mediazioni intellettuali la simbologia delle tenebre e della luce; mentre uno scherzo come *La vita nuda* (1910) valorizza impulsi francamente edonistici. Il titolo definitivo, *Novelle per un anno*, con cui a partire dal 1922 vengono ristampate le varie raccolte, appare volutamente indicativo di una grande, variatissima offerta narrativa: una novella al giorno, come prometteva l'autore (che però non superò, sommando anche le postume, il traguardo di 241), a specchio quasi della vita vissuta e in sintonia con la sua imprevedibilità. Prima di assumere la veste di un megalibro, quasi di una domestica Bibbia laica, le novelle erano però già state per Pirandello un serbatoio di storie teatrali. In qualche modo erano esse stesse nuclei di spettacolo "alienato" dalla forma narrativa, attraverso la quale era facile per lo scrittore, una volta intrapreso il viaggio dentro il nuovo territorio della scena, risalire all'archetipo.

Il «gran me» e il «piccolo me»

«Novelle per un anno»: una Bibbia laica

Il "corpus"

Un serbatoio teatrale

Il teatro

Nell'*Umorismo* Pirandello aveva dato scarso peso ai procedimenti drammatici per la definizione della sua poetica. Nello stesso anno (1908) un suo intervento polemico, *Illustratori, attori, traduttori*, degrada addirittura il teatro a funzioni sussidiarie rispetto alla narrazione, come l'illustrazione rispetto alla parola. A meno che non si realizzasse quella piena autonomia del dramma dal racconto di cui egli s'era fatto banditore già nel 1899 nell'articolo *L'azione parlata*, quando vagheggiava il prodigio dell'animazione spontanea senza sostegni descrittivi e mediazioni d'attori, cioè l'evento al quale proprio il suo teatro approderà. E su un altro prodigio aveva fantasticato nel *Fu Mattia Pascal* con quella parabola dello strappo del cielo di carta nella scena di una tragedia per marionette che muta un piccolo Oreste di legno manovrato dai fili del fato nel personaggio del dubbio, nell'incerto Amleto, e segna il diva-

Idee del teatro moderno

rio fra teatro antico e teatro moderno. Di fatto, forme drammatiche e narrative appaiono strettamente congiunte nello spazio dell'immaginazione pirandelliana, non solo perché egli le aveva tentate entrambe ai suoi esordi di scrittore, ma perché i suoi romanzi e le sue novelle avevano elaborato quei processi di teatralizzazione senza i quali il personaggio resterebbe una sagoma incorporea e priva di credibilità. L'itinerario del personaggio pirandelliano procede infatti dalla narrazione verso la scena. Ma questo è anche l'itinerario dello scrittore quale è prefigurato in *Suo marito* dalla carriera della protagonista che ha il suo compimento nel teatro e anche dal destino di Serafino Gubbio, dalla sua riduzione a *sguardo* che testimonia lo sforzo di passare dalla partecipazione alla rappresentazione.

Narrazione e teatralizzazione

Tutta la prima produzione pirandelliana, comprendente atti unici e commedie, tra il 1910 e il 1916, mostra sul vivo la possibilità di ricomposizione del materiale narrativo sulla necessità delle funzioni interpersonali, della situazione e dello sviluppo, ma soprattutto sulla misura del personaggio: basta confrontare con i precedenti novellistici testi come *Lumie di Sicilia*, *La giara*, *Pensaci, Giacomino!*, *Il berretto a sonagli*. In quella successiva il trasferimento di quel materiale dal magazzino del narratore alla vetrina del commediografo si svolge in modo meno lineare. Anche quando il precedente è accertato e confrontabile - come per il capolavoro del problematicismo pirandelliano, *Così è (se vi pare)* – la drammatizzazione sembra annullare la narrazione, e i personaggi s'impongono con un carattere inedito che può rivelarsi solo sulla scena: con la loro presenza priva di passato, proveniente da un nulla o da un caos, con la loro inquietante identità di sopravvissuti a un terremoto che ne ha cancellato i dati anagrafici e vanificato l'inchiesta sulle loro divergenti verità. La *storia*, in questi casi, si produce autonomamente sulla scena come in un incalzante processo verbale che impone più crudamente l'opinabilità dei fatti, la loro riduzione al relativismo dei molteplici punti di vista: *Vestire gli ignudi* e *Come tu mi vuoi* esemplificano questo meccanismo. Per lo più, invece, è un antefatto ineliminabile che esaspera la funzione della *maschera*, una volta constatata la vanità del denudamento e quindi di una ricerca di verità (*Il giuoco delle parti, Enrico IV, Quando si è qualcuno*). Oppure è energia vitale che vuole "consistere" premendo sull'avvenimento scenico che si sforza di emarginarla ma poi finisce per provocarne la continua, assidua interferenza, senza la quale, del resto, il teatro è impossibile. *Sei personaggi in cerca d'autore, Ciascuno a suo modo, Questa sera si recita a soggetto*, attuano con quel tipo di drammaturgia che va sotto il nome di "teatro nel teatro" (e oggi anche di

Il «teatro nel teatro»

"metateatro") proprio questa irruzione della vita che violenta la struttura chiusa della scena tradizionale; non sono esemplari di puro sperimentalismo teatrale, anche se esaltano in un crogiolo di procedimenti scenici inusitati le motivazioni profonde dell'avanguardia novecentesca. Secondo Antonin Artaud realizzavano il fine stesso del teatro, «offrire uno sbocco ai nostri sentimenti repressi», convalidavano l'assioma del suo «teatro della crudeltà», che non può esistere «se non a partire dal momento in cui comincia veramente l'impossibile».

Il dramma "impossibile"

Ma infine è il mito a rinnovare il fervore sperimentale di Pirandello, *Lazzaro, La nuova colonia, I giganti della montagna*, gli apologhi della fede, dell'utopia sociale e dell'arte, esprimono la volontà di far uscire il dramma dal circuito individuale del personaggio e di strappare all'azione scenica, superando ogni verosimiglianza nell'allegoria, messaggi di valore generale e conclusivo. Ma è vero che nelle forme illusionistiche del teatro dei miti Pirandello confermava il suo mito del teatro, come prodigio, come seconda realtà poetica.

La scrittura scenica

Si può dire che l'esperienza teatrale ripercorre in definitiva l'esperienza del novelliere e del romanziere, che il percorso compiuto dall'*Esclusa* a *Uno, nessuno e centomila* corrisponde a quello che va da *La morsa* ai *Giganti*. Ma è certo che il teatro ebbe una straordinaria efficacia come reagente espressivo dei vari contenuti narrativi e quindi in funzione di una loro piena valorizzazione. Da un punto di vista strettamente linguistico, il teatro introduce una seconda lingua pirandelliana, quel dialetto divulgato con la forma e la pronuncia catanese del satiresco Angelo Musco che legò il successo del primo repertorio pirandelliano alle *tournées* della sua compagnia siciliana. Pirandello lo praticò con passione, anche per traduzioni dal teatro classico, ma non volle dargli consistenza letteraria se non per l'originaria versione agrigentina di *Liolà*, che curò come gli altri testi raccolti in *Maschere nude*. Gli interessava più che l'esotismo vernacolare, che pure seduceva il pubblico del continente, la traducibilità di quel dialetto nel «dialetto borghese» che «con qualche goffaggine, appena appena arrotondato, diventa lingua italiana, cioè quella certa lingua italiana parlata comunemente, e forse non soltanto dagli incolti, in Italia», come scriveva nell'introduzione a *Liolà*. In ogni caso i limiti del siciliano gli sembravano troppo vincolanti e frastornanti per la comprensione di personaggi che egli voleva non compromessi da caratterizzazioni regionali, esclusive, e quindi esotiche.

Il dialetto borghese

Più rilevante, invece, nel confronto con la scrittura narrativa l'intensificazione iperespressiva delle modalità più significative e caratterizzanti del racconto, una volta convertite in dialogo. Lo schema novellistico della ritorsione

Dal narrato al dialogato: l'iperespressività

e della beffa si esalta nel pathos dialettico dello scrivano Ciampa del *Berretto a sonagli*, in quel suo argomentare su tre corde, la civile, la seria e la pazza che esprime, secondo Leonardo Sciascia, «le componenti dell'esaltazione virile e della disgregazione sofistica» proprie della tipologia intellettuale del siciliano; l'autocaricatura di Rosario Chiàrcaro della *Patente*, in fama di iettatore, produce il riconoscimento di un potere malefico con vantaggio economico; il dandismo intellettuale di Leone Gala nel *Giuoco delle parti* ritorce su altri il piano di morte architettato per lui dalla moglie adultera. Il tema della irrealtà quotidiana si manifesta in *Così è (se vi pare)* con evidenza allucinatoria e effetti di demonismo che invertono i rapporti tra il coro dei benpensanti-inquisitori e gli inquisiti, vittime acquiescenti di quella violenza per conservare la forza della loro vita illusoria: che è poi per il personaggio pirandelliano una realtà potenziata, come quella che vivono prepotentemente i sei personaggi del primo dramma della trilogia del teatro nel teatro e ancora di più Enrico IV, fisso con tutta la sua spettacolare finzione storica in una «eternità di maschera». Anche i procedimenti meno realistici, quelli con cui Pirandello traduce la scena nel luogo dell'immaginario, si possono far risalire a quella sua investigazione avventurosa del mistero, a quella «lanterninosofia» professata nel *Fu Mattia Pascal* e ripresa nell'*Umorismo*, a quella teoria del sentimento che come un lanternino proietta una luce limitata sulla conoscenza, colorata con i vetrini delle nostre credenze e illusioni, mentre lascia nel buio una realtà inesplorata. In teatro una scenotecnica d'avanguardia – effetti di illuminazione e proiezione, messa in atto di dispositivi propri del teatralismo magico del teorico e drammaturgo russo Nikolaj Evrèinov – rese possibile la concretizzazione di quell'*oltre* che romanzescamente egli aveva solo enunciato e che nelle ultime novelle, quelle postume della raccolta *Una giornata*, interiorizzava con procedimenti sempre più "straniati" e sempre meno discorsivi per penetrare in una terra di nessuno senza peso né spessore, dove sopravvive soltanto lo stupore della vita. Più degli altri generi sempre sperimentati, il teatro fu per Pirandello un'"occasione storica": fu la carta di riconoscimento della sua opera nel mondo, non solo in Italia, e di autoriconoscimento delle sue risorse espressive. In un'epoca di grande trasformazione delle forme artistiche e dei mezzi tecnici il teatro era diventato il luogo deputato del suo immaginario. Ma non se ne contentava, ne rivelava i limiti e li oltrepassava, per rispondere ai richiami della sua modernità.

«Lanterninosofia» e creazione teatrale

NINO BORSELLINO

Guida bibliografica

BIBLIOGRAFIE

Per la bibliografia delle opere si veda L. Pirandello, *Saggi, poesie, scritti varii*, a cura di M. Lo Vecchio-Musti, Milano, Mondadori, 1960, IV ed. riv. 1977, pp. 1291-397.

Bibliografia della critica: A. Barbina, *Bibliografia della critica pirandelliana 1889-1961*, Firenze, Le Monnier, 1967; C. Donati, *Bibliografia della critica pirandelliana 1962-1981*, pref. di A. Luzi, Firenze, Editrice La Ginestra, 1986. Ma si vedano anche G. Marchi, *Dieci anni di critica pirandelliana*, in AA.VV., *Pirandello negli anni Sessanta*, «Quaderni dell'Istituto di studi pirandelliani», 1, Roma, Carucci, 1973, pp. 151-61; S. Costa, *Pirandello*, Firenze, La Nuova Italia, 1978, pp. 144-58; S. Blazina, *Rassegna di studi pirandelliani: i romanzi (1961-1983)*, in «Lettere italiane», XXXVI (1984), 3, pp. 69-131; P. Cudini, nel vol. *Il Novecento* della nuova ed. accresciuta e aggiornata, diretta da N. Sapegno, della *Storia della letteratura italiana* (1969), diretta da E. Cecchi e N. Sapegno, Milano, Garzanti, 1987, pp. 532-42. Una bibliografia integrativa a cura di M. Costanzo nel tomo II del vol. III delle *Novelle per un anno*, Milano, Mondadori, 1990, pp. 1493-504; M. Ermilli, *Rassegna di studi su Pirandello (1978-1991)*, in «Lettere italiane», XLIV (1992), pp. 310-39. Per gli ulteriori aggiornamenti si consultino le «Schede bibliografiche» ragionate della «Rivista di studi pirandelliani», nuova serie (1984-85) e terza serie (1988-), edita dal Centro nazionale di studi pirandelliani, che annualmente si riunisce a convegno su un tema specifico.

Storia della critica: S. Monti, *Pirandello*, Palermo, Palumbo, 1974. Notevole il contributo di G. Ferroni, *Luigi Pirandello*, in *I classici italiani nella storia della critica*, opera diretta da W. Binni, vol. III, Firenze, La Nuova Italia, 1977, pp. 57-129. Per gli orientamenti della critica più recente si veda F. Angelini, *Il punto su Pirandello*, Roma-Bari, Laterza, 1992.

EDIZIONI

Poesie: *Mal giocondo*, Palermo, Libreria Internazionale L. Pedone Lauriel di Carlo Clausen, 1889; *Pasqua di Gea*, Milano, Libreria Editrice Galli, 1891; *Belfagor*, in «Tavola rotonda», 10 luglio 1892; *Pier Gudrò*, Roma, Enrico Voghera, 1894, ed. riv. e ampliata in «La Riviera ligure», luglio 1906; *Elegie renane (1889-90)*, Roma, Unione Cooperativa Editrice, 1895; *Zampogna*, Roma, Società Editrice Dante Alighieri, 1901; *Laòmache*, I e II parte in «Rivista di Roma», 25 febbraio 1906, per intero in «Noi e il mondo», 1° giugno 1916; *Scamandro*, in «Rivista di Roma», 25 giugno e 10 luglio 1906, poi Roma, Tipografia «Roma» di E. Armani e W. Stein, 1909; *Fuori di chiave*, Genova, Formiggini, 1912; *Elegie romane* (trad. in versi da Goethe), Livorno, Giusti, 1896.

Saggi in volume: *Laute und Lautentwickelung der Mundart von Girgenti* [Suoni e sviluppi di suono della parlata di Girgenti], Halle a.S., Druck der Buchdruckerei des Waisenhauses, 1891 (rist. con pref. di G. Nencioni, Pisa, Marlin, 1973; trad. it. con il titolo *La parlata di Girgenti*, introd. di S. Milioto, trad. di S. Milioto con la collaborazione di S. Castellana e M. Trapani, Firenze, Vallecchi, 1981); *Arte e scienza*, Roma, Modes, 1908; *L'umorismo*, Lanciano, Carabba, 1908, II ed. aumentata, Firenze, Battistelli, 1920; *Scritti di arte figurativa, 1895-1897*, a cura di A. Scotti Tosini, Milano, Biblioteca Comunale, 1987; *Verga e D'Annunzio*, a cura di M. Onofri, Roma, Salerno, 1993.
Per un'edizione complessiva delle poesie, degli articoli, dei saggi e degli scritti vari, si ricorra a *Saggi, poesie, scritti varii*, cit.

Romanzi: *L'esclusa*, in «La Tribuna», 29 giugno-16 agosto 1901, poi Milano, Treves, 1908, nuova ed. riveduta e corretta, Firenze, Bemporad, 1927; *Il turno*, Catania, Giannotta, 1902; *Il fu Mattia Pascal*, in «Nuova Antologia», 16 aprile-16 giugno 1904, poi Roma, Edizioni della «Nuova Antologia», 1904, nuova ed. riv., Milano, Treves, 1918, «nuova ristampa con un ritratto per prefazione e in fine un'*Avvertenza sugli scrupoli della fantasia*», Firenze, Bemporad, 1921; *Suo marito*, Firenze, Quattrini, 1911 (nell'ed. Mondadori, Milano 1941, il testo, fino al principio del cap. V, viene presentato secondo un rifacimento che l'autore lasciò incompiuto e con il nuovo titolo *Giustino Roncella nato Boggiòlo*); *I vecchi e i giovani*, I e II parte fino al I paragrafo del cap. IV in «Rassegna contemporanea», II, gennaio-novembre 1909, integralmente Milano, Treves, 1913, 2 voll., «nuova edizione completamente riveduta e rielaborata», Milano, Mondadori, 1931; *Si gira...*, in «Nuova Antologia», 1° giugno-16 agosto 1915, poi Milano, Treves, 1916, col titolo *Quaderni di Serafino Gubbio operatore*, Firenze, Bemporad, 1925; *Uno, nessuno e centomila*, in «La Fiera letteraria», anni I e II, 13 dicembre 1925-13 giugno 1926, in vol., con qualche modifica, Firenze, Bemporad, 1926.
L'edizione complessiva di *Tutti i romanzi*, a cura di G. Macchia e M. Costanzo, premessa di G. Macchia, Milano, Mondadori, «I Meridiani», 1973, 2 voll., fornisce in appendice un ricco apparato critico.

Novelle: *Amori senza amore*, Roma, Stabilimento Bontempelli, 1894; *Beffe della morte e della vita*, Firenze, Lumachi, 1902; *Quand'ero matto...*, Torino, Streglio, 1902; *Beffe della morte e della vita*, seconda serie, Firenze, Lumachi, 1903; *Bianche e nere*, ivi 1904; *Erma bifronte*, Milano, Treves, 1906; *La vita nuda*, ivi 1910; *Terzetti*, ivi 1912; *Le due maschere*, Firenze, Quattrini, 1914, «nuova edizione riveduta» col titolo *Tu ridi*, Milano, Treves, 1920; *La trappola*, ivi 1915; *Erba del nostro orto*, Milano, Studio Editoriale Lombardo, 1915; *E domani, lunedì...*, Milano, Treves, 1917; *Un cavallo nella luna*, ivi 1918; *Berecche e la guerra*, Milano, Facchi, 1919; *Il carnevale dei morti*, Firenze, Battistelli, 1919.
Novelle per un anno, Firenze, Bemporad, poi Milano, Mondadori, 1922-1937, 15 voll.: I *Scialle nero*, Firenze, Bemporad, 1922; II *La vita nuda*, ivi 1922; III *La rallegrata*, ivi 1922; IV *L'uomo solo*, ivi 1922; V *La mosca*, ivi 1923; VI *In silenzio*, ivi 1923; VII *Tutt'e tre*, ivi 1924; VIII *Dal naso al cielo*, ivi 1925; IX *Donna Mimma*, ivi 1925; X *Il vecchio Dio*, ivi 1926; XI *La giara*, ivi 1928; XII *Il viaggio*, ivi 1928; XIII *Candelora*, ivi 1928; XIV *Berecche e la guerra*, Milano, Mondadori, 1934; XV *Una giornata*, ivi 1937.
Novelle per un anno, a cura di M. Costanzo, 3 voll. in 6 tomi, premessa di G. Macchia, Milano, Mondadori, «I Meridiani», 1985, 1987, 1990; *Amori senza amore: tutti i racconti esclusi dalle «Novelle per un anno»*, a cura di G. Macchia, Milano, Mondadori, 1989.
Novelle per un anno, a cura di P. Gibellini, 3 voll., prefazione e note di N. Gazich-M. Strada-G. Prandolini, Firenze, Giunti, 1994.

Opere teatrali: *L'epilogo*, in «Ariel», 20 marzo 1898, poi, con qualche modifica e con il titolo *La morsa*, in «Noi e il mondo», 1° marzo 1914; *Lumie di Sicilia*, in «Nuova Antologia», 16 marzo 1911; *Il dovere del medico*, in «Noi e il mondo», gennaio 1912; *Cecè*, in «La Lettura», ottobre 1913; *Se non così*, in «Nuova Antologia», gennaio 1916, con il titolo *La ragione degli altri*, in *Maschere nude*, vol. IV, Milano, Treves, 1921; *All'uscita*, in «Nuova Antologia», 1° novembre 1916; *Pensaci, Giacomino!*, in «Noi e il mondo», 1° aprile-1° giugno 1917; *Liolà*, Roma, Formiggini, 1917 (testo siciliano con traduzione italiana a fronte); *Così è (se vi pare)*, in «Nuova Antologia», 1°-16 gennaio 1918; *La patente*, in «Rivista d'Italia», 31 gennaio 1918; *Il piacere dell'onestà*, in «Noi e il mondo», 1° febbraio-1° marzo 1918; *Il berretto a sonagli*, in «Noi e il mondo», 1° agosto-1° settembre 1918; *Il giuoco delle parti*, in «Nuova Antologia», 1°-16 gennaio 1919; *Ma non è una cosa seria*, Milano, Treves, 1919; *L'uomo, la bestia e la virtù*, in «Co-

moedia», 10 settembre 1919; *Tutto per bene*, Firenze, Bemporad, 1920; *L'innesto*, Milano, Treves, 1921; *Come prima, meglio di prima*, Firenze, Bemporad, 1921; *Sei personaggi in cerca d'autore*, ivi 1921; *Enrico IV*, ivi 1922; *La signora Morli una e due*, ivi 1922; *Vestire gli ignudi*, ivi 1923; *La vita che ti diedi*, ivi 1924; *Ciascuno a suo modo*, ivi 1924; *Sagra del Signore della nave*, in «Il Convegno», 30 settembre 1924; *L'altro figlio* e *La giara* (insieme alla *Sagra del Signore della nave*), Firenze, Bemporad, 1925; *L'imbecille* (insieme a *Lumie di Sicilia*, *Cecè* e *La patente*), ivi 1926; *L'uomo dal fiore in bocca* (insieme a *All'uscita*, *Il dovere del medico*, *La morsa*), ivi 1926; *Diana e la Tuda*, ivi 1927; *L'amica delle mogli*, ivi 1927; *La nuova colonia*, ivi 1928; *Liolà* (testo italiano), ivi 1928; *Bellavita*, in «Il Secolo XX», luglio 1928; *Sogno (ma forse no)*, in «La Lettura», ottobre 1929; *Lazzaro*, Milano, Mondadori, 1929; *O di uno o di nessuno*, Firenze, Bemporad, 1929; *Questa sera si recita a soggetto*, ivi 1930; *Come tu mi vuoi*, ivi 1930; *I giganti della montagna*, I atto, col titolo *I fantasmi*, in «Nuova Antologia», 16 dicembre 1931, II atto, in «Quadrante», novembre 1934; *Trovarsi*, Milano, Mondadori, 1932; *Quando si è qualcuno*, ivi 1933; *La favola del figlio cambiato*, musiche di G.F. Malipiero, Milano, Ricordi, 1933; *Non si sa come*, Milano, Mondadori, 1935; *Pari*, commedia incompiuta, in *Almanacco letterario Bompiani*, Milano, Bompiani, 1938, pp. 51-62.
Un'edizione complessiva delle *Maschere nude*, pref. di S. d'Amico, cronologia della vita e delle opere a cura di M. Lo Vecchio-Musti, Milano, Mondadori, 1958, 2 voll.
Dell'edizione critica a cura di A. d'Amico, è stato pubblicato il vol. I, premessa di G. Macchia, Milano, Mondadori, «I Meridiani», 1986: comprende *La morsa*, *Lumie di Sicilia*, *Il dovere del medico*, *Cecè*, *La ragione degli altri*, *All'uscita*, *Pensaci, Giacomino!*, *Liolà*, *Così è (se vi pare)*, *La patente*, *Il piacere dell'onestà*, *Il berretto a sonagli*, opere delle quali si forniscono ampie notizie, nota ai testi e varianti.
Infine, *Tutto il teatro in dialetto*, a cura di S. Zappulla Muscarà, 2 voll. Milano, Bompiani, 1993.

Lettere: S. Lopez, *Dal carteggio di Virgilio Talli raccolto da E. Roggero*, Milano, Treves, 1931, pp. 137-63; *Lettere al figlio Stefano durante la grande guerra*, in *Almanacco letterario Bompiani*, Milano, Bompiani, 1938, pp. 32-45, rist. anast. in L. Sciascia (a cura di), *Omaggio a Pirandello. Almanacco letterario Bompiani*, Milano, Bompiani, 1987; L. Sciascia, *Pirandello e il pirandellismo (con lettere inedite di Pirandello a Tilgher)*, Caltanissetta, Sciascia, 1953, pp. 89-99; S. d'Amico, *Luigi Pirandello. Lettere ai familiari*, in «Terzo Programma», 1961, 3, pp. 273-312; Pirandello-Martoglio, *Carteggio inedito*, commento e note di S. Zappulla, Milano, Pan, 1979; *Carteggi inediti (con Ojetti, Albertini, Orvieto, Novaro, De Gubernatis, De Filippo)*, a cura di S. Zappulla Muscarà, «Quaderni dell'Istituto di studi pirandelliani», 2, Roma, Bulzoni, 1980; *Lettere da Bonn 1889-1891*, a cura di E. Providenti, Roma, Bulzoni, 1984; *Epistolario familiare giovanile (1886-1898)*, a cura di E. Providenti, Firenze, Le Monnier, 1986; *Lettere d'amore di Luigi ad Antonietta*, a cura di A. Barbina, Roma, Bulzoni, 1986; *Lettere giovanili da Palermo e da Roma 1886-1889*, Roma, Bulzoni, 1993.

Fra le numerose traduzioni è importante quella, ricca di note, pubblicata nella «Bibliothèque de la Pléiade» di Gallimard: *Théâtre complet*, vol. I, a cura di P. Renucci, Paris 1977; vol. II, a cura di A. Bouissy e P. Renucci, ivi 1985 (con contributi di molti studiosi francesi e italiani).

CONTRIBUTI BIOGRAFICI

F.V. Nardelli, *L'uomo segreto. Vita e croci di Luigi Pirandello*, Milano, Mondadori, 1932, nuova ed. col titolo *Vita segreta di Pirandello*, Roma, Bianco, 1962, poi col titolo *Pirandello l'uomo segreto*, a cura e con pref. di M. Abba, Milano, Bompiani, 1986; G. Giudice, *Luigi Pirandello*, Torino, UTET, 1963 (opera di notevole valore critico oltre che biografico); E. Lauretta, *Luigi Pirandello. Storia di un personaggio fuori di chiave*, Milano, Mursia, 1980; M.L. Aguirre D'Amico, *Vivere con Pirandello*, Milano, Mondadori, 1989 (vi si intessono ricordi familiari); P. Frassica, *A Marta Abba per non morire. Sull'epistolario tra Pirandello e la sua attrice*, Milano, Mursia 1991 (pubblica ampi brani del fitto epistolario intercorso con M. Abba); *Album Pirandello*, con un saggio biografico e il commento alle immagini di M.L. Aguirre D'Amico, ricerche iconografiche di M.L. Aguirre D'Amico, E. Romano e V. Semproni, introd. di V. Consolo, Milano, Mondadori, 1992.

STUDI COMPLESSIVI

F. Tozzi, *Luigi Pirandello*, in «La Rassegna italiana», II (15 gennaio 1919), pp. 285-89; P.M. Rosso di San Secondo, *Luigi Pirandello*, in «Nuova Antologia», 1° febbraio 1916, pp. 390-95; E. Fabbri, *Pirandello*, Firenze, La Nave, 1921; P. Rost, *Pirandello*, Milano, Modernissima, 1921; A. Artaud (1923), in *Il teatro e il suo doppio* (1938), Torino, Einaudi, 1972, pp. 301-03; M. Alajmo, *Luigi Pirandello e il «suo modo»*, Girgenti, Montes, 1926, poi in Id., *Sintesi di Pirandello. Saggi, riflessioni e note critiche tra edito e inedito*, Agrigento, Edizioni Centro Culturale Pirandello, 1986; W. Starkie, *Luigi Pirandello*, London, Dent, 1927, 1937^2, III ed. riv. e ampl., University of California

Press, Los Angeles-Berkeley 1965; F. Pasini, *Luigi Pirandello (come mi pare)*, Trieste, Vedetta d'Italia, 1927; «Quadrivio», II, 18 novembre 1934 (numero monografico dedicato a Pirandello, con scritti di M. Bontempelli, M. Gallian, T. Napolitano, C. Alvaro, P. Aschieri); B. Croce, *Luigi Pirandello* (1935), in Id., *La letteratura della nuova Italia*, VI, Bari, Laterza, 1940, pp. 359-77; D. Vittorini, *The Drama of Luigi Pirandello*, Philadelphia, University of Pennsylvania Press, 1935, 1957^{2} (con una bibliografia di scritti inglesi e americani); D. Mondrone, *Escursione su Pirandello*, in «La Civiltà cattolica», LXXXVI (1935), pp. 264-78; C. Alvaro, *Luigi Pirandello*, in *Enciclopedia italiana*, Roma, Istituto della Enciclopedia Italiana, vol. XXVII, 1935, *ad voc.*; P. Mignosi, *Il segreto di Luigi Pirandello*, Palermo, La Tradizione, 1935, 1937^{2}; B. Croce, *Il Pirandello e la critica*, in «La Critica», XXXIV (1936), pp. 79-80, poi in Id., *Pagine sparse*, vol. III, Bari, Laterza, 1960^{2}, pp. 94-96; D. Mondrone, *Luigi Pirandello e la sua «perfetta ortodossia»*, in «La Civiltà cattolica», LXXXVIII (1937), pp. 15-28; L. Antonelli, *Maschera nuda di Pirandello*, Roma, Vettorini, 1937; G. Patané, *Pirandello*, Catania, Studio Editoriale Moderno, 1937; M. Bontempelli, *Pirandello o del candore* (1937), in Id., *Sette discorsi*, Milano, Bompiani, 1942, pp. 1-30; F. Pasini, *Pirandello nell'arte e nella vita*, Padova, Stediv, 1937; L. Baccolo, *Luigi Pirandello*, Genova, Emiliano degli Orfini, 1938, II ed. Milano, Bocca, 1949; M. Lo Vecchio-Musti, *L'opera di Luigi Pirandello*, Torino-Milano-Padova, Paravia, 1939; A. Di Pietro, *Saggio su Pirandello*, Milano, Edizioni di «Vita e Pensiero», 1941; L. Russo, *Il noviziato letterario di Luigi Pirandello*, Pisa, Il Paesaggio, 1947, poi in Id., *Ritratti e disegni storici*, serie IV, Bari, Laterza, 1953, pp. 347-95; A. Janner, *Luigi Pirandello*, Firenze, La Nuova Italia, 1948; L. Russo, *Luigi Pirandello*, in Id., *I narratori*, Milano-Messina, Principato, 1951, pp. 237-43; C. Alvaro, *Appunti e ricordi su Luigi Pirandello*, in «Arena», I (1953), 3, pp. 160-84; L. Sciascia, *Pirandello e il pirandellismo*, cit. (dello stesso si vedano anche *Pirandello e la Sicilia*, Caltanissetta-Roma, Sciascia, 1961, e *Note pirandelliane*, in Id., *La corda pazza. Scrittori e cose della Sicilia*, Torino, Einaudi, 1970, pp. 108-35); W. Benjamin, *L'opera d'arte nell'epoca della sua riproducibilità tecnica* (1955), Torino, Einaudi, 1966, pp. 32-34; P. Szondi, *Il dramma impossibile (Pirandello)*, in Id., *Teoria del dramma moderno* (1956), Torino, Einaudi, 1962, pp. 105-12; C. Salinari, *Lineamenti del mondo ideale di Luigi Pirandello*, in «Società», XIII (1957), pp. 425-62, con qualche modifica e con il titolo *La coscienza della crisi*, in Id., *Miti e coscienza del decadentismo italiano*, Milano, Feltrinelli, 1960, pp. 249-84 ; F. Puglisi, *L'arte di Luigi Pirandello*, Messina-Firenze,

D'Anna, 1958; E. Levi, *Il comico di carattere da Teofrasto a Pirandello*, Torino, Einaudi, 1959, pp. 153-81; A. Leone de Castris, *Storia di Pirandello*, Bari, Laterza, 1962 (ed. ampliata 1971); G. Giudice, *Luigi Pirandello*, cit.; F. Rauhut, *Der Junge Pirandello*, München, Verlag C.H. Beck, 1964; G. Macchia, *Luigi Pirandello*, in *Storia della letteratura italiana*, vol. IX, diretta da E. Cecchi e N. Sapegno, Milano, Garzanti, 1969, pp. 441-92, poi, con qualche aggiunta e col titolo *Saggio su Luigi Pirandello*, in Id., *La caduta della luna*, Milano, Mondadori, 1973, pp. 221-308; L. Lugnani, *Pirandello*, Firenze, La Nuova Italia, 1970; C. Vicentini, *L'estetica di Pirandello*, Milano, Mursia, 1970; G.F. Venè, *Pirandello fascista*, Milano, Sugar, 1971 (ma cfr. su questo tema N. Borsellino, *Pirandello e la politica. Fatti e opinioni di ieri e di oggi*, in «Rivista di studi pirandelliani», terza serie, IX, 1991, 6/7, pp. 101-05); R. Barilli, *La linea Svevo-Pirandello*, Milano, Mursia, 1972; J.-M. Gardair, *Pirandello. Fantasmes et logiques du double*, Paris, Larousse, 1972 (trad. it. *Pirandello e il suo doppio*, introd. di G. Ferroni, Roma, Abete, 1977); R. Alonge, *Pirandello tra realismo e mistificazione*, Napoli, Guida, 1972; E. Mazzali, *Luigi Pirandello*, Firenze, La Nuova Italia, 1973; D. Della Terza, *Luigi Pirandello e la ricerca della distanza umoristica* (1974), poi in Id., *Letteratura e critica tra Otto e Novecento: itinerari di ricezione*, Cosenza, Edizioni Periferia, 1989, pp. 79-93; F. Virdia, *Pirandello*, Milano, Mursia, 1975; E. Lauretta (a cura di), *I miti di Pirandello*, Palermo, Palumbo, 1975; G.P. Biasin, *Malattie letterarie*, Milano, Bompiani, 1976, pp. 125-55; E. Ferrario, *L'occhio di Mattia Pascal. Poetica e estetica in Pirandello*, Roma, Bulzoni, 1978; S. Costa, *Luigi Pirandello*, cit.; E. Lauretta, *Luigi Pirandello. Storia di un personaggio fuori di chiave*, cit.; A. Di Pietro, *Luigi Pirandello e la «crisi della ragione»*, in *Letteratura italiana del Novecento. I contemporanei*, diretta da G. Grana, vol. III, Milano, Marzorati, 1979, pp. 2195-234; N. Borsellino, *Immagini di Pirandello*, Cosenza, Lerici, 1979; G. Corsinovi, *Pirandello e l'Espressionismo*, Genova, Tilgher, 1979; A. Barbina, *La biblioteca di Luigi Pirandello*, premessa di U. Bosco, Roma, Bulzoni, 1980; M. Rössner, *Pirandello Mythenstürzer*, Vienna, Böhlau, 1980; G. Macchia, *Pirandello o la stanza della tortura*, Milano, Mondadori, 1981; N. Borsellino, *Ritratto di Pirandello*, Roma-Bari, Laterza, 1983, poi, con ulteriori contributi pirandelliani, in Id., *Ritratto e immagini di Pirandello*, ivi 1991; S. Milioto-E. Scrivano (a cura di), *Pirandello e la cultura del suo tempo*, Milano, Mursia, 1984; R. Jacobbi, *Luigi Pirandello*, in Id., *L'avventura del Novecento*, a cura di A. Dolfi, Milano, Garzanti, 1984, pp. 373-418; L. Lugnani, *L'infanzia felice e altri saggi su Pirandello*, Napoli, Liguori, 1986; G. Guglielmi, *Peri Bathous* e *Poetiche di romanzo in Pirandello*, in Id., *La prosa italiana del Novecento*, Torino, Einaudi, 1986, pp. 56-113; L. Sciascia (a cura di), *Omaggio a Pirandello. Almanacco letterario Bompiani*, Milano, Bompiani 1987 (in appendice *Almanacco letterario Bompiani*, cit., rist. anast.); W. Krysinski, *Il paradigma inquieto. Pirandello e lo spazio comparativo della modernità*, a cura di C. Donati, Napoli, ESI, 1988; L. Sciascia, *Alfabeto pirandelliano*, Milano, Adelphi, 1989; U. Artioli, *L'officina segreta di Pirandello*, Roma-Bari, Laterza, 1989; E. Lauretta (a cura di), *La «persona» nell'opera di Luigi Pirandello*, Milano, Mursia, 1990; E. Providenti, *Archeologie Pirandelliane*, Catania, Maimone, 1990; E. Lauretta (a cura di), *Pirandello e l'oltre*, Milano, Mursia, 1991; G. Querci, *Pirandello: l'inconsistenza dell'oggettività*, Roma-Bari, Laterza, 1992; L. Martinelli, *Lo specchio magico. Immagini del femminile in Luigi Pirandello*, Bari, Dedalo, 1992; R. Luperini, *Introduzione a Pirandello*, Roma-Bari, Laterza, 1992; E. Lauretta (a cura di), *Pirandello e la politica*, Milano, Mursia, 1992; C. Vicentini, *Pirandello. Il disagio del Teatro*, Venezia, Marsilio, 1993.

STUDI SPECIFICI

Sulla poesia: T. Gnoli, *Un cenacolo letterario: Fleres, Pirandello & C.*, in «Leonardo», VI (1935), pp. 103-07; G. Andersson, *Arte e teoria. Studi sulla poetica del giovane Luigi Pirandello*, Stoccolma, Almqvist & Wiksell, 1966; F. Bonanni, *Pirandello poeta (motivi della poesia pirandelliana)*, Napoli, Morano, 1966; V. Esposito, *Pirandello lirico*, Brescia, Magalini, 1968; F. Nicolosi, *Luigi Pirandello. Primo tempo. Dalla poesia alla narrativa*, Roma, Edizioni dell'Ateneo, 1978; P. D. Giovanelli (a cura di), *Pirandello poeta*, Firenze, Vallecchi, 1981.

Sui saggi: B. Croce, *«L'umorismo» di Luigi Pirandello* (1909), in Id., *Conversazioni critiche*, serie I, Bari, Laterza, 1939, pp. 43-48; A.M. [A. Momigliano], in «Giornale storico della letteratura italiana», LIV (1909), pp. 429-32; A. Barbina, *Sul primo Pirandello recensore e recensito*, in AA.VV., *Pirandello negli anni Sessanta*, cit., pp. 121-50; U. Eco, *Pirandello Ridens* (1978), in Id., *Sugli specchi e altri saggi*, Milano, Bompiani, 1985, pp. 261-70; G. Macchia, *Pirandello (mascherato) contro Pascoli* (1980), poi, col titolo *I rischi e i vantaggi dello pseudonimo*, in Id., *Pirandello o la stanza della tortura*, cit., pp. 131-46; G. Nava, *Arte e scienza nella saggistica di Pirandello*, in «Inventario», n.s., XX (1982), 5-6, pp. 112-25; AA.VV., *Pirandello saggista*, Palermo, Palumbo, 1982.

Sui romanzi: P. Pancrazi, *L'altro Pirandello*, in Id., *Scrit-*

tori italiani del 900, Bari, Laterza, 1934, pp. 14-20; G. Debenedetti, *Il fu Mattia Pascal*, in Id., *Il romanzo del Novecento. Quaderni inediti* [1961-62], presentazione di E. Montale, Milano, Garzanti, 1971, pp. 305-414; F. Angelini, *Serafino Gubbio, la tigre e la vocazione teatrale di Luigi Pirandello*, in AA.VV., *Letteratura e critica. Studi in onore di Natalino Sapegno*, vol. II, Roma, Bulzoni, 1975, pp. 855-82, poi, con altri saggi pirandelliani, in Id., *Serafino e la tigre. Pirandello tra scrittura, teatro e cinema*, Venezia, Marsilio, 1990; R. Barilli, *I romanzi di Pirandello e il discorso retorico*, in E. Lauretta (a cura di), *Il romanzo di Pirandello*, Palermo, Palumbo, 1976, pp. 209-22, poi, con altri studi pirandelliani, in R. Barilli, *Pirandello. Una rivoluzione culturale*, Milano, Mursia, 1986; R.S. Dombroski, *La totalità dell'artificio. Ideologia e forma nel romanzo di Pirandello*, Padova, Liviana, 1978; AA.VV., *Il romanzo di Pirandello e Svevo*, introd. di E. Lauretta, Firenze, Vallecchi, 1984; M.A. Grignani, *Quaderni di Serafino Gubbio operatore: sintassi di un'impassibilità novecentesca*, in «Rivista di studi pirandelliani», n.s., V (1985), 3, pp. 7-24; G. Mazzacurati, *Pirandello nel romanzo europeo*, Bologna, Il Mulino, 1987; AA.VV., *Lo strappo nel cielo di carta. Introduzione alla lettura del «Fu Mattia Pascal»*, Roma, La Nuova Italia Scientifica, 1988; G. Petronio, *Restauri letterari da Verga a Pirandello*, Roma-Bari, Laterza, 1990, pp. 147-206; G. Mazzacurati, *L'arte del titolo, da Sterne a Pirandello*, in AA.VV., *Effetto Sterne, La narrazione umoristica in Italia da Foscolo a Pirandello*, Pisa, Nistri-Lischi, 1990, pp. 294-332.

Sulle novelle: G.A. Borgese, *Luigi Pirandello. La vita nuda*, in Id., *La vita e il libro. Saggi di letteratura e di cultura contemporanea*, serie II, Torino, Bocca, 1911, pp. 116-24; A. Momigliano, *Impressioni di un lettore contemporaneo*, Milano, Mondadori, 1928, pp. 246-60; G. Debenedetti, *«Una giornata» di Pirandello* (1937), in Id., *Saggi critici*, Roma, Edizioni del Secolo, 1945, pp. 264-88; G. Petronio, *Pirandello novelliere e la crisi del realismo*, Lucca, Lucentia, 1950; C. Alvaro, *Prefazione* al vol. I delle *Novelle per un anno*, Milano, Mondadori, 1956, pp. 3-41; S. Battaglia, *La narrativa di Luigi Pirandello*, in «Il Veltro», V (1961), 11-12, pp. 17-24; R. Barilli, *La poetica di Pirandello* e *Le novelle di Pirandello*, in Id., *La barriera del naturalismo. Studi sulla narrativa italiana contemporanea*, Milano, Mursia, 1964, pp. 9-31 e 32-61; B. Terracini, *Le «Novelle per un anno» di Luigi Pirandello*, in Id., *Analisi stilistica. Teoria, storia, problemi*, Milano, Feltrinelli, 1966, pp. 283-395 (trad. e rifacimento di una monografia comparsa a puntate fra il 1941 e il 1945 sulla rivista argentina «Insula»); G. Guglielmi, *Mondo di carta*, in Id., *Ironia e negazione*, Torino, Einaudi, 1974, pp. 155-79; M. Baratto, *Relazione conclusiva*, in S. Milioto (a cura di), *Le novelle di Pirandello*, Agrigento, Centro nazionale di studi pirandelliani, 1980, pp. 360-70; F. Zangrilli, *L'arte novellistica di Pirandello*, Ravenna, Longo, 1983; N. Borsellino, *Sul testo delle «Novelle per un anno»: redazioni e variazioni*, in G. Biasin-N.J. Perella (a cura di), *Pirandello 1986*, Roma, Bulzoni, 1987, pp. 201-12, poi in N. Borsellino, *Ritratto e immagini di Pirandello*, cit., pp. 155-66.

Sul teatro si vedano anzitutto alcune importanti raccolte di cronache:
A. Tilgher, *Il problema centrale (Cronache teatrali 1914-1926)*, a cura di S. d'Amico, Genova, Edizioni del Teatro Stabile di Genova, 1973.
R. Simoni, *Trent'anni di cronaca drammatica* [1911-1952], 5 voll., vol. I, Torino, Società Editrice Torinese, 1951, gli altri quattro a cura di L. Ridenti, Torino, ILTE, 1954-1960. Raccoglie interventi pubblicati sul «Corriere della sera», dal 1916 in poi.
M. Praga, *Cronache teatrali 1919-1928*, Milano, Treves, 1920-1929, 10 voll.
A. Gramsci, *Letteratura e vita nazionale*, Torino, Einaudi, 1950. Raccoglie cronache pubblicate sull'«Avanti!» tra il '16 e il '20 (alle pp. 46-53 *Il teatro di Pirandello*); dello stesso si vedano anche i *Quaderni del carcere*, a cura di V. Gerratana, Torino, Einaudi, 1975, 4 voll.: vol. II, pp. 1195-97; vol. III, pp. 1670-74, 2235-36.
P. Gobetti, vol. III delle *Opere*, *Scritti di critica teatrale*, a cura di G. Guazzotti, Torino, Einaudi, 1974. Le cronache pirandelliane furono pubblicate su «L'Ordine nuovo» tra il 1921 e il 1922.
S. d'Amico, *Cronache del teatro*, a cura di E.F. Palmieri e Sandro d'Amico, Bari, Laterza, 1963-64, 2 voll. Raccoglie interventi pubblicati soprattutto su «L'idea nazionale», dal 1918 in poi.
Tra i numerosissimi contributi e interventi, dopo quelli determinanti di A. Tilgher, raccolti in *Studi sul teatro contemporaneo*, Roma, Libreria di scienze e lettere, 1923 [ma 1922], pp. 187-91 e in *La scena e la vita. Nuovi studi sul teatro contemporaneo*, Roma, Libreria di scienze e lettere, 1925, pp. 134-43, si ricordano: A. Artaud, *«Sei personaggi in cerca d'autore» alla Comédie des Champs-Elysées* (1923), in Id., *Il teatro e il suo doppio*, Torino, Einaudi, 1968, pp. 110-11; I. Siciliano, *Il teatro di Pirandello, ovvero dei fasti dell'artificio*, Torino, Bocca, 1929 (che pretende a una liquidazione); M. Baratto, *Le théâtre de Pirandello*, in J. Jacquot (a cura di), *Réalisme et poésie au théâtre*, Paris, Centre nationale de la recherche scientifique, 1960, saggio che, in forma rielaborata e in versione italiana,

compare col titolo *Per una storia del teatro di Pirandello*, in *Atti del Congresso internazionale di studi pirandelliani (2-5 ottobre 1961)*, Firenze, Le Monnier, 1967, pp. 285-302 (il saggio è raccolto, insieme con altri studi pirandelliani, nel vol. postumo dello stesso Baratto, *Da Ruzante a Pirandello. Scritti sul teatro*, premessa di G. Mazzacurati, Napoli, Liguori, 1990); G.F. Malipiero, *Luigi Pirandello mio librettista*, in *Atti del Congresso internazionale di studi pirandelliani*, cit., pp. 913-15; *Luigi Pirandello*, in *Enciclopedia dello spettacolo*, Roma, Le Maschere, 1961, *ad voc.* (voce di vari autori comprensiva di un repertorio delle opere e studi sulla fortuna); G. Genot, *Caractères du lieu théâtral chez Pirandello*, in «Revue des études italiennes», XIV (1968), pp. 8-25; Id., *Pirandello*, Paris, Seghers, 1970; G. Guglielmi, *Le allegorie di Pirandello*, in Id., *Ironia e negazione*, cit., pp. 128-54; G. Livio, *Il teatro in rivolta. Futurismo, grottesco. Pirandello e il pirandellismo*, Milano, Mursia, 1976; E. Lauretta (a cura di), *Il teatro nel teatro di Pirandello*, Agrigento, Centro nazionale di studi pirandelliani, 1977; S. Milioto (a cura di), *Gli atti unici di Pirandello (tra narrativa e teatro)*, ivi 1978; G. Bárberi Squarotti, *Le sorti del tragico. Il Novecento italiano: romanzo e teatro*, Ravenna, Longo, 1978, pp. 137-237; F. Fergusson-R. Brustein, *Pirandello e la drammaturgia del '900*, in *Letteratura italiana del Novecento. I contemporanei*, diretta da G. Grana, vol. III, cit., pp. 2249-65; R. Scrivano, *Pirandello. Codici e meccanismi dell'«Enrico IV»* e *Pirandello tra racconto e teatro*, in Id., *Finzioni teatrali. Da Ariosto a Pirandello*, Messina-Firenze, D'Anna, 1982, pp. 207-68; S. Zappulla Muscarà-E. Zappulla, *Sicilia: dialetto e teatro. Materiali per una storia del teatro dialettale siciliano*, Agrigento, Centro nazionale di studi pirandelliani, 1982; Id., *Pirandello in guanti gialli*, Caltanissetta-Roma, Sciascia, 1983; S. Milioto (a cura di), *Pirandello e il teatro del suo tempo*, Agrigento, Centro nazionale di studi pirandelliani, 1983; E. Gioanola, *Pirandello la follia*, Genova, Il Melangolo, 1983; P. Milone, *Pirandello: arte e follia*, in «Rivista di studi pirandelliani», n.s., IV (1984), 1, pp. 68-81; AA.VV., *Pirandello e il teatro*, introd. di E. Lauretta, Palermo, Palumbo, 1985; E. Scrivano (a cura di), *Pirandello e la drammaturgia tra le due guerre*, Agrigento, Centro nazionale di studi pirandelliani, 1985; AA.VV., *Testo e messa in scena in Pirandello*, Roma, La Nuova Italia Scientifica, 1986; AA.VV., *Pirandello tra scrittura e regia*, Firenze, Vallecchi, 1986; A. d'Amico-A. Tinterri, *Pirandello capocomico. La Compagnia del Teatro d'Arte di Roma 1925-1928*, Palermo, Sellerio, 1987; P. Puppa, *Dalle parti di Pirandello*, Roma, Bulzoni, 1987; C. Segre, *La comunicazione teatrale in Pirandello*, in G. Biasin-N.J. Perella (a cura di), *Pirandello 1986*, cit., pp. 75-87, poi in C.

Segre, *Intreccio di voci. La polifonia nella letteratura del Novecento*, Torino, Einaudi, 1991, pp. 45-57; L. Squarzina, *Questa sera Pirandello. Scritti e note di regia*, Venezia, Marsilio 1990.

Su Pirandello e il cinema: N. Genovese-S.Gesù (a cura di), *La musa inquietante di Pirandello: il Cinema*, Acireale, Bonanno, 1990, 2 voll.; E. Lauretta (a cura di), *Pirandello e il cinema*, introd. di S. Milioto, Agrigento, Centro nazionale di studi pirandelliani, 1977; F. Callari, *Pirandello e il cinema. Con una raccolta completa degli scritti teorici e creativi*, Venezia, Marsilio, 1991; M.A. Grignani (a cura di), *Il cinema e Pirandello*, Firenze, La Nuova Italia, 1992.

Studi linguistici: M. Guglielminetti, *Il soliloquio di Pirandello*, in Id., *Struttura e sintassi del romanzo italiano del primo Novecento*, Milano, Silva, 1964, pp. 65-120; L. Personè, *Pirandello e la sua lingua*, Bologna, Nuova Cappelli, 1968; G. Contini, *Luigi Pirandello*, in Id., *Letteratura dell'Italia unita. 1861-1968*, Firenze, Sansoni, 1968, pp. 607-27; A. Pagliaro, *Teoria e prassi linguistica di Luigi Pirandello*, in «Bollettino del Centro di studi filologici e linguistici siciliani», x (1969), pp. 249-93; P. Mazzamuto, *L'arrovello dell'arcolaio. Studi su Pirandello agrigentino e dialettale*, Palermo, Flaccovio, 1974 (dello stesso si veda anche *Pirandello: la maschera e il dialetto*, Palermo, Panopticon, 1988); M.L. Altieri Biagi, *La lingua in scena: dalle novelle agli atti unici*, in S. Milioto (a cura di), *Gli atti unici di Pirandello (tra narrativa e teatro)*, cit., pp. 259-315; S. Zappulla Muscarà (a cura di), *Pirandello dialettale*, Palermo, Palumbo, 1983; G. Nencioni, *Parlato-parlato, parlato-scritto, parlato-recitato*, in «Strumenti critici», xi (1976), 29, pp. 1-56; Id., *L'interiezione nel dialogo teatrale di Pirandello* (1977), in Id., *Tra grammatica e retorica. Da Dante a Pirandello*, Torino, Einaudi, 1983, pp. 210-53 (alle pp. 176-90, *Pirandello dialettologo*, presentazione della rist. anast. della tesi di laurea di Pirandello, cit.); S. Zappulla Muscarà (a cura di), *Pirandello dialettale*, Palermo, Palumbo, 1983; L. Sedita, *La maschera del nome. Tre saggi di onomastica pirandelliana*, Roma, Istituto della Enciclopedia Italiana, 1988; L. Salibra, *Lessicologia d'autore. Studi su Pirandello e Svevo*, Roma, Edizioni dell'Ateneo, 1990.

Studi filologici: J. Moestrup, *Le correzioni ai «Sei personaggi» e il Castelvetro di Pirandello*, in «Revue Romane», Copenhagen, ii (1967), 2, pp. 121-35, poi, in forma rielaborata, in Id., *The Structural Patterns of Pirandello's Work*, Odense, Odense University Press, 1972; N. Borsellino, *Stratigrafia dell'«Esclusa»* (1975) e *Il manoscritto del*

«Fu Mattia Pascal» (1988), in Id., *Ritratto e immagini di Pirandello*, cit., pp. 139-54 e 167-83; G. Cappello, *Quando Pirandello cambia titolo: occasionalità o strategia?*, Milano, Mursia, 1986; L. Sciascia, *La biblioteca di Mattia Pascal*, in Id., *Fatti diversi di storia letteraria e civile*, Palermo, Sellerio, 1989, pp. 94-101.
Per la situazione testuale delle opere teatrali fino al 1917, si vedano le *Notizie* e le *Note ai testi e varianti* di A. d'Amico che accompagnano l'ed. critica del vol. I delle *Maschere nude*, a cura di A. d'Amico, cit.

Sulla fortuna: R. Lelièvre, *Le Théâtre dramatique italien en France de 1855 à 1940*, Paris, Colin, 1959, pp. 337-519; O. Büdel, *Pirandello sulla scena tedesca*, in S. d'Amico (a cura di), *Pirandello ieri e oggi*, in «Quaderni del Piccolo Teatro di Milano», 1961, 1, pp. 99-122; A. Weiss, *Le Théâtre de Luigi Pirandello dans le mouvement dramatique contemporain*, Paris, Librairie 73, 1965; *Atti del Congresso internazionale di studi pirandelliani*, cit., dove, tra l'altro, si affronta in dettaglio la questione della fortuna di Pirandello all'estero; J. De Jomaron, *Le mises en scène de Georges Pitoëff*, in «Revue des études italiennes», n.s., XVI (1968), pp. 51-71; G. Pennica (a cura di), *Pirandello e la Germania*, Palermo, Palumbo, 1984; M. Cometa, *Il teatro di Pirandello in Germania*, Palermo, Novecento, 1986; M.B. Mignone (a cura di), *Pirandello in America*, Roma, Bulzoni, 1980; G. Cacho Millet, *Pirandello in Argentina*, Palermo, Novecento, 1987; F. Zangrilli, *Linea pirandelliana nella narrativa moderna*, Ravenna, Longo, 1990.

(a cura di Graziella Pulce)

CRONOLOGIA
DELLE OPERE E DELLE PRIME RAPPRESENTAZIONI

1878 ca Scrive la tragedia in cinque atti *Barbaro*, perduta, che rappresenta nel teatrino di famiglia con le sorelle e gli amici.

1881 ca Compone un dramma in versi martelliani, di cui è conservato il manoscritto anepigrafo e incompiuto.

1884 Pubblica la prima novella, *Capannetta* («Gazzetta del popolo della domenica», 1° giugno).

1886 Compone poesie, molte delle quali distrugge o disperde, il poemetto *Belfagor*, in gran parte distrutto, e la commedia *Gli uccelli dell'alto*.

1887 Brucia la commedia *Gli uccelli dell'alto*, dopo averla proposta senza esito alla Compagnia Pietriboni, e con essa molti altri manoscritti. Per Eleonora Duse compone due commedie, *Fatti che or son parole* e *La gente allegra*. Perdute entrambe, non furono mai rappresentate.

1888 Offre senza esito a Cesare Rossi una commedia composta nel gennaio, *Le popolane*, perduta.

1889 Pubblica la raccolta di versi *Mal giocondo* (Palermo, Libreria Internazionale L. Pedone Lauriel di Carlo Clausen).

1890 Esce in rivista il saggio *La menzogna del sentimento nell'arte* («Vita nuova», II, n. 26, 29 giugno e n. 27, 6 luglio). Lavora alla traduzione delle *Elegie romane* di Goethe e alla composizione delle *Elegie boreali* (in volume nel 1895, col titolo *Elegie renane*).

1891 Presso l'editore milanese Galli pubblica la seconda raccolta di versi, *Pasqua di Gea*. Lavora alle scene drammatiche *Provando la commedia*, poi perdute. La sua tesi di laurea, discussa il 21 marzo, ha per titolo *Laute und Lautentwickelung der Mundart von Girgenti* [Suoni e sviluppi di suono della parlata di Girgenti] (Halle a.S., Druck der Buchdruckerei des Waisenhauses).

1892 In febbraio annuncia la composizione di una commedia, *La signorina*, perduta (lo stesso titolo recherà una novella pubblicata nel 1894). Nel giugno pubblica su «L'O di Giotto» l'atto unico *Perché?* (sarà rappresentato a Roma il 25 giugno 1986) e in rivista («Tavola rotonda», 10 luglio) il I canto del poemetto *Belfagor*. Dà notizia dell'atto unico *L'epilogo*. Non resta traccia dell'annunciato *Le vittime*.

1893 Nel febbraio dà notizia di vari lavori cui attende, fra cui i drammi in un atto *L'elemosina* e *Schiavi*, forse nuovo titolo di *Le vittime*, la commedia in tre atti *La moglie fedele* e la commedia in un atto *Armeggiamenti*, tutti perduti. Scrive il primo romanzo, *Marta Ajala*, pubblicato nel 1901 col titolo *L'esclusa*. Il 15 agosto detta il *Frammento d'autobiografia* a Pio Spezi, che lo pubblicherà nel 1933.

1894 Pubblica la prima raccolta di novelle, *Amori senza amore* (Roma, Stabilimento Bontempelli Editore), e il poemetto *Pier Gudrò* (Roma, Enrico Voghera).

1895 Scrive il secondo romanzo, *Il turno* (edito nel 1902), e pubblica le *Elegie renane* (Roma, Unione Cooperativa Editrice). Lavora alla novella *Il nido* per ricavarne un dramma.

1896 Pubblica la traduzione delle *Elegie romane* di Goethe (Livorno, Giusti). Avvia la collaborazione alla «Rassegna settimanale universale» (durata fino all'anno successivo) con recensioni che firma con lo pseudonimo di Giulian Dorpelli.

1897 Con la pubblicazione dei *Dialoghi tra il Gran Me e il piccolo me. II. L'accordo* (29 novembre) avvia la collaborazione a «Il Marzocco», proseguita fino al gennaio 1909. Compone una commedia, *La signora*, andata perduta.

1898 Scrive articoli di critica teatrale per il settimanale «Ariel», che ospita anche l'atto unico *L'epilogo* (20 marzo).

1899 Viene edito in rivista il saggio *L'azione parlata* («Il Marzocco», 7 maggio). Lavora al poemetto dialogato *Scamandro*.

1901 Esce a Roma *Zampogna* (Società Editrice Dante Alighieri), raccolta di versi scritti tra il 1892 e il 1898. Viene pubblicato a puntate («La Tribuna», 29 giugno-16 agosto) il romanzo *L'esclusa*, scritto nel 1893.

1902 Pubblica in volume il romanzo *Il turno*, composto nel 1895 (Catania, Giannotta) e due raccolte di novelle, *Beffe della morte e della vita* (Firenze, Lumachi) e *Quand'ero matto...* (Torino, Streglio). Avvia la collaborazione alla «Nuova Antologia» con il racconto *Lontano* (1° e 16 gennaio).

1903 Pubblica la seconda serie di *Beffe della morte e della vita* (Firenze, Lumachi).

1904 Dà notizia del progetto di un romanzo che ha per soggetto il cinema, *Filàuri*. Approntato solo nel 1913 con il titolo *La tigre* (il futuro *Si gira...*), sarà pubblicato nel 1915. Esce a puntate *Il fu Mattia Pascal* nella rivista «Nuova Antologia» (16 aprile-16 giugno), per i cui tipi, nello stesso anno, il romanzo è edito in volume. Pubblica la raccolta di novelle *Bianche e nere* (Torino, Streglio).

1905 Annuncia la composizione della commedia in un atto *Formalità*, della quale non si ha altra notizia.

1906 Esce la raccolta di novelle *Erma bifronte* (Milano, Treves). Pubblica in rivista la prima e la seconda parte del poemetto *Laòmache* («Rivista di Roma», 25 febbraio) e il poemetto dialogato *Scamandro* («Rivista di Roma», 25 giugno e 10 luglio). Ristampa, in edizione riveduta e ampliata, il poemetto *Pier Gudrò* («La Riviera ligure», luglio).

1907 Si ha notizia della stesura di due commedie, *'U flautu* e *Giustizia*, che Nino Martoglio avrebbe dovuto rappresentare e delle quali non si hanno altre tracce.

1908 Pubblica le raccolte di saggi critici *Arte e scienza* (Roma, Modes) e *L'umorismo* (Lanciano, Carabba) e, presso l'editore milanese Treves, il romanzo *L'esclusa*.

1909 Esce a puntate la prima parte del romanzo *I vecchi e i giovani* («Rassegna contemporanea», II, gennaio-novembre); lavora a *Suo marito*, romanzo che pubblicherà nel 1911. Con la novella *Mondo di carta* (4 ottobre) avvia la collaborazione al «Corriere della sera», proseguita ininterrottamente fino all'8 dicembre 1936. Esce in volume il poemetto dialogato *Scamandro* (Roma, Tipografia «Roma» di E. Armani e W. Stein), edito in rivista nel 1906. Attende alla stesura del romanzo *Uno, nessuno e centomila* (pubblicato tra il 1925 e il 1926).

1910 Il 9 dicembre esordisce sulle scene con l'atto unico *Lumie di Sicilia* e l'epilogo in un atto *La morsa* (Roma, Teatro Metastasio, Compagnia del Teatro Minimo, diretta da Nino Martoglio), il secondo pubblicato nel '98 col titolo *L'epilogo*. Pubblica in volume il romanzo *Il fu Mattia Pascal* e la raccolta di novelle *La vita nuda* (entrambi Milano, Treves).

1911 Presso l'editore fiorentino Quattrini pubblica in volume il romanzo *Suo marito*, scritto nel 1909, all'interno del quale compaiono le trame dei due drammi *Se non così* (concepito nel 1895) e *La nuova colonia* (rappresentato nel 1928). La nuova edizione, postuma (Milano, Mondadori, 1941), presenterà il testo secondo un rifacimento rimasto incompiuto (fino al principio del cap. V) e con il nuovo titolo *Giustino Roncella nato Boggiòlo*. Esce in rivista («Nuova Antologia», 16 marzo) l'atto unico *Lumie di Sicilia*, rappresentato l'anno precedente. Detta le *Mie ultime volontà da rispettare*.

1912 Pubblica la raccolta di novelle *Terzetti* (Milano, Treves) e *Fuori di chiave* (Genova, Formiggini), liriche composte tra il 1895 e il 1910. Esce in rivista («Noi e il mondo», 1° gennaio) l'atto unico *Il dovere del medico* (dalla novella *Il gancio* del 1902).

1913 Lavora ad alcuni soggetti cinematografici, tra cui *Nel segno*, che offre, senza esito, a Martoglio. Il 20 giugno, prima rappresentazione di *Il dovere del medico* (Roma, Sala Umberto I, Compagnia del Teatro per Tutti, direttori Lucio D'Ambra e Achille Vitti). Compone e pubblica l'atto unico *Cecè* («La Lettura», ottobre). A questo periodo si deve far risalire la *Lettera autobiografica* a Filippo Surico, pubblicata nel '24. Esce in due volumi l'edizione completa del romanzo *I vecchi e i giovani* (Milano, Treves).

1914 Pubblica la raccolta di novelle *Le due maschere* (Firenze, Quattrini; in «nuova edizione riveduta», Milano, Treves, 1920, col titolo *Tu ridi*). Stampa in rivista una versione riveduta dell'atto unico *L'epilogo* con il titolo con cui è già andato in scena, *La morsa* («Noi e il mondo», 1° marzo).

1915 Progetta una commedia, *Il continentale*, da scrivere con Martoglio e da affidare a Musco. La commedia, con il titolo *L'aria del continente*, sarà portata a compimento dal solo Martoglio. Prime rappresentazioni: 19 aprile, la commedia *Se non così*, tratta dal dramma *Il nido*, poi intitolato *Il nibbio* e infine *La ragione degli altri* (Milano, Teatro Manzoni, Compagnia Stabile Milanese, diretta da Marco Praga); 1° luglio, la versione siciliana approntata da lui stesso di *Lumie di Sicilia* (Catania, Arena Pacini, con Angelo Musco); 14 dicembre, *Cecè* (Roma, Teatro Orfeo, Compagnia di Ignazio Mascalchi e Arturo Falconi). Pubblica a puntate il romanzo *Si gira...* («Nuova Antologia», 1° giugno-16 agosto; l'edizione del '25 recherà il titolo *Quaderni di Serafino Gubbio operatore*) e allestisce due raccolte di novelle, *La trappola* (Milano, Treves) e *Erba del nostro orto* (Milano, Studio Editoriale Lombardo).

1916 Pubblica in rivista la commedia *Se non così* («Nuova Antologia», 1° gennaio), per intero il poemetto *Laòmache* («Noi e il mondo», 1° giugno) e il mistero profano *All'uscita* («Nuova Antologia», 1° novembre). Dalla novella omonima del 1910, ricava la commedia *Pensaci, Giacominu!*, in dialetto siciliano, rappresentata il 10 luglio (Roma, Teatro Nazionale, Compagnia Angelo Musco). Compone la commedia in due atti *'A birritta cu 'i ciancianeddi* [*Il berretto a sonagli*], in dialetto siciliano, e progetta *'U cuccu*, non pervenuto e forse da mettere in relazione con *La patente*. In dialetto agrigentino compone la commedia campestre *Liolà* (prima rappresentazione 4 novembre, Roma, Teatro Argentina, Compagnia Angelo Musco) e la commedia in un atto *'A giarra*, tratta dalla novella *La giara* (1909). Esce l'edizione in volume del romanzo *Si gira...* (Milano, Treves).

1917 Traduce in italiano *Pensaci, Giacominu!* («Noi e il mondo», 1° aprile-1° giugno). Pubblica la raccolta di novelle *E domani, lunedì...* (Milano, Treves) e la commedia *Liolà* con traduzione italiana a fronte (Roma, Formiggini). Lavora ad un «romanzo da fare», dal titolo *Sei personaggi in cerca d'autore* (pubblicato postumo). Prime rappresentazioni: 18 giugno, la parabola *Così è (se vi pare)*, tratta dalla novella *La signora Frola e il signor Ponza, suo genero* (Milano, Teatro Olympia, Compagnia Virgilio Talli); 27 giugno, la commedia *'A birritta cu 'i ciancianeddi* (Roma, Teatro Nazionale, Compagnia Angelo Musco); 9 luglio, la commedia in dialetto siciliano *'A giarra* (Roma, Teatro Nazionale, Compagnia Angelo Musco); 27 agosto, il dramma scritto in collaborazione con Nino Martoglio *'A vilanza* [*La bilancia*] (Palermo, Compagnia Giovanni Grasso jr.); 27 novembre, la commedia *Il piacere dell'onestà*, dalla novella *Tirocinio*, 1905 (Torino, Teatro Carignano, Compagnia Ruggero Ruggeri). In collaborazione con Nino Martoglio scrive in dialetto siciliano anche la commedia in tre atti *Cappiddazzu paga tuttu* [*Cappellaccio paga tutto*] (prima rappresentazione 8 marzo 1958, Taormina, Palazzo Corvàia, Compagnia del Teatro Mediterraneo, direttore Giovanni Cutrufelli).

1918 Pubblica in rivista la commedia, messa in scena l'anno precedente, *Così è (se vi pare)* («Nuova Antologia», 1°-16 gennaio), l'atto unico *La patente* («La Rivista d'Italia», 31 gennaio, tratta dalla novella omonima del 1911) e la versione italiana di *Il berretto a sonagli*, rappresentato l'anno prima («Noi e il mondo», 1° agosto-1° settembre). Il 23 marzo prima rappresentazione di *'A patenti*, versione in dialetto siciliano de *La patente* approntata dallo stesso Pirandello (Torino, Teatro Alfieri, Compagnia Angelo Musco). Esce la raccolta di novelle *Un cavallo nella luna* (Milano, Treves) e cura una «nuova edizione riveduta» de *Il fu Mattia Pascal* (Milano, Treves); avvia la pubblicazione delle *Maschere nude*, titolo sotto il quale, con l'editore Treves, raccoglierà organicamente la sua produzione teatrale; il vol. I, dei quattro previsti, comprende *Pensaci, Giacomino!*, *Così è (se vi pare)*, *Il piacere dell'onestà*. Il 22 novembre, al Teatro Rossini di Livorno, la Compagnia di Emma Gramatica rappresenta *Ma non è una cosa seria* (dalle novelle *La signora Speranza*, 1902, e *Non è una cosa seria*, 1910). Al Quirino di Roma, prima rappresentazione di *Il giuoco delle parti*, con la Compagnia di Ruggero Ruggeri (6 dicembre), tratta dalla novella *Quando s'è capito il giuoco* del 1913. Lavora alla versione siciliana del *Glauco* di Ercole Luigi Morselli.

1919 Pubblica in rivista *Il giuoco delle parti* («Nuova Antologia», 1°-16 gennaio). Si susseguono le prime rappresentazioni: 26 gennaio, *'U Ciclopu* (Roma, Teatro

Argentina, Compagnia del Teatro Mediterraneo di Nino Martoglio); 29 gennaio, *L'innesto* (Milano, Teatro Manzoni, Compagnia Virgilio Talli); 2 maggio, *L'uomo, la bestia e la virtù*, da una novella del 1906, *Richiamo all'obbligo* (Milano, Teatro Olympia, Compagnia Antonio Gandusio). Pubblica il vol. II di *Maschere nude*, *Il giuoco delle parti* e *Ma non è una cosa seria* (Milano, Treves) e due volumi di novelle, *Berecche e la guerra* (Milano, Facchi) e *Il carnevale dei morti* (Firenze, Battistelli). Lavora alla traduzione in dialetto siciliano de *Il Ciclope* di Euripide, di cui pubblica la prima scena («Il Messaggero della domenica», 13 novembre; *'U Ciclopu* sarà edito per intero, postumo, nel 1967).

1920 Prime rappresentazioni: 2 marzo, *Tutto per bene*, dalla novella omonima del 1906 (Roma, Teatro Quirino, Compagnia Ruggero Ruggeri); 24 marzo, *Come prima, meglio di prima* (Venezia, Teatro Goldoni, Compagnia Ferrero-Celli-Paoli); 12 novembre, *La signora Morli, una e due* (Roma, Teatro Argentina, Compagnia Emma Gramatica). L'editore Treves pubblica il vol. III di *Maschere nude* (*Lumie di Sicilia*, *Il berretto a sonagli*, *La patente*). Versione cinematografica di *Ma non è una cosa seria* (adattamento di Augusto Camerini e Arnaldo Frateili). Con *Tutto per bene* avvia la pubblicazione di una seconda raccolta delle *Maschere nude* per l'editore fiorentino Bemporad (fino al 1929), cui succederà Mondadori (per complessivi 31 volumi).

1921 L'editore Treves pubblica il vol. IV ed ultimo di *Maschere nude* (*L'innesto* e *La ragione degli altri*). Il 9 maggio, prima rappresentazione di *Sei personaggi in cerca d'autore* (Roma, Teatro Valle, Compagnia Dario Niccodemi). Pubblica in volume con Bemporad le commedie *Come prima, meglio di prima*, *Sei personaggi in cerca d'autore* (voll. II e III di *Maschere nude*) e la versione definitiva de *Il fu Mattia Pascal*.

1922 Prime rappresentazioni: 24 febbraio, la tragedia *Enrico IV* (Milano, Teatro Manzoni, Compagnia Ruggero Ruggeri); 28 settembre, il mistero profano *All'uscita* pubblicato nel 1916 (Roma, Teatro Argentina, Compagnia Lamberto Picasso); 10 ottobre, la commedia *L'imbecille*, dalla novella omonima del 1912 (Roma, Teatro Quirino, Compagnia di Alfredo Sainati); 14 novembre, la commedia *Vestire gli ignudi* (Roma, Teatro Quirino, Compagnia Maria Melato). Escono i primi quattro volumi delle *Novelle per un anno*, titolo con il quale l'editore fiorentino Bemporad pubblica una raccolta generale delle novelle: *Scialle nero*, *La vita nuda*, *La rallegrata*, *L'uomo solo*. Con lo stesso editore pubblica *Enrico IV*, *L'uomo, la bestia e la virtù*, *La signora Morli, una e due* (voll. IV, V e VI di *Maschere nude*).

1923 Progetta *Taide* e *Don 'Uzula Bummula*, in siciliano, poi non realizzati. Escono i voll. V e VI delle *Novelle per un anno*: *La mosca* e *In silenzio* (entrambi Firenze, Bemporad). Prime rappresentazioni: 21 febbraio, il dialogo *L'uomo dal fiore in bocca*, dalla novella *Caffè notturno*, 1918 (Roma, Teatro degli Indipendenti, Compagnia Anton Giulio Bragaglia); 12 ottobre, la tragedia *La vita che ti diedi* (Roma, Teatro Quirino, Compagnia Alda Borelli); 23 novembre, l'atto unico *L'altro figlio*, dall'omonima novella del 1905 (Roma, Teatro Nazionale, Compagnia Raffaello e Garibalda Niccoli). Pubblica in volume *Vestire gli ignudi* (Bemporad, Firenze; vol. VII di *Maschere nude*).

1924 Il 22 o 23 maggio prima rappresentazione della commedia *Ciascuno a suo modo* (Milano, Teatro dei Filodrammatici, Compagnia Niccodemi). Per i tipi di Bemporad escono i voll. VIII e IX di *Maschere nude* (*La vita che ti diedi* e *Ciascuno a suo modo*), nonché il vol. VII delle *Novelle per un anno* (*Tutt'e tre*). Pubblica in rivista la commedia in un atto *Sagra del Signore della nave* («Il Convegno», 30 settembre), tratta dalla novella *Il Signore della Nave*, del '16.

1925 Pubblica i voll. VIII e IX delle *Novelle per un anno*, *Dal naso al cielo* e *Donna Mimma*, e ristampa il romanzo *Si gira...* col nuovo titolo *Quaderni di Serafino Gubbio operatore* (tutti per l'editore fiorentino Bemporad). Il 4 aprile, prima rappresentazione della commedia in un atto *Sagra del Signore della nave* (Roma, Teatro Odescalchi, Compagnia del «Teatro d'Arte», diretta dallo stesso Pirandello). Lavora ad un soggetto cinematografico, tratto dalla novella *Il pipistrello*, del 1910. Marcel L'Herbier, a Parigi, realizza la prima versione cinematografica de *Il fu Mattia Pascal*. Attende a due lavori rimasti incompiuti, *Pari* (dalla novella omonima del 1907; trasmissione radiofonica, Radio Italiana, Terzo Programma, 15 marzo 1965) e a una commedia tratta dalla novella *Zia Michelina* del '14. Pubblica il vol. XII (*Sagra del Signore della nave*, *L'altro figlio*, *La giara*) di *Maschere nude* (Firenze, Bemporad), raccolta della quale escono pure, in una «nuova edizione riveduta e corretta», i voll. X (*Pensaci, Giacomino!*), XI (*Così è (se vi pare)*), XIII (*Il piacere dell'onestà*), XIV (*Il berretto a sonagli*), XV (*Il giuoco delle parti*), XVI (*Ma non è un cosa seria*), XVII (*L'innesto*), XVIII (*La ragione degli altri*). Di *Sei personaggi in cerca d'autore* esce una IV edizione, «riveduta e corretta con l'aggiunta di una prefazione» (già edita in «Comoedia», 1° gennaio, con il titolo *Come e perché ho scritto «Sei personaggi in cerca d'autore»*). Il romanzo *Uno, nessuno e centomila* è pubblicato in rivista («La Fiera letteraria», anni I e II, dal 13 dicembre 1925 al 13 giugno dell'anno successivo).

1926 L'editore Bemporad pubblica in volume il romanzo *Uno, nessuno e centomila*, già edito in rivista, e il volume x delle *Novelle per un anno* (*Il vecchio Dio*). Il 20 novembre, prima assoluta della tragedia in tre atti *Diana e la Tuda*, nella traduzione tedesca di Hans Feist (Zurigo, Schauspielhaus; prima rappresentazione in Italia, 14 gennaio 1927, Milano, Teatro Eden, Compagnia Luigi Pirandello). Pubblica i volumi XIX (*L'imbecille*, insieme a *Lumie di Sicilia*, *Cecè* e *La patente*) e XX (*All'uscita*, *Il dovere del medico*, *La morsa*, *L'uomo dal fiore in bocca*) di *Maschere nude* (Firenze, Bemporad).

1927 Prime rappresentazioni: 28 aprile, la commedia *L'amica delle mogli* (Roma, Teatro Argentina, Compagnia Luigi Pirandello); 27 maggio, l'atto unico *Bellavita*, dalla novella *L'ombra del rimorso*, del '14 (Milano, Teatro Eden, Compagnia Almirante-Rissone-Tofano). L'editore Bemporad pubblica in volume *Diana e la Tuda*, *L'amica delle mogli* (voll. XXI e XXII di *Maschere nude*) e una «nuova ristampa riveduta e corretta» del romanzo *L'esclusa*.

1928 Prime rappresentazioni: 19 febbraio, il poemetto *Scamandro*, composto nel 1899 (Firenze, Teatro dell'Accademia dei Fidenti, con il Gruppo Accademico); 24 marzo, il mito *La nuova colonia*, la cui trama è accennata nel romanzo *Suo marito*, edito nel 1911 (Roma, Teatro Argentina, Compagnia Luigi Pirandello); 7 marzo, il sogno mimico *La salamandra*, che probabilmente risale al 1924 (Teatro di Torino, Compagnia Teatro della Pantomima futurista di Enrico Prampolini). Pubblica, in rivista, *Bellavita* («Il Secolo XX», luglio), rappresentato l'anno precedente e, per i tipi di Bemporad, i voll. XI, XII e XIII delle *Novelle per un anno* (*La giara*, *Il viaggio* e *Candelora*), nonché *La nuova colonia* e, nel testo italiano, *Liolà* (voll. XXIII e XXIV di *Maschere nude*). Di *Liolà*, Mondadori pubblicherà un'edizione postuma (1937), con correzioni dell'autore.

1929 Prime rappresentazioni: 9 luglio, il mito *Lazzaro*, nella traduzione inglese di C.K. Scott Moncrieff (Huddersfield, Royal Theatre; prima in Italia, 7 dicembre, Teatro di Torino, Compagnia Marta Abba); 4 novembre, la commedia *O di uno o di nessuno* (Teatro di Torino, Compagnia Almirante-Rissone-Tofano); il 12 novembre, *Liolà* in versione italiana (Roma, Teatro Orfeo, Compagnia Ignazio Mascalchi). *O di uno o di nessuno* e *Lazzaro* (voll. XXV e XXVI di *Maschere nude*) vengono pubblicati dal nuovo e definitivo editore Mondadori, cui sarà anche affidata la ristampa delle opere già edite per Bemporad. Pubblica il saggio *Se il film parlante abolirà il teatro* («Corriere della sera», 16 giugno). Tra la fine dell'anno e l'inizio del successivo lavora al libretto per una commedia musicale, *Proprio così*, non pervenuto.

1930 Prime rappresentazioni: 25 gennaio, il dramma *Questa sera si recita a soggetto*, nella traduzione tedesca di H. Kahn (Königsberg, Neues Schauspielhaus; prima in Italia, 14 aprile, Teatro di Torino, Compagnia appositamente costituita sotto la direzione di Guido Salvini); 18 febbraio, la commedia *Come tu mi vuoi* (Milano, Teatro dei Filodrammatici, Compagnia Marta Abba). Pubblica in volume *Questa sera si recita a soggetto* e *Come tu mi vuoi* (Milano, Mondadori, voll. XXVII e XXVIII di *Maschere nude*).

1931 Attende alla composizione di *Sgombero*, pubblicata postuma nel 1938 (prima rappresentazione il 2 febbraio 1951, «Teatro Ciellepì» diretto da Giovanni Cutrufelli, con Paola Borboni, al Palazzo Bianca di Navarra di Taormina). Il 22 settembre, prima rappresentazione dell'atto unico *Sogno (ma forse no)*, nella traduzione portoghese di C. de Abreu Beirâo (Lisbona, Teatro Nacional; prima in Italia, 11 gennaio 1936, trasmissione radiofonica, Ente Italiano Audizioni Radiofoniche). Pubblica una edizione «completamente riveduta» del romanzo *I vecchi e i giovani* (Milano, Mondadori). Esce in rivista il primo atto del mito *I giganti della montagna*, col titolo *I fantasmi* («Nuova Antologia», 16 dicembre).

1932 Il 4 novembre, prima rappresentazione di *Trovarsi* (Napoli, Teatro dei Fiorentini, Compagnia Marta Abba), che pubblica anche in volume (vol. XXIX di *Maschere nude*, Milano, Mondadori). Porta a compimento il libretto per musica *La favola del figlio cambiato* (da una novella del 1902), che si rappresenterà nel 1934. In collaborazione con il figlio Stefano, scrive lo scenario *Giuoca, Pietro!*, dal quale Walter Ruttmann ricaverà il film *Acciaio* (1933).

1933 Pubblica in volume *La favola del figlio cambiato* (Milano, Ricordi) e, in rivista, *Giuoca, Pietro!* («Scenario», II, 1, gennaio [suppl.]). Il 20 settembre, prima rappresentazione di *Quando si è qualcuno*, nella traduzione spagnola di H. Guglielmini (Buenos Aires, Teatro Odeón; prima in Italia, 7 novembre, San Remo, Teatro del Casino Municipale, Compagnia Marta Abba). L'opera viene pubblicata in volume lo stesso anno (vol. XXX di *Maschere nude*, Milano, Mondadori).

1934 Il 13 gennaio, prima rappresentazione di *La favola del figlio cambiato*, musica di Gian Francesco Malipiero (Braunschweig, Landtheater; prima in Italia, 24 marzo, Roma, Teatro Reale dell'Opera, direttore Gino Marinuzzi, con l'interpretazione di Florica Cristoforeneau e Alessio De Paolis). Compone il dramma *Non si sa co-*

me, che rappresenterà l'anno successivo. Cura la regia de *La figlia di Iorio* di Gabriele d'Annunzio al Teatro Argentina, con Marta Abba e Ruggero Ruggeri. Pubblica il secondo atto del mito *I giganti della montagna* («Quadrante», novembre) e il volume XIV delle *Novelle per un anno*, *Berecche e la guerra* (Milano, Mondadori).

1935 Pubblica in volume il dramma *Non si sa come* (vol. XXXI di *Maschere nude*, Milano, Mondadori), prima rappresentazione il 13 dicembre (Roma, Teatro Argentina, Compagnia Ruggero Ruggeri).

1936 Pubblica una parte degli *Appunti* («Nuova Antologia», 1° gennaio). Trae uno scenario dalla novella *L'abito nuovo* (1913) per Eduardo De Filippo e cura i dialoghi del film che Pierre Chenal realizza dal romanzo *Il fu Mattia Pascal*, girato, presente lo stesso Pirandello, a Roma.

1937 Prime rappresentazioni: 1° aprile, *L'abito nuovo* (Milano, Teatro Manzoni, Compagnia Napoletana dei Fratelli De Filippo); 5 giugno, il mito incompiuto *I giganti della montagna* (Firenze, Prato della Meridiana del Giardino di Boboli, Complesso artistico diretto da Renato Simoni). L'editore Mondadori pubblica postumo il XV volume delle *Novelle per un anno* (*Una giornata*).

1938 Nell'*Almanacco letterario Bompiani* (Milano) esce la commedia incompiuta *Pari*, del 1925.

(a cura di Graziella Pulce)

«La nuova colonia»
Pubblicando il primo atto dei *Giganti della montagna*, col titolo provvisorio di *I fantasmi*, Pirandello segnala in nota: «è il terzo dei miei *miti* moderni. Il primo (religioso) è il *Lazzaro*, il secondo (sociale) è *La nuova colonia*; questo è il *mito dell'arte*» («Nuova Antologia», 16 dicembre 1931). Il *Lazzaro* era stato rappresentato nel '29 (il 9 luglio nel teatro di Huddersfield, nella contea inglese dello Yorkshire, il 7 dicembre a Torino, il 17 dicembre a Milano); *La nuova colonia* era stata data la prima volta a Roma, il 24 marzo del '28, ad opera della compagnia diretta dall'autore stesso, e la replica si era avuta a Milano il 18 aprile.
La prima idea della *Nuova colonia* è già presente in *Mistress Roncella two accouchements*, capitolo del romanzo *Suo marito*. Come suggerisce il titolo, l'autore racconta i due "parti" di Silvia, la scrittrice che ne è protagonista: letterario l'uno, il "dramma" marinaresco e utopico ambientato in Terra d'Otranto; naturale l'altro, il figlio avuto dal marito Giustino, che è anche suo agente teatrale. Trasponendo il "dramma" dal romanzo al mito della *Nuova colonia*, a più di quindici anni di distanza, Pirandello colloca l'azione principale in un contesto urbano indefinito geograficamente (Otranto diventa un'imprecisata «città del Mezzogiorno»), ma sociologicamente ben individuato. Nel mito i marinai conducono in terraferma una grama esistenza di contrabbandieri; nel romanzo vivono già in un'isola abbandonata e destinata ad essere inghiottita dalle acque. Lì si svolge il conflitto per il possesso del figlio, che oppone La Spera, una prostituta regina di quei diseredati, al suo compagno Currao, che l'abbandona per sposare la figlia di un ricco padrone di barche. Per questo tradimento la terra sprofonda, secondo un *climax* tragico che richiama l'esclamazione dell'Ugolino dantesco («Ahi dura terra, perché non t'apristi?»,). E La Spera, nuova Medea, può recitare nel romanzo le parole della sua feroce vendetta:

Ti si è aperta sotto i piedi la terra? T'ha inghiottito a metà? Il figlio? Te l'avevo ucciso io con le mie mani. Muori, dannato!

La conclusione tragica non comporta di necessità l'iscrizione della *Nuova colonia* tra i miti di origine classica rivisti in età moderna (si pensi a D'Annunzio, ma anche a Morselli e Savinio). Pirandello vuole elaborare un mito «moderno» e «sociale»: a questo fine, il nucleo drammatico – intorno al quale ruotano gli stessi personaggi del romanzo – deve, per farsi "mito", allargarsi al mondo marinaro della «città del Mezzogiorno», dove Currao e La Spera vivono. Pirandello insiste, fin dall'apertura di scena, sul fatto che i marinai non sopportano le condizioni di miseria e di colpa, in cui si trovano immersi, e denuncia a forti tinte lo sfruttamento del loro lavoro da parte di pochi padroni di paranze della zona, fra i quali spicca Padron Nocio (il Padron Dodo del romanzo). Ma non per questo sposa la causa delle rivendicazioni sociali. Non crede alla possibilità che i marinai possano cominciare altrove una vita diversa. Solo Tobba, il più anziano dei marinai, continua a mantenere desta la speranza d'instaurare una convivenza migliore. Nei suoi discorsi Tobba allude spesso alla possibilità di ritirarsi e ricominciare una vita nuova in un'isola sperduta, per molti anni luogo di domicilio coatto, destinata – sembra – ad essere sommersa dal mare. Essa è diventata, sono parole di Tobba, «il paradiso degli uomini cattivi», e come tale ha tutte le caratteristiche di un "eden" primitivo e selvaggio, dove monti ed acque sembrano continuamente richiamare gli uomini a rituali di espiazione e di salvezza. Di quest'isola, che ha quasi l'aspetto dantesco di un luogo dell'innocenza ritrovata («tutto un tremolio d'acque così turchine che il cielo pareva bianco»), il vecchio Tobba deve dirsi l'abitante primo e il sacerdote ad un tempo, se Pirandello stesso non ha scrupolo di porgli sovente in bocca sentenze ed ammonizioni, che ricordano la vicenda terrena di Cristo e le sue parole solenni. E tuttavia, malgrado la ieraticità del personaggio e la sacralità del luogo, un equivoco fondamentale si annida in quest'ipotesi messianica di riscatto sociale: tanto Tobba quanto l'isola sono dei relitti, l'uno della società borghese, l'altra di un'istituzione borghese. Tobba pretende di conservare un'immagine di sé pura ed incontaminata, mentre è largamente smentito dalla sua costante attività di contrabbandiere; l'isola, poi, che egli dipinge con tratti così edificanti, è già stata degradata a spazio penitenziario, e non può certo vantare la verginità necessaria, per darvi inizio ad una nuova vita. È naturale, allora, che il rivale (socialmente parlando) di Tobba, Padron Nocio, il «tavernajo» proprietario delle paranze, non consideri questi discorsi sull'isola come ipotesi di un riscatto sociale e meno che mai politico, ma, tutt'al più, come un tentativo per distrarre gli altri marinai dal loro lavoro. I discorsi di Tobba, per le loro suggestioni pseudo-religiose, affasci-

nano soprattutto la mente di Dorò, il figlio di Padron Nocio, ma certo non indicano agli altri marinai un modo concreto di reagire allo sfruttamento cui sono sottoposti.
Poiché nel frattempo Pirandello non fa pronunciare ad altri personaggi un esplicito atto di condanna nei confronti di Padron Nocio, il tentativo di redenzione prospettato da Tobba viene facilmente esorcizzato. L'intreccio del "mito", tuttavia, sollecita la verifica di questa tesi su un'area più vasta, dove si muovono in varie combinazioni le persone attratte dal progetto di Tobba o, al contrario, quelle inclini a condividere la sfiducia di Padron Nocio.
Gioverà subito dire che i marinai, protagonisti e testimoni della condizione di sofferenza della *Nuova colonia*, non sono presentati come persone suscettibili di qualche maturazione intellettuale o di qualche promozione sociale, sì da conferire credito al progetto di Tobba o da farsene garanti. Quand'anche non siano perspicui i soprannomi che li qualificano (Osso-di-Seppia, Quanterba, Trentuno, ecc.), si comportano come individui in preda a vizi quali la vigliaccheria, la sensualità bestiale, la superficialità: vizi che, in definitiva, li trasformano in una massa indistinta di piccoli delinquenti. In questa situazione, la comparsa di un capo dalla personalità energica e generosa, il solo in grado d'imporsi su questi individui discordi e confusi e di guidarli, loro malgrado, a migliori destini appare inevitabile. Nella *Nuova colonia* il ruolo è assunto da Currao («ha trent'otto anni; corpo gagliardo e agile; aria torva e sprezzante», si legge nella didascalia). Soltanto a lui, o meglio al suo portamento naturale di condottiero, competono i pochi atti di umanità che caratterizzano il ritratto, consueto nella narrativa ottocentesca, dell'eroe socialmente positivo. Inoltre, come se l'isolamento di Currao dalla massa non fosse già scontato, Pirandello gli pone accanto l'antitetica figura di Crocco, un marinaio venduto e traditore, una reincarnazione di Giuda; e tuttavia Crocco è dotato di una lucidità di ragionamento che ne fa il collaboratore indispensabile di Padron Nocio, per dimostrare quanto sia illusorio il progetto di riscatto tracciato da Tobba. Currao, naturalmente, è favorevole a questo progetto e cerca ben presto di farsene esecutore, mentre Crocco entra a farne parte solo per desiderio di distruggerlo.
La rassegna dei personaggi, chiamati a rappresentare il «mito sociale» di Pirandello, potrebbe concludersi qui, se veramente l'autore intendesse proporci quanto finora abbiamo prospettato: la lezione ancora manzoniana, e comunque borghese, dell'impossibilità di una rivoluzione che parta dal basso. Pirandello non mira neppure all'apologia del sacrificio inutile, altra variante della negazione borghese della rivoluzione. Sembra, semmai, interessarlo di più il significato che in questo contesto può assumere la figura femminile.

Non per nulla anche la donna di Currao, La Spera, aderisce al progetto di Tobba. Il suo nome è fin troppo allusivo alla virtù teologale della speranza, per non intendere che a lei è assegnata la funzione d'indicare come, data per scontata l'impossibilità della rivoluzione sociale, resti aperta la possibilità di una rigenerazione esistenziale, che è poi una regressione alle autentiche origini della vita umana, quelle che affondano le loro radici nel ventre materno. Tocca a La Spera, fin da quando compare per la prima volta nella taverna dove sono riuniti i marinai, prospettare subito la sola realizzazione possibile del progetto di evasione di Tobba. «Cara figura romantica della donna traviata» (secondo Italo Siciliano), su di lei pesa non solo la pena della miseria, ma il marchio infamante della prostituzione. Ricominciare una nuova vita, nel suo caso, significa l'inizio di un rapporto sociale non adulterato dal passato: certezza, persino, (ella dice) di un mondo «dove le parole – tu non sai com'è – le dici – le ascolti – ti diventano nuove». In virtù di questa convinzione, che Pirandello ha cura di rappresentare come istintiva, impetuosa, e non certo solo come mitica credenza, La Spera riesce a convincere gli altri marinai a trasferirsi nell'isola, malgrado le prevedibili resistenze di Padron Nocio, che teme l'abbandono del figlio Dorò. L'appello appassionato e irruente di La Spera:

> Schifo sì, schifo – voi della vostra, io della mia vita! – Sono tutta un fremito, Dio! – Non vi sentite torcere dentro le viscere come una fune? – Che aspettate più? Andiamocene, andiamocene via, andiamocene lontano!

trae la sua forza genuina non già da una sfida alla società organizzata, ma dall'impulso fisiologico di ritornare a una vita primigenia. Nessuno dei marinai può intuirlo o condividerlo con partecipazione altrettanto viscerale: nella loro voluta cecità di fronte all'esistenza che conducono, sono tutti paralizzati dal timore che l'isola di Tobba possa sprofondare e sommergerli. Diversamente La Spera, grazie a un ardito paragone fra lo «sprofondare», a cui li ha già condannati la società, e quello a cui li può destinare l'isola per volontà di Dio, lascia capire che ogni progetto di riscatto deve comportare, di necessità, la rinascita di chi vi partecipa. Si manifesta qui una pretesa di palingenesi, che da sempre, in particolare da Tommaso Moro e Bacone, fa dell'isola il luogo privilegiato dell'utopia. «Sprofondare», di conseguenza, vorrà anche dire ritornare sul cammino che conduce l'uomo alla nascita, e quindi alla rigenerazione:

> E qua, dove sei? non sei sprofondato? Più a fondo di come sei qua,

non potrai sprofondare! Ma sarà Dio almeno che t'avrà sprofondato! non gli uomini più cattivi di te! più cattivi, se non vogliono più lasciarti tornar a galla un momento a respirare, a respirare! Ah Dio, mi s'è messa qua questa smania (*si preme con le due mani lo stomaco*) di tirare un respiro dal fondo dei polmoni!

Non ci stupiremo più, allora, se, alla fine del prologo, La Spera, quasi a suggellare il significato recondito del suo messaggio di liberazione, annunci a tutti la sua felicità di nutrice oltre che di madre, vedendo improvvisamente sgorgare, come per miracolo, dal suo seno fino ad allora asciutto il latte per la sua creatura. Non si tratta solo della ripresa fisiologica di un ciclo interrotto di svezzamento, ma, come afferma solennemente Tobba, di un «segno di Dio»: un «segno», che attribuisce al trasferimento dei marinai nell'isola abbandonata il significato di un viaggio allegorico di ritorno alla condizione di natalità e d'innocenza.

Dopo questo prologo, l'atto primo è ambientato già nell'isola, in un paesaggio che sembra avverare le speranze di riscatto dei protagonisti: le didascalie accennano prima a «un lembo verdissimo d'isola, col mare lontano, sfolgorante di sole al tramonto», e poi (più dantescamente) a «una cupa vampa di crepuscolo, sotto alla quale risalta più che mai, come smaltato, il verde fresco e nuovo dell'isola». Il profeta di questo nuovo mondo, Tobba, pronuncia ora una serie di massime di vaga origine cristiana, che suonano sempre più estranee all'umanità violenta ed approfittatrice dei suoi compagni di avventura: «L'isola non affonderà – afferma ad esempio, – finché ci staremo senza peccato»; oppure:

Fare, fare. Fare per fare, senza vedere neppure quello che fate, perché lo fate. E la giornata è passata [...] e non te ne sei accorto nemmeno. Stanco ti butti a dormire; guardi le stelle e ti pare che dal cielo ti ridano, come se fossi un bambino.

Esortazioni, com'è facile prevedere, che nei marinai, presentati tanto negativamente nel prologo, destano solo reazioni di disappunto e di scherno, dal momento che contrastano con gli unici moventi delle loro azioni e dei loro pensieri: l'ozio, il vino, le donne. E non vale certo l'ammissione, strappata ad uno di essi (Quanterba), di essere venuti nell'isola ormai «con l'anima spenta», per scagionarli tutti dalla denuncia iniziale di brutalità e di rozzezza. Poiché nell'isola essi continuano a comportarsi in maniera da confermare non tanto una presunta condizione peccaminosa, quanto la validità della condanna sociale loro inflitta, non abbisognano di strumenti religiosi di salvezza eterna, ma piuttosto di soluzioni politiche di convivenza terrena. L'«anima» dei marinai della *Nuova colonia*, in altri termini, non è «spenta» spiritualmente; e se essi si ribellano ai discorsi escatologici di Tobba, nel frattempo prestano orecchio alle diverse proposte riformistiche di Currao e di Crocco. La comunanza non paia impossibile. Currao è solo in apparenza l'esecutore del piano di Tobba: in realtà egli mira a ricostituire nell'isola un tipo di società con fondamenti molto simili a quelli abbandonati sulla terra ferma, con tribunali e leggi che regolino il lavoro di tutti e a cui si obbedisca, però, spontaneamente. Ha ragione, perciò, il suo antagonista Crocco, a definire questa erigenda società come quella dei «liberi coatti», perché Currao pretende di sanare il contrasto irriducibile e antitetico fra libertà e coazione, fra anarchia e costrizione; ma Crocco, a sua volta, non può prospettare altra costituzione che quella rispettosa della legge della maggioranza, la quale, nella misura in cui è la legge del più forte, significa la distruzione di ogni forma di convivenza fondata sulla solidarietà e sulla tolleranza. Giunto a questo punto, Pirandello potrebbe anche concludere *La nuova colonia*, ma per la seconda volta lascerebbe irrisolto un conflitto drammatico scaturito dalla materia sociale presa come argomento. Fin dall'inizio egli si era però preoccupato di risolvere l'"impasse" della trama, testé denunciato, chiamando in scena La Spera, l'unico personaggio autentico del suo progetto di riscatto. Spetta a lei dimostrare a Currao e a Crocco che i loro opposti programmi di rinnovamento sociale sono insostenibili: a Currao ricorda che la dedizione nei suoi confronti non è esclusiva, ma può estendersi a comprendere tutti gli altri uomini; a Crocco fa notare che «c'è un modo, sì, d'esser tutto per tutti», e cioè «quello di non esser più niente per noi». Il diverbio rissoso fra Currao e Crocco viene così riassorbito nel contrasto più lacerante che si apre fra La Spera da un lato e tutti i marinai dall'altro, in diversa misura incapaci di sospettare il genere di rinnovamento che sappiamo stare a cuore alla donna. E difatti, come già era apparso dal «prologo», l'impossibilità di realizzare una società diversa dall'attuale non esclude per Pirandello l'ipotesi di una rigenerazione esistenziale. La quale, scartata la consunta simbologia cristiana di Tobba e denunciate come utopistiche le rivendicazioni di Currao e di Crocco, deve risolversi, in ultimo, nella regressione materna proposta da La Spera. Ma allora quale forma drammatica assumerà il personaggio? Per rifarsi alle pagine dedicate da Peter Szondi in *Teoria del dramma* ai *Sei personaggi in cerca d'autore*, Pirandello dovrebbe riservarci una di quelle «soluzioni pseudodrammatiche» rintracciate spesso nei drammi moderni ancora lontani dal prendere coscienza della loro struttura epica.

A ben vedere, già nell'atto secondo, Pirandello sembra cedere alle convenienze di una fittizia soluzione drammati-

ca. Padron Nocio giunge nell'isola con il pretesto di ricuperare suo figlio, ma in realtà è spinto da Crocco a riportare, con la sua presenza, il mondo progettato nel solco dell'antico modo di vivere. Gli avvenimenti che si succedono hanno tutti il carattere definitivo e perentorio della conclusione fatale della vicenda: comportano, innanzitutto, la mortificazione di Tobba; quindi la cattura di Corrao, la denigrazione della Spera e, infine, la totale perversione dei marinai, pronti a rinnegare il loro progetto di riscatto pur di avere il vino e le donne che Padron Nocio ha condotto con sé, per ricordare loro i benefici tangibili della civiltà appena abbandonata.
La soluzione del «mito» è rimandata ancora ad un terzo atto. Esasperati gli elementi drammatici accumulati in precedenza (Tobba, in particolare, decade al ruolo parodico di un sacerdote destinato a officiare matrimoni burleschi e sconci), si arriva nell'atto finale al colpo di scena, che deve ribadire l'esclusiva validità del progetto di rigenerazione sostenuto da La Spera: il voltafaccia di Currao verso la sua compagna. A fin di bene, per pacificare gli animi e salvare qualcosa della abortita ribellione, Currao propone un accomodamento di questo tipo: egli terrà il figlio avuto da La Spera, ma prenderà in moglie la figlia di Padron Nocio. A questo punto (e ci pare inutile analizzare più diffusamente il determinarsi intricatissimo della nuova situazione, tanto essa è debitrice degli schemi romanzeschi dei vecchi drammi sociali del secolo scorso, i quali prevedevano, in casi del genere, complotti e denunce), è naturale far recitare alla Spera un inno appassionato ai diritti inalienabili dell'amore materno, che non può tollerare compromessi così odiosi. E se il linguaggio della donna sconfina sovente nella retorica che su questo sentimento avevano innalzato i commediografi borghesi fra Otto e Novecento (da Praga a Niccodemi), se ne distingue e distacca, però, quando ribadisce il suo principio di rigenerazione. Ecco, ad esempio, come La Spera conclude la sua risposta a Tobba, che aveva tentato, anche lui, di convincerla a consegnare il figlio a Currao, per favorire la rappacificazione generale:

Ma dunque mi volete proprio ributtare nella perdizione con un po' di danaro, è vero? rimbarcarmi? e là, senza più il figlio, a battere di nuovo il marciapiede, alla calata del porto? Questo volete fare di me, dopo che m'ero qua rifatta nuova, Dio, alla tua presenza, alla luce del tuo sole, piena d'amore per tutti, io sola!

La presenza di Dio, apertamente richiamata dalla donna dopo le tante contraffazioni suggerite dal comportamento pseudo-sacerdotale di Tobba, sta a dimostrare la spontaneità e l'autenticità dell'intero discorso. L'esaltazione dell'amore materno, come motivo primo di riscatto sociale (La Spera si redime così dalla stessa condizione di prostituta), rende superfluo il progetto della «nuova colonia», essendo ormai scontato che la conquista di una nuova vita non comporta per Pirandello la promozione politica dell'individuo o la conquista del potere da parte degli oppressi, bensì il ritorno a una condizione naturale. L'isola, dove era prevista la fondazione della «nuova colonia», affonda improvvisamente, sommergendo con sé tutti gli uomini (da Tobba a Padron Nocio, da Currao a Crocco), che non hanno voluto intendere la lezione d'amore proposta da La Spera. Una «soluzione pseudodrammatica», questa della punizione degli ostinati e dei reprobi, affidata allo scatenarsi degli elementi naturali, ma capace egualmente di offrirci la chiave d'interpretazione dell'intero «mito». Perché, grazie alla didascalia, Pirandello dichiara ora un rapporto insospettato fra La Spera e l'isola:

LA SPERA Trema la terra. La terra! La terra!

E la terra veramente, come se il tremore del frenetico, disperato abbraccio della Madre si propagasse a lei, si mette a tremare. Il grido di terrore della folla con l'esclamazione «La terra! La terra!» è ingojato spaventosamente dal mare in cui l'isola sprofonda. Solo il punto più alto della prominenza rocciosa, dove La Spera s'è rifugiata col bambino, emerge come uno scoglio).

LA SPERA Ah Dio, io qua, sola, con te figlio, sulle acque!

Il contatto, che sprigiona l'abbraccio della madre con le oscure forze della terra, sfrutta un archetipo di rilevanza psicanalitica, a cui altri nel primo Novecento europeo stanno guardando. Secondo Ladislao Mittner, nel teatro espressionista tedesco la figura borghese della madre lascia trapelare «l'oscura e sinistra figura della Gran Madre tellurica, generatrice e divoratrice dei propri figli». Se il riferimento vale in eguale misura per Pirandello, il grido finale della Spera, «Ah Dio, io qua, sola, con te figlio, sulle acque!», non dovrà intendersi allora come un'esclamazione realistica, di amore che promette nuova vita, bensì, per rimanere alle tesi di Mittner, come l'estremo tentativo, operato simbolicamente dalla Gran Madre, per non permettere al figlio «di staccarsi da lei, di sviluppare la propria autonoma individualità».

«Lazzaro»

In una lettera indirizzata a Marta Abba nell'aprile del 1929 – l'anno della riconciliazione tra l'Italia e il Vaticano – Pirandello si dichiara convinto che il suo *Lazzaro*, possa offrire un contributo coraggioso di pacificazione del problema religioso. In altre parole, egli avrebbe creato intenzionalmente un «mito» per una circostanza storica di grande portata: la Riconciliazione fra Chiesa cattolica e Stato, dopo la rottura del 1871. Ma se non si rimane prigionieri di questa notizia (e neppure di quella che segnala l'attualità del tema: composero altri *Lazzaro*, allora, Giuseppe Antonio Borgese e Marcello Gallian, in Italia; Eugene O'Neill in America), ci si accorge che il *Lazzaro* pirandelliano, «mito» più cattolico che «religioso», riprende la problematica di rinnovamento impostata dalla *Nuova colonia*. I due «miti», quello «sociale» e quello «religioso», malgrado il diverso rapporto intrattenuto con l'attualità storica, presentano un legame autentico fra di loro. Già nella didascalia iniziale, che descrive il luogo principale in cui si svolge la vicenda del *Lazzaro* (la casa del protagonista, Diego Spina), campeggia l'immagine del Cristo crocefisso, quasi ad annunciare, come se non bastasse il titolo evangelico del «mito», che la resurrezione, di cui si tratta, sottintende la mediazione del Redentore:

A metà di questo muro – vi è scritto –, *stagliata sullo sfondo di un cielo di strano azzurro (quasi di smalto) è una grande croce nera con uno squallido Cristo dipinto, sanguinante.*

E tuttavia un intero atto, il primo, dimostra quanto diverse siano le possibilità d'interpretare il tema della risurrezione, sia pure alla luce della fede che garantisce la redenzione in Cristo. Il confronto tra le varie posizioni prende avvio da un fatto concreto: un medico restituisce alla vita la coniglietta ritenuta morta di Lia, la figlia paralitica di Diego Spina («persa nelle gambe», dice la didascalia). Il medico ha risuscitato l'animale, praticandogli nel cuore un'iniezione di adrenalina. Senza rifiutare decisamente la preminenza della fede, egli sottolinea il valore della scienza «come strumento di Dio»; al contrario, il monsignore, che risiede in paese, proclama che «la fede è una sola» e non contempla la possibilità di riprendersi quanto Dio ha voluto togliere all'uomo. Nella discussione interviene anche Diodata, la governante della ragazza: prendendo spunto dal comportamento di Diego Spina, che non ha permesso alla figlia di riprendere con sé la coniglietta appena risuscitata, ella chiude questo dibattito, tipicamente ottocentesco, tra il medico e il prete, tra scienza e fede, con un invito manzoniano ad «accettare sì con rassegnazione» le «prove che Dio ci manda», ma a patto che a mandarcele sia «Lui o il suo vicario in terra». Diego Spina a sua volta condanna l'operato del medico e pronuncia un violento atto d'accusa contro questi primi esperimenti di cardiocentesi, appellandosi all'intervento diretto di Dio, come unico possibile autore di miracoli: «Io so che Dio solo può, per un miracolo, richiamare da morte a vita». Se

si aggiunge a questa rassegna eterogenea di credenti la presenza di Cico, «un esile vecchietto bizzarro» (sono parole della didascalia), che sostiene d'interloquire talvolta per suggerimento del diavolo, si ha la netta sensazione che nel *Lazzaro* è subito attiva una potenzialità drammatica superiore a quella prevista inizialmente nella *Nuova colonia*. Dalla coscienza della maggior parte dei personaggi, infatti, scaturisce visibile, e fin troppo distinta, quella necessità di «rapporti intersoggettivi», che secondo Szondi è il postulato della forma drammatica. Pirandello, tuttavia, quasi a conferma della sua insopprimibile tendenza alla ricerca di «soluzioni pseudodrammatiche», preferisce abbandonare, per il momento, la discussione nata intorno all'episodio della risurrezione scientifica della coniglietta. Quel che gli preme maggiormente è aprire un varco nella storia personale di Diego Spina.
Dietro la saldezza dei propositi religiosi di questo personaggio c'è una crepa grandiosa, che rende disperata la sua volontà di credente (alla sua comparsa in scena , la didascalia l'aveva già presentato, col «viso pallido scavato che arde tutto negli occhi duri e mobilissimi, quasi da pazzo adirato»). La moglie, Sara, ha da tempo abbandonato la sua casa e i loro due figli, – Lia e Lucio, avviato in seminario –, per andare a convivere con un contadino, da cui ha avuto altri due figli. La situazione è ulteriormente complicata dal fatto che Sara vive nella nuova famiglia coi proventi di un podere del marito e che questi, dopo tanto tempo, ha deciso ora di ricuperare l'area, per costruirvi un ospizio di mendicità. Ma è proprio Deodata a denunciare crudamente quanto sia assurdo il progetto di Diego Spina, che ricalca il comportamento analogo del Vitangelo Moscarda di *Uno, nessuno e centomila*: ella rinfaccia al padrone l'inopportunità di andare a vivere fra i poveri, rimproverandogli il disinteresse per la figlia paralitica e anche il permanere dell'amore per la moglie adultera. La difesa di Diego Spina contro la logica serrata e stringente delle argomentazioni di Deodata è condotta non tanto sul filo di un ragionamento umano (troppo debole è la sua posizione di marito e di padre), quanto sulla base di preclusioni religiose esasperate, che non prevedono né concessioni né cedimenti nei confronti della moglie, neppure sul piano, comune ai coniugi, dell'educazione dei figli. In questa prospettiva, mantenere in vita il matrimonio con Sara, avrebbe significato esporsi alla costante tentazione di soccombere alla «viltà della... carne», e perciò il legame aveva dovuto, a giudizio di Diego, essere sciolto; parimenti allevare i figli con la robustezza e la libertà desiderate da Sara, sì da cercar di evitare alla ragazza la paralisi ed al giovane il seminario, sarebbe stato un gesto gratuito di umiltà, in grado di spingere il padre «a derogare a *se* stes-

so, al *suo* sentimento, ai *suoi* principii...». Nella mente di Diego, invece, quale ricompensa della tenacia di propositi manifestata contro la moglie, s'è radicata la persuasione dell'utilità del sacrificarsi, della necessità di sopportare a denti stretti l'adulterio patito:

Tenermi; non far nulla – così – vivere del mio strazio; lasciarlo durare, durare, senz'offrirgli il più piccolo sfogo, anzi, come un bottone di fuoco, lo scherno della gente, fu la mia vittoria: il martirio. Lungo. Lungo perché la ferita mi si riapriva sempre, e il sangue – sangue cattivo – tornava a sgorgare.

In questo modo Diego Spina pratica una sorta di ascesi stravolta, e porta, anche lui su di sé il peso delle mortificazioni sperimentate nella drammaturgia pirandelliana da tanti protagonisti, testimoni e martiri di un'analoga condizione di disagio.
Di fronte a lui, del resto, c'è un tipo di «mulier fortis», che richiede quasi l'olocausto dell'uomo a lei legato. Il vecchio Cico, legato a Sara da un rapporto di simpatia sottilmente iniziatico, la presenta «bella» come il «sole», perché, come il sole, è capace di trasformare un podere in una specie di «paradiso terrestre» (e qui l'allusione religiosa ha già un vago sapore di profanazione). In questa luce Sara ha procreato con il contadino Arcadipane figli ben diversi da quelli malaticci avuti da Don Diego:

Due ragazzi più belli della madre, che già lavorano oh! zappano, con due zappette così, accanto al padre, pieni di salute.

Quando poi irrompe sulla scena, «tutta vestita di rosso, e il manto nero!», come annuncia Cico (e Pirandello sottolinea nella didascalia che sembra «un'irreale apparizione di ineffabile bellezza: nuova, sana, potente»), Sara pare veramente sprigionare l'energia feconda ed irresistibile necessaria per rinnovare uomini e cose. Energia, sarà bene precisare, materna e terrestre, come accade sempre nelle creazioni mitologiche, stando ad alcune indicazioni di Northrop Frye sul cosiddetto «mito romantico». Lo stretto vincolo che lega la maternità di Sara alla coltivazione del podere, lasciatole temporaneamente in concessione dal marito che ora vuole rientrarne in possesso, ci riporta all'archetipo della «Gran Madre» tellurica, lo stesso incarnato da La Spera nella *Nuova colonia*. Sara, nell'illustrare al marito i meriti della sua attività di contadina, insiste efficacemente sulla possibilità di essere rigenerati che la coltivazione della terra porta con sé; e ci tiene a mostrarsi nelle vesti di colei che ha intuito e sfruttato questa possibilità in virtù d'una recondita intuizione:

Abbiamo trovato l'acqua, sai? quella vena che tu dicevi, che certe volte, ricordi?, si sentiva scorrere sotto il ciglio del sentiero che conduce alla vallata: quella! Una ricchezza. Ha rinfrescato e rinnovato tutto. Tre vivaj grandi sempre pieni, e scorre per le zane, da per tutto, allegra, e ti fa tirare dal fondo dei polmoni il respiro quando ne senti il fragore, certe sere di caldo.

Il tema della risurrezione, impostato all'inizio e poi accantonato, viene così abilmente, ma differentemente ripreso, in termini che non comprendono più (né positivamente, né negativamente) la redenzione di Cristo. Lo stesso strumento della redenzione, l'acqua, sembra essere assunta in maniera estranea ad ogni memoria scritturale. Si pensi al «fluvium aquae vitae spendidum tamquam crystallum» dell'ultima visione dell'*Apocalisse*, e ci si accorgerà che nel *Lazzaro* l'acqua promette una rigenerazione tutta fisiologica: non per nulla Sara ripete le parole di La Spera, che nella *Nuova colonia* aveva sostenuto la necessità di rifugiarsi nell'isola, per potervi «tirare un respiro dal fondo dei polmoni». Con qualche ragione, allora, la figurazione simbolica della redenzione, quella che si esprimeva nel Crocefisso collocato sullo sfondo della scena, viene come distorta nelle parole ebbre di Sara, fino a significare una vita ubertosa e feconda, in netta antitesi con l'esasperata prospettiva ascetica che aveva finora suggerito a Diego: «Quello», ella afferma orgogliosamente del Cristo paziente, «... è lì per dare la vita, non per dare la morte!». Del resto André Bouissy, riaffermando la necessità di procedere alla lettura del teatro mitico non obliando il cinema coevo, ha indicato due film di Alessandro Blasetti, *Sole* del '29 e *Terra madre* del '31, dove si dà una rappresentazione ottimistica dello sforzo compiuto da proprietari e contadini, per avviare la bonifica integrale delle terre paludose e incoltivate voluta da Mussolini. Ma l'analogia finisce qui (anche la consonanza del tema della Risurrezione indicata da Gianfranco Contini con il film *Ordet*, del regista danese Dreyer, non è stringente). Una volta che ha preso la distanza dal Cristo paziente, non è poi difficile a Sara farsi a sua volta partecipe di qualche culto. Perché, come madre e come officiante del rito tellurico, non solo «dà la vita», in quanto procrea, ma aiuta la terra a produrre, lavorandola:

Io so che ce l'ha pur data Dio, anche questa [vita] di carne, perché la vivessimo qua, in salute e letizia! E nessuno può saper meglio d'una madre! Volevo la gioja, io, la gioja e la salute per i miei figli! E anche la ricchezza, sì: per loro, non per me (io ho fatto e faccio la contadina!). E se tu lasci il podere per i tuoi figli – guarda – sarò felice d'aver lavorato con queste braccia – lavorato davvero, sai! – a renderlo ricco come ora è, per loro!

Nell'incontro con Sara, Diego non riesce a rimuovere la forte carnalità di questi argomenti, che elevano quasi a culto la pratica tipicamente borghese di garantire ai figli «gioia», «salute» e «ricchezza». Sara, inoltre, può avvertire il marito che Lucio ha deciso di interrompere gli studi in seminario, per rifugiarsi presso di lei. Né si tratta soltanto di una informazione destinata a ravvivare la situazione drammatica, perché Sara ha l'accortezza di presentare l'avvenimento come un episodio che appartiene alla simbologia del suo rituale di risurrezione: una conferma che la sola possibilità di risorgere passa attraverso la figura e l'opera della madre. Difatti, ella vede nel ritorno del figlio un atto iniziatico di rigenerazione, in quanto si avvera in virtù di un contatto viscerale che conosce il timore e il tremore dei momenti solenni:

Sì. E rinasce. Lui, da me. Rinascere da me, sua madre. L'ha detto! Lo guardavo, smarrita. Che viso s'è fatto: di cera! E che occhi! Mi vedo tendere le braccia, e con due lagrime che gli sgorgano da quegli occhi... «Mamma!». Mi son sentita... mi son sentita ribenedetta! M'ha abbracciata; ha pianto su di me, a lungo, a lungo, tremando tutto tra le mie braccia. Non ho mai sentito nessuno tremare così!

Nel frattempo, però, l'azione precipita. L'irriducibilità delle posizioni sostenute dai due coniugi facilita in Pirandello il ricorso ad una delle sue «soluzioni pseudodrammatiche»: alla notizia che Lucio intende spretarsi, Diego lascia Sara e corre in strada per andarlo a cercare, ma viene travolto da una macchina, restando senza vita.
L'azione logicamente si conclude qui, e il primo atto si trasforma, di conseguenza, in una sorta di prologo non dichiarato. Occorre perciò ricominciare da capo. Compare infatti, all'inizio del secondo atto, il medico che aveva risuscitato la coniglietta di Lia, e annuncia di avere ricondotto in vita anche Diego. La duplicazione dell'espediente drammatico non meraviglia. Sara è propensa ad accettare il consiglio del medico, che non vorrebbe mettere Diego al corrente dell'accaduto: la risurrezione scientifica del marito non intacca minimamente la sua concezione della rinascita nella dedizione al lavoro della terra, concezione che le permette anche in questo frangente di dirsi «veramente liberata». Non solo: per incoraggiare a un credo nuovo il figlio, che ha rinunciato a farsi devoto di Cristo, Sara pronuncia il suo atto di fede nella vita rustica. L'atto importa contemporaneamente sia il rifiuto della città, dove si è affermata la legge civile di tipo patriarcale, sia l'elogio della terra, dove è rimasta immutata la primitiva legge matriarcale. Così santità e fatica rimangono a testimoniare la sopravvivenza d'una sorta di paganesimo fiero delle

sue vittorie e insofferente dei controlli esercitati dalla giustizia sociale:

Di qua si vede la città – non potrei più guardarla – voltavo la faccia, appena gli occhi, senza volerlo, m'andavano là. L'odio di quelle chiese, di quelle case, e il tribunale... tutto! – Quando a una madre si nega d'attendere ai suoi figli, a una madre che vuole la salute per i suoi figli le si dà torto – che vuoi? ci si danna? Buttai via tutto e mi feci contadina – contadina qua, sotto il sole, all'aperto! Un bisogno mi prese, un bisogno d'essere selvaggia; un bisogno di cadere a terra la sera come un bestia morta sotto la fatica – zappando, pestando le spighe sull'aja con le mule, a piedi nudi, sotto la canicola, girando a tondo con le gambe insanguinate e gridando come un'ubbriaca.

È certamente una professione di fede privilegiata, questa, preparata dagli atti d'iniziazione cruenta che la donna dichiara d'aver dovuto affrontare, per entrare a far parte del gran ciclo di perpetua creazione legato alla terra. Tant'è vero che i protagonisti della nuova vita voluta da Sara, il contadino con cui ella convive e i figli nati dalla loro unione, vengono sempre presentati da Pirandello come succubi dell'energia e della tenacia della donna, che non tollera accanto a sé presenza alcuna, se non è l'esempio della sua esuberante e trionfante sanità di vivere. Così in parte si comporta la figura maschile di Arcadipane, il contadino «alto, poderoso, con la barba crespa, nera, occhi grandi, ridenti e ingenui come quelli di un bambino», che ha sostituito l'ascetico Diego. Egli ha messo al servizio di Sara le sue qualità (la virilità e l'innocenza), nella maniera consueta al rapporto di gerarchia fra i sessi previsto in una società agricola e matriarcale. I nuovi figli, a loro volta, «belli», «forti», «sani», sono per il momento poco più di due «cuccioli», ma il paragone, che è di Sara stessa, li lascia intravedere nel futuro simili al padre. Anche Lucio, per la sua ostentata debolezza fisica («esile – lo definisce la didascalia –, pallidissimo, col viso scavato dal travaglio spirituale che gli ha acceso negli occhi una luce febbrile»), oltre che per la sua fragilità spirituale, dovrebbe arrendersi al richiamo imperioso di sua madre ed entrare in qualche modo nel ciclo di vita da lei inaugurato. Per di più Lucio è in polemica col padre, che l'ha allontanato da casa per collocarlo in seminario, un luogo sconosciuto e non sempre innocente, sradicandolo bruscamente dal suo ambiente naturale; non a caso, buona parte del colloquio di Lucio con Sara è occupata proprio dal rivivere le dolorose memorie dell'infanzia. Cionostante la ricostruzione d'un retroterra di ricordi finisce contro le attese. Lucio si distacca dal presente gioioso ed entusiasta promesso da Sara: sia quando ricorda l'«angoscia» della vita patita in seminario, sia quando rievoca una delle tante liti fra i genitori a cui aveva assistito, egli obbliga Sara a fare i conti con un passato di cui ella aveva voluto liberarsi integralmente. Insomma, il suo tentativo di regredire insieme alla madre nell'infanzia non contempla la rinascita promessa da quest'ultima, né libera un eguale processo fisiologico di catarsi, ma piuttosto serve a proteggere la coscienza dell'annullamento nella fatica corporale e nella soddisfazione sensuale, in cui vorrebbe immergerlo Sara. Lucio, in altri termini, sebbene suggestionato dalla rinascita a cui si è sottoposta sua madre, non può acconsentirvi, perché la sofferta memoria del passato agisce sulla sua coscienza fino ad impedirgli la scelta che, ad un certo momento, Sara, complice Arcadipane, ha dovuto operare, per «tagliare» la sua vita.

Ma il minore attaccamento dei sensi e dei sentimenti al presente comporta, di necessità, minore attaccamento al corpo, e in genere alla vita di questo mondo. Di conseguenza, se Sara è disposta ad accettare la risurrezione scientifica del marito secondo i patti stabiliti dal medico (non avvisare Diego che egli è risorto grazie all'iniezione di adrenalina), Lucio si rifiuta subito di avallare questo silenzio e informa il padre della sua risurrezione, ma gliela presenta come voluta da Dio. Nelle parole che Lucio rivolge al medico (prima dell'incontro con la madre), è in gioco la concezione stessa del «corpo», che può anche essere strappato per una volta alla morte, ma che non può negare la presenza eterna della morte: «domani», egli afferma a un certo punto, «questo mio corpo cadrà come qualunque foglia appassita». Per Lucio, insomma, l'unica forma di risurrezione possibile non è quella scientifica, garantita dal medico, o quella tellurica, sostenuta appassionatamente da Sara, ma quella che rimanda all'esistenza di Dio ed alla necessità d'annullarsi nella Sua presenza eterna. Per un laico che, come Pirandello, voleva, nel '29, riconciliarsi col mondo cattolico, è già qualcosa; ma, a ben vedere, una sorta d'immaterialismo esistenziale ispira l'atto di fede che Lucio recita davanti al dottore:

> questo dovrebbe esser per lui, com'è stato per me, il vero risorgere dalla morte: negarla in Dio, e credere in questa sola Immortalità, non nostra, non per noi, speranza di premio o timore di castigo: credere in questo eterno presente della vita, ch'è Dio, e basta. E Dio allora veramente, dopo quest'esperienza che gli ha concesso di poter fare, compirà – e soltanto Lui – il miracolo della sua risurrezione.

Questa intuizione, raggiunta da Lucio nel segreto della sua coscienza e difesa contro la sicurezza oggettiva del medico e l'impeto sentimentale della madre, dovrà essere diffusa presto tra i familiari e gli amici del padre, i quali, come appare sul finire del secondo atto, dopo la seconda risurrezione, sono in preda alla confusione e allo smarrimento. Secondo Cico (e Pirandello ha cura di rimarcare il suo fare «diabolico»), questa risurrezione, in quanto opera della scienza, distruggerebbe ogni fiducia nell'immortalità dell'anima e nell'esistenza di Dio, perché «se (Diego) non sa neppure della sua morte, nulla, è segno che, per chi muore, di là non c'è più nulla – nulla». Una parola emblematica, questa conclusiva, tanto che sul «nulla» apertosi così drammaticamente alle spalle dei personaggi, s'intona una suggestiva modulazione corale. La inizia Lia, la ragazza paralitica, con battute solo apparentemente improvvisate:

Le mie alucce, Deodata? Le alucce d'angeletta... Dovevo averle in compenso dei piedi che mi sono mancati per camminare sulla terra... Addio voli lassù!

E la proseguono, in palese accordo, Cico e Deodata, «con cupa lentezza» avverte la didascalia, quasi a sottolineare l'intonazione dissacrante che ritma le parole di queste persone, senza fede o di poca fede:

CICO L'altra casa del Signore... la casa di là... per tutti quelli che qua hanno patito rassegnati...
DEODATA (*c.s.*) e non hanno goduto per non peccare...
CICO (*c.s.*) gl'infelici, i diseredati...
DEODATA (*c.s.*) La buona novella di Gesù...
CICO (*c.s.*) Nulla... più nulla...

A provocare lo scioglimento di questa pericolosa elegia, che sembra sancire l'inutilità escatologica del sacrificio della Croce, viene annunciato, infine, l'arrivo dello stesso Diego Spina. Ed è apparizione tragica, che per un attimo sospende il dibattito intenso di tutto l'atto secondo e ne riprende il tema centrale: la possibilità di risorgere dalla morte. Pirandello affida questa ripresa a una indicazione didascalica potente, dove si mescolano trasalimento e paura. Così si legge, infatti, nell'istruzione all'attore che deve interpretare in Diego il ruolo del risorto:

Scende lo scalino tra i due pilastri, viene alla tavola, cade a sedere a un lato di essa, bianco di terrore, con gli occhi sbarrati nel vuoto. Tutti lo guardano sospesi e smarriti, seguitando a tenere il silenzio, che è quello esterrefatto della vita davanti alla morte.

Avvertimenti siffatti trascendono ogni preoccupazione tecnica di allestimento o di recitazione, perché affidano solo al gesto il manifestarsi della condizione di orrore e di paura, che circonda l'ipotesi di un ritorno alla vita dopo la morte (si rileggano le felici annotazioni di Giovanni Macchia sull'impossibilità per Pirandello di un'«adesione al

sovrannaturale religioso», lui «maestro del brivido fantomatico»).
Dal clima di silenzio attonito, che chiude il secondo atto, si scatenano nel corso del terzo una serie di azioni che testimoniano lo stato di anarchia in cui sono precipitati i personaggi, privi d'una qualsivoglia prospettiva di palingenesi. Cico, per esempio, quasi fosse caduto vittima di un «raptus» subitaneo, cerca subito di «abbracciare» Deodata, perché, se non è possibile avere notizie da chi è stato nell'aldilà, tanto vale, a suo dire, congiungersi «senza né leggi né sacramenti, come i cani!».
Successivamente è lo stesso involontario responsabile della confusione generale di coscienze, Diego, che perde ogni controllo morale e vuole farsi giustizia da sé, tentando ripetutamente di uccidere Arcadipane. Lucio, allora, proprio perché possiede la più alta parola di verità concessa nel *Lazzaro*, la sola che possa superare le posizioni contrapposte di Diego e di Sara, come pure quelle più tradizionali di Cico e del Monsignore, si vede quasi costretto a provare la validità del suo credo, con un duplice atto di fede nella ripresa della vita turbata dall'improvvisa risurrezione: prima accetta d'indossare di nuovo l'abito talare; successivamente opera una sorta di fascinazione miracolosa nella persona della sorellina, che dietro le sue pressanti esortazioni ritorna a muovere le gambe paralizzate. In entrambi i casi la presenza di Lia è indispensabile, per vincere l'ostinata resistenza degli increduli, come in un certo senso indica la Sacra Scrittura per bocca dell'evangelista Marco: «Amen, dico vobis, quisquis non receperit regnum Dei velut parvulus, non intrabit in illud». Spetta anche a Lia strappare a Lucio la decisione di farsi sacerdote per sempre; e proprio quando lo stesso Monsignore ammette che morire è «sentire subito come spenta la vita, e restare annientati». Le parole della ragazza paralitica, invece, nascono in quella zona di fede acuta ed improvvisa che accompagna sempre nei *Vangeli* l'incontro fra il Redentore e gli ammalati:

LIA (*nel silenzio, con una vocina chiara, in cui quasi sorride per troppo tremore l'angoscia d'una disperata necessità*) Bisogna che Dio ci sia anche di là.
LUCIO (*come trasfigurato in un impeto di commozione divina*) Sì, Lia!, c'è! Sorellina mia, c'è – sì – ora sento che c'è – ci dev'essere, ci dev'essere! – Sì, Monsignore: ridare le ali a cui sono mancati i piedi per camminare sulla terra! – C'è! C'è! – Ora intendo e sento veramente la parola di Cristo; CARITÀ! Perché gli uomini non possono star tutti e sempre in piedi, Dio stesso vuole in terra la sua Casa, che prometta la vera vita di là; la sua Santa Casa, dove gli stanchi e i miseri e i deboli si possono inginocchiare, e tutti i dolori e tutte le superbie inginocchiare! Ecco, Monsignore, così (*s'inginocchia*), davanti a Lei, ora che mi sento degno di nuovo di rindossar l'abito per il divino sacrificio di Cristo e per la fede degli altri!

L'accenno agli insegnamenti di Cristo conferma ampiamente lo sforzo iniziale che Pirandello aveva compiuto, per risolvere il conflitto drammatico del *Lazzaro* secondo il punto di vista del cattolicesimo. Ma bisogna guardarsi dalle facili convergenze, e dal prestare ancora credito alla tesi apologetica di Pietro Mignosi, il quale, vivo Pirandello, lo volle col *Lazzaro* avviato alla conversione. Basti la precisazione di Pirandello medesimo in un'intervista apparsa su «Termini» nel '36, e replicata sul «Quadrivio», dove, parlando del suo «mito religioso», egli appariva ancora bene attento a non scostarsi dall'interpretazione che del suo teatro aveva fornito sin dagli Anni Venti il ben noto critico e filosofo Adriano Tilgher, rivendicando la necessità della «forma» contro l'irrompere della «vita»:

> Nel *Lazzaro* do la risposta più netta al dissidio fondamentale, nel mio teatro, in quanto fatto religioso e sociale. Se all'uomo libero togliete la forma, in quanto legame spirituale, subito egli ricasca fra le bestie, e il primo atto della sua cosiddetta libertà è una fucilata contro un altro uomo, contro l'Adamo nuovo che vive in pace con la sua Eva. Il figlio allora si sacrifica, rientra nell'ordine, indossa ancora la veste sacerdotale per coloro a cui è necessaria. La sua fede razionale conduceva alla rovina, e non era che forma essa pure. Cristo è *charitas*, amore. Solo dall'amore che comprende, e sa tenere il giusto mezzo fra ordine ed anarchia, tra forma e vita, è risolto il conflitto.

Ma quand'anche Pirandello non avesse rilasciato quest'intervista, basterebbe la presenza di un Monsignore, non troppo sensibile agli entusiasmi di Lucio e disposto a congratularsi con lui soprattutto per il proposito di ritornare in seminario, a far subito capire che la lezione religiosa del *Lazzaro* non va ricercata nell'acquiescenza alla visione cattolica del mondo (del resto, il gesuita padre Modrone non lesinò per anni, sulla «Civiltà cattolica», il suo disprezzo nei confronti di Pirandello, e del *Lazzaro* in specie). Quando, dopo l'esplosione di furore omicida del padre, Lucio completa il suo atto di fede nella trascendenza in maniera ancora più risolutiva ed illuminante (guarendo miracolosamente la sorella), parla in lui non già il futuro sacerdote, ma, a quanto si è intravisto dal discorso col medico, il sostenitore di un immanentismo esistenziale, che rimette volentieri a Dio la composizione dei contrasti terreni. Al padre, sgomento ed atterrito per quanto gli è accaduto nello spazio di tempo compreso fra la morte e la risurrezione, egli cerca allora di comunicare questo tipo di speranza:

> Se l'anima nostra è Dio in noi, che vuoi che sia la scienza e un suo miracolo, se non un miracolo di Lui quand'Egli voglia che si compia? e che puoi tu sapere della morte, se in Dio non si muore, ed

Egli ora è di nuovo in te, come ancora in tutti noi, qua, eterno, nel nostro momento che solo in Lui non ha fine?

Il Leone de Castris ha parlato di «finzione in cui Lucio non crede ma dalla quale è possibile, per salvare gli altri, parlare di vita e di Dio». E forse il termine adottato si addice bene al colpo di scena finale del *Lazzaro*, che termina, come già sappiamo, con la «soluzione pseudodrammatica» della guarigione miracolosa. Ma, guardando le cose sotto il profilo religioso, il termine (e solo il termine) pascaliano di *pari* (scommessa) caratterizza meglio la religiosità di Lucio, perché la risurrezione che egli propone deve sostenersi con argomenti capaci di vincere il torpore spirituale di quanti lo circondano. Tuttavia una volta che tale religiosità sia uscita dal tracciato della Redenzione cristiana (l'immagine iniziale del Cristo crocefisso rimane, anche in ultimo, un elemento decorativo, e non si fa mai sostanza di discorso); una volta che si sia imposta come eccezionale alla stessa gerarchia cattolica, comporterà l'accettazione della fede come se si trattasse del risultato di una scommessa plausibile, non avventata. Non si dimentichi, inoltre, che la proposta di ritrovare in Dio le ragioni della nostra esistenza è l'unica capace di porre ordine e fine in una situazione che l'ascesi fanatica di Diego, il matriarcalismo tellurico di Sara e la certezza sperimentale del medico avevano, in diversi modi, resa unilaterale e priva di sbocchi. Al padre, d'altronde, Lucio consiglia di continuare sì a vivere, ma «in Dio, nelle opere che farà», lasciando Sara ad Arcadipane e restituendo la sorella, guarita, alla madre. La scoperta della fede, di conseguenza, comporta nel *Lazzaro* il parziale abbandono dello stato natale, che nella *Nuova colonia* la madre aveva incarnato senza alternative.

«I giganti della montagna»

Il libretto della *Favola*, redatto sin dal 1930, e destinato ai *Giganti della montagna*, il «mito dell'arte», dimostra, tuttavia, la profonda resistenza di Pirandello a disconoscere definitivamente al rapporto madre-figlio la prerogativa di essere l'unico capace di delineare una prospettiva sicura di rinascita. Diversamente motivata è nella *Favola del figlio cambiato* la necessità assoluta, per vivere autenticamente, di ritrovare la madre, strappata in questo caso al figlio vero per un sortilegio magico. La madre colloquia quasi sempre con più persone, esponenti d'un «milieu» ancora una volta agricolo: tuttavia i presupposti matriarcali e rurali, che informavano i progetti di rinascita di La Spera o di Sara, non possono neanche farsi luce nella *Favola*. La società, o meglio l'ambiente, distrugge questa reincarnazione della Grande Madre, sottraendole la presenza complementare del figlio autentico e sostituendola con quella fittizia del «figlio cambiato». Il quale, per di più, è un «mostro allegro, esultante, che stenta a parlare» e che vive, senza ribellarsi però, in un'osteria simile a quella disegnata nel prologo della *Nuova colonia*. Il suo antagonista, il figlio autentico, dopo il rapimento, è stato allevato dal sovrano d'un paese remoto, come se si trattasse del suo legittimo erede, del Principe. Tuttavia egli si rifiuta di sottoporsi all'obbligo sociale di regnare, perché non intende sacrificare al potere la sua personalità genuina e la sua sincerità di comportamento. È una situazione, questa, raffigurata in maniera abbastanza convenzionale, fino al punto di riecheggiare le tipiche invettive contro il mondo della corte, così frequenti nella letteratura rinascimentale. In ultimo, però, alla vita di corte il giovane principe della *Favola* pirandelliana non solo non contrappone l'elogio previsto, nella letteratura del Rinascimento, della vita pastorale, ma neanche la lucida e paralizzante visione dell'esistenza umana sofferta da Amleto. Piuttosto, com'era da aspettarsi, vi antepone la velleità di regredire alla condizione dell'infanzia. Le cose mutano successivamente, quando si diffonde la notizia che «saccheggi» e «incendi», «scioperi e tumulti» rendono urgente e indilazionabile il ritorno del Principe nel suo regno, dove, nel frattempo, è morto il suo presunto padre. La stessa Madre compare a persuadere il Principe, perché ricuperi definitivamente il senso della sua esistenza: non quella, però, dell'infanzia, come accadeva nei «miti» precedenti, ma quella ancora più remota del feto. A suo dire solo «nel calore carnale / di quest'amore di madre», solo «nell'odore di questa sua veste... / e della sua casa», solo «nel sapore dei cibi / che *gli darà* da mangiare», il Principe celebrerà veramente l'avvio d'una vita nuova. Una vita siffatta non comporta nemmeno il ritorno alla fatica sana ed operosa dei campi sostenuta da Sara nel *Lazzaro*, perché sulla bocca del Principe l'abbandono della città significa, altrimenti, il rifugio nella natura marina:

Via la nebbia amara, e quel fumo, / quel fumo forato da lampade; / architetture di ferro, / forni, carbone, città / affaccendate da cure / cieche e meschine, / formicai! formicai! [...] / Ora son pieno di quest'ebbrezza / di sole d'azzurro di verde di mare!

Non solo, ma poiché in apparenza il ritiro del Principe segna, di necessità, il trionfo del «mostro» con cui è stato scambiato, al punto che questi verrà eletto re in sua vece, la rigenerazione operata nel grembo della madre finisce col distruggere ogni possibilità di vita associata nell'ordine e nella giustizia.

Una volta condotto a questo punto estremo il tema del

rinnovamento, centrale nel teatro «mitico», non resta a Pirandello che motivare le ragioni politiche e sociali dell'insuccesso della proposta di riscatto sempre affidata sinora alla donna, o meglio al corpo femminile. Forse per questa ragione, non occasionale, nell'ultimo dei suoi miti, *I giganti della montagna*, egli configura la storia di una compagnia teatrale che non riesce a portare sulla scena proprio *La favola del figlio cambiato*. Ancora una volta, teatro nel teatro, comunque. Gli attori attribuiscono le ragioni, scontate, del fallimento alla grossolana sensibilità del pubblico, che più volte si dimostra incapace di apprezzare la genuina poesia della *Favola*, come pure di ammirare la «messinscena spettacolosa» necessaria per allestirla. Un altro antefatto grava, inoltre, sulla proposta di portare alla ribalta la *Favola*, un antefatto romanzesco: il poeta che l'aveva composta, sperando di conquistare il cuore di Ilse Paulen, destinata ad interpretarla, si è tolto la vita. La celebre attrice, che si era ritirata dalle scene per sposarsi con un conte, solo dopo il suicidio dell'autore sacrifica la dignità e la ricchezza della sua nuova posizione sociale, per potere rappresentare la *Favola*. Ed è lei stessa che c'informa sullo stretto legame esistente tra la sua persona e il poeta, un legame ambiguo, che non si è mai tradotto in un rapporto d'amore compiuto.

L'opera mi parve così bella che sì, me n'esaltai subito. Ma compresi bene (una donna fa presto ad accorgersi di queste cose; voglio dire quando s'è fatto un pensiero su lei): voleva col fascino dell'opera riattrarmi alla mia vita di prima; ma non per l'opera; per sé, per avermi sua... Sentii che se l'avessi disilluso subito, non avrebbe più portato il suo lavoro a fine. E per la bellezza di quell'opera, non solo non lo disillusi, ma alimentai fino all'ultimo la sua illusione. Quando l'opera fu compiuta, mi ritrassi – ma già tutta in fiamme – da quel fuoco.

La parentesi, che sottolinea la particolare intuizione dell'amore propria dell'animo femminile, riprende quasi alla lettera le parole che Sara aveva pronunciato in una scena del *Lazzaro*, raccontando a Lucio come s'era accorta che Arcadipane si era innamorato di lei. Ma si tratta di parole soltanto, perché nei *Giganti della montagna* l'attrazione della donna sull'uomo non si esercita più attraverso la figura della madre. L'attrice non ha nemmeno il rigoglio fisico e la bellezza di Sara. Le sue sembianze sono, sì, quelle di una donna esuberante, ma prostrata dallo sfacelo e dallo sconforto, stando alla didascalia che la raffigura «coi capelli sparsi, color di rame caldo, l'abito dimesso e doloroso, di velo violaceo, scollato, un po' logoro». Né la terra è più rievocata come il luogo dove l'uomo può risolvere la sua problematica di rinnovamento. C'è ora, nel rapporto che intercorre fra l'uomo e la donna, nello spazio vuoto

occupato dalla forza di attrazione che spingeva l'uno verso l'altra, la presenza mediatrice dell'opera poetica: una realtà a sé che non si lascia ridurre ai moduli di regressione sessuale o di sublimazione, che avevano turbato il comportamento degli altri personaggi «mitici», perché l'opera vive di un'esistenza autonoma, assoluta. Si spiega, allora, perché mai la compagnia di teatranti, che si sposta al seguito della contessa-attrice, per trovare finalmente il luogo ove rappresentare la *Favola*, sebbene consideri tanto l'opera quanto la protagonista fuori della normalità, accetti di condividerne la sorte, fino a patire insieme a lei miseria e povertà. Gli attori, insomma, non sono più quelli dei *Sei personaggi in cerca d'autore*, indifferenti alla problematica teatrale che la vita stessa li incarica di presentare. Al contrario, sembrano rendersi conto che la parola di cui sono banditori è un messaggio di salvezza. La parola poetica e teatrale della *Favola* trascende così individualità e professioni, e solo in quanto è anche rappresentabile, richiede uno o più predicatori ed un pubblico.
Un'impostazione nuova, come si vede, questa del tema del rinnovamento costante nel teatro mitico, tale da fare a meno della figura emblematica della madre nella zona sacrale della rappresentazione, quando certi archetipi tendono a svelarsi in maniera così netta, da sconvolgere l'ambiente ed i personaggi destinati a raccogliere lo sviluppo della situazione drammatica. La compagnia degli attori, infatti, si trova ormai al culmine delle sue peregrinazioni, in un «tempo e luogo», che, malgrado l'abbondanza di indicazioni scenografiche, Pirandello vuole lasciare «indeterminati», «al limite, fra la favola e la realtà»: è la Villa degli Scalognati, personaggi difformi e grotteschi che vivono in un mondo irreale (solo in una prima redazione si ode all'interno dell'edificio un canto «accompagnato da strumenti da jazz»). Tutti sono ispirati e guidati da una sorta di mago, di nome Cotrone, che comprende subito, se pure non senza ironia, le ragioni metafisiche della sconfitta degli attori: l'impossibilità di recitare la *Favola del figlio cambiato* rientra, a suo parere, nel generale «fallimento della poesia della cristianità». Ebbene, proprio per questa lucida consapevolezza degli inganni del mondo, Cotrone, come il Prospero della *Tempesta* shakespeariana, è in grado di offrire agli attori delusi e sfiduciati quello che più tardi un critico, il Di Pietro, ebbe a definire «un rito nuovo», «una nuova religione», con cui «egli tesse intorno a sé, per la pura gioia dei sensi, visioni di suprema bellezza». In particolare all'attrice, che aveva definito la sua anima «come una bambina nuda o tutta stracciata», Cotrone può addirittura promettere un'altra anima, «grande come l'aria, piena di sole o di nuvole, aperta a tutti lampi, abbandonata a tutti venti, superflua e misteriosa materia

di prodigi che ci solleva e disperde in favolosa lontananza»; in cambio le chiede l'abbandono del corpo, definito «apparenza tra» le «apparenze», «morte», «tenebra e pietra». Un sottile pathos religioso pervade queste parole, tanto che l'invito rivolto più avanti dal mago agli attori, perché si fermino alla Villa degli Scalognati («sciogliete i calzari e deponete il bordone; siete arrivati alla vostra meta»), riecheggia apertamente le parole rivolte da Dio a Mosè nell'*Esodo*: «Solve calceamentum de pedibus tuis; locus enim, in quo stas, terra sancta est». Eppure la pace che promette Cotrone mantiene qualcosa di innaturale e di costruito, per essere veramente fonte di consolazione eterna allo spirito. Per gli espedienti illusori di cui si serve il mago (dall'evocazione di fantasmi, opportunamente istruiti, ai fuochi d'artificio) e per i compiti che si propone (inventare la «verità che la coscienza rifiuta»), richiama, se non una terapia di natura psicanalitica, certamente una tecnica filmica, visto il fascino che in questo periodo sta esercitando su Pirandello la regia di Max Reinhardt, piuttosto che di un Piscator: regia che «viene oggi a creare l'inverosimile, diventa una sorgente di meravigliose illusioni, e può trasportare gli spettatori, coi prodigi delle luci e con le improvvise trasformazioni dei palcoscenici, in piena fantasmagoria» («Corriere della sera», 13 ottobre 1928). In realtà Pirandello non desidera soltanto ripetere gli esperimenti di questi registi, che pure conosceva. Non può praticare la sola «tecnica». E difatti, quasi a sottolineare il carattere redentivo delle sue promesse, Cotrone ammette di uscire dal corpo (non tornarvi come nei «miti» materni) e di vivere dei fantasmi liberatisi dell'attività dell'anima, in uno stato di narcosi spirituale, la quale non è tanto negazione della vita, quanto d'ogni interpretazione razionale di essa. Tale, almeno, sembra il risultato dell'esortazione del mago all'attrice:

> Non bisogna più ragionare. Qua si vive di questo. Privi di tutto ma con tutto il tempo per noi: ricchezza indecifrabile, ebullizione di chimere. Le cose che ci stanno attorno parlano e hanno senso soltanto nell'arbitrario in cui per disperazione ci viene di cangiarle. Disperazione a modo nostro, badiamo! Siamo piuttosto placidi e pigri; seduti, concepiamo enormità, come potrei dire? mitologiche; naturalissime, dato il genere della nostra esistenza. Non si può campare di niente; e allora è una continua sborniatura celeste. Respiriamo aria favolosa. Gli angeli possono come niente calare in mezzo a noi; e tutte le cose che ci nascono dentro sono per noi stessi uno stupore. Udiamo voci, risa; vediamo sorgere incanti figurati da ogni gomito d'ombra, creati dai colori che ci restano scomposti negli occhi abbacinati dal troppo sole della nostra isola. Sordità d'ombra non possiamo soffrirne. Le figure non sono inventate da noi; sono un desiderio dei nostri stessi occhi.

L'irrazionalismo qui auspicato richiede il completo asservimento dell'uomo, che vuole rinnovarsi, al mago e ai suoi artifici scenici; e se anche si lascia trasparire la presenza edificante dell'angelo, tutto si risolve, per l'appunto, in un'«ebullizione di chimere» e in una «sborniatura celeste». «Siamo», aveva detto poco prima Cotrone, «come agli orli della vita»; e poiché questi, «a un comando, si distaccano, entra l'invisibile, evaporano i fantasmi»: in conformità, quindi, a un procedimento fantastico che vuole ad ogni costo impadronirsi del meccanismo onirico di percezione della realtà. Non ha alcun senso chiamare in causa, per questa situazione, la poetica del surrealismo. L'autentica dottrina surrealistica per volontà stessa del fondatore, André Breton, mirava ad un «automatisme psychique pur», il quale «repose sur la croyance à la réalité supérieure de certaines formes d'association négligées jusqu'à lui, à la toute puissance du rêve, au jeu désintéressé de la pensée» (la citazione è dal manifesto del 1924). L'eventuale surrealismo pirandelliano, al contrario, potrebbe dirsi una sorta di automatismo fantastico impuro; i suoi fondamenti, perciò, non prevedono un atto di fede nell'esistenza di forme trascurate di conoscenza. I fantasmi, evocati dai *Giganti*, sono ancora frutto d'una operazione magica di Cotrone e, per di più, sono spesso fantasmi maligni. Il mago giunge persino a organizzare, con la complicità degli attori, la raccapricciante comparsa del poeta che si era ucciso per amore di Ilse.
Se illusorio, o meglio momentaneo, riesce l'artificio di Cotrone, tanto vale, allora, continuare a vivere, ed affrontare la società, come entità corporee. Questo, almeno, sembra significare la rinuncia dell'attrice, quando il mago allude alla possibilità di rappresentare la *Favola* nel suo regno di trascendenza illusoria. E non sembri il gesto di Ilse una delle tante «soluzioni pseudodrammatiche», che avevano dato fiato ai «miti» precedenti, quasi un espediente per rilanciare l'intreccio di una trama che si era andata, via via, impaludando. Se è vero che il primo atto dei *Giganti della montagna* abbonda di antefatti e di professioni di fede, in modo che al racconto si sostituisce il più delle volte l'azione; se è vero, ancora, che le ricreazioni artificiali del mago affidano al gioco dei riflettori l'animarsi della scena, sì che all'azione si sostituisce, questa volta, la mimica, risulta, però, fin dall'inizio che la problematica umana, personificata dall'attrice, si rivela capace di incrementare i rapporti intersoggettivi. Il rifiuto di accettare l'invito del mago Cotrone si accompagna, per esempio, al suo rifiuto precedente di abbandonare la professione, o a quello di vendere la propria arte per fini mercenari: si determinano, così, una discussione costante e una maturazione progressiva di propositi. Al principio del terzo «mo-

mento», in un colloquio con suo marito, Ilse rivela quanto sia profonda la solitudine e la sofferenza del suo mondo di affetti terreni, che ormai non le offre più rifugio e protezione:

Parlo, e la mia voce, non so, quella degli altri, tutti i rumori, li sento come se nell'aria, non so, non so, si fosse fatta una sordità, per cui tutte le parole mi diventano crudeli.

Poco le giova, di conseguenza, il tentativo di Cotrone di riprodurre per lei una realtà diversa, non solo dimostrando concretamente la vita che circola nei sogni (gran parte del secondo «momento» è occupata da gesti e parole dei personaggi visti e rappresentati mentre sognano), ma anche allestendo dal nulla, per puro incantesimo, lo spettacolo della *Favola del figlio cambiato*, lasciando agli attori la sola recitazione delle parti loro assegnate dal copione. Cotrone, nel tentativo di smuovere gli attori, cerca di indirizzarli verso l'abbandono del corpo, la credenza negli spiriti, il ritorno all'infanzia («se siamo stati una volta bambini possiamo esserlo sempre!»). Ilse, al contrario, non sente affatto il bisogno di riconoscere la propria fragilità corporea. Ogni atto di pentimento le sembra un "avvilirsi", si "smarrisce" dinanzi alla vitalità dei sogni e delle apparizioni magiche. Piuttosto accetta l'altra soluzione che il mago offre agli attori, riluttanti anch'essi a ritornare "bambini" in maniera così illusoria: cercare di rappresentare la *Favola* dinanzi ai Giganti. E qui si apre la vera, feconda alternativa della *Favola*, che non può essere letta nella chiave unica del messaggio irrazionale di Cotrone, anche per l'origine "politica" di questo e degli altri «miti». Basti pensare a come Cotrone presenta agli attori i nuovi personaggi che dovrebbero fungere da pubblico. Solo in apparenza essi provengono da un mondo lontano:

L'opera a cui si sono messi lassù, l'esercizio continuo della forza, il coraggio che han dovuto farsi contro tutti i rischi e pericoli d'una immane impresa, scavi, fondazioni, deduzione d'acque per bacini montani, fabbriche, strade, colture agricole, non han soltanto sviluppato enormemente i loro muscoli, li hanno resi naturalmente anche duri di mente e un po' bestiali. Gonfiati dalla vittoria offrono però facilmente il manico per cui prenderli: l'orgoglio, lisciato a dovere, fa presto a diventar tenero e malleabile.

Non occorrono esplorazioni sociologiche, per capire che dietro ai *Giganti della montagna* si nasconde la civiltà tecnologica, qualunque sia il regime politico – americano o comunista, nazista o fascista – in cui si è affermata. L'autonomia dell'arte dovrà, dunque, venire a patti con la nuova umanità creata dallo sfruttamento economico? È un interrogativo, questo, che non solo la ricostruzione del terzo atto dei *Giganti della montagna*, operata dal figlio di Pirandello, Stefano, sulla base delle confidenze del padre, legittima e risolve drammaticamente. Già dall'intervista apparsa nell'autunno del 1928 sul «Corriere della sera», e nel giugno 1929 su «La Stampa», si intravvedono gli esiti distruttivi poi esposti da Stefano. A farla breve, la *Favola* sarebbe stata rappresentata, ma solo per i «servi e le maestranze degli operai» dei Giganti; inoltre, non avrebbe incontrato il favore del pubblico incolto, sino al punto che il rifiuto dell'attrice di mettere in scena uno spettacolo buffonesco lo avrebbe esasperato e spinto ad uccidere l'attrice. Quanto alla morale ultima, l'avrebbe tratta Cotrone, in questi termini:

Non è, non è che la Poesia sia stata rifiutata; ma solo questo: che i poveri servi fanatici della vita, in cui oggi lo spirito non parla, ma potrà pur sempre parlare un giorno, hanno innocentemente rotto, come fantocci ribelli, i servi fanatici dell'Arte, che non sanno parlare agli uomini perché si sono esclusi dalla vita, ma non tanto poi da appagarsi soltanto dei propri sogni, anzi pretendendo d'imporli a chi ha altro da fare, che credere in essi.

A dire il vero, un'aggiunta di questo genere soddisfa soltanto i fautori delle «soluzioni pseudodrammatiche», escogitate in abbondanza negli altri «miti», e care ai più celebri registi attuali, da Strehler in avanti. A guardar bene, non c'è bisogno del sacrificio dell'attrice per intendere il rifiuto della *Favola* presso i Giganti della montagna, come non occorre la morale conclusiva di Cotrone per convenire che la Poesia e il Teatro d'arte, in una società di massa a tecnologia avanzata, non costituiscono più dei valori assoluti, autonomi. È sufficiente rammentare la conclusione del terzo ed ultimo «momento», quando si ode sul palcoscenico, stando alla didascalia,

il frastuono della cavalcata dei Giganti della montagna che scendono al paese per la celebrazione delle nozze di Uma di Dòrnio e Lopardo d'Arcifa, con musiche e grida quasi selvagge.

Tutti i presenti cadono progressivamente in preda al terrore:

QUAQUÈO Ecco i giganti! Ecco i giganti!
MILORDINO Scendono dalla montagna!
MARA-MARA Tutti a cavallo! Parati a festa!
QUAQUÈO Sentite? Sentite? Pajono i re del mondo!
MILORDINO Vanno alla chiesa per la consacrazione delle nozze!
DIAMANTE Andiamo, andiamo a vedere!
COTRONE (*arrestando con voce imperiosa e potente tutti gli accorrenti dietro l'invito di Diamante*) No! Nessuno si muova! Nessuno si faccia vedere, se dobbiamo andar su a proporre la recita! Restiamo qua tutti a concertare la prova!

IL CONTE (*tirandosi a parte la Contessa*) Ma tu non hai paura, Ilse? Li senti?
SPIZZI (*atterrito, accostandosi*) Tremano i muri!
CROMO (*accostandosi anche lui atterrito*) Pare la cavalcata d'un'orda di selvaggi?
DIAMANTE Io ho paura! Io ho paura!

Questa scena ha goduto di una certa fortuna anche nel teatro posteriore, se qualche sua eco è ancora avvertibile nel *Rhinocéros* di Ionesco, che è del 1959. Qui l'idea della cavalcata si protrae per tutto il corso della «pièce»; ma alla fine, anziché produrre terrore, come accade ai personaggi pirandelliani, che sembrano condannati a scomparire dinanzi al brutale irrompere dei Giganti, la corsa selvaggia dei Rinoceronti fa scattare il grido di protesta dell'uomo comune (un Bérenger qualunque), il quale non vuole subire la trasformazione bestiale toccata ormai a tutti i suoi concittadini: «Contre tout le monde, je me défendrai, contre tout le monde, je me défendrai! Je suis le dernier homme, je le resterai jusqu'au bout! Je ne capitule pas!». Il fatto è che Pirandello aveva solo intravisto il profilarsi della nuova civiltà tecnologica e di massa, prevedendo che essa avrebbe potuto soffocare i valori espressi dalla Poesia attraverso il Teatro, mentre Ionesco è ormai in grado di denunciare le rovine che questa civiltà ha seminato, mettendo in crisi la nozione stessa di uomo.
La denuncia della morte della Poesia e la previsione che il Teatro si sarebbe ridotto a spettacolo triviale concludono dignitosamente la parabola ideologica di Pirandello, entro la quale non c'è spazio per progettare ipotesi di rinnovamento per l'uomo contemporaneo. I suoi «miti» in definitiva, sebbene siano mossi tutti dallo sforzo d'identificare le ragioni di crisi sociale, spirituale ed artistica del tempo, non sono riusciti a delineare i confini di una nuova società, di una nuova spiritualità e di una nuova arte. Ecco perché, se formalmente possono soddisfare taluni presupposti del metateatro, ideologicamente portano ben visibili i segni dell'appartenenza alla concezione borghese del teatro. Non per questo ne vengono diminuiti o condizionati. Negli anni Trenta Bertolt Brecht aveva accennato ai valori costanti del teatro borghese: il loro «contenuto extratemporale», le loro «situazioni di portata generale», e infine l'«eterna risposta» che offrono ai quesiti proposti, gli erano parsi i tratti salienti di quei valori. I «miti» di Pirandello riflettono la fase più acuta di smarrimento e di confusione dei valori celebrati nella drammaturgia borghese del primo dopoguerra. Pirandello nei suoi «miti» non ha inteso raccogliere la lezione alternativa del marxismo rivoluzionario e neppure ha cercato di promuovere la rinascita del sentimento cristiano. Di fronte ai primi segni del-

l'affermarsi della barbarie nazifascista e sovietica, ha finito per rifugiarsi in archetipi irrazionali (sul modello di quello incarnato dalla Grande Madre), o addirittura ha anticipato la risposta nichilistica della distruzione d'ogni attività creativa. In questi limiti l'appartenenza di Pirandello al teatro borghese dei suoi anni può essere sostenuta senza complessi d'inferiorità nei riguardi di chi, come Brecht, stava già uscendone fuori, in direzione "epica" e "straniante".

MARZIANO GUGLIELMINETTI

Bibliografia sui «Miti»

SU «LA NUOVA COLONIA»

Edizioni: *La Nuova Colonia. Mito. Prologo e tre atti*, vol. XXIII, Firenze, Bemporad, 1928; Milano, Mondadori, 1933; «Tutto il teatro di Luigi Pirandello», vol. X, ivi 1938; «Omnibus», vol. IV, ivi 1949; «B.M.M.», ivi 1951; «I Classici Contemporanei Italiani», vol. II, ivi 1958; con pref. di M. Abba, Milano, Mursia, 1971; «Oscar», Milano, Mondadori, 1988.

Studi: R. Perroud, *Notice* e *Note* alla trad. franc. di *La Nuova Colonia*, in Luigi Pirandello, *Théâtre complet*, II, Paris, Gallimard, 1985, pp. 1415-31; P. Puppa, *Dalle parti di Pirandello*, Roma, Bulzoni, 1987. Sul progetto cinematografico affidato a M. Reinhardt, si cfr. il vol. del Càllari cit. appresso.

SU «LAZZARO»

Edizioni: *Lazzaro. Mito in tre atti*, vol. XXVI, Milano, Mondadori, 1929; «Tutto il teatro di Luigi Pirandello», vol. X, Milano, Mondadori, 1938; «Omnibus», vol. IV, ivi 1949; «B.M.M.», ivi 1951; «I Classici Contemporanei Italiani», vol. II, ivi 1958; C. Simioni - E. Albertini (a cura di), «Oscar», ivi 1988.

Studi: P. Mignosi, *Il segreto di Pirandello*, Milano, Tradizione Editrice, 1937; V. Schilirò, *Come vedo Pirandello*, Torino, SEI, 1937; G. Vigorelli, *Pirandello e i cattolici*, in «Almanacco Bompiani», 1938, pp. 98-99; G. Contini, *Letteratura dell'Italia unita, 1861-1968*, Firenze, Sansoni, 1968; A. Bouissy, *Notice* e *Note* alla trad. franc. del *Lazzaro*, in Luigi Pirandello, *Théâtre complet*, cit., pp. 1437-45; P. Puppa, *Per una scena infinita e illusoria: Lazzaro e la trilogia del mito*, in «Rivista di studi pirandelliani», terza serie, X (1992), 8/9, pp. 53-63. Ho pure ricordato l'articolo di N. Frye, *Il mito romantico*, in «Lettere Italiane», XIX (1968), 4, pp. 409-40.

SU «I GIGANTI DELLA MONTAGNA»

Edizioni: *I fantasmi*, in «Nuova Antologia», 16 dicembre

1931 e in «Il Dramma», 15 marzo 1932 (sotto questo titolo sono compresi i «momenti» I e II); *I giganti della montagna (secondo atto)*, in «Quadrante», novembre 1934 (comprende il «momento» III); «Tutto il teatro di Luigi Pirandello», vol. X, Milano, Mondadori, 1938; «Omnibus», vol. IV, ivi 1949; «B.M.M.», ivi 1951; «I Classici Contemporanei Italiani», vol. II, ivi 1958; con pref. di M. Abba, in «Il Dramma», novembre-dicembre, 1966; con pref. di M. Abba, Milano, Mursia, 1972 (la medesima ha anche tradotto in inglese *I Giganti*, New York, Crown, 1958); «Tutte le opere di Luigi Pirandello», a cura di R. Alonge, «Oscar», Milano, Mondadori, 1993.
Studi: S. d'Amico, *Cronache del teatro*, Bari, Laterza, 1964; L. Baldacci, *Il teatro di Bontempelli e l'esempio di Pirandello*, in *Atti del Congresso internazionale di studi pirandelliani*, cit., pp. 275-83; R. Rebora, *I «Giganti della Montagna» e la crisi di «Liolà»*, in *Atti del Congresso internazionale di studi pirandelliani*, cit., pp. 469-73; P. Puppa, *Fantasmi contro giganti. Scena e immaginario in Pirandello*, Bologna, Pàtron, 1978; G. Bosetti, *De la poétique du mythe, de Bontempelli aux «Géants de la montagne» de Pirandello*, in «Revue des études italiennes», XXVIII (1982), 1-2, pp. 40-71; B. Alfonzetti, *Il trionfo dello specchio. Le poetiche teatrali di Pirandello*, Catania, C.U.E.C.M., 1984; A. Bouissy, *Notice* e *Note* alla trad. franc. di P. Renucci di *I Giganti della montagna*, in Luigi Pirandello, *Théâtre complet*, cit., pp. 1565-600; C. Vicentini, *Il repertorio di Pirandello capocomico e l'ultima stagione della sua drammaturgia*, in AA.VV., *Pirandello e la drammaturgia tra le due guerre*, Agrigento, Centro Nazionale Studi Pirandelliani, 1985; F. Angelini, *I Giganti della montagna: teatro e Stato*, in *Teatro e spettacolo nel primo Novecento*, Roma-Bari, Laterza, 1988, pp. 215-46; L. Squarzina, *La favola del dramma cambiato*, in «Rivista di studi pirandelliani», terza serie, XI (1993), 10, pp. 93-98.
Ed inoltre: R. Simoni, *Trent'anni di cronaca drammatica*, V, Torino, ILTE, 1951-60, pp. 305-07; R. Tessari, *Il teatro e la dimora dei Miti. Manifestazione epifanica e rappresentazione scenica all'ombra della montagna dei giganti*, in AA.VV., *Testo e messa in scena in Pirandello*, Urbino, La Nuova Italia Scientifica, 1986, pp. 179-208; C. Fogliaroli, *Una favola per musica. L'incontro di Malipiero e Pirandello*, in «Rivista di studi pirandelliani», terza serie, X (1992), 8-9, pp. 69-90; S. Miloto, *I Giganti della Montagna. La villa incantata, il manipolo bizzarro del mago Cotrone e una postilla al titolo*, in «Rivista di studi pirandelliani», cit., pp. 39-51.

STUDI GENERALI
Oltre alle storie della critica segnalate nella bibliografia

che introduce ogni volume della presente edizione delle opere di Pirandello, cfr. *Il punto su: Pirandello*, a cura di F. Angelini, Bari, Laterza, 1992.
Sul teatro di Pirandello e i «miti»: A. Tilgher, *Studi sul teatro contemporaneo*, Roma, Libreria di scienze e lettere, 1923; I. Siciliano, *Il teatro di Luigi Pirandello, ovvero dei fasti dell'artificio*, Torino, Bocca, 1929; L. Tonelli, *Teatro contemporaneo italiano*, Milano, Corbaccio, 1936; F. Piemontese, *Dramma e lirismo nell'ultimo teatro pirandelliano*, in «Rivista di sintesi letteraria», III (1937), 2, pp. 199-237; A. Di Pietro, *Pirandello*, Milano, «Vita e Pensiero», 1950; E. Levi, *Il comico di carattere da Teofrasto a Pirandello*, Torino, Einaudi, 1959, pp. 153-81; S. d'Amico, *Storia del teatro drammatico*, Milano, Garzanti, 1960; A. Leone de Castris, *Storia di Pirandello*, Bari, Laterza, 1962 (ed. ampliata 1971); P. Szondi, *Teoria del dramma moderno*, Torino, Einaudi, 1962, pp. 105-12; G. Cucchetti, *Assoluto e relativo nei tre miti teatrali di Luigi Pirandello*, in *Atti del Congresso internazionale di studi pirandelliani*, Firenze, Le Monnier, 1967, pp. 351-62; A. Vicari, *I miti di Pirandello*, in «Italica», XLIV (1967), 1, pp. 28-40; *Teatro di Luigi Pirandello*, Atti del Convegno di studi (Asti, 26-28 maggio 1967), Asti, Scuola tip. S. Giuseppe, 1968 (dove è possibile leggere, fra gli altri, l'intervento di M. Guglielminetti, *Il teatro mitico di Pirandello*, successivamente in *Petrarca fra Abelardo ed Eloisa e altri saggi di letteratura italiana*, Bari, Adriatica Ed., 1969, in questa sede rivisto); C. Vicentini, *L'estetica di Pirandello*, Milano, Mursia, 1970; E. Lauretta (a cura di), *I Miti di Pirandello* (con scritti di E. Lauretta-N. Borsellino-L. Lugnani-S. Monti, e gli interventi di A. Camilleri-O. Costa-S. d'Amico-F. Virdia), Palermo, Palumbo, 1975; G. Macchia, *Pirandello o la stanza della tortura*, Milano, Mondadori, 1981; F. Airoldi Namer, *Pirandello e i miti di «900»*, in S. Milioto - E. Lauretta (a cura di), *Pirandello e la cultura del suo tempo*, Milano, Mursia, 1984, pp. 339-55; R. Tessari, *Pirandello e la dama rossa. Un settimo personaggio in cerca d'autore*, in AA.VV., *L'arte d'interpretare. Studi critici offerti a Giovanni Getto*, Cuneo, l'Arciere, 1984, pp. 727-43; L. Granatella (a cura di), *L'ultimo Pirandello, 1926-1936*, Atti del Convegno di Brescia, Comune di Brescia, 1988; L. Sedita, *La maschera del nome. Tre saggi di onomastica pirandelliana*, Roma, Istituto della Enciclopedia Italiana, 1988, pp. 80-105; U. Artioli, *L'officina segreta di Pirandello*, Roma-Bari, Laterza, 1989; C. Sicari, *Profezie di modernità. Saggio sui miti di Pirandello*, Cosenza, Pellegrini, 1989; N. Borsellino, *Ritratto e immagini di Pirandello*, Roma-Bari, Laterza, 1991; A. Meda, *D'Annunzio, Pirandello e il recupero del mito*, in «Rivista di studi pirandelliani», terza serie, XI (1993), 10, pp. 29-50.

Non appare fondamentale, ai fini della genesi e del significato dei «miti», la conoscenza delle lettere di Pirandello a Marta Abba, la prima interprete della *Nuova Colonia* e di *Lazzaro*, a quanto s'intravede dal saggio di P. Frassica, *A Marta Abba per non morire. Sull'epistolario inedito tra Pirandello e la sua attrice*, Milano, Mursia, 1991, e dalla successiva edizione di B. Ortolani, *Pirandello's love letters*, Princeton University Press, 1993. Rimane la testimonianza dell'attrice (si pensi all'edizione dei *Giganti* di cui si dirà), ma non è stato possibile ricavarne più di un'appassionata rivendicazione della propria compartecipazione alla creazione del trittico dei miti, dei *Giganti* in specie. In questo senso anche la riaffermazione della proprietà personale degli originali della *Nuova Colonia* e dei *Giganti* prende senso.

Si vedano infine questi contributi non specifici, ma egualmente importanti: F. Fergusson, *Idea di un teatro*, Parma, Guanda, 1957; G. Giudice, *Luigi Pirandello*, Torino, UTET, 1963; G. Genot, *Pirandello*, Paris, Seghers, 1970; L. Lugnani, *Pirandello. Letteratura e teatro*, Firenze, La Nuova Italia, 1970; J.-M. Gardair, *Pirandello. Fantasmes et logique du double*, Paris, Larousse, 1972 (trad. it. *Pirandello e il suo doppio*, Roma, Ed. Abete, 1977); L. Lugnani, *L'infanzia felice e altri saggi su Pirandello*, Napoli, Liguori, 1986; J. Spizzo, *Pirandello: dissolution et genèse de la représentation théâtrale: essai d'interpretation psychanalitique de la drammaturgie pirandellienne*, Paris, Les Belles Lettres, 1986; A. d'Amico-A. Tinterri, *Pirandello capocomico. La Compagnia del Teatro d'Arte di Roma 1925-1928*, Palermo, Sellerio, 1987; Wl. Krysinski, *Il paradigma inquieto. Pirandello e lo spazio comparativo della modernità* (trad. di C. Donati), Napoli, Edizioni Scientifiche Italiane, 1988; G. Livio, *La scena italiana*, Milano, Mursia, 1989; G. Pedullà, *Il teatro italiano nel tempo del fascismo*, Bologna, Il Mulino, 1994.

Sul rapporto fra Pirandello ed il cinema: E. Lauretta (a cura di), *Pirandello e il cinema*, Agrigento, Centro nazionale di studi pirandelliani, 1977; M. Del Ministro, *Pirandello: scena, personaggio e film*, Roma, Bulzoni, 1980; R. Vittori, *Il trattamento cinematografico dei «Sei personaggi»*, Firenze, Liberoscambio, 1984; F. Angelini, *Serafino e la tigre. Pirandello tra scrittura, teatro e cinema*, Venezia, Marsilio, 1990; C. Camerini (a cura di), *Acciaio, un film degli anni trenta. Pagine inedite di una storia italiana*, Torino, Ed. RAI, 1990; F. Càllari, *Pirandello e il cinema. Con una raccolta completa degli scritti teorici e creativi*, Venezia, Marsilio, 1991.

Sul rapporto fra Pirandello e la Germania: L. Mittner, *L'Espressionismo*, Bari, Laterza, 1965.

Ed inoltre: G. Corsinovi, *Pirandello e l'espressionismo:*

analogie e anticipazioni espressive nella prima narrativa, Genova, Tilgher, 1979; G. Pennica, *Pirandello e la Germania*, Palermo, Palumbo, 1984; M. Cometa, *Il teatro di Pirandello in Germania*, Palermo, Edizioni Novecento, 1986; M. Rössner, *La fortuna di Pirandello in Germania e le messinscene di Max Reinhardt*, in «Quaderni di teatro», novembre 1986, pp. 40-53: V. Schlossarek, *Il teatro di Pirandello in Germania negli anni Ottanta: tra provocazione e oblio*, in «Rivista di studi pirandelliani», terza serie, VIII (1990), 5, pp. 71-84.

M.G.

Nota sulle rappresentazioni teatrali dei «Miti»

La nuova colonia è stata rappresentata per la prima volta a Roma il 24 marzo del 1928, al Teatro Argentina, dalla Compagnia Pirandello, protagonisti Marta Abba e Lamberto Picasso; sempre a Roma è stata ridata nel '40; la stessa Marta Abba l'ha riportata sulle scene nel 1958, a Napoli. Nel '75 Virginio Puecher, con la Compagnia degli Associati, l'ha per così dire "riesumata", e portata da Prato in sei città italiane, con buon successo; poi, nell'82, è stata la volta di Andrea Camilleri, con la Compagnia del Piccolo Teatro Pirandelliano. Di riesumazione ha parlato esplicitamente G. Dumur, il recensore della rappresentazione francese della *Nuova colonia* per la regia di Anne Delbée, 21 ottobre 1977, al Carré Silvia-Monfort; si ha notizia anche di traduzioni in ceco, in inglese, in tedesco, in spagnolo, in rumeno.

La prima italiana di *Lazzaro* è stata data a Torino il 7 dicembre 1929, al Teatro di Torino, dalla Compagnia Marta Abba (della prima assoluta, il 9 luglio del medesimo anno, a Huddersfield, Theater Royal, trad. di C.K. Scott Moncrieff, si è già accennato nell'introduzione). Nel dopoguerra *Lazzaro* è stato riproposto dalla Compagnia di Andreina Pagnani nel febbraio 1952 a Torino (Carignano), poi a Milano (Odeon) e a Roma (Quirino), per la regia di Claudio Fino, protagonisti Arnoldo Foà e Giorgio De Lullo; nel '57 dalla Compagnia De Lullo, diretta da Romolo Valli, durante una tournée in Sudamerica, protagoniste Rossella Falk e Anna Maria Guarnieri; nell'aprile del '66 dalla Compagnia del Piccolo Teatro Stabile della città di Firenze, per la regia di Cosimo Fricelli; nel '69 dalla Compagnia del Piccolo Teatro di Agrigento, per la regia di Ruggero Jacobbi; nel '74 dalla Compagnia del Dramma Italiano, per la regia di Filippo Torriero, protagonista Lea Padovani. Nel luglio dello stesso anno, per la regia di Mario Ferrero, protagonisti Lilla Brignone e Nando Gazzolo, *Lazzaro* è stato rappresentato all'aperto al Teatro del Vittoriale, a Gardone Riviera; e si è riaccesa allora, per breve

tempo, la discussione sul "cattolicesimo" della *pièce*, dal momento che il regista non aveva esitato a sopprimere la battuta finale di Lucio a Sara: «Mamma, mamma, chiama la tua figlia!» (qui a p. 172), perché «seule l'Eglise romaine, dans le sein de laquelle Lucio vient de rentrer, avait le droit de faire le miracle» (A. Bouissy). Nel gennaio 1989 *Lazzaro* è stato riproposto a Firenze e poi, nel marzo, al Quirino di Roma, regista Memè Perlini, protagonisti Adriana Innocenti e Pietro Nuti.
Sei mesi dopo la morte di Pirandello, il 5 giugno del 1937, *I giganti della montagna* venne rappresentato per la prima volta a Firenze, Giardino dei Boboli, regista Renato Simoni, interpreti Memo Benassi, Andreina Pagnani, Carlo Ninchi e Salvo Randone. Fra i recensori, si segnalano E. Cecchi sul «Corriere della sera» del giorno dopo e A. Savinio in «Omnibus» del 12 giugno (ora in *Palchetti romani*, Milano, Adelphi, 1982, pp. 63-68). Dopo la guerra Giorgio Strehler si impegna per ben tre volte nell'allestimento, sempre ricuperando il finale non scritto da Pirandello e raccontato dal figlio Stefano (cfr. in questa sede l'Appendice, pp. 256): il 16 ottobre 1947 inaugura coi *Giganti* la stagione del Piccolo Teatro di Milano, interpreti Lilla Brignone e Camillo Pilotto, musiche di Fiorenzo Carpi; il 25 novembre 1966 lo ripropone al Lirico di Milano, sempre nell'ambito della stagione del Piccolo Teatro, interpreti Valentina Cortese, Turi Ferro e Mario Carotenuto, scene e costumi di Ezio Frigerio; il 27 febbraio 1994 lo ripresenta ancora presso il Piccolo Teatro, interpretato da Andrea Jonasson, Giancarlo Dettori, scene di Ezio Frigerio, costumi di Luisa Spinatelli. Utili, al riguardo, le *Note di regia*, da Strehler successivamente raccolte in *Un théâtre pour la vie* (Paris, Fayard, 1980, pp. 266-73). Interpretazioni di eguale rilievo sono state quella di Orazio Costa per il Teatro Nazionale di Bruxelles, nel 1963, di cui discorre egli stesso in *I miti di Pirandello*, cit., e quella di M. Missiroli, per il Teatro Stabile di Torino, il 19 novembre 1979, interpreti Gastone Moschin e Anna Maria Guarnieri (si veda a questo proposito l'intervento di R. Alonge, *Missiroli: «I Giganti della Montagna»*, Torino, Multimmagini, 1980). Altre rappresentazioni in Italia (per quelle straniere si rinvia alla nota del Bouissy, cit., pp. 1593-94): Bologna, 19 febbraio 1959, compagnia di Gino Cervi (la parte di Ilse era affidata ad Olga Villi); Erice, 15 luglio 1989, regia di C. Quartucci (protagonisti Carla Tatò e Sergio Graziani); Agrigento, 21 agosto 1989, regia di M. Bolognini (protagonisti Luigi Pistilli, Giustino Durano, Flavio Bucci); Novara, 28 ottobre 1991, regia di Walter Le Moli (protagonisti Sergio Fantoni ed Elisabetta Pozzi); Napoli, 23 marzo 1993, regia di L. De Berardinis (protagonisti Antonio Neiwiller e Andrea De Luca).

M.G.

Nota ai testi

La presente edizione dei «miti» riproduce quella raccolta nel X volume delle *Maschere nude* (Milano, Mondadori, 1938), introdotta da *All'uscita* e comprendente pure, al penultimo posto, *La favola del figlio cambiato*. Per *I giganti della montagna* si danno in nota le varianti lessicali della prima edizione, apparsa su due riviste: *I fantasmi* in «Nuova Antologia» – 16 dicembre 1931 (anno 66-fascicolo 1434), pp. 475-501; in nota siglata NA – e in «Il Dramma» – 15 marzo 1932, n. 134, pp. 27-40; in nota con la sigla D – (dalla didascalia iniziale sino al secondo «momento» incluso); *I giganti della montagna (secondo atto)* in «Quadrante» - novembre 1934, pp. 13-25; siglato Q – (comprende il «momento» terzo, qui da p. LXXX a p. LXXXIII). Sempre relativamente ai *Giganti*, non è parso inutile dare in appendice: 1) «la "novità" della pagina dei personaggi come fu composta da Luigi Pirandello: ma mai pubblicata prima d'ora completa così; perché *mutilata*», stando alla dichiarazione formulata da Marta Abba nella premessa della sua edizione del «mito», condotta sulla «prima stesura» da lei stessa posseduta, in «Il Dramma», nov.-dic. 1966 (anno 42 - nn. 362-363, pp. 14-40); 2) la traccia sommaria e incompleta dell'«ultimo atto», quello mai portato a termine, ovvero le «sedici righe tracciate su un mezzo foglio di carta formato commerciale», che si leggono, per le cure di M. Lo Vecchio Musti, nel volume antologico di *Saggi, Poesie, Scritti varii* di Pirandello, Milano, Mondadori, 1965; 3) «l'azione» del medesimo ultimo e incompiuto atto, prosegue Stefano Pirandello, «come io posso ricostruirla da quanto me ne disse mio padre, e col senso che avrebbe dovuto avere», secondo il testo subito stampato nel volume delle *Maschere nude*, sopra citato. Le varianti rispetto all'edizione su riviste, al di là di quella in didascalia sull'impiego di musica-jazz, di cui s'è detto nell'Introduzione (cfr. p. LXXVII), riguardano specialmente la scrittura scenica del «mito», e andrebbero perciò valutate nella concretezza dell'esecuzione teatrale. Della cosiddetta «prima stesura» basterà far presente che, tolte alcune variazioni grafiche (*i* davanti a vocale, mai *j* come nel testo definitivo; *Sgriscia* e non *Sgricia*, come solo nel testo definitivo, e quindi in conformità all'edizione su rivista), non si allontana da quella delle *Maschere nude*.

M.G.

LA NUOVA COLONIA

Mito

PERSONAGGI

LA SPERA
MITA
LA DIA
MARELLA
SIDORA
NELA
CURRAO
CROCCO
TOBBA
PADRON NOCIO
DORÒ
PAPÌA
FILLICÒ
BURRANIA
QUANTERBA
TRENTUNO
CIMINUDÙ
OSSO-DI-SEPPIA
IL RICCIO
NUCCIO D'ALAGNA
BACCHI-BACCHI
FILACCIONE
PALLOTTA

Giovane contadino
Marinai – Pescatori – Uomini della ciurma
Guardie di dogana

PROLOGO

La taverna di Nuccio d'Alagna nella calata del porto d'una città marinara del Mezzogiorno.[1]
La parete di fondo è divisa in due parti che formano in mezzo un breve angolo. Nella parte sinistra, che rientra in quest'angolo, è inserita un'alta e stinta scaffalatura con polverose bottiglie di liquori, d'ogni colore, allineate sui palchetti. Davanti alla scaffalatura, un banco di méscita, di quelli all'antica, con la buchetta in mezzo per le monete. In questo banco, da un lato, l'acquajo, con attorno bottiglie, bicchieri, bicchierini; dall'altro lato, un fornelletto a spirito, con una vecchia cùccuma[2] *da caffè, di rame e il manico d'osso; e, attorno, rozze tazze di terraglia, scheggiate. L'altra parte della parete di fondo, più sporgente, è quasi tutta presa da una sudicia vetrata scompartita da bacchette di ferro, la quale comincia a poco più d'un metro dal suolo e va su fin quasi al soffitto. Da questa vetrata si scorge appena la calata del porto, al lume d'un fanale acceso lì davanti.*
Nella parete di destra è la comune,[3] *con la soglia illuminata dal lampioncino che, appeso sotto l'insegna esteriormente, non si vede.*
Nella parete di sinistra, un usciolino all'angolo immette dal banco di méscita in cucina. Più avanti, nella sala, è un altro usciolo chiuso da cui si scende nel riposto.
Tavole e tavolini con panche e sedie davanti e intorno, lungo le pareti e nel mezzo.

1 *una città marinara del Mezzogiorno*: Otranto in *Suo marito* (III, 3). Cfr. Prefazione, p. LVI. Sedita accenna anche a Porto Empedocle e Sciacca (*La maschera del nome*, cit., p. 80), l'uno perché «paese legato all'infanzia di Pirandello», l'altra perché vicina all'isola Ferdinandea.
2 *cùccuma*: vaso, bricco, stretto nel mezzo e largo sugli orli.
3 *comune*: porta comune sulla scena.

La taverna è illuminata scarsamente da lampade che pendono dal soffitto: filo e padella. Ed è sporca e lugubre.[4]
Fuori, il mare è agitato da un vento furioso.

Al levarsi della tela, il vecchio tavernajo Nuccio d'Alagna, storto e magro, con la barba a collana, s'aggira con uno strofinaccio tra i tavolini, pulisce e rassetta le seggiole. Porta in capo un rigido berretto di panno turchino, con larga visiera di cuojo; e, sulle spalle, un vecchio scialle grigio peloso, con un resto di pèneri[5] *pendenti lungo gli orli. Seduto al primo dei tavolini presso la parete di sinistra, sul davanti, il vecchio pescatore Tobba,*[6] *sui sessant'anni, ha finito di cenare e ora fuma a pipa, sonnolento. Ha in capo una lunga e piatta berretta marinaresca, a forma di lingua, di color rosso, ma sporca e ingiallita, volta all'indietro e pendente sulla nuca; gli occhi bolsi e acquosi; la barba corta ma folta e schiumosa; appesa alle spalle, la decrepita giacca senza più colore, tutta toppe vecchie e toppe nuove, vivaci; invece del panciotto, una fascia rossa stinta rigirata attorno alla vita; i calzoni bianchi di tela, un po' rimboccati sulle gambe cotte dal sole; e i piedi scalzi. Poco dopo, entra dalla comune, senza scostarsene, Padron Nocio, con sdegnosa superbia. È un vecchio stangone dalle spalle alte, ferrigno e adunco, accigliato, con occhi adirati. Veste da ricco padrone di paranze*[7] *un abito di velluto turchino, dalla giacca a vita e i calzoni a campana; una fascia di seta celeste (non lucida), invece del panciotto, gli cinge la*

4 La «taverna», scrive P. Puppa in *Dalle parti di Pirandello* (cit., pp. 118-19), riprende «la tipica locanda di derelitti di tanta memoria romantica-decadente centrata sullo spazio ambiguo del porto, tra Conrad e Stevenson»; e cita Vildrac, Synge (*Il furfantello dell'ovest*, tradotto da Linati nel '17 e recitato da Emma Gramatica tre anni dopo), ma anche Bracco, *Sperduti nel buio*, l'antecedente più verisimile (1906).
5 *pèneri*: frange.
6 *Tobba*: osserva U. Artioli nell'*Officina segreta di Pirandello* (cit., pp. 9-10) che questo nome è un «singolare impasto di *toppa* e Tobia»; e lo spiega come degno di questo «Cristo-Arlecchino», dal momento che «il nome» finisce per richiamare «le toppe multicolori della sua giacca che una battuta – cfr. p. 6 – vuole più fitte delle "piaghe sulle carni di Cristo"». Ma cfr. la nota 16.
7 *paranze*: barche per pesca costiera, con rete a strascico, tipiche del mar Tirreno.

vita; porta in capo un grosso berretto di pelo, a barca; è senza baffi, con le basette allungate fino agli angoli della bocca.

PADRON NOCIO (*chiamando dalla soglia*) Oh –

un fischio, breve

– cannuccia di pipa!

NUCCIO (*voltandosi al fischio e riparandosi con una mano gli occhi dalla luce*) Chi è? – Ah, voi, Padron Nocio?

Accorre premuroso.

PADRON NOCIO (*prima che Nuccio s'accosti*) Sta' in là, che puzzi.

Ma poi, accostandosi lui, guardandolo un po' e sbattendogli un dito sulla punta del naso, leggermente, di qua e di là:

Bel naso di civetta!

NUCCIO (*tirando indietro il capo e riparandosi il naso con una mano*) Lasciàtemelo stare, che mi serve.

PADRON NOCIO Se vuoi che séguiti a servirti – (consiglio sano val più della mano) – bada che mio figlio Dorò non si sporchi più le scarpe entrando in questa tua tana –

NUCCIO (*tentando d'interromperlo, per scusarsi*) – ma io –

PADRON NOCIO (*seguitando, ma rivolto a Tobba*) – di ladri e vagabondi!

TOBBA (*senza scomporsi*) Dite a me, padron Nocio?

PADRON NOCIO Dico a chi m'intende.

TOBBA (*tentando di riprendere*) E come potrei io –?

PADRON NOCIO (*scartandolo col braccio*) – lèvati! –

A Tobba.

No: proprio a te, anzi, se vuoi saperlo!

TOBBA Oh bella! E che v'ho rubato io?

PADRON NOCIO Tu non devi guastare la testa a mio figlio –

TOBBA – io? –

PADRON NOCIO – tu, sì, parlandogli della tua isola, che Dio la sprofondi per sempre!

TOBBA (*come se s'aspettasse ad altro*) Ah, l'isola. –

Sorride.

– Il paradiso degli uomini cattivi.

PADRON NOCIO (*a Nuccio*) Ne parla, come se non ci fosse stato vent'anni a domicilio coatto!

TOBBA Ladro e vagabondo. Già. Ma per ladro –

Si toglie la giacca dalle spalle e la mostra

– guardate: più toppe qua, che piaghe sulle carni di Cristo –

PADRON NOCIO – va' là, che le toppe, voi poveri, le portate –

TOBBA (*levandosi*) – allegre, sì, come fossero bandiere! – E per vagabondo, mi dispiace, ma ho da ricordarmi ancora d'un giorno, uno solo, mandato da Dio sulla terra, ch'io non abbia lavorato.

PADRON NOCIO Bel lavoro, il contrabbando!

TOBBA Non ne ho mai profittato per me.

PADRON NOCIO Ma hai dato agli altri il mezzo di far male.

TOBBA (*tornando a sedere*) Male, bene: potete impacciarvene vojaltri, di codeste cose.

PADRON NOCIO Tu, no? Ma se sei tu, anzi, più in colpa di tutti! Tu. Perché rubare vorrebbe ognuno, –

voltandosi a Nuccio

– eh, cannuccia di pipa? – con le mani degli altri.

NUCCIO Verità sacrosanta (se non la dite per me).

TOBBA Lui, infatti, con le sue, non ha mai rubato. Positivo. – Per me, padron Nocio, lavoro comandato. Questo o un altro. Non ho mai voluto saper altro. – Caricare, scaricare. – Pagato un po' di più per il rischio.

PADRON NOCIO Ah, lo senti il rischio? Dunque sai ch'è male quello che fai?

TOBBA (*correggendo, triste*) Che *facevo*, se mai. Ora sono vecchio e non me lo lasciano più fare. – Male per me, padron Nocio, se mi prendevano. E mi presero, difatti. Sei volte. Alla sesta, mi mandarono all'isola. Seguitai a lavorare anche lì. Ma lì almeno, tutti bollati. Non come qua, metà sì e metà no; e schifati[8] da quelli che non hanno il bollo.

PADRON NOCIO E tu tórnatene all'isola, allora, se per te è meglio là.

TOBBA Magari potessi! Non si può, lo sapete. Sgomberata dopo l'ultimo terremoto, per ordine superiore.

PADRON NOCIO Già. Dicono – (anche di recente i miei uomini me l'hanno detto) – che s'abbassa sempre più.

TOBBA La sentenza è data: scomparirà dalle acque, un giorno o l'altro. Quando ci portarono via, noi pochi scampati – (sarà stata immaginazione) – guardando mentre ci allontanavamo, il monte, ch'era alto, ci sembrò come schiacciato. Lo vedo ancora, com'era, nel cielo. Pareva che respirasse. Le coste, tutte felpate.[9] E nelle radure, il duro ignudo della roccia, a toccarlo, scottava ancora di sole, quando ci andavo dopo il lavoro, già quasi a bujo. E quelle casette su in cima, appena s'allargava la notte, erano le prime a lavarsi d'alba le facciate; come noi, con l'acqua, la nostra maschera. E altro che questo puzzo ardente qua d'acquaccia nera nella nostra cala! Intorno, tutt'un tremolìo d'acque così turchine che il cielo pareva bianco.

PADRON NOCIO (*a Nuccio*) Così me l'incanta, capisci?

TOBBA Io non l'ho mai cercato, vostro figlio. Viene lui a cercarmi.

PADRON NOCIO E tu, quando viene, càccialo via, per ordine mio.

TOBBA Mi vuole bene perché voi non me ne volete.

8 *schifati*: evitati, con un senso di schifo.
9 *felpate*: senz'aria, contrariamente al «monte».

PADRON NOCIO Io non ti voglio né bene né male. Voglio che mio figlio non pratichi con te.

TOBBA I santi – ricordatevi, padron Nocio – si fanno di legno cattivo.[10]

PADRON NOCIO Io t'ho avvisato.

Fa per andare.

NUCCIO Non volete bere? Ho un vino che, solo a annusarlo, stordisce.

PADRON NOCIO Grazie, caro. Non ne bevo del tuo vino. Ho mia figlia qua davanti la porta. –

A Tobba.

Hai avuto il coraggio di farmi dire da Dorò di compperarmi quella tua carcassa che fa acqua da tutte le parti e prenderti con me sulle paranze.

TOBBA Fareste un'opera di carità.

PADRON NOCIO E che vorresti che ne facessi di quel colabrodo?

TOBBA Con poco potrebbe tenere il largo, se voi la riparaste.

PADRON NOCIO E te chi ti ripara?

TOBBA Sono vecchio, ma sono di buon osso.

A questo punto, dalla comune entra Mita, gridando, spaventata. Non ha ancora vent'anni. Florida, bionda come una spiga, con le trecce legate strette a crocchia sulla nuca. Ha una sottana nera di lana, lunga fino alla noce del piede,[11] *molto ampia e tutta a piegoline, rigonfia sui fianchi; un giubbetto di velluto viola, squadrato sul petto sopra una stoffa gialla a brusche*[12] *d'oro. Porta in capo una «mantellina» di panno nero, che le scende rotonda sulle spalle fino alla vita. Da sotto, quando va per via, ne tiene i due lembi con ambo*

10 *I santi... si fanno di legno cattivo*: espressione proverbiale.
11 *noce del piede*: malleolo.
12 *brusche*: bruscoli, pagliuzze.

le mani a pugno chiuso, incrociando le braccia sul petto, fin quasi a nascondere il volto. Scoprendo il capo, terrà la mantellina sulle spalle con la sola parte superiore abbassata e volta indietro come un cappuccetto, che mostrerà allora la fodera azzurra, di seta.

MITA (*con le braccia levate, come a riparo del volto*) Ah papà! Ajuto! ajuto!

PADRON NOCIO (*subito, voltandosi*) Ch'è stato? Che t'hanno fatto?

S'avventa fuori della comune.

NUCCIO Qualche malcreato?

MITA No, una donnaccia! una donnaccia!

Rientra Padron Nocio, trascinando a strattoni dentro la taverna La Spera. È costei una donnaccia da trivio dagli occhi foschi e disperati che le lampeggiano da un volto così imbellettato che sembra una maschera. In contrasto col volto così imbellettato sono le gale vecchie e scolorite del suo abito strappato, largamente aperto sul seno ancora formosissimo. Vecchio e strappato è anche il grosso «manto» scuro, sotto al quale per via è solita nascondersi, per scoprirsi ogni tanto a qualche passante notturno, là per la calata del porto, e darsi a vedere per quella che è.

PADRON NOCIO Che hai fatto a mia figlia, schifosa? Che le hai detto?

NUCCIO Ah, è La Spera!

Da dietro il banco di méscita, non visto, Dorò alzerà il capo a spiare.

LA SPERA (*a Padron Nocio che non la lascia*) Nulla, nulla! Lo può dire lei stessa.

PADRON NOCIO Come nulla, se è corsa qua spaventata?

MITA È vero: nulla: m'ha fatto paura come mi s'è accostata.

PADRON NOCIO Accostata? Tu, a mia figlia?
LA SPERA No, lasciatemi!

Si libera le mani con uno strappo violento, e lo guarda, fiera, mentre Padron Nocio fa l'atto di darle un pugno sul capo.

PADRON NOCIO Con un pugno ti fracasso!
LA SPERA Non m'ero accostata a lei. M'ero accostata, guardando così

si pone le mani attorno agli occhi

alla vetrata là, per vedere –
NUCCIO (*interrompendola, rivolto a Padron Nocio*) Lasciatela perdere, Padron Nocio: so chi viene a cercare qua dentro.
TOBBA Il padre del suo bambino.
PADRON NOCIO (*a Mita*) Andiamo via. Non avrei dovuto lasciarti fuori.

Ed esce con Mita, borbottando:

Maledetto chi mette il piede in certi posti!

Via con Mita.

NUCCIO (*a La Spera*) E via anche tu, subito! Sai che qua, sola, non devi entrare.
LA SPERA Non sono mica entrata da me. M'hanno trascinata.
NUCCIO (*spingendola fuori*) Se cerchi d'appioppargli il figlio che t'è nato, te lo puoi scordare! – Via, via! Fuori di qui, senza tante storie.

Salta fuori dal banco di méscita Dorò. Svelto ragazzo di circa quattordici anni, precocemente cresciuto, porta già i calzoni lunghi a campana dei marinai e, invece della giacca, un maglione di lana col collo rimboccato, turchino; in capo, un berretto all'inglese, anch'esso turchino, tagliato a barca, con due fettuccine dietro, di seta nera, pendenti.

DORÒ No! Vecchiaccio vigliacco, non la scacciare così!
NUCCIO (*voltandosi con gli altri, maravigliato*) Oh guarda! Proprio lui!
TOBBA E di dove è entrato?
NUCCIO Dalla cucina! Ah, ma caccio via anche te, sai!

E gli va incontro, minaccioso.

DORÒ (*parandoglisi di fronte*) Pròvati!
NUCCIO (*afferrandolo per un braccio*) Tu devi andartene! È stato qua tuo padre –
DORÒ – l'ho visto –
NUCCIO – a proibirmi –
DORÒ – l'ho sentito –
NUCCIO – ah, eri nascosto lì? –
DORÒ – lì: e non me ne vado.
NUCCIO Tu te n'andrai com'è vero Dio! E puoi pure andare a dire a tuo padre che t'ho cacciato io.
DORÒ (*battendo una mano sulla tasca dei calzoni e facendo sonare i soldi*) Pago mezzo litro a Tobba.
TOBBA (*subito*) Ah no, grazie, caro!
DORÒ (*seguitando*) E lei

indica La Spera e subito si confonde

... lei è come se fosse con me.
NUCCIO Ma sentitelo! con lui! Puzza ancora di latte!
DORÒ Dico perché fuori non si bagni: non senti che s'è messo a piovere?
LA SPERA (*che è stata sull'uscio a guardar fuori, si volta con ineffabile tenerezza verso il giovinetto; poi dice a Nuccio*) Me ne vado.
NUCCIO E ti ripeto ch'è inutile che torni a cercarlo qua, il tuo galantuomo.

A Tobba

Si fa portare in caìcco,[13] capisci? Io pago, e loro se ne vanno in barchetta di notte, come due sposini; e per dare ascolto alle sue chiacchiere, lui, su tre colpi,[14] me ne fallisce due. Ah, ma mi ascolterà stasera, appena viene. Neanche un tozzo di pane gli darò da mangiare.

LA SPERA (*gli s'appressa; gli prende una mano*) Guarda:

fa l'atto di sputargli su quella mano

– puh! – ci sputo per lui – sul tuo pane.

NUCCIO Ah, ci sputi?

LA SPERA Sì; e su tutto quello che dici. D'ora in poi, chi vuol parlare con me – fuori! – dove non sono mai stata.

NUCCIO Farnetichi? o sei ubriaca?

LA SPERA (*con occhi invagati, come se si vedesse sul mare, di notte, in barca*) Dove le parole – tu non sai com'è – le dici – le ascolti – ti diventano nuove.

Voltandosi a guardare Dorò:

Come in bocca a quel ragazzo lì.

Scoppia a ridere: scuote le mani davanti alla testa come a cacciar via quelle parole, e se ne va dicendo:

Sono ubriaca! sono ubriaca!

Via.

NUCCIO Va' a bagnarti, va': l'acqua tempera il vino.

TOBBA Avrà i suoi diavoli anche lei.

DORÒ E io – piove – e non me ne vado.

NUCCIO Tu te n'andrai, perché non voglio aver da dire con tuo padre, io: lo vuoi capire?

DORÒ (*a Tobba, come se non avesse inteso*) Ma di' un po'

13 *caìcco*: battello a remi, per trasporto di persone; è leggero e sottile.
14 *colpi*: di remo.

– com'è che l'isola, dicono, scomparirà un giorno dalle acque?

NUCCIO E dàlli con l'isola!

DORÒ Non m'hai tu detto che la terra ha soperchiato le acque per volontà di Dio?

TOBBA Quando sarai per mare, t'ho detto, e l'avrai cattivo com'è cattivo questa sera, se sai che a petto della terra il mare è tanto, tanto più grande che non gli costerebbe nulla soperchiarla[15] lui, la terra, e farne un boccone; tu devi pensare che, se non lo fa, questa è volontà di Dio –

DORÒ – sì – perché sulla terra –

TOBBA – c'è il coraggio dell'uomo che è più grande del mare.

DORÒ E se il mare adesso fa un boccone dell'isola?

TOBBA Eh, devi pensare che non c'è solo il coraggio. Dio, con esso, ti concede di vincere il mare. Ma l'uomo è anche cattivo, caro mio. E allora Dio, se pure ti stai sulla cima della più alta montagna, te la fa inghiottire dal mare come niente.

Entrano dalla comune, a frotta, rumorosamente, come se, correndo per ripararsi dalla pioggia, l'uno avesse sopraggiunto l'altro davanti la porta, con le giacche levate a riparo della testa, o con qualche grande ombrellaccio verde o rosso, Crocco, Fillicò, Quanterba, Trentuno, Papìa, Filaccione, il Riccio, Bacchi-Bacchi, Burrania, Osso-di-Seppia, Ciminudù:[16]

15 *soperchiarla*: coprirla e sopraffarla.

16 *Crocco... Ciminudù*: così Sedita spiega i soprannomi di questi pescatori: «Di genere marinaro è Crocco, [...] *croccu* nel gergo dei pescatori siciliani significa 'uncino, rampino', ma anche per traslato 'persona losca'. Filaccione deriva dal nome di un attrezzo per la pesca dei pesci costieri. Di genere ittico sono Ossa di Seppia e Riccio; di genere botanico, Burrania, da *bburràina*, 'borragine', e Ciminidù, da *ciminu duci* 'cimino, pianta e semi dell'anacio'. Dal gergo biscazziero provengono Trentuno, da *trentunu* "specie di gioco di carte, nel quale chi accozza punti trentuno vince", e Tobba, da *tobba* "ognuna delle carte su cui si punta nel gioco della Zicchinetta", ma può anche essere allusivo delle toppe di cui è ricoperto il personaggio [...] Filicò, nome presente nella novella *La cattura* e nella commedia *La giara*, equivale a compagno, ami-

marinai contrabbandieri che spingono dentro di nuovo La Spera. Entreranno prima Fillicò, Quanterba e Trentuno, e si butteranno a occupare un tavolino; poi Crocco e Papìa che, tirando dentro La Spera, cercheranno di costringerla a sedere con loro a un altro tavolino; poi Filaccione, il Riccio e Bacchi-Bacchi, che occuperanno un terzo tavolino; poi Burrania e Osso-di-Seppia, che s'apparteranno in un quarto tavolino e traendo di tasca un vecchio e sudicio mazzo di carte si metteranno a giocare; infine Ciminudù che s'appresserà al tavolino di Tobba, restando in piedi.

FILLICÒ Mannaggia! Tutto bagnato!

CROCCO (*a La Spera*) E vieni dentro! Ti bagni la crocchia! [17]

PAPÌA Ti si stinge la maschera!

LA SPERA Lasciatemi! Fatevi gli affari vostri!

QUANTERBA (*a Trentuno che ride forte*) Che ridi? Siedi, bestione!

PAPÌA (*a La Spera, tirandola per un braccio*) No, qua con noi!

LA SPERA (*svincolandosi*) Con voi non voglio aver da fare.

Va al tavolino di Tobba e di Dorò.

CROCCO (*a Papìa*) Lasciala perdere!

FILACCIONE Qua mezzo litro: pago fuori conto! [18]

IL RICCIO Oh, biada alle bestie! [19] Che ci hai preparato?

co», ed è un grecismo. «Infine», prosegue Sedita, «Bacchi-Bacchi, nella pronunzia girgentina, è il nome della via Bac Bac, che sale al quartiere San Gerlando», per cui cfr. *Lazzaro*, II, nota 4, p. 144. In nota Sedita specifica che si tratta probabilmente di un nome arabo, col significato di 'nano' (*La maschera del nome*, cit., pp. 83-84). Aggiungo che «Trentuno» si dice di persona vile, e che «Burrania» può essere deformazione di 'buriana', per indicare persona chiassosa e rissosa, stando ovviamente a dizionari della lingua italiana. Rimane non spiegato «Papìa», non so se a metà fra pappa e pappone.

17 *crocchia*: acconciatura delle trecce dei capelli, a cerchio o a nodo.

18 *fuori conto*: senza farlo mettere in conto, e quindi subito.

19 *biada alle bestie*: per le ragioni di cui alla nota 20.

BACCHI-BACCHI E lo domandi? Il solito macco![20]
DORÒ (*a La Spera*) Tutta bagnata!
LA SPERA Non è niente.
BURRANIA (*a Nuccio*) Mezzo anche qua, oh!
OSSO-DI-SEPPIA Rosso, fuori conto.

Intanto Nuccio d'Alagna avrà portato a Quanterba, a Fillicò e a Trentuno le scodelle di minestra; altre ne porterà a Filaccione, al Riccio, a Bacchi-Bacchi e a Papìa.

QUANTERBA Bella sbroscia?[21] O come non ti fai coscienza di darci a ingollare questa robaccia qua?
NUCCIO Robaccia? Mangia, che ti leccherai anche il piatto, quando avrai finito.

A Ciminudù rimasto con l'ombrello verde aperto:

E chiudi codesto ombrello!
CIMINUDÙ (*a Tobba*) No. Mi sento un canonico sotto il baldacchino. Non mi date posto?

Chiude l'ombrello.

TOBBA Siedi, siedi.
CIMINUDÙ Eh, caro Tobba: il rosario? santo; ma sgrànane pure i chicchi quanto vuoi, se poi non ti dài ajuto da te!
CROCCO (*a Papìa*) Vedrai che Currao non ci starà.
PAPÌA L'ho visto alla spiaggia dietro a certi pescatori che con questo mare hanno avuto il coraggio di gettare il tartanone.[22]
FILACCIONE (*a Nuccio*) Oh! e il mio mezzo litro?
NUCCIO Pagare avanti, pagare avanti: se no, io mi distraggo.

20 *macco*: minestra di fave, come l'oste medesimo, più avanti, traduce.
21 *sbroscia*: brodaglia.
22 *tartanone*: grossa rete, che si tira a braccia.

QUANTERBA (*ridendo con gli altri e additandolo*) Lui, si distrae!

BURRANIA (*a Nuccio*) E pòrtalo anche qua: rosso: tu che ti distrai.

Entrano dalla comune, per ripararsi dalla pioggia, tre campagnoli: un uomo e due donne: l'uomo è giovane, col cappotto d'albagio[23] *a cappuccio, il berretto a calza di cotone nero, due cerchietti d'oro agli orecchi, gli scarponi imbullettati;*[24] *le donne, una vecchia e l'altra giovane, con le «mantelline» in capo. Sono come sperduti. Seggono a un tavolino sul davanti, presso a quello di Tobba. Si guardano attorno e sorridono ingenuamente a chi si sporge o alza il capo a osservarli.*

CIMINUDÙ (*a Tobba e a La Spera*) O oh, passeri nuovi! Guardate.

TOBBA Calati dalle montagne.

OSSO-DI-SEPPIA (*a Burrania*) Oh, che fai? Quattro e cinque nove, e prendi col fante?[25]

LA SPERA (*a Dorò, indicando i contadini*) Alzati e va' a dire che se ne vadano: questo non è posto per loro.

CIMINUDÙ (*trattenendo Dorò che s'è alzato*) Che fai? Siedi. Lasciali stare.

Intanto, Nuccio d'Alagna si sarà appressato al tavolino dei nuovi arrivati per domandar loro che cosa vogliono da mangiare. Anche Crocco si sarà alzato per tentare qualche malestro.[26]

LA SPERA (*a Dorò*) No, va', va': guarda là Crocco che se ne vuole profittare!

NUCCIO (*ai contadini*) Cotto? Vino? Peperoni salati?

IL GIOVANE Che c'è di cotto?

NUCCIO Minestra di fave.

23 *albagio*: lana ruvida.
24 *imbullettati*: chiodati (la *bulletta* è un chiodo corto, a capocchia larga).
25 *col fante*: con la figura del gioco delle carte che vale soltanto otto, e non nove.
26 *malestro*: malefatta, a danno dei «campagnoli».

CROCCO Buona, compare. Prendetela, che vi piacerà.
TOBBA Ecco qua Currao.

Entra difatti dalla comune Currao, con uno scialle scuro violaceo sorretto a tettuccio sul capo con ambo le mani per ripararsi dalla pioggia. Poco dopo entrato, se lo lascia cadere sulle spalle. Ha trent'otto anni; corpo gagliardo e agile; aria torva e sprezzante. Veste di nero, con berretto di pelo, maglione da marinajo, calzoni a campana e fascia di seta alla vita. Entrando, scorge La Spera che gli fa cenno di badare a Crocco, e si ferma a guardarlo e a guardare il giovane contadino allocco[27] *e le due donne.*

NUCCIO (*a Crocco*) Che t'immischi tu?
CROCCO Volevo sapere se è sbarcato adesso, o se –
CURRAO (*strattandolo per un braccio*) E non ti vergogni?
CROCCO Oh, tu? Chi t'ha chiamato?
NUCCIO Ohi, dico...
IL GIOVANE (*alzandosi*) Per chi mi prendete?
CURRAO Per un latterino tra i granchi,[28] compare!
CROCCO Granchio? Io lo voglio servire!
PAPÌA (*accostandosi*) Sbarca o s'imbarca? Pronta la barca!
TRENTUNO (*c.s.,*[29] *alla giovane*) Ci siamo qua anche noi, comaruccia!
CURRAO (*al giovane*) Andate, andate via!

Agli altri

E voi levatevi d'attorno!
NUCCIO (*a Currao*) O oh! Chi t'ha fatto padrone in casa mia?

Ai contadini

27 *allocco*: goffo, scemo.
28 *Per un latterino tra i granchi*: per un pesce piccolo (del genere Aterina), d'acqua dolce o salata, capitato tra le pinze dei granchi.
29 *c.s.*: abbreviazione per 'come sopra'.

Sedete, sedete.

IL GIOVANE No, vi ringrazio.

Alle donne

Andiamo via!

Ed esce con esse per la comune.

NUCCIO Ah, mi mandi via gli avventori?

CROCCO Si vuole far santo con Tobba, non l'hai ancora capito?

CURRAO (*a Crocco*) T'ho detto e ripetuto che il ladro di terra,[30] io, non l'ho fatto mai, e non voglio che lo faccia nessuno di quanti siamo qua segnati.

CROCCO O se no, che fai? Vai a far la denunzia per farci arrestare?

CURRAO (*attanagliandogli un braccio*) Bada: tu rubi, e altri qua dei tuoi, più schifosi di te, hanno rubato; e sono stato messo dentro io, e Quanterba con me, e questo

indica Ciminudù

e quel vecchio là

indica Tobba

noi, capisci? e tu no, mentre séguiti a rubare. Dunque la spia, qua, non la faccio io: la farai tu!

CROCCO (*svincolando il braccio*) Io? Pròvamelo!

CURRAO (*subito*) La prova è questa.

CROCCO Hanno messo dentro anche me, non so quante volte.

PAPÌA Anche me! anche me!

CURRAO Meno però di tutti noi; e poi subito, rilasciati.

QUANTERBA È vero! è vero!

30 *il ladro di terra*: 'contrabbandiere'; in contrapposizione con «il ladro di mare», di cui discorre più avanti Papìa (cfr. p. 20).

CIMINUDÙ Qua dev'esserci una spia!

TRENTUNO Un traditore!

FILLICÒ Viene da mettersi a gridare come pazzi per le vie!

OSSO-DI-SEPPIA Non se ne può più!

CURRAO Te ne stai a guardare due ragazzi che giocano sulla spiaggia; o seduto sulla banchina del molo, le barche: vengono, t'agguantano per il petto, ti attanagliano i polsi: – «Dentro!» – E non ne sai nemmeno il perché. – Un furto? una rissa? – Tu sei stato all'isola? e dunque, dentro! Tanto per cominciare e far vedere che fanno qualche cosa.

A Crocco, andandogli davanti a petto, fremente, ma contenendosi:

Tu mi provochi stasera, e io te lo dico.

CROCCO Ti provoco? Mi provochi tu!

CURRAO M'hai detto spia!

CROCCO Perché non vuoi più starci!

CURRAO Ah, per questo? No caro: tu devi aver saputo qualche cosa!

CROCCO Io? che cosa?

CURRAO Che m'hanno chiamato. Messo alle strette, a farmi confessare ciò che non avevo fatto, a farmi dire ciò che non sapevo –

FILACCIONE – hai fatto la spia? –

CURRAO – ho avuto una volta la debolezza –

TOBBA (*con stupore*) – come, tu?

PAPÌA – ah sì? –

CROCCO – lo confessa! –

CURRAO Che credete? Dico la debolezza d'avvilirmi davanti a loro, di mettermi a piangere, di rabbia, per l'esasperazione di non essere creduto –

PAPÌA – e hai parlato? –

CURRAO – ho supplicato mi déssero ajuto, mi procacciassero da vivere – onesto...

Scoppiano tutti a ridere sguajatamente, meno Tobba, La Spera e Dorò.

FILACCIONE T'hanno rimesso in libertà –
PAPÌA – proponendoti un guadagno facile e sicuro: «Confidente».

Altra risata.

CURRAO Ah, ne ridete?
QUANTERBA L'hanno proposto anche a me!
TRENTUNO E anche a me!
FILLICÒ Anche a me!
CURRAO Che l'abbiano proposto a voi, e che lui

indica Crocco

o un altro più carogna di lui abbia accettato, me l'immagino; ma che abbiano potuto proporlo a me...
CROCCO Tu devi essere malato.

Nuova sghignazzata generale, troncata subito, perché

CURRAO (*con scatto da belva agguanta per il petto Crocco*) Oh, bada che io mi t'attacco alla gola e te la mangio con un morso!

Quanterba, Papìa, Trentuno, Filaccione e Nuccio d'Alagna s'affrettano a separarli.

QUANTERBA Eh via!
PAPÌA Non fare il cane!
TRENTUNO Finitela!
NUCCIO Oh, fuori, fuori di qui!
CROCCO (*trattenuto, mentre lo trascinano fuori*) Tu me la paghi!
CURRAO Quando vuoi! quando vuoi!
PAPÌA O che è più onorato fare il ladro di mare, che quello di terra?
QUANTERBA A terra rubi sempre a qualcuno; a mare non rubi a nessuno.
OSSO-DI-SEPPIA Come, a nessuno?

QUANTERBA A chi rubi? Merce comprata e venduta. La dogana, rubi, se mai!

NUCCIO O insomma, finiamola, v'ho detto!

A Currao

E tu, se sei venuto per mangiare, guarda, caro: quella è la porta. Va', va' a fare il galantuomo fuori di qui!

FILACCIONE Così torneremo a ridere tutti!

NUCCIO Io non ti do nulla!

CURRAO Tu non mi dài nulla, perché io non voglio nulla, stasera; se no, ti farei vedere se mi dài o non mi dài. Tutta la roba ch'hai laggiù

indica l'usciolo a sinistra

nel riposto[31] –

TRENTUNO – tanta che spancia[32] da tutte le parti

CURRAO – è nostra, non tua!

NUCCIO Ah, roba vostra?

CURRAO Nostra, sì!

QUANTERBA E ALTRI Nostra! Nostra!

CURRAO Procacciata da noi, col rischio nostro!

FILACCIONE Per una manciata di soldi –

OSSO-DI-SEPPIA E un boccone di pane che ci fa veleno!

NUCCIO Ecco qua le chiavi: prendetevela, se è vostra: voglio vedervi!

LA SPERA (*a Currao, balzando in piedi e cavando un pugno di soldi dalla tasca*) No! Vieni qua! Non dargliela vinta, perdio!

Posando risolutamente quel pugno di soldi sulla tavola:

Qua: mangia!

31 *riposto*: ripostiglio, magazzino.
32 *spancia*: fuoriesce come una pancia grossa.

Dopo un momento di silenzio, mentre tutti stanno sospesi a guardare ciò che farà e dirà Currao,

TRENTUNO (*in tono basso*) O oh!
PAPÌA Ma guarda!
CURRAO (*che si sarà appressato intanto lentamente, minaccioso, a La Spera, alzando ora una mano per schiaffeggiarla*) Del tuo danaro –
LA SPERA (*subito, prendendogli il braccio levato*) – che ha il mio danaro? Non è più sporco né più pulito di quello che passa per le tue mani!
CURRAO Me le insozzo io da me, le mie mani, senza bisogno della sporcizia tua!
LA SPERA E non mangi con quella che ti viene di qua? Buttagli in faccia la mia, e mangia!

Entrano a questo punto due Pescatori con una cesta di pesci.

PRIMO PESCATORE Dov'è Currao?
PAPÌA Oh, quelli del tartanone!
OSSO-DI-SEPPIA L'avete scampata bella!
FILLICÒ (*indicando, al primo Pescatore*) Eccolo là, Currao.
SECONDO PESCATORE (*a Currao, porgendogli la cesta*) Ecco a voi per l'ajuto che ci avete prestato.
QUANTERBA Oh guarda!
FILACCIONE Che ajuto?
CURRAO Grazie: non voglio nulla!
OSSO-DI-SEPPIA Che triglie oh, guardate!
TRENTUNO Non aveva da mangiare, e...
CIMINUDÙ Quando si dice la divina provvidenza!
PRIMO PESCATORE Ma è stato lui per noi la provvidenza: col mare grosso, se lui non ci dava una mano, questa sera il tartanone non lo tiravamo a terra davvero![33]
CURRAO (*seccato, per tagliar corto*) Mi date anche la cesta?
SECONDO PESCATORE La cesta, no, scusate.

33 *col mare grosso... a terra davvero!*: nell'azione di Currao c'è qualche eco lontana della pesca miracolosa dei Vangeli.

CURRAO E allora andate: non voglio nulla.

TRENTUNO Vorresti mangiarti la cesta?

PRIMO PESCATORE Sono più di tre chili di triglie.

CURRAO Non le voglio! Se mi date la cesta, sì.

SECONDO PESCATORE Ne farete una cartata...

CURRAO Voglio la cesta! Con questo bel manico... Guarda, Tobba: tu lo prendi di qua, io di qua; e ce n'andiamo a venderle per la calata: «Le triglie fresche, pescate or oràààà!»

Imiterà il bando, quasi cantato, dei pescivendoli meridionali. Quanterba, Ciminudù, Trentuno, Filaccione, Osso-di-Seppia, il Riccio e Bacchi-Bacchi applaudono gridando: «Bene! Bravo! Benissimo!»

FILACCIONE (*ai Pescatori*) Regalàtegliela! Tanto, è vecchia.

PRIMO PESCATORE E prendetevi anche la cesta!

SECONDO PESCATORE E con buona fortuna!

CURRAO Su, Tobba!

ai Pescatori

Oh, a quanto, per tenerci sul giusto?

PRIMO PESCATORE Triglie vive vive, che saltano ancora! Le abbiamo vendute all'ingrosso, noi. Voi, al minuto, potrete di più. Vedete un po' voi...

TOBBA (*a Currao*) Vai, vai: per quello che ci costano!

SECONDO PESCATORE Vi pare poco una buona azione?

TOBBA Diventerebbe cattiva, se la facessimo pagare cara agli altri.

CURRAO Su su, non dar retta! Andiamo a fare i galantuomini. Ridete tutti!

E afferrando la cesta per il manico, comincia il bando:

«Le triglie fresche...

TOBBA (*terminando il bando*) – pescate or oràààà!»

Escono Tobba e Currao, reggendo la cesta l'uno da una parte e l'altro dall'altra, tra le risate di tutti.

CIMINUDÙ È poi da vedere se ci si guadagna di più.
LA SPERA Per quanto ci ha guadagnato lui a non farlo! Non ha da mangiare...
NUCCIO E proprio tu lo dici? Se non stésse a ciondolarsi con te tutto il giorno –
TRENTUNO – sì, guadagnerebbe assai! Si vede da come siamo ricchi noi tutti! – Ehi, Quanterba, come dorme lui?

indica Nuccio

QUANTERBA A pancia all'aria.
TRENTUNO Perché?
QUANTERBA Perché mangia troppo.
TRENTUNO Quanto mangio io?
QUANTERBA Eh, poco tu.
TRENTUNO E come dormo allora?
QUANTERBA Di taglio.[34]
TRENTUNO Vedete la differenza?

Viene dalla calata del porto un vocìo confuso, che presto cresce, avvicinandosi.

PAPÌA (*correndo a guardare dalla vetrata in fondo*) Oh, gridano!
FILACCIONE (*accorrendo anche lui*) Che sarà accaduto?
OSSO-DI-SEPPIA (*c.s.*) S'azzuffano! s'azzuffano!
BURRANIA Chi s'azzuffa?
FILLICÒ Corro a vedere!

Via di corsa per la comune.

PAPÌA La voce di Crocco!

34 *Di taglio*: sul fianco, in contrapposizione a Nuccio, come ha indicato Quanterba.

E corre fuori anche lui.

FILACCIONE Si vedono le guardie! Là, là, guardate!

Tutti si alzano per guardare dalla vetrata; qualche altro esce per andare a vedere che cosa è accaduto. Intanto il clamore di fuori si sarà appressato; è quasi davanti la porta della taverna.

FILLICÒ (*rientrando in subbuglio*) Hanno arrestato Currao!
LA SPERA (*con un grido, lanciandosi verso la porta, seguìta da Dorò*) No!
FILLICÒ Qua davanti! Eccoli! eccoli!

Irrompono dalla porta Currao e Tobba, aggrovigliati con le guardie che li hanno arrestati; rientrano insieme Crocco, Papìa e altri marinai del porto, vociando. Tra le grida dei marinai «Lasciateli! lasciateli!» si sentiranno quelle di Tobba che cerca di scusarsi, ma senza avvilimento: «Ma se vi dico che ce l'hanno regalate!» e quelle più forti di Currao che si divincola ferocemente: «No! no! Lasciatemi, per la Madonna! Non le ho rubate!»

CROCCO Sì, sì: le ha rubate! lui, lui!

indica Currao

con tutta la cesta!
LA SPERA Ah, cane!
CROCCO L'ho visto io! Le ha rubate! Or ora, qua!
LA SPERA Non è vero! Testimoni tutti, qua!
CURRAO (*riuscendo a svincolarsi e afferrando Crocco per il petto*) Me le hai viste rubare, tu?
TUTTI Non è vero! non è vero!
PRIMO PESCATORE Ma che rubate! Gliele abbiamo regalate noi!
SECONDO PESCATORE Noi, sì! Per l'ajuto che ci prestò!
PRIMO PESCATORE Con tutta la cesta, noi due. Chi li accusa è un infame!

TUTTI Infame! infame!
CURRAO No! Non è lui l'infame! Lui è soltanto il vigliacco che se n'approfitta, per vendicarsi!

A Tobba

Lo capisci che tu non puoi più onestamente metterti a vendere una cesta di pesci che t'hanno regalato? Non puoi! Ecco, vedi? Le hai rubate.
PRIMO PESCATORE Ma se non è vero!
CURRAO È vero! Noi non possiamo fare più altro! Patentati ladri, il nostro mestiere è rubare!

A Tobba

Non hai rubato? Sei in contravvenzione! E dunque, dentro!

Alle guardie

Portateci dentro!
PRIMO PESCATORE (*alle guardie*) Scherza...
SECONDO PESCATORE Potete rilasciarli, sulla nostra parola! Siamo pronti a dichiarare –
PRIMO PESCATORE – ch'è stato un regalo: ci ajutò a tirare a terra il tartanone.
SECONDO PESCATORE Gliel'abbiamo portata noi stessi, qua, questa cesta di pesci: sono tutti testimoni!
TUTTI È vero! è vero!
PRIMO PESCATORE Potete, potete andare. Se volete, veniamo con voi, a testimoniare.

Le guardie se ne vanno, seguite dai due Pescatori.

QUANTERBA (*agguantando Crocco per il petto*) E tu, schifo –
CURRAO (*subito, strappandolo indietro* – no! lascialo stare!
LA SPERA Schifo, sì, schifo – voi della vostra, io della mia vita! – Sono tutta un fremito, Dio! – Non vi sentite torcere dentro le viscere come una fune? – Che

aspettate più? Andiamocene, andiamocene via, andiamocene lontano!

TRENTUNO Lontano? Dove te ne vorresti andare?

LA SPERA Non lo so! Quest'isola c'è?

TRENTUNO L'isola? Che isola?

LA SPERA Quella di cui parla Tobba come del paradiso.

CIMINUDÙ L'isola della Penitenza?[35]

LA SPERA C'è davvero?

FILACCIONE C'era una volta...

FILLICÒ Chi sa se c'è più adesso!

BURRANIA Vorresti andare all'isola?

OSSO-DI-SEPPIA Chi t'ha condannata?

LA SPERA Chi? Tutti, qua. Non vedete? Da non lasciarci più respirare!

CURRAO (*soprappensiero*) Tornare all'isola?

LA SPERA Sarà la liberazione!

FILACCIONE Sì! quando ti sprofonderà in mare!

LA SPERA E qua, dove sei? non sei sprofondato? Più a fondo di come sei qua, non potrai sprofondare! Ma sarà Dio almeno che t'avrà sprofondato! non gli uomini più cattivi di te! più cattivi, se non vogliono più lasciarti tornar a galla un momento a respirare, a respirare! Ah Dio, mi s'è messa qua questa smania

si preme con le due mani lo stomaco

di tirare un respiro dal fondo dei polmoni!

CURRAO (*di nuovo, guardando tutti*) Tornare all'isola...

TRENTUNO Ma come? condannandoci da noi?

TOBBA Non sarà più condanna, se ce la diamo da noi.

QUANTERBA Ma come ci andremmo? Oh, non diventiamo pazzi!

LA SPERA Tobba ha la barca!

TRENTUNO Quella? Ah sì! Proprio la barca per portarci a quell'isola!

LA SPERA Perché?

35 *L'isola della Penitenza*: perché era servita da penitenziario.

QUANTERBA Perché ti colerà a fondo anche prima dell'isola!

LA SPERA Si vedrà! Sarà la prova! A fondo, o resuscitati!

OSSO-DI-SEPPIA Grazie! Falla tu codesta prova!

FILLICÒ E poi, ammesso che ci arrivi, ti pare che ti ci lasceranno stare? Verranno con l'ordine di sgombrare e ti riporteranno via!

TOBBA Questo è possibile.

LA SPERA Ma glielo grideremo in faccia!

CIMINUDÙ Che gridi? Non vedi come t'ascoltano?

CURRAO La legge è sorda.

LA SPERA Che ci lascino stare a nostro rischio e ventura! Non vi avevano prima condannato a starci? Ve ne portarono via, perché ci potevate morire. Se ora accettate questo rischio, perché lo preferite alla vita a cui vi condannano qua? se gridate loro in faccia che per voi è meglio quella morte che questa vita?

TOBBA Non vale, per gli altri, la condanna che ti dài da te. Non pare più condanna, perché hai negato la soddisfazione che ti fosse inflitta. Ti mandano dove non vorresti andare; e allora sì è condanna; ma se ci vai da te, perché vuoi andarci, non è più condanna, è il tuo piacere.

LA SPERA Va bene, sì – e dirlo! dirlo forte! – sì: il nostro piacere: non fare più la vita che abbiamo fatto! Perché ci dev'essere negato? Se nessuno qua vuole più ajutarci, darci modo di farne una migliore? Andiamo a cercarne noi il modo là, anche a costo di morire. Perché ce lo dovrebbero negare? C'è terra da lavorare; il mare; Tobba ha le reti. Vi servirò io tutti.

PAPÌA (*con un ghigno, fregandosi le mani*) Ah sì? Benone, allora!

LA SPERA Come intendi, porco? Basta del mio mestiere! Lo faccio per questo! Servirvi, farvi da mangiare, badare alle vostre robe, curarvi se siete ammalati, e lavorare, lavorare anch'io con voi: vita nuova, vita nuova, e nostra, fatta da noi!

QUANTERBA Io ci sto!

TRENTUNO Ci sto anch'io!

CURRAO (*a Tobba*) Tu dài la barca?

TOBBA Pronto!

FILLICÒ Ci stiamo tutti?

OSSO-DI-SEPPIA Tutti! tutti!

CURRAO Adagio: chi vuole lavorare! chi s'impegna di starci! Ognuno, come deve. Non per andare a cambiar aria!

QUANTERBA A lavorare! a lavorare!

PAPÌA Dite sul serio? Lavorare? Con che? Con le mani?

TOBBA Con la voglia, se l'hai. Chi l'ha, non ha bisogno d'altro.

TRENTUNO Giusto! Trova e si serve di tutto!

FILACCIONE Ma qua c'è Nuccio d'Alagna! Anche quanto ci ha lì nel banco è tutto nostro!

NUCCIO Anche il danaro?

FILACCIONE Non per rubartelo! Per comperare zappe e vanghe, reti, nasse![36]

PAPÌA E l'aratro, te lo tireranno Burrania e Bacchi-Bacchi?

FILLICÒ Tu sei padrone di non venire!

PAPÌA No! Che! Ci sto anch'io! Ho sete anch'io di vita nuova!

BURRANIA (*a Papìa, minaccioso*) Tu hai inteso dire bue, a me?

CURRAO Finiamola con le liti!

TRENTUNO (*a Burrania*) Hai moglie? No. Dunque, non t'ha detto bue per le corna.

Rientra torvo, dalla comune, Crocco. Subito Currao va a prenderlo per una mano e lo tira avanti.

CURRAO Ritorni in punto! Vieni, vieni avanti!

Gli presenta una guancia:

Eccoti qua: forza, dài!

36 *nasse*: ceste di vimini, usate nella pesca.

E poiché Crocco esita, stordito, prendendogli l'altra mano:

No, no, dài:

si colpisce con la mano di Crocco

così! E ora qua!

Gli presenta l'altra guancia.

CROCCO Ma perché?
QUANTERBA Si va tutti all'isola!
FILLICÒ E TRENTUNO All'isola! all'isola!
BURRANIA Con la barca di Tobba!
OSSO-DI-SEPPIA O a fondo o resuscitati!
BACCHI-BACCHI Una pensata de La Spera!
IL RICCIO (*ironico*) Tutti fratelli! – Dài! dài!
LA SPERA (*a Tobba, a Dorò e a Ciminudù, mentre gli altri séguitano a ragguagliare Crocco*) Ora lasciatemi andare.
TOBBA Dove te ne scappi?
LA SPERA Vado a prendere il mio bambino.
CIMINIDÙ Ma no, che fai? Non l'hai a bàlia?
LA SPERA Vuoi che lo lasci qua? Lo porto via con me!

Via di corsa per la comune.

CURRAO (*agguantando Nuccio per il petto*) Tu, gufo, non farai la spia!
NUCCIO Io? M'ammazzarono un figlio; so chi è stato; non ho parlato. Mi buttarono una figlia alla perdizione; so chi è stato; non ho parlato. – Volete andare davvero?
CURRAO Sì, domani notte!
TRENTUNO Tutti quanti!
CURRAO Chi fino a domani non se ne sarà pentito!
NUCCIO Con la barca di Tobba?
CURRAO Con la barca di Tobba!
NUCCIO All'isola?

TUTTI All'isola! all'isola!

NUCCIO Vi darò io le provviste per i primi giorni, e da comprarvi le zappe e le reti!

Entra a questo punto il delegato[37] *Pallotta seguìto da due guardie travestite. I «bravo!» e gli «evviva!» a Nuccio d'Alagna per la sua offerta cessano d'un tratto e tutti ammutoliscono.*

PALLOTTA (*a Nuccio*) Ancora aperto a quest'ora?

NUCCIO Stavo per chiudere.

PALLOTTA Bada che questa è la seconda volta. Alla terza, tu chiudi e non riapri più. Via tutti subito! Via!

TRENTUNO Ma non siamo ancora in contravvenzione.

PALLOTTA Zitto tu, e fila! – Via, via tutti!

A Tobba, mentre gli altri s'avviano per uscire:

Tu vuoi proprio confonderti qua con questi altri!

TOBBA Dentato per quest'incastro,[38] signor delegato...

PALLOTTA Dentato dice... Se non hai più denti.

TOBBA E difatti non macino più!

Rientra esultante, come impazzita da una gioja sovrumana, La Spera, col bambino al seno, gridando e ridendo, convulsa:

LA SPERA Oh Dio, che cosa... che cosa... oh Dio, oh Dio che cosa!

TRE DEGLI ASTANTI – Che ha?
– Che dice?
– Che t'è avvenuto?

CURRAO Il bambino?

LA SPERA No! Io! io! – Posso allattarlo! – Io! io!

CURRAO Tu, allattarlo? Che dici?

LA SPERA Miracolo! Miracolo!

37 *delegato*: funzionario della pubblica sicurezza, il vicecommissario o il commissario medesimo.

38 *Dentato per quest'incastro*: così si dice del pezzo meccanico, lavorato a taglio in modo da ricavarne la dentatura che ne facilita l'incastro.

ALTRI DEGLI ASTANTI – Com'è?
– È impazzita?

LA SPERA No! Non so io stessa come sia! Non ci so credere io stessa!

CURRAO Ma che t'è avvenuto? Parla!

LA SPERA Un miracolo, un miracolo, ti dico! Posso allattare il mio bambino! io! io!

E se lo stringe di più al seno, quasi a ripararlo.

CURRAO Tu, da te? E come? Dopo cinque mesi?

LA SPERA Non lo so! Dissi a lui

indica Tobba

che andavo a prenderlo dalla bàlia; lo dissi così, come se mi movesse da dentro non so che cosa... un calore, un ardore che mi dava alla testa e mi calava al petto... Corsi come una pazza, un fuoco, una fiamma... e correndo – qua, al vicolo accanto – la prima porta – salendo la scala, caddi, ruzzolai, non avvertii nessun dolore; toccandomi, avevo il petto tutto bagnato: m'è sgorgato il latte, da sé, da sé, all'improvviso, per la mia creatura! per la mia creatura!

Fa l'atto di nuovo di ripararla e di ripararsi con lei.

CIMINUDÙ (*quasi allibito*) Questo è davvero miracolo!

TUTTI (*prima piano, poi, man mano crescendo*) Miracolo! miracolo! miracolo! miracolo!

TOBBA (*scoprendosi, e in tono solenne d'ammonimento*) Il segno di Dio, per tutti noi: che ci guiderà Lui!
– Ora sì, si deve partire. Questa notte stessa.
– Inginocchiamoci!

Tutti si scoprono e s'inginocchiano.

TELA

ATTO PRIMO

La scena rappresenta l'interno d'una casa diroccata, a terreno. Solo il muro di destra è rimasto in piedi intero, con una finestra senza vetri. Quello di fondo è crollato e lascia scorgere un lembo verdissimo dell'isola, col mare lontano, sfolgorante di sole al tramonto. Il muro di sinistra è danneggiato solo in alto, verso il fondo, e il guasto è riparato provvisoriamente con un pezzo di vela dipinta. Un uscio in questa parete immette in un'altra stanza, dove abita La Spera col bambino. Sono ancora per terra, in fondo, le pietre crollate. E ammonticchiati lungo le pareti, e qua e là sparsi, oggetti e mobili vecchi, tratti dalla rovina delle case dell'isola: qualche armadio con lo specchio rotto; qualche divano di bella stoffa ora scolorita e strappata, con la borra[1] *dell'imbottitura che strabuzza*[2] *dagli strappi; seggiole d'ogni foggia; qualche panca; stoviglie di cucina; tavolini ecc. ecc.*

Al levarsi della tela s'udrà un coro lontano dei nuovi coloni che ritornano dal lavoro.
Sono in iscena Ciminudù, Crocco e Papìa.
Ciminudù, messo a sedere su un paglione per terra, con le spalle appoggiate alla parete destra, ha sulle gambe e tirata fin sul petto una rozza coperta d'albagio[3] *e in capo un vecchio scialle grigio di lana. Céreo, patito, come uno scampato a una malattia mortale. Crocco sta seduto in fondo su una pietra a guardar fuori. Papìa è sdrajato bocconi per terra in mezzo alla scena, poggiato sui gomiti e con la testa tra le mani.*

1 *borra*: cascame di lana.
2 *strabuzza*: trabocca fuori, storcendosi.
3 *albagio*: lana ruvida.

PAPÌA (*cessato il coro*) Anche il coraggio di cantare...
CROCCO Quando t'è entrata in testa la pazzia...

Pausa.

PAPÌA (*tra sé*) Non mi par vero, non mi par vero che siamo qua. Me lo sto sognando.
CROCCO Case diroccate, terre abbandonate e mare.

Pausa.

PAPÌA E questo spavento: di non potermi più svegliare e far udire a me stesso, vivo, la mia voce.
CROCCO (*dopo un'altra pausa*) Ah sì, un bel verso, se séguita.

Pausa. Poi, voltandosi iroso, di scatto:

E finiscila!
PAPÌA (*restando*) Io? Che faccio?
CROCCO Che stai a grattare?
PAPÌA Io? Non gratto nulla, io.
CROCCO Ah, sarà qualche grillo, qua, tra l'erba.

Pausa.

PAPÌA Tutte le cose... uno stupore... e pare che il tempo si sia fermato.
CROCCO Vedi se è vita, questa, da potersi reggere!

Altra pausa. Si mostrano nel fondo Quanterba e Trentuno.

QUANTERBA Come va il malato?
CROCCO (*indicando Ciminudù*) Eccolo là: con lo scialle in capo, come le beghine quando esce la benedizione.
TRENTUNO Ehi, Ciminudù?
PAPÌA Tòccalo, e senti se è vero...
TRENTUNO (*stordito*) Chi?
PAPÌA Lui. Se è vero che è lì...

TRENTUNO Sei impazzito? –

Poi, voltandosi a Ciminudù

Come stai, Ciminudù?

CIMINUDÙ Né meglio, né peggio.

QUANTERBA E allora, allegramente! Quando non c'è di peggio il male è poco. – La Spera?

CIMINUDÙ (*indicando con una mossa del capo l'uscio dirimpetto*) Di là, col suo bambino.

TRENTUNO Di' un po': quando viene a medicarti, a sentirne accosto accosto il calore... Se fossi malato io, guarirei subito, parola d'onore!

Scoppia a ridere sguajatamente. Si sente lontana, dall'alto, la voce di Dorò che canta uno stornello marinaresco.

CROCCO (*alzandosi urtato, bofonchia quasi tra sé*) Quando questo ragazzo canta e gli guardo la gola, una tentazione mi viene, una tentazione di sgozzarlo come un pècoro![4]

TRENTUNO Così non farebbe più il cane di guardia a La Spera.

QUANTERBA Siamo tutti i cani di guardia de La Spera, e dovremmo allora sgozzarci l'un l'altro, tutti quanti.

PAPÌA Sì, ma quando gli altri non ci sono, parte alla pesca e parte a zappare, lui è sempre qua accanto a lei.

CROCCO Se non ci fosse, sarebbe lo stesso. Hai potuto pensare di prenderla per forza di nascosto?

PAPÌA Tu no, forse?

CROCCO E va' allora: è là! Pìgliatela, se hai coraggio!

TRENTUNO Ecco, sì: dài, dài l'esempio!

PAPÌA Me lo dite per ridere...

TRENTUNO No: ti teniamo mano: va'!

QUANTERBA È pure stata di tutti!

CROCCO Per quattro soldi; e nessuno prima la voleva; ora –

4 *pècoro*: agnello.

QUANTERBA – è diventata per tutti la regina!
TRENTUNO La règina e la santa!
PAPÌA Col suo bambino –
CROCCO – e il suo re!
TRENTUNO Vorresti essere tu, il re, di' la verità?
QUANTERBA Questo gli cuoce!
CROCCO Re perché ha lei; e perché noi tutti, carogne, siamo qua a dipenderne come tanti cani spasimanti, che ci faccia la grazia anche di farsi vedere –
QUANTERBA – bella come s'è fatta, così tutta naturale –
CROCCO – e con l'aria di non essere niente e di servirci tutti. Ah, questa storia deve finire, deve finire!
PAPÌA (*con rabbia*) O lei per tutti, o ciascuno qua deve avere la sua.
TRENTUNO Sì, fischia che vengono! Lei è qua perché c'è voluta venire. Vai a persuadere le altre ad adattarsi a vivere come stiamo vivendo noi!
PAPÌA Vuol dire che non è possibile neanche per noi seguitare a vivere così!
QUANTERBA Ah, come voi due, no di certo! Non so proprio che siate venuti a farci così, con l'anima spenta!
CROCCO Io, spenta? Voi che vi siete acconciati...
QUANTERBA Dico, per quest'impresa!
TRENTUNO Quando sta a noi, lavorando, mutare le condizioni!
PAPÌA Questo lo dice Currao!
CROCCO Eh, lui per sé l'ha già bell'e mutate! Pare invasato. Non tocca terra.
PAPÌA E quell'altro, Fillicò, l'avete veduto? Ci crede sul serio oh, che è del Consiglio. Tronfio come un tacchino.
TRENTUNO Mi fa ridere Tobba, intanto: «Non so come ci possano stare in città con quel po' di cielo che si vede nello stretto dei vicoli, mentre qua – dice – te lo puoi bevere tutto fino a inebriarti, abbandonato fra l'erba al silenzio» – Gli basta il cielo, a lui, per parlare con Dio.

Entra Dorò con una cartata di more in mano.

DORÒ Uh, radunanza qua?
CROCCO Hai colto le more per la regina?
DORÒ Ci hai da ridire?
CROCCO Tu entri come fossi il padrone.
DORÒ Dovrei chiederne il permesso a te?
CROCCO A me, sì!

Con una manata da sotto in su gli butta all'aria la cartata di more.

E impara a rispondere!
DORÒ (*senza scomporsi, guardando prima in aria e poi in terra le more*) Oh tanto, sai, erano cattive.
QUANTERBA Non lo trattare così, se sei davvero tanto pentito d'esser venuto: la liberazione ci verrà da lui, quando suo padre verrà a prenderselo con le paranze –
DORÒ – non verrà –
QUANTERBA – portandosi appresso le guardie di dogana per farci sgomberare.
DORÒ Già lo sa mio padre, che sono qua.
QUANTERBA Ah lo sa?
DORÒ E mi ci lascia, ha detto, per punizione. L'ha detto a Tobba, quand'è andato a terra a parlare col delegato.

Contento, battendo le mani:

Si resta qua! si resta qua!
QUANTERBA Il delegato ha detto a Tobba...?
DORÒ Sì! sì! che ci lasciano stare qua!
QUANTERBA Non è possibile!
TRENTUNO Tobba ce l'avrebbe detto.
DORÒ Lo dirà forse stasera, alla seduta del primo tribunale.

A Crocco.

Capisci? il permesso d'entrare non l'ho chiesto a te, perché non è ancora deciso se dovevo chiederlo a te o a lui *indica Papìa*

Lo deciderà stasera il tribunale.

CROCCO (*indicando i mobili e gli oggetti ammonticchiati a sinistra*) Questa, intanto, è roba mia!

PAPÌA (*indicando, a sua volta, a destra*) E questa è mia!

CROCCO (*minaccioso*) Tu stasera la sgomberi, sai!

PAPÌA Si vedrà: o tu la tua, o io la mia.

DORÒ Bella testimonianza, da una parte e dall'altra, della vostra «vita nuova»! Appena sbarcati, come tante jene a frugare tra le macerie delle case diroccate!

PAPÌA Noi soli? Tutti.

DORÒ Eh, lo so: un bel principio!

PAPÌA Non avevamo nulla per ripararci, neppure per buttarci a dormire: ci siamo dati attorno.

DORÒ Ognuno col suo posto in mente da occupare –

PAPÌA – appunto: io, questo: e corsi subito a occuparlo per il primo.

CROCCO Ci avevo pensato prima io!

PAPÌA Pròvalo!

CROCCO Tant'è vero che, appena ti vidi, ti strappai fuori, gridandoti: «Vàttene, qua è mio!»

TRENTUNO Sarà un bel fatto provare chi ci aveva pensato prima!

CROCCO Chi aveva più ragioni di pensarci!

PAPÌA Sta bene: tu dirai le tue; io le mie.

QUANTERBA E non sarebbe meglio che vi metteste insieme, come abbiamo fatto io e Trentuno?

CROCCO Insieme con lui? Non lo vorrei nemmeno per compagno di processione!

PAPÌA E figùrati io!

TRENTUNO È avvenuto anche a noi due lo stesso caso: d'aver pensato allo stesso posto da occupare. Invece di litigare, ci siamo messi insieme, d'accordo.

QUANTERBA E abbiamo già finito d'accomodare la casa, e ci diamo tra noi ajuto e compagnia.

CROCCO Io ero stato qua all'isola prima di lui!

PAPÌA Che conta l'anzianità?

CROCCO Conta che ho conosciuto questo posto prima di te!

PAPÌA Ma non è diritto! Anche ammesso che tu avessi più ragioni di me, di pensarci; se poi non ci hai pensato e sono corso io, prima, a mettere qua il piede e a dire: «è mio»?

CROCCO Ah, bello il piede! E allora il primo sbarcato, posando il piede, poteva dire che tutta l'isola era sua; e gli altri, a mare? – Ti dico che tu sgombrerai stasera; con la ragione, se vale; o se no, con la forza.

DORÒ Lo dissi io che, venendo tu, sarebbe entrato il diavolo!

CROCCO Eh, caro, che vuoi? Zavorra. Ho fatto da contrappeso. Tu eri l'angelo!

DORÒ Dovresti fare come Burrania, tu, che se n'è scappato fin dal primo giorno a viver solo. Non puoi stare con nessuno!

TRENTUNO Già, Burrania; chi l'ha più visto?

DORÒ Io. Sono andato a vederlo da lontano, senza farmi scorgere. È sulla spiaggia, dall'altra parte. Pareva un pazzo! Parla col mare.

QUANTERBA Parla col mare?

CROCCO Meglio che parlare con voi!

CIMINUDÙ Un po' di carità, santo Dio! A ogni parola che dite un po' forte, mi sento spaccare la testa.

CROCCO L'ho avuta, mi pare, la carità, e séguito ad averla, tenendoti qua perché sei malato.

PAPÌA Ah, tu ce lo tieni?

CROCCO Io, sì. E lasciando di là La Spera perché ha il bambino.

QUANTERBA Oh guarda! Perché ha il bambino.

TRENTUNO Se non l'avesse, non ce la terresti?

CROCCO Faremo anche questo discorso, non dubitate.

Entra a questo punto dall'uscio a sinistra La Spera. È come trasfigurata.

PAPÌA (*a La Spera*) Sèntilo, sèntilo che ora parla di carità: lui!

TRENTUNO Che vi tiene qua per carità, dice –

QUANTERBA – lui

indica Ciminudù

perché è malato –

TRENTUNO – e te, perché hai di là il bambino!

LA SPERA (*con la più dolce e umile semplicità*) Se crede davvero che qua sia suo...

CROCCO (*subito, aggressivo*) *È* – non credo – *è* mio!

LA SPERA (*c.s.*) Tanto meglio. Dunque, vera carità.

PAPÌA Parli come se non lo conoscessi!

LA SPERA Tutti, d'ora in poi, dovremmo parlarci così...

PAPÌA (*stupito e derisorio*) Come se non ci conoscessimo?

LA SPERA Eh, se fosse vero che, venendo qua e cambiando vita, a uno a uno dovevamo diventare altri da quelli che eravamo...

PAPÌA Ma non vedi che è lui? che vuol darsi lui a conoscere per quello ch'è sempre stato?

CROCCO Un prepotente, è vero?

PAPÌA Sì; e un falso.

CROCCO Anche falso?

PAPÌA Falso, falso, sì: perché mentre stai facendo a me una soperchieria[5] –

CROCCO – io? –

PAPÌA – tu, tu, sì – vuoi dare a intendere che fai la carità – a lei, e a quello lì. E anche il motivo di questa tua falsità ho indovinato, sai: dici che è tua carità per non riconoscere che sono stato io a proporre che loro due stessero qua fino a tanto che non si sarà deciso se dev'essere tua o mia questa casa e la terra.

CROCCO Tu? Tu l'hai proposto per paura che, senza di loro due, ma sai i salti che t'avrei fatto fare a quest'ora!

Quanterba, Trentuno e Dorò ridono.

PAPÌA Sarà. E infatti, io non mi sto vantando di fare la carità a nessuno.

CROCCO (*a La Spera, con altro tono, come per sentirne il pa-*

5 *soperchieria*: sopraffazione, prepotenza.

rere) Parla tu, parla tu! A ogni parola che mi dicono gli altri, mi sento drizzare qua dentro

si picchia il petto

una vipera! Parla!

LA SPERA (*dolente*) E che vuoi che dica io?

CROCCO Che faresti, se fossi al mio posto?

LA SPERA Metterei a lui, così, una mano sul petto e gli direi: «Vuoi stare qua? Stacci!»

CROCCO Bella, sì! Per dargliela vinta!

LA SPERA Così parrebbe di vincere a me.

CROCCO Eh già! Perché a te non costa nulla.

LA SPERA Dicevo per te (lo so che a me non costa nulla): che mi parrebbe di vincere così, se fossi in te.

CROCCO Rinunziando al mio diritto?

LA SPERA Sì. E proprio se credi che il tuo diritto di stare qua sia più forte del suo.

PAPÌA Non è vero! Non lo crede!

CROCCO Lo credo!

PAPÌA Tu vuoi fare una prepotenza: l'hai detto!

CROCCO Cane! Me l'hai fatto dire tu!

Rivolgendosi a La Spera:

Quando ho visto che gli altri si mettevano di mezzo tra me e lui, e lui si rimetteva subito agli altri per farmi restar solo, capisci? –

A Papìa

Perché ti sei rimesso agli altri tu?

PAPÌA Oh bella! Perché sono sicuro che mi daranno ragione.

CROCCO No! Per ingraziarteli, e averli dalla tua! Se ne fossi sicuro, come ne sono sicuro io, non avresti bisogno che te lo riconoscessero gli altri, il tuo diritto.

LA SPERA Già. Ma se tu glielo neghi, come lui lo nega a te? Bisogna pure rimettersi agli altri che vedano e decidano chi di voi due ha ragione.

PAPÌA E GLI ALTRI Ecco, ecco – benissimo! – È così chiaro!

CROCCO E chi lo dà agli altri codesto diritto di decidere?

LA SPERA La tua stessa ragione, se è giusta.

CROCCO Grazie. Lo so da me che è giusta. Non ho bisogno che me lo dicano gli altri.

LA SPERA No. Tu puoi sapere che è la tua ragione, e basta.

QUANTERBA Se sia giusta lo potranno vedere solamente gli altri.

TRENTUNO Ecco, sì – dopo averla pesata con quella di lui.

PAPÌA Parte in causa come me: non puoi giudicare.

CROCCO E gli altri sì, possono? pesando? e come pesano? Il peso della mia ragione è quello che le do io; e per me è tutto.

LA SPERA Già. Ma anche per lui, tutto. E allora?

CROCCO E allora, gli altri, o leveranno peso alla mia ragione per darlo a quella di lui, o a quella di lui per darlo alla mia. Ecco la giustizia che faranno!

LA SPERA Perché tu dici che la tua ragione è tutto. Non può essere. Se ci fossi tu solo! Tu, tutto; lui, tutto. Ti pare che possa stare? Nessuno di noi può esser tutto, se poi ci sono gli altri. Vedi? ho capito questo io. E ho capito anche, allora, che c'è un modo, sì, d'esser tutto per tutti; e sai qual è? quello di non essere più niente per noi. Ecco perché ti dicevo: mèttigli una mano sul petto e digli: «Tu vuoi stare qua? e stacci!» – Stringi le mani per prendere, prendi poco, sempre; se le apri per dare e accogli tutti in te, prendi tutto, e la vita di tutti diventa la tua.

Nella stanza s'è fatta un'ombra strana, violacea, mentre fuori, nel paesaggio in fondo, incombe una cupa vampa di crepuscolo, sotto alla quale risalta più che mai, come smaltato, il verde fresco e nuovo dell'isola. Tra il rosso di quella vampa, entro al violaceo di quest'ombra vengono a diffondere un giallo riverbero due rozze lanterne di pescatori sorrette da Filaccione e dal Riccio, che precedono Currao, Tobba e Fillicò. Vengono dietro Bacchi-Bacchi e Osso-di-Seppia.

FILACCIONE Passo al primo Tribunale!
IL RICCIO E al Consiglio dei Nuovi Coloni!
TOBBA Ma no: senza stare in parata, così alla buona...
CURRAO (*imperioso*) No: in parata, anzi, in parata! Ora tu qua non sei più tu come tu: devi essere il Giudice!
TRENTUNO E mettetegli allora il tocco e la toga![6]
CURRAO L'avrà, se sapremo diventare ciò che dobbiamo essere!
QUANTERBA (*a Tobba*) Oh! è vero che sei andato a parlamentare a terra perché ci lascino qua?
CURRAO È vero! è vero! E sentirete ora a quali condizioni!
QUANTERBA Siamo già sotto la dipendenza?
CROCCO (*con scherno*) La colonia dei liberi coatti![7]
TRENTUNO Chi s'è assunta la responsabilità?
CURRAO Silenzio! V'ho detto che sentirete le condizioni! Per ora deve sedere il Tribunale!
OSSO-DI-SEPPIA Subito subito, tre sedie e un tavolino!

E si volta con Bacchi-Bacchi per prenderli dalle masserizie ammonticchiate a sinistra.

CROCCO (*fosco, prevenendoli*) Alto là! Nessuno s'attenti a toccare la mia roba!
PAPÌA Non importa! Lasciate, lasciate! Prendete di là!

indica a destra

Do io le sedie e il tavolino!
CROCCO (*a La Spera*) Ecco, vedi com'è? Tu che dici la Giustizia...
FILLICÒ Temi che gliela daremo vinta perché ci avrà dato da sedere?
CROCCO No.

A La Spera

6 *il tocco e la toga*: come si conviene, appunto, a un magistrato.
7 *liberi coatti*: una contraddizione in termini, quindi.

Perché impari a tener conto anche della sorte.

A Osso-di-Seppia e Bacchi-Bacchi

Potevate voltarvi a prendere le sedie dalla parte di lui

indica Papìa;

avrei gridato io allora: «Prendetele qua da me», e dato io da sedere, e non lui. – Ma non c'è bisogno che segga il Tribunale. Ecco.

A La Spera

Farò com'hai detto.

A Papìa

Vieni qua.

PAPÌA (*incerto, appressandoglisi*) Che vuoi?
CROCCO Vieni qua!

Passandogli le mani sul petto:

Vuoi stare qua? Stacci. Ti lascio tutto, e me ne vado.
CURRAO Dove te ne vai?
CROCCO Dove volete.
PAPÌA Mi lasci la terra e la casa?
CROCCO E anche la roba là. Tutto.
FILLICÒ Non vuoi più niente?
CROCCO Niente.
PAPÌA Ah, dunque t'arrendi?
LA SPERA Ma no! Non hai inteso? T'ha domandato se volevi stare qua e t'ha detto di starci. Lui se ne va. Non vuol niente.
CROCCO Sono di chi mi vuole.

A tanta inopinata remissività restano tutti incerti e sospesi a guardarlo e a guardarsi tra loro.

Crocco ha un lieve e amaro sorriso di sdegno e si rivolge a La Spera.

Vedi? Non mi vuole nessuno.

TOBBA Perché nessuno crede che tu dia veramente per non aver nulla.

CROCCO Nulla. Come ve lo devo dire? Stabilite dove volete che vada e ci andrò; che cosa volete che faccia e la farò. Pronto a tutto, come saprò, il meglio possibile. Chi vuole ajuto, glielo presterò. Riparare, accomodare.

A Papìa

Ecco: tirar su quel muro per te. O se mi volete alla terra, a zappare; o se mi volete alla pesca. Dovunque.

CURRAO (*avanzandosi e guardandolo fisso*) Per arrivare a che cosa?

CROCCO (*sostenendo con viso fermo lo sguardo*) Se me lo domandi, vuol dire che lo sai.

CURRAO (*pronto*) Lo so.

Poi, con altro tono:

Ti pare facile?

CROCCO No. Facile è per te, mantenerti al tuo posto. Che ti costa? Hai lei

indica La Spera.

Sei il capo, e comandi.

CURRAO Io comando?

CROCCO Siamo qua tutti i tuoi servi!

CURRAO Chi di voi lo può dire? Sono stato io, finora, il servo di tutti. Il primo a dare, l'ultimo a ricevere.

TRENTUNO Quest'è vero!

ALTRI È vero! è vero!

CURRAO Siamo venuti qua per farci una vita nostra.

CROCCO Sì: ognuno la sua, senza sottostare a nessuno.

CURRAO E a chi sottostai tu?

CROCCO O non volevate far qua, or ora, il tribunale? Io ero venuto per non stare più sotto la legge –

CURRAO (*subito, pronto*) – degli altri: sì. Perché tu e quanti siamo qua ce n'eravamo messi fuori, di quella legge; e sentivamo che ce ne veniva da fuori il comando, come un sopruso. Ma ora qua non c'è più la legge degli altri. C'è la tua.

CROCCO La mia?

CURRAO Quella che ti devi fare tu stesso.

CROCCO Io non me ne voglio fare nessuna.

CURRAO Te la devi fare per forza. Chiamala come vuoi, se non la vuoi chiamar legge –

TOBBA (*con forza*) – ma è legge! –

CURRAO – che valga per te e per tutti allo stesso modo: legge tua e nostra, che ce la comandiamo noi stessi, perché l'abbiamo riconosciuta giusta; come la necessità ce l'ha insegnata: del lavoro che dobbiamo fare, tutti, ciascuno il suo, per darci ajuto a vicenda: tu questo, io quello, secondo le forze e la capacità. Non te l'impone nessuno. Tu stesso. Perché possa ricevere, in cambio di quello che dài.

CROCCO Non voglio più nulla io: ve l'ho detto.

TOBBA E allora vàttene, come se n'è andato Burrania, a vivere da solo!

FILLICÒ Se vuoi stare con noi, devi volere d'accordo con noi.

CURRAO Credi di poter bastare a te stesso?

CROCCO Ma mi sai dire che sei tu da più di me?

CURRAO Niente, se tu riesci a fare quello che faccio io.

CROCCO Io sono più forte di te.

CURRAO Questo è ancora da vedere. Ma, ammesso, vorresti vincermi con la forza? Se hai torto, e io sono qua con tutti, e tutti sono con me, che ti vale essere più forte? Tutti uniti, ti vinciamo.

CROCCO Io dico da solo a solo.

CURRAO M'abbatti? Dovrai sempre temere la mia vendetta. Per essere sicuro, uccidermi.

FILLICÒ E allora ti vendicheremmo noi, uccidendo lui.

TOBBA Perché non possiamo ammettere che la nostra vita sia alla mercé di uno che ce la voglia togliere.

LA SPERA Tutto questo è giusto, non lo riconosci?

CROCCO No. Perché così è sempre la forza di tutti contro uno solo.

CURRAO (*a La Spera*) Lascia che parli io. Io lo so cos'è. È che io ho te. È tutto qui.

A Crocco

La vorresti tu, è vero? Come? Con la forza?

CROCCO Non dico questo.

CURRAO E che dici allora? Non hai parlato d'altra ragione fuori di questa, che sei il più forte.

CROCCO Io ho detto che per te è facile.

CURRAO Sì: perché ho lei, è vero? Ma io che l'ho, guarda che faccio; e dimmi se è facile. Lascio che badi a tutti, anche a te; tenga per tutti acceso il fuoco, anche per te; e curi là quel malato; so che non ripara, poverina, a servir tutti; le voglio bene; potrei pretendere che badasse a me solo.

CROCCO E che ne sai tu, se non farei anch'io lo stesso, se fosse mia?

CURRAO Tu? La daresti? Se intanto la vuoi togliere a me? Tu vuoi dare per avere. Tu vuoi il premio: lei. – E dice che non vuol nulla!

Tutti, tranne La Spera, ridono di Crocco.

OSSO-DI-SEPPIA (*dileggiando*) Pìgliatela, se sei buono!

IL RICCIO Eccola là!

FILACCIONE Allunga la mano!

TRENTUNO Ci vuole così poco!

LA SPERA (*con altero sdegno*) Finitela! Non posso sopportare che lo disprezziate!

CURRAO Tu lo difendi?

LA SPERA Difendo me, perché mi sento disprezzata anch'io, se tu lo vuoi persuadere così: che io sia un premio da dare al più forte o a chi dà per avermi. Come se io per me stessa non potessi provar piacere a essere qua per tutti, come sono!

CROCCO E come se lui – devi dire – non désse anche per avere qualche cosa.

A Currao

Sì! Tu lasci che lei badi qua a tutti per avere da noi rispetto e considerazione!

LA SPERA (*a Currao*) D'un altro modo tu devi persuaderlo: che io posso essere di tutti, soltanto come sono ora, perché sono tua – di uno – di chi voglio io. Mentre com'ero prima di tutti, non ero di nessuno, neanche mia!

A questo punto Bacchi-Bacchi che guarda dal fondo verso l'isola, si mette a gridare:

BACCHI-BACCHI O oh! Guardate! guardate! Chi corre laggiù? Guardate!

OSSO-DI-SEPPIA Burrania! Burrania che ritorna! Burrania!

TRENTUNO Sì sì, è lui! è lui!

QUANTERBA Corre come un dannato!

FILLICÒ (*a Crocco*) Lo vedi? Se n'era andato perché la pensava come te; eccolo che ritorna dopo nove giorni.

PAPÌA Eccolo! eccolo!

FILACCIONE Pare impazzito!

DORÒ (*agitando le braccia*) Annaspa con le mani! Così! così!

QUANTERBA, TRENTUNO, OSSO-DI-SEPPIA Burrania! Burrania! Burrania!

Si precipita dal fondo Burrania, sconvolto, sbiancato in viso, con occhi da pazzo.

BURRANIA Cala! l'isola! l'isola cala, cala nel mare!

ALCUNI Che? – Ma no! – Come? – Che dici? – Cala? – L'isola? – Nel mare?

BURRANIA L'ho vista io! L'ho vista io! Sì. Cala! Cala!
ALTRI Ma no! – Che hai visto? – Sei pazzo?
BURRANIA L'ho vista calare, vi dico! Ho sentito, sentito, che cala! E un fragore, un fragore grande ho sentito, come se tutto il mare friggesse! Sì! sì!
CURRAO Ma dove? ma quando? Nessuno ha udito nulla!
BURRANIA Sì! Di là! E ho visto nero! E tremare, tremare tutto! Ma questa luce, guardate!

indica fuori

Questa luce!
TOBBA È il fuoco del tramonto!
BURRANIA No, no! Venite a vedere: affondiamo nel mare! Si sta ingoiando l'isola il mare! Alla spiaggia! Alla spiaggia!

Tutti – tranne La Spera e Crocco – presi dal panico, pur gridando: «Noo! Nooo!» escono all'aperto e s'allontanano verso la spiaggia tra rumori e voci confuse.

CIMINUDÙ (*levandosi, atterrito, e cercando di correre dietro gli altri*) Non mi lasciate solo, ah Dio, non mi lasciate qua solo!

Fugge anche lui.

LA SPERA Il mio bambino! il mio bambino!
CROCCO Ecco, te lo prendo io!
LA SPERA No, lascia! Vado io!
CROCCO (*trattenendola*) Ma non senti che non si muove nulla? È il delirio di quel pazzo affamato! Vieni, vieni, sì, prendiamo il bambino!

E fa per introdursi con La Spera nella stanza accanto.

LA SPERA (*subito trattenendosi*) No: che vuoi tu?
CROCCO (*afferrandola*) Te, voglio, te! Sì –
LA SPERA (*divincolandosi*) – làsciami! –

CROCCO – devi essere mia! –
LA SPERA – làsciami, ti dico! –
CROCCO – no! mia! mia! –
LA SPERA – piuttosto morta, che tua! Bada che mi metto a gridare! –
CROCCO – Non mi scappi, no! A qualunque costo! Vieni! vieni qua dentro!
LA SPERA Non voglio! No! Làsciami! Non voglio!
CROCCO Ma perché no? Se t'ho avuta! t'ho avuta!
LA SPERA Làsciami, sai! Làsciami! Grido!

Compare dal fondo Dorò che, dopo la prima sorpresa, si scaglia in difesa de La Spera.

DORÒ Ah, infame! Lasciala! lasciala!
CROCCO (*lasciando La Spera e rivoltandosi contro Dorò*) Tu, cane! sempre tu! Ma ti levo io di mezzo!

Lo afferra alla gola.

LA SPERA (*lanciandosi per trattenerlo*) No! Non lo toccare! Non lo toccare!

Viene, prossima, da fuori una grande risata tra grida scomposte, di beffa. Crocco lascia Dorò, freddato da queste grida nel suo furore; resta un attimo perplesso; poi guarda Dorò e La Spera e grida minaccioso:

CROCCO Aspettatemi! Aspettatemi! Mi rivedrete!

Scompare dal fondo.

LA SPERA (*a Dorò, materna*) Che t'ha fatto? che t'ha fatto?
DORÒ Nulla, nulla! Voglio vedere dove se ne scappa!
LA SPERA (*trattenendolo*) No, sta' qua; e non dir nulla, bada!

Si ricompone.

DORÒ Pezzo da galera! Con la violenza! Quando si nasce cattivi!

LA SPERA Non si nasce cattivi, Dorò! È che non trova – si sforza e non trova più il modo d'esser buono con nessuno! E nessuno l'ajuta a farglielo trovare!

Piange.

DORÒ Ma anche con te... non hai visto? –

Sorpreso:

Tu piangi?

LA SPERA (*asciugandosi gli occhi con le mani*) Non hanno saputo parlargli...

Rientrano, ancora ridendo e beffeggiando Burrania, Filaccione, Bacchi-Bacchi, Osso-di-Seppia, Quanterba, Currao, Tobba, Fillicò e il Riccio che sostiene Ciminudù: tutti, insomma, tranne Trentuno.

FILACCIONE È la fame! è la fame!

BACCHI-BACCHI Tutta pazzia che gli era entrata nel capo!

OSSO-DI-SEPPIA (*sghignazzando*) La vedeva calare! la vedeva calare!

QUANTERBA E di', di': anche la Luna calava?[8]

CURRAO (*a La Spera*) Dàgli, dàgli un po' da mangiare!

FILLICÒ E stai qua con noi, che ti passerà tutto!

TOBBA L'isola non affonderà, finché ci staremo senza peccare.

PAPÌA Qua, allora, è stabilito oh: questa casa e la terra restano a me?

CURRAO (*guardandosi attorno*) E dov'è Crocco?

FILLICÒ Era qua! Fuori, con noi, non è venuto.

LA SPERA Se n'è andato.

QUANTERBA Sì, l'ho visto io, che correva verso la spiaggia.

8 Cfr. la penultima battuta di Trentuno, p. 54.

LA SPERA Non l'avete voluto; se n'è andato. Potevate approfittare del suo primo atto di remissione.

CURRAO Ma non hai capito perché lo faceva?

FILLICÒ L'abbiamo capito tutti così bene!

LA SPERA Per me, lo faceva.

A Currao

Avresti dovuto dirgli –

CURRAO (*subito, seccato*) sì, va bene, quel che gli dicesti tu!

LA SPERA Lo lasciasti dire a me; e allora gli parve – com'era vero – ch'io lo dicessi, non più per lui, ma contro di te; e appena siete andati via tutti –

CURRAO – che ha fatto? –

DORÒ – niente! sono accorso io, a tempo! –

CURRAO – t'ha aggredito? Ah, perdio, dov'è?

LA SPERA Lascia! È scappato.

CURRAO Tu séguiti a difenderlo?

LA SPERA No: a difendermi, se tu sei così. Anche da te – come mi sono difesa da lui. Non temere.

QUANTERBA Torna uno e se ne scappa un altro! Oh quest'è bella!

FILACCIONE Tornerà anche lui, state sicuri. Soli non si può stare.

CURRAO E ancora qua c'è tanto da fare! Siamo al primo principio; tutto dipende da noi; pensate, pensate quant'è bello questo: che la nostra vita qua ce la facciamo noi, con niente, con quello che c'è; la facciamo sorgere noi, di pianta; e sarà, come saremo capaci di farcela. La terra è già tutta verde!

BACCHI-BACCHI (*con ironia non maligna*) Sì sì, e l'aria è buona...

PAPÌA Senza vino –

OSSO-DI-SEPPIA – senza femmine –

QUANTERBA – alzarsi per tempo e andare a dormire all'ora delle galline –

FILACCIONE – quanto a salute, ne avremo da vendere!

TOBBA Ma non pensate a nulla! Cercate di fare! Date

ascolto a me, che non ho pensato mai. – C'è la terra da zappare? zappate; da seminare? seminate; gettare, tirare la rete? gettate, tirate! Fare, fare. Fare per fare, senza vedere neppure quello che fate, perché lo fate. E la giornata è passata

posando le mani sul petto a Quanterba

e non te ne sei accorto nemmeno. Stanco, ti butti a dormire; guardi le stelle e ti pare che dal cielo ti ridano, come se fossi un bambino.

OSSO-DI-SEPPIA (*con un rammarico che faccia ridere*) Sì, ma un bicchiere di vino, per Cristo!

BACCHI-BACCHI (*c.s.*) E quando una donna ti guarda...

CURRAO Ripianteremo le viti, appena si potrà! E sta a noi che qua ognuno possa anche avere la sua donna.

Ciminudù, che sta un po' dietro, a questo punto, si sente mancare; sbiancato in viso come un cadavere, si piega sui ginocchi; sta per cadere; è sorretto.

BURRANIA (*sorreggendolo*) Ciminudù! Ciminudù!

IL RICCIO (*sorreggendolo anche lui*) Oh Dio, casca!

ALCUNI (*voltandosi*) – Che è? che è? – Ciminudù? – Si sente male?

LA SPERA (*accorrendo*) Subito adagiamolo – sostenételo! – adagiamolo, adagiamolo qua!

DORÒ Dio, come è pallido!

ALTRI (*sgomenti, a bassa voce*) È morto! È morto!

LA SPERA No, no – il polso gli batte ancora –

QUANTERBA (*toccandogli la fronte*) – è già freddo! –

LA SPERA Dorò, là

indica la sua stanza

– pezze – pezze calde – di lana – sul cuore – corri – il mio scialletto, il mio scialletto; è sul bambino.

Dorò via di corsa.

E intanto da fuori la voce di Trentuno.

LA VOCE DI TRENTUNO Oh oh! Ajuto! Ajuto! Correte! correte!

ALCUNI – Che cos'è? – Un'altra, adesso! – Trentuno? – Grida ajuto!

LA SPERA Zitti! Zitti!

LA VOCE DI TRENTUNO (*più vicina, affannata*) La barca! La barca! Correte! Ajuto! ajuto!

ALTRI – La barca? – Ma che grida? –

Agitazione in tutti.

LA SPERA Zitti! Questo poverino muore!

TRENTUNO (*sopravvenendo, sconvolto*) Crocco ha staccato la barca! Ce l'ha rubata! Se n'è fuggito! Siamo perduti!

CURRAO (*accorrendo verso il fondo con altri*) La barca?

ALCUNI Ah ladro infame! – Assassino! – E come si fa, ora? – Tagliati fuori!

TRENTUNO Eccolo là, guardate! Si vede là! dove batte la Luna!

ALTRI Sì, sì! – Eccolo là! – Issa la vela! – La vela nuova!

PAPÌA S'è vendicato!

QUANTERBA Non potremo più andare a terra!

FILLICÒ Non si doveva portarlo con noi! Tante volte l'ho detto!

ALCUNI Come si fa? – Come si fa? – Tagliati fuori!

OSSO-DI-SEPPIA Ora è il bello! Ora è il bello!

CURRAO (*ritornando con Trentuno verso Tobba che sta presso Ciminudù e non s'è mosso*) La barca, senti, Tobba? la tua barca!

TRENTUNO (*vedendo ora Ciminudù per terra, e restando*) Ma che cos'è? Oh! È morto?

LA SPERA (*china sul moribondo*) No, no...

A Dorò che sopravviene con lo scialletto involto:

Da' qua, da' qua, subito, ecco, così, sul cuore... Scostatevi un poco, per carità...

TRENTUNO (*scostandosi con gli altri*) Pare morto... Così, tutt'a un tratto... Ma com'è stato?

QUANTERBA Era corso fuori anche lui; ritornato, stava a sentire; gli si sono piegate le ginocchia.

FILLICÒ Quell'infame là!

Indica fuori, alludendo a Crocco.

TOBBA Lasciatelo perdere!

CURRAO Ma come faremo senza più barca?

TOBBA Come? Ne faremo senza.

FILLICÒ Per te è tutto facile! Non si potrà più andare nemmeno a pescare!

TOBBA Si potrà, si potrà.

QUANTERBA Sì, e come?

TOBBA (*accennando al moribondo, perché tutti parlino piano*) C'è funi, legname: faremo zàttere.

FILLICÒ Ma per le provviste? Qua non s'accostano navi!

TOBBA Provviste ancora ce n'è. Il pane non mancherà.

CURRAO Ma sì; forse meglio così: l'ajuto – solo dalle nostre braccia.

TOBBA E da Dio.

LA SPERA (*dopo un silenzio, alzando il capo a guardarli, dirà piano*) È morto.

Tutti si chineranno a guardare, scoprendosi; qualcuno s'inginocchierà.

TELA

ATTO SECONDO

Una prominenza rocciosa dell'isola. V'è tracciata una via che, sul davanti, sale da destra a sinistra; e da qui poi, girando, ridiscende in più ripido pendìo alla spiaggia sottostante. Mare e cielo, sconfinati, di là dalla roccia.
Sul davanti, a sinistra, gli avanzi d'una casa addossata alla roccia dove la prominenza è più alta. Il tetto è squarciato e riparato alla meglio; la porta verde aperta, staccata da uno dei cardini, appare ancora scontorta dal disastro.

Al levarsi della tela si ode da destra un frastuono di voci confuse, concitate. Subito dopo salgono gesticolanti per la via e corrono a guardare dall'alto verso il mare: Currao, Tobba, Fillicò, Quanterba, Trentuno e Papìa, seguìti da La Spera col bambino avvolto sotto lo scialle.

CURRAO Paranze della nostra cala, sì, guàrdale: quattro: di qua si vedono bene!
QUANTERBA Ma forse sbandate... Col vento di stanotte!
PAPÌA No, no: quest'è lui, Crocco: la sua vendetta!
FILLICÒ Vendetta? Lascialo sbarcare!
TRENTUNO Non sbarcheranno, com'è vero Dio!
CURRAO (*a Trentuno*) Va', va', chiama tutti a raccolta! Di qua, con le pietre; e giù dalla spiaggia con pertiche, travi; corri, corri!

Trentuno, via di corsa per la destra.

TOBBA Quattro ciurme, ragazzi! Non sarà facile.
CURRAO Loro sono sul mare, e noi qua da terra!
TOBBA E se sono armati?
CURRAO Le pietre!

A Quanterba e Fillicò

Le pietre!

PAPÌA (*correndo giù a prenderne con gli altri due, davanti alla casa*) Sì, sì, le pietre! le pietre!

CURRAO Prendete le più grosse!

PAPÌA (*sollevandone una con ambo le mani*) Ecco, di queste!

CURRAO Bravo, sì! prendete!

FILLICÒ Li fracasseremo!

CURRAO Portàtene su quante più potete! Ma ce n'è anche qua!

Ai tre che risalgono

Le scaglierete da quassù con tutta la forza!

TOBBA (*guardando nel mare verso destra*) Sono qua, sono qua! Quanta gente a bordo!

CURRAO Ci difenderemo sino all'ultimo sangue!

PAPÌA Non la deve aver vinta, perdio!

FILLICÒ Ma i nostri, i nostri? Se tardano ancora, non arriveranno a tempo!

QUANTERBA (*guardando verso destra*) Eccoli, eccoli, vengono!

Gridando e facendo cenni con le mani:

Qua, qua! Correte, correte! Ciascuno si provveda alla meglio di qualche cosa.

CURRAO (*scorgendo La Spera*) Che vuoi? Che sei venuta a fare, tu qua, col bambino? Via! Via!

LA SPERA Lasciami stare con te.

CURRAO Non voglio! Possono essere armati, non hai sentito?

QUANTERBA (*a Papìa, guardando verso il mare*) Si vede – guarda – del rosso! Come se volessero issare bandiere!

TOBBA (*a La Spera*) Col bambino non è prudente: va', va'!

PAPÌA (*a Quanterba*) Ma no, che bandiere! Io vedo anche del giallo, là sulla seconda paranza.

LA SPERA Che volete fare, se sono in tanti?

CURRAO Ora lo vedrai!

LA SPERA Come impedirete?

CURRAO Lo vedrai! Lo vedrai!

LA SPERA Se non potranno qua, andranno a sbarcare altrove.

CURRAO Per adesso sono qua!

QUANTERBA Lo sa bene Crocco ch'è questo il miglior posto di sbarco!

LA SPERA Con qual diritto poi?

CURRAO (*adirandosi*) Chi, loro o noi?

LA SPERA Non siamo mica noi i padroni dell'isola!

CURRAO Noi, sì, siamo noi ora!

TOBBA Da sé, non ci sarebbero mai venuti!

CURRAO Il coraggio di venire l'hanno preso dal rischio che abbiamo affrontato noi, e che l'ha fatta nostra, l'isola, ora!

FILLICÒ Non ce la lasceremo strappare!

Sopravviene da destra giubilante Dorò.

DORÒ Giù, giù quelle pietre!

LA SPERA Ah! Sono le paranze di tuo padre?

DORÒ Sì, sì, l'ho riconosciute! Forse viene a prendermi!

FILLICÒ Con quattro paranze viene a prenderti!

QUANTERBA Come un figlio di re!

DORÒ Forse recherà doni...

Sopravviene da destra Trentuno armato d'una robusta pertica.

TRENTUNO Che doni vai dicendo! Crocco è nella prima; l'ho visto io con questi occhi!

Sopravviene, armato anche lui di pertica, Filaccione.

FILACCIONE Sì, sì, che istiga tutti e insegna dov'è più facile l'approdo!

Sopravvengono, anch'essi armati, il Riccio, Bacchi-Bacchi, Osso-di-Seppia e Burrania.

PAPÌA Bisogna scannarlo! Miserabile!
CURRAO Giù, giù, vojaltri con le pertiche! Ma non tutti!

A Burrania

Da' questa a me

gli leva la pertica

e tu resta qua a scagliar pietre con gli altri! –

A Papìa

Se arrivano a sbarcare –
PAPÌA – mano ai coltelli, non dubitare!
CURRAO A terra, o loro o noi! – Andiamo, andiamo giù!

Scende con Trentuno, Filaccione, Osso-di-Seppia, Bacchi-Bacchi e il Riccio giù per il declivio della spiaggia.

TOBBA Ecco la prima!
PAPÌA (*levando la sua*) Pronte le pietre!

Si vede comparire dal basso la punta triangolare della vela dipinta d'un bel rosso arancione della prima paranza. E subito si odono confuse le grida dei nuovi arrivati sulle paranze e quelle dei coloni che vogliono ostacolarne l'approdo.

VOCE DI CURRAO Via! Via! Qua non sbarca nessuno!
VOCE DI TRENTUNO Forza! A loro! Di qua! Forza! Forza!
VOCE DI FILACCIONE Indietro! indietro! Ti sfondo la pancia!

VOCE DI OSSO-DI-SEPPIA Tutti a mare, canaglia, e ce la vedremo tra noi!

VOCE DI BACCHI-BACCHI Non sbarcate! Non sbarcate! Via! Via!

VOCE DEL RICCIO Giù le pietre! Giù le pietre!

E simultaneamente dalle paranze:

VOCI DELLA CIURMA Siamo amici – Siamo amici! – Non veniamo per male! – Lasciateci sbarcare!

Si vede comparire la punta di un'altra vela.

VOCE DI PADRON NOCIO Pace! Pace! Vengo per mio figlio!

VOCE DI MITA Dorò! Dorò! Siamo noi!

VOCE DI CROCCO Qua c'è Mita! Ci sono le donne! Le donne!

VOCI DEI COLONI (*da sotto, cessando d'ostacolare l'approdo*) Ih, le donne! le donne!

PAPÌA, QUANTERBA, BURRANIA (*buttando via le pietre e avviandosi alla spiaggia, di corsa, esultanti*) Le donne! Le donne! Le donne!

FILLICÒ (*a Tobba*) Vai a tenerli più! Hanno portato le donne!

TOBBA È finita la pace!

VOCI DALLA SPIAGGIA In trionfo, in trionfo le donne!

TRENTUNO Viva Marella!

QUANTERBA Viva La Dia!

ALTRI A CORO In trionfo! In trionfo!

IL RICCIO Qua, Nela, ti porto io!

OSSO-DI-SEPPIA In trionfo, Sidora!

CORO Sì, viva, viva! in trionfo! in trionfo!

CROCCO Anche Mita in trionfo!

E vengono su dalla spiaggia gridando con le donne in braccio dalle vesti sgargianti tra risa e fremiti di finto sgomento e di gioja, come in un festoso ratto rituale.

TRENTUNO (*con Marella in braccio, contesa da Bacchi-Bac-*

chi) Questa è mia! Questa è mia! Lèvati! Non la prendi più!

BACCHI-BACCHI No, no, mia! mia! Làsciala! Làsciala!

MARELLA Lasciatemi tutti e due, matti! Mettetemi a terra!

VOCI DELLA CIURMA Viva Marella!

BACCHI-BACCHI L'avevo presa prima io in braccio! Làsciala!

TRENTUNO No! Tu non l'hai saputa reggere! Lèvati, ti dico!

VOCI DELLA CIURMA Viva! Viva!

E il primo gruppo dei due uomini e della donna, attorniato da marinai della ciurma, così rissando, ridendo e applaudendo, dopo aver salito ridiscende e scompare da destra. E dalla spiaggia viene su un altro gruppo.

IL RICCIO (*con in braccio Nela*) No! Eccola qua la vera regina! Nela regina! Regina incoronata!

NELA No, no, basta, pazzo! Mi fai cadere! Mi fai cadere!

IL RICCIO Non cadi, no! Non aver paura che in braccio a me non cadi!

VOCI DELLA CIURMA Viva! Viva! In trionfo! Più alta! Più alta!

E via, da destra, mentre dalla spiaggia viene su Quanterba con in braccio La Dia.

QUANTERBA Dia di nome, Dia di fatto! Viva La Dia! Viva La Dia! Dia di tutti, ma tutta mia!

LA DIA Làsciami! Làsciami! Mi gira il capo! Mettimi giù!

E via, da destra. Viene su dalla spiaggia Mita, inseguita da Crocco.

MITA (*chiamando dall'interno*) Dorò! Dorò! Dove sei?

CROCCO (*cercando d'afferrarla*) Eh su, lasciatevi portare in trionfo anche voi!

MITA (*sfuggendogli*) No, no! Io, no! io, no!

DORÒ (*che se ne sta giù con La Spera davanti la casa diroccata, balza come un dàino su la roccia in difesa della sorella*) Lascia mia sorella! Non arrischiarti a toccarla, schifoso!
MITA (*abbracciando il fratello*) Dorò! Dorò! Siamo venuti, vedi?
CROCCO A liberarti, sciocco! Siamo venuti a farti reuccio! Ma tua sorella me la prendo io!

Cerca di ghermirla.

MITA (*scostandolo*) No! No! Finiscila, ti dico!
DORÒ Fatti in là, o perdio...

E fa per avventarsi. Sopravviene dalla spiaggia Padron Nocio, séguìto da Burrania, Filaccione, Osso-di-Seppia, Papìa e qualche uomo della ciurma.

PADRON NOCIO Che cos'è? Giù le mani!

A Crocco

Tu t'attenti a toccare mia figlia?
CROCCO Si fa per chiasso, Padron Nocio!
PADRON NOCIO Non voglio di questi chiassi, io, con mia figlia!

A Dorò

E con te, mal'erba, ora faremo i conti, sai!
CROCCO (*indicando giù, davanti la casa, La Spera, avvilita col suo bambino sotto lo scialle, tra Tobba e Fillicò*) Guardate, guardate là! Se n'è stato sempre tra le gonnelle di quella sudiciona là!

Sghignazza oscenamente

Oh, la santa, guardate! La santa!
FILACCIONE (*sghignazzando anche lui, con gli altri*) Uh già, guarda! La regina! La regina!

OSSO-DI-SEPPIA E dire che abbiamo spasimato per quella toppa là scassinata![1]

PAPÌA È finito il tuo regno!

BURRANIA Puoi spegnere il moccolo che tenevi acceso per tutti,[2] tu sola!

CROCCO Schifosa! Sgualdrina! Sgualdrina!

DORÒ Oh vigliacchi!

TOBBA È stata qua una sorella per tutti!

A Padron Nocio

E per vostro figlio, una madre!

FILLICÒ Vigliacchi!

CROCCO (*a Tobba*) Spàssati ora tu con lei, vecchio bavoso!

OSSO-DI-SEPPIA Ne abbiamo tante ora di donne!

PAPÌA E tu ridiventi quella di prima!

CROCCO Sgualdrina! Sudiciona!

OSSO-DI-SEPPIA (*sputando*) Pùh! Làvati la faccia!

FILACCIONE Pùh!

FILLICÒ Più l'hanno desiderata, e più ora la disprezzano!

TOBBA Dio vi punirà!

LA SPERA Lasciateli dire! M'offendevano quando mi desideravano; ora che mi disprezzano, non m'offendono più.

Ai denigratori

E non ve lo dico per superbia, no; anzi perché me ne sento castigata, e che mi castiga Dio per vostro mezzo! Per me è meglio così; sì, sì; meglio così, sputata, disprezzata, avvilita.

Viene intanto dalla spiaggia un tumulto di voci.

1 *toppa là scassinata*: serratura forzata (con allusione oscena).
2 *Puoi spegnere il moccolo... per tutti*: Burrania più avanti (p. 65) definisce La Spera «santa senza moccoli», e quindi le sue parole, ora, sembrano voler già invitare la donna a non ritenersi più di quello che è, una prostituta.

VOCI DELLA CIURMA – Addosso, addosso a lui!
– Agguàntalo! Non te lo fare scappare!
– Sgòzzalo! Sgòzzalo!
– Dàgli, dàgli col suo stesso coltello!
– Legàtelo! Legàtelo!
– Buttiamolo a mare!
– Sì, sì, a mare! a mare, legato!
– A mare! A mare!
– Giù, giù, forza! Atterràtelo, prima!

E simultaneamente, più alta, disperata,

LA VOCE DI CURRAO No, non m'avrete vivo! – Non importa, disarmato! – Vigliacchi, in tanti contro uno! – No, non mi legherete! Non mi legherete!

Mita, Padron Nocio e Dorò corrono a guardare dall'alto:

MITA Chi grida così?
DORÒ La voce di Currao!
LA SPERA Oh Dio, no! Che gli fanno? Che gli fanno?
MITA Lo vogliono legare! No! No! Si difende! Ah no, giù il coltello!
LA SPERA Sàlvalo, Dorò! Sàlvalo! Sàlvalo!
CROCCO Il tuo re!

Gridando giù

Sgozzàtelo! Sgozzàtelo!
OSSO-DI-SEPPIA Te lo legano e te lo buttano a mare!
LA SPERA No, no! Va', corri, Dorò! Sàlvalo tu, per carità!
DORÒ Lascialo! Lasciatelo, assassini!

Al padre

Ma grida! Ordina tu di qua che lo lascino! Lo legano per buttarlo a mare! Non vedi?

E si precipita giù.

PADRON NOCIO (*con gran voce*) O oh! Lasciatelo! Vi ordino di lasciarlo! Non siamo venuti qua per far male a nessuno! Venite quassù con me, tutti, e vediamo di mettere ordine prima che si faccia sera! Venite, venite su!

TOBBA (*a La Spera e a Fillicò*) Andiamo, andiamo noi laggiù, ad unirci a lui.

A La Spera

Non aver paura!

Tobba, La Spera e Fillicò salgono su la prominenza rocciosa per discendere alla spiaggia. Passando tra il crocchio dei denigratori, questi riprendono a dileggiarla tra sghignazzate e goffi inchini.

FILACCIONE Maestà decaduta!

BURRANIA Santa senza moccoli!

PAPÌA A quanto ti rivendi, bellezzina?

FILLICÒ Come non vi vergognate? Ha il bambino in braccio!

CROCCO Oh, tu! Tacchino spennacchiato! Hai finito, sai, di sparar la coda!

TOBBA Vieni, vieni, Fillicò, non dar retta!

Intanto dalla spiaggia, mentre i tre vi discendono, vengono su al richiamo di Padron Nocio gli uomini della ciurma, sei o sette, e Dorò.

PADRON NOCIO Andiamo, e chi vorrà stare in pace con noi, verrà a trovarci. Dove sono gli altri?

A Dorò

Tu facci strada.

Via per la destra con Mita, Dorò e gli uomini della ciurma. Restano in iscena Crocco, Burrania, Osso-di-Seppia, Filaccione e Papìa.

CROCCO Eh? Che ve ne pare?
BURRANIA Scorpione!
CROCCO L'ho pensata bella, sì o no?
FILACCIONE Ma troppa gente! Troppa!
OSSO-DI-SEPPIA No, meglio, anzi!
FILACCIONE Non ci sono più abituato, e...
OSSO-DI-SEPPIA Ti confondi?
PAPÌA Nessuno, oh, mi leverà il mio!
OSSO-DI-SEPPIA E poi, dico, non resteranno qua tutti...
BURRANIA E se qualcuno di noi se ne vorrà andare, ci sono ora quattro paranze...
OSSO-DI-SEPPIA Ma c'è terra per tutti, lasciali stare!
BURRANIA Piacerà restare, ora che la compagnia è cresciuta.
CROCCO Mi sono figurato che qua, a un altro poco, morivate tutti d'inedia...
BURRANIA Ma come hai fatto a persuaderlo?
PAPÌA Col figlio qua, bella forza!
CROCCO Il figlio! Non è stato mica il figlio soltanto. Certo, sì, è stato il gancio più forte.
PAPÌA Se voleva riaverlo, doveva pur venire o mandare altri a riprenderlo.
CROCCO Ma poteva anche ricorrere alla polizia; anzi, senza il rischio di vedersi combattuto da voi, com'è stato.
OSSO-DI-SEPPIA L'hai indovinata, furbacchione, a portarci le donne!
BURRANIA Appena le abbiamo viste sulle paranze!
CROCCO Eh, lo sapevo! – Ma persuaderli – padri e fratelli e mariti – a portarle

rivolgendosi a Papìa

non è stato mica facile, sai? È che ho dipinto a tutti quest'isola come il paradiso terrestre.

OSSO-DI-SEPPIA – sì, dopo il peccato originale! –

CROCCO – mare pescoso; terra che, appena la gratti, ti dà quello che vuoi; questa luce giovanile, che so! e la vita come ti piace di fartela, con la tua bella libertà –

PAPÌA – ma se non ne hai i mezzi? – la libertà! – come fai a valertene?

CROCCO Appunto! Lui i mezzi ce l'ha. E noi ce ne varremo. Ora è in mano nostra, e sta a noi farne quello che vorremo: se siamo tutti d'accordo! State a sentire. Bestia, non sa neppur lui com'abbia fatto i denari con le barche che gli lasciò il padre. Ma è ambizioso; e ora questa per lui vuol essere la sua impresa: figuratevi com'io gliel'abbia glorificata! – Sarà il capo, di nome. Se vorrà comandare, avrà bisogno che gli diamo spalla noi contro quelli che, venuti qua prima, hanno preso il governo dell'isola. E allora ho pensato una cosa, state a sentire. Guardie del corpo. Noi cinque. E sei col Riccio, se vorrà starci.

PAPÌA Che vuol dire guardie del corpo?

FILACCIONE Guardie di lui?

CROCCO Per la sua difesa, a difesa del nuovo governo.

OSSO-DI-SEPPIA Sbirri, ho capito! Oh questa poi! Sì sì, sbirri, sbirri; io ci sto! Eh, non mi parrà vero di poterlo fare!

FILACCIONE Anche a me! Anche a me!

CROCCO Ma non dite sbirri, per carità: guardie del corpo, suona bene. Gli farò capire che n'avrà bisogno; e così ce la godremo senza far nulla, fingendo di presidiarlo, il pascià! Bisogna però tirar subito dalla nostra il vecchio Tobba.

PAPÌA Sì, e come? Sai bene com'è!

CROCCO Lasciandogli intendere che è per la pace: basterà! Tobba dev'essere con noi a ogni costo: ha lui l'intesa con la polizia, là a terra.

FILACCIONE Lo faremo generale! Nostro generale!

OSSO-DI-SEPPIA Magnifico, sì! Brache rosse e sciabola di legno; e il kepì[3] col pennacchio! Ci penso io al pennacchio!

3 *kepì*: copricapo militare (a tubo, rinforzato), in uso sino alla prima guerra mondiale.

CROCCO Non scherzate, non scherzate, perché un complotto, presto, bisognerà metterlo su per davvero –

FILACCIONE – un complotto? –

OSSO-DI-SEPPIA – perché? –

FILACCIONE – del re spodestato? –

CROCCO – no, no, nostro, un complotto nostro, vero; ma facendo in modo che appaia di loro –

PAPÌA – ah già, sì! per dare a Padron Nocio una prova che è necessaria la nostra sorveglianza –

CROCCO – no, non per questo! Non intendo una finzione, io!

PAPÌA E che intendi allora?

CROCCO Venire a un fatto positivo – e grave – che renda impossibile ogni intesa con quelli.

FILACCIONE Un fatto? Che fatto?

CROCCO Uno – ora vi dirò – a cui bisognerà dare il colore d'una vendetta loro, degli spodestati contro l'usurpatore, mi spiego? Ma lo compiremo noi per vantaggio nostro: per levar subito di mezzo chi rappresenta per noi in questo momento il pericolo più grave, cioè che si mettano d'accordo, a danno di noi tutti, i due capi. Padron Nocio e Currao. Non capite chi? Eh, perdio, Dorò.

BURRANIA Ah, già! Dorò!

CROCCO Dorò tiene per Currao e La Spera, contro di noi. Tenterà tutti i mezzi per farli entrare nelle grazie del padre; allora per noi sarebbe finita.

PAPÌA Ma, levarlo di mezzo, come?

CROCCO Come! Bisognerà concertare il modo; e subito, questa sera stessa: lasciate fare a me!

OSSO-DI-SEPPIA (*voltandosi a guardare verso destra*) Zitti! – Oh, mi sembra proprio lui!

FILACCIONE (*piano*) Dorò?

BURRANIA Sì, è lui. Con la sorella.

CROCCO Mita? – Ah, vedete? vedete? Viene proprio per parlare con quelli giù alla spiaggia. E porta con sé la sorella?

PAPÌA Si ferma: ci ha visti.

LA VOCE DI DORÒ Crocco!

PAPÌA Ti chiama.
CROCCO (*rispondendo*) Ohi, Dorò!
LA VOCE DI DORÒ Vieni, mio padre ti cerca!
CROCCO Vengo subito!

Ai suoi

Andiamo. Mi cerca, buon segno!

Via tutti per la destra. La scena resta vuota per un momento. Giunge dalla spiaggia un canto marinaresco dei pochi uomini rimasti a guardia delle paranze. Durante questo breve canto vengono su dalla spiaggia Currao, Tobba, Fillicò e La Spera. Scendono dalla prominenza rocciosa in silenzio e restano presso la casa.

TOBBA Io dico questo: che se noi abbiamo cercato d'impedire il loro sbarco è stato perché abbiamo supposto ciò che in fondo era vero: che venivano, condotti da quell'infame, per buttar via noi e mettersi loro al nostro posto –
FILLICÒ (*incalzando*) – e sopraffarci!
CURRAO (*brusco*) Sta bene. Abbiamo saputo impedirlo? – No –
FILLICÒ – ma perché i nostri, appena hanno visto le donne... –
CURRAO (*c.s.*) – hanno smesso subito di combattere, e siamo stati sopraffatti. – Che vuoi più farci? Ringraziarlo perché è riuscito lui, invece, a impedire ch'io fossi sgozzato, o legato e buttato a mare?
TOBBA Non voglio dir questo. Se non mi lasci parlare!
CURRAO Che vuoi più parlare! Vinti, traditi: basta!
TOBBA Ah no, perché così vieni ora ad affermare ciò che prima hai negato: Che ha diritto la forza. – No!
FILLICÒ Il diritto è nostro! La licenza d'occupare l'isola è stata data a noi, l'ha lui, Tobba; non l'hanno mica loro!
TOBBA Lascia star la licenza! Noi abbiamo stabilito un ordine qua, messe le nostre leggi; divise le terre, diviso il lavoro –

CURRAO E ora vengono loro e buttano all'aria tutto. Glielo puoi impedire? No. E dunque basta!

TOBBA Ma si può venire a un'intesa –

CURRAO – con loro? –

TOBBA – ottenere che ci sia rispettato –

CURRAO – da loro? –

TOBBA – ciò che spetta di diritto anche a noi che siamo i primi occupanti!

CURRAO E vai dunque a intenderti con loro, tu che lo credi possibile; vai pur là con gli altri!

A Fillicò

E vai anche tu! Io resto qua.

TOBBA No: tu devi venire il primo!

CURRAO Io resto qua.

TOBBA Ma io sto dicendo tutto questo per te! Che vuoi che importi più a me dei miei diritti sulla terra? io guardo il cielo, lo sai.

FILLICÒ Devi venire con noi a difendere e far valere ciò che abbiamo fatto –

CURRAO – sì, per quelli a cui è bastato portare in trionfo una donna per cedere tutto! – Andate, andate: io non mi muovo di qua.

TOBBA Vado io per te.

A Fillicò

Andiamo.

E s'avvia con lui.

CURRAO No: bada, te lo proibisco! Parlate per voi! Guai se v'arrischiate a parlare per me!

Tobba e Fillicò via per la destra.

LA SPERA (*dopo una lunga pausa*) Tu non hai più una donna da portare in trionfo.

CURRAO Brava, mèttiti a rammaricarti anche tu, adesso.

LA SPERA No, Currao, non mi rammarico per me.

CURRAO E per chi, allora? Per me anche tu? tutti per me? Ma badate un po' a vojaltri, se vi riesce, e lasciatemi stare!

LA SPERA Volevo dirti appunto questo. Se vuoi che ciascuno badi a sé, io a me ormai so come badare.

CURRAO Che intendi dire?

LA SPERA Ho il mio bambino: mi basta.

CURRAO L'avevi anche prima il bambino; non ti bastava?

LA SPERA Sì, ma prima avevo da badare anche agli altri. Ora che gli altri non sanno più che farsi di me e mi disprezzano –

CURRAO – ti rincresce? –

LA SPERA – ma no, che vuoi che mi rincresca? Vorrei che tu... –

Esita a dire.

CURRAO – che io...? –

LA SPERA – non sentissi come un avvilimento per te questo disprezzo.

CURRAO Lo dici perché mi stai vedendo così? Come vorresti che fossi dopo quanto è accaduto?

LA SPERA Hai ragione, sì. M'era parso che fossi così per causa mia. Non voglio. – Ho visto che non sei voluto andare con Tobba...

CURRAO Hai creduto per causa tua?

LA SPERA Per quello che è stato fatto a me... Ma non importa!

CURRAO Che è stato fatto a te?

LA SPERA Niente; se non stai così per questo... A me basta per consolarmi di tutto, guardare gli occhi del mio bambino, quando li apre per guardare e non sanno nulla! Li guardo, e in questa loro innocenza mi scordo di tutto. E tutto quello che so io della vita mi pare allora lontano lontano, un sogno cattivo che la luce di questi occhi fa subito sparire.

CURRAO (*si alza, va vicino a La Spera*) Dorme?

LA SPERA Sì, dorme. Come se non fosse stato nulla. L'ho visto ora sorridere nel sonno.

CURRAO Ma saprà... Domani saprà, saprà...

LA SPERA Starà a me insegnargli ciò che deve sapere.

CURRAO Se non ci fossero gli altri!

Prende con cautela in braccio il bambino.

Tutti ora qua... Io che volevo mi crescesse lontano, fuori...

LA SPERA Non temere, vedrai... Prima che gli altri lo mordano col loro veleno –

CURRAO – ma tutti ora, subito! –

LA SPERA – avrò io il tempo e il modo, non temere, di mettere in lui tanta bontà e tanto giudizio, che se anche tutti mi grideranno pèste e vituperii, sputandomi in faccia e sghignazzando, non li sentirà, non li sentirà, come non li ha sentiti poc'anzi, standomi in braccio, qua sotto lo scialle.

CURRAO Hanno fatto questo?

LA SPERA Sì; ma non te ne curare...

CURRAO Col mio bambino in braccio?

LA SPERA Lo riparavo io il bambino.

CURRAO Hanno avuto il coraggio di sputare su te, col mio bambino in braccio? Quando è stato? Chi è stato?

LA SPERA Mentr'eri laggiù a dibatterti...

CURRAO Vigliacchi! Vigliacchi! Col mio bambino in braccio! Sono stati i nostri? Voglio sapere chi è stato! Chi è stato? Quelli che si portavano in trionfo le donne?

LA SPERA Ma è naturale: puoi immaginartelo: arrivate le altre, io sono ridiventata per loro, al confronto –

CURRAO – quella di prima?

LA SPERA Me l'hanno gridato...

CURRAO E hanno tutto dimenticato, schifosi? Ciò che sei stata per loro, ciò che hai fatto per tutti?

LA SPERA Cerchi la gratitudine? Hanno dimenticato quello che ho fatto per me, devi dire! Questo *e posa una mano sul bambino ancora in braccio al padre*

questo che ho fatto per me, hanno dimenticato! E che vuoi che mi importi allora dei loro sputi e dei loro vituperii! – Dàmmelo!

CURRAO No! Come vuoi che lo lasci più a te, ora?

LA SPERA Temi che non lo sappia difendere?

CURRAO Ma non è per la difesa!

LA SPERA Per il disprezzo?

CURRAO Com'hai potuto sopportarlo? Dico, per lui! per lui! Perdio, com'hanno potuto non pensare che non è soltanto tuo figlio? ma anche mio, mio figlio, e che come mio figlio debbono, debbono perdio rispettarlo!

LA SPERA Tu stai parlando, come se anche per te...

CURRAO Dici che non te n'importa! Ma come? Non t'importa che in braccio a te mio figlio sia stato sputato? – Mi credevano morto? – Ah, ma ce la vedremo! ce la vedremo! – Tieni!

Le ridà il bambino.

LA SPERA Che vuoi fare?

CURRAO Lèvati!

LA SPERA Per carità, Currao! Io ho parlato...

CURRAO Vigliacchi! Vigliacchi!

LA SPERA – per darti la prova, anzi...

CURRAO Hanno cangiato faccia perché son venute le altre! Era vero, dunque? Era vero –

LA SPERA – che cosa? – (oh Dio, non posso vederti così!) –

CURRAO – che credevano ch'io comandassi soltanto perché avevo te, ch'eri allora la sola! Venute le altre, giù a terra anch'io? buttato in un canto e sputacchiato con te? io e mio figlio? – Ah no, perdio, no! Lo vedranno! lo vedranno!

LA SPERA Ah, ecco: così voglio, così: che tu ti rialzi!

CURRAO Mi piglierò una tale vendetta!

LA SPERA Ma non per vendicarti!

CURRAO Per vendicarmi, sì! per vendicarmi!

LA SPERA Si sono subito voltati verso il bene che arrivava, tanto desiderato!

CURRAO Buttando me a terra, e il mio bambino, con te?

LA SPERA Perché hanno creduto che questo bene, tu, lo avessi in me: tu solo.

CURRAO Per uno straccio di femmina, puzzolenti! Per quattro mocciose là, che non potranno mai avere, se pure in prima si son lasciate abbracciare! Hanno dimenticato tutto, perduto la vista degli occhi! Schifo! schifo! schifo! E perché sono così loro, hanno potuto credere che io qua comandassi soltanto perché avevo te!

LA SPERA Ora potrai dimostrare che non era vero.

CURRAO Sì, come? se per te, miserabili, mi han voltato tutti le spalle!

LA SPERA Ti volevo dir questo, vedi? Che tu non devi, non devi rimanere sotto il disprezzo con cui ora è naturale che vogliano pestarmi.

CURRAO Ah, ti par naturale? Dunque vuoi proprio che mio figlio non rimanga con te?

LA SPERA No, come! che dici?

CURRAO Se tu ti vuoi far santa, accòmodati! Ma mio figlio no, perdio! Per mio figlio non posso tollerarlo!

LA SPERA Non ti dico di tollerarlo. Fai conoscere a tutti, di nuovo, il cuore che hai avuto, venendo qua. Li richiamerai tutti a te, non dubitare! E non badare, non badare più a me... – Ah, guarda, viene qua Dorò con la sorella.

Si trae da parte. Entrano da destra Dorò e Mita. Come se questa, per ritegno o per vergogna, fosse un po' riluttante, Dorò la tira per la mano.

DORÒ Eh via, non ti vergognare! Eccolo qua Currao; e quella è La Spera, col suo bambino. Ecco mia sorella Mita.

LA SPERA Sì, ricordo d'averla veduta...

DORÒ Ah già, sì, una sera, nella taverna di Nuccio d'Alagna; sì, sì, è vero!

MITA Ma no... io non ricordo...

DORÒ Eh, perché ora la vedi così; non puoi più riconoscerla, sfido!

MITA (*a Currao*) Non vi han fatto male?

CURRAO No: i vostri, nessun male.

DORÒ Sono stati quei vigliacchi, aizzati da Crocco –

CURRAO – sì, i nostri! –

DORÒ – come tanti cani si son voltati addosso a lei!

MITA Ma ora mio padre vuole riconciliare tutti! e sta cercando di là, appunto insieme coi vostri, di rimettere la pace.

CURRAO La pace? Ci sarà tra quelli più d'uno che farà di tutto perché non sia rimessa, la pace.

MITA Ma no, tutti m'è parso che s'adoperassero... –

CURRAO (*troncando, brusco*) – sì: perché io sono qua.

LA SPERA Inducetelo, persuadetelo voi, tutt'e due, ad andare anche lui di là! Fa', fa', Dorò, che lo persuada lei, tua sorella...

MITA Ma sì; venite, venite!

DORÒ Mio padre t'ha cercato!

MITA Sì, è vero! Ho sentito anch'io che ha domandato di voi! Ha di voi tanta stima!

CURRAO Stima di me? e s'è poi lasciato persuadere da Crocco a venire?

DORÒ Ah, ma glielo dirò io ora, che non dovrà più fidarsi di quello! E basterà per Crocco, e per quelli che hanno fatto subito lega con lui, vederti ricomparire tra me e mia sorella!

MITA Ne ho diffidato anch'io sempre; e se Dorò non fosse stato qua, avrei fatto di tutto, credete, per sconsigliare a mio padre di venire. Ora nessuno meglio di voi potrà guardare mio padre da Crocco.

DORÒ (*voltandosi a guardare verso destra*) Ah, ma viene lui, guarda, a cercar te, con Tobba e Fillicò. Miglior prova di questa?

MITA Eccolo qua, vedete? viene lui.

Vengono da destra Padron Nocio, Tobba e Fillicò. La Spera si discosta ancora di più e poi andrà a sedere su un sasso davanti la casa.

Incombe già l'ombra della sera.

PADRON NOCIO Vengo a cercarti io, Currao, e a porgerti io la mano per dimostrarti che questa nostra impresa non è stata, né vuol essere, come a te è sembrata, contro te e i tuoi amici. E vengo anche a invitarti a festeggiare con noi il nostro arrivo e il felice ritrovamento di mio figlio che s'era avventurato con te; e debbo ringraziarti del modo con cui me l'hai trattato.

TOBBA Eh, ma non lui soltanto; anche La Spera! Dov'è?

E la cerca con gli occhi.

PADRON NOCIO (*subito*) Meglio restare a parlare tra noi uomini, adesso. – Finito il primo scontro (subito per fortuna, e senza danno né per l'una parte né per l'altra) m'aspettavo in verità di vederti venire da me coi tuoi amici.

CURRAO Non sono venuto, Padron Nocio, per la semplice ragione che questa pace che voi vi figurate di poter rimettere tra noi, io non posso volerla.

PADRON NOCIO Ah no?

CURRAO No; se dev'essere a patto che qua non sia più come prima.

PADRON NOCIO E perché non dovrebbe, se – com'era prima – era bene?

CURRAO Perché il bene, Padron Nocio, è difficile a farsi; è troppo facile il male. Dico questo per i miei, che si sono subito arresi. – Il bene di cui noi avevamo bisogno qua, non può essere il vostro.

PADRON NOCIO Perché non può essere il mio?

CURRAO Ma perché di questo bene voi, per vostra fortuna, non avevate bisogno. Ricco; dentro la vostra legge là, che vi tutelava. Che siete venuto a fare, qua tra noi?

PADRON NOCIO Estro che mi s'è acceso... La cosa nuova...

CURRAO Ecco, lusso!

PADRON NOCIO No, tentazione. E poi, c'era qua il mio ragazzo... Mi son buttato, là e addio! Possiamo stabilire ora tra noi un accordo che migliori anche le vostre condizioni.

CURRAO E come? Ve lo sto dicendo. Se siete qua senza bisogno, per un di più che un intrigante, con lo scopo di vendicarsi di me, v'ha lusingato, che avreste potuto acquistare? Dite che potremmo avvantaggiarcene anche noi? Non è vero. Questo vostro di più, a noi, non bisognava. E guasterà tutto, per forza.

PADRON NOCIO Guasterà tutto? Ma no!

FILLICÒ Facciamo in modo che non guasti!

PADRON NOCIO Starà a noi!

CURRAO Guasterà tutto! Farà diventare facile il bene. Ecco. Sentite? Ora di là tripudiano, suonano, cantano, ballano... Avete portato l'ozio, lo spasso; e nascerà l'invidia, per forza, e la gelosia: nascerà l'ambizione e l'intrigo, per forza. Tutti i vizi della città avete portato, e le donne, il danaro. La città, la città da cui eravamo fuggiti, come dalla pèste.

PADRON NOCIO Fanno un po' d'allegria! Eh via, che c'è di male? Si dev'essere pure un po' allegri a questo mondo! A proposito. Me ne scordavo.

A Dorò

Va', va' a chiamare qualcuno della ciurma.

Dorò via per la destra.

Ho portato un po' di vino...

CURRAO Anche il vino!

PADRON NOCIO Oh, ma non di quello di Nuccio d'Alagna! Un vino... sentirete!

E s'avvia per salire sulla prominenza rocciosa.

Vogliamo bere! È stata pure una bella impresa oh! venire fin qua.

Gridando dall'alto agli uomini rimasti a guardia delle paranze.

Ohi, dell'«Angiolina»! tirate su i barili e le provviste da scaricare! E voi della «Costanza», le torce, le torce a vento che sono a pruavìa![4] Facciamo un po' di luminaria! Accendétele!

Ridiscende.

FILLICÒ Volete far proprio un festino?

PADRON NOCIO Ma sì! Senza tutto questo male che ci vuole vedere Currao. Proprio per festeggiare l'arrivo, come v'ho detto.

TOBBA Jer sera, Padron Nocio, qua, a quest'ora, finite le opere, mangiavamo al lume delle nostre lanterne da pescatori la minestra cucinata da La Spera – (o dov'è? – ah, te ne stai lì?) – scambiavamo tra noi qualche parola; Filaccione, più là, cantava sotto le stelle; e ciascuno alla fine se n'andava a dormire in santa pace.

CURRAO Pensateci bene. Siete cascato in mano d'un impostore che cercherà in tutti i modi d'approfittarsi di voi e della roba vostra, facendosi complici tutti. Mi dite a chi potrete ricorrere voi, domani? Venendo qua, vi siete messo fuori della legge vostra, e avete intanto distrutta la nostra. Vi rendete conto adesso di ciò che avete fatto?

PADRON NOCIO Ma se mi metto ora nelle vostre mani? Sono qua per questo!

Ritorna Dorò con Trentuno, il Riccio, Filaccione, Osso-di-Seppia e tre della ciurma.

TRENTUNO Eccoci qua!

IL RICCIO Ai comandi, Padron Nocio.

FILACCIONE Che c'è da fare?

PADRON NOCIO Andare giù a scaricare dalle paranze il vino e le provviste.

TRENTUNO Viva Padron Nocio!

4 *a pruavìa*: nella parte della paranza che corrisponde alla prua.

IL RICCIO Il vino! Il vino!
FILACCIONE Donne e vino! Donne e vino!
OSSO-DI-SEPPIA Facciamo festino! Facciamo festino!

E, così gridando e saltando di gioja, si precipitano alla spiaggia.

CURRAO (*tra serio e ironico*) Tobba, tu che sei profeta; ricòrdaglielo tu che l'isola non è sicura. Se tutti vi si mettono a ballare, c'è il rischio – diglielo – che sprofondi sotto il mare.
PADRON NOCIO (*con arguta malizia*) Anche se ti metti tu a ballare con mia figlia Mita?

Lo prende sotto il braccio per avviarsi.

Andiamo, andiamo...

Via con Mita, Currao, Tobba, Dorò e Fillicò, senza neppur volgere uno sguardo a La Spera che resta sola nell'ombra col suo bambino.

Risalgono dalla spiaggia tripudianti con le torce a vento accese Trentuno, il Riccio, Filaccione, Osso-di-Seppia e gli uomini della ciurma carichi delle provviste e dei barili di vino, gridando a

CORO – Corri, corri!
– Luce, luce!
– Donne e vino!
– Donne e vino!
– Facciamo festino!
– Facciamo festino!

Via per la destra, sempre gridando e saltando, a suono di fisarmonica e di cembali.[5] *Poi i rumori si perdono in lonta-*

5 *cembali*: tamburelli con sonagli.

nanza. Pausa. Nella sera sopravvenuta si vedranno issare agli alberi delle paranze i due fanalini.

LA SPERA (*nell'ombra e nel silenzio, parlando al suo bambino*) Solo? No, solo. No, solo, Nico; no: t'hanno lasciato con la mamma tua, con la mamma tua! E neanch'io, no: sola no, Nico, se m'hanno lasciata con te, con te, amore mio, con te, gioja mia, Nico mio; Nico mio...

TELA

La stessa scena dell'atto precedente; ma rallegrata dai preparativi d'una grande festa. Sulla prominenza rocciosa, la via che discende alla spiaggia è tutta parata di pali e festoni e lampioncini colorati. A destra, sul davanti, è stata rizzata una specie di baracca; un gran telajo quadrato di tela gialla di vela, col sole nascente dipinto in mezzo, sospeso a baldacchino su una tavola coperta da un rozzo tappeto violaceo, d'albagio. Sulla tavola, i doni per le spose: scialli di casimirra[1] *con lunghe frange e sciarpe di velo e lustrini; grandi fazzoletti di seta dai vivaci colori, collane di corallo e cerchioni d'oro.*
Nuda, e più squallida che mai, rannicchiata sotto la roccia, la casa mezzo diroccata de La Spera, con la porta verde accostata.

Al levarsi della tela, la scena è vuota; ma si sentono dalla spiaggia sottostante salire gridi e risate di donne inseguite per chiasso: sono Nela e La Dia, Marella e Sidora; e i giovani che fanno il chiasso con loro, Papìa e il Riccio, Osso-di-Seppia, Burrania e Filaccione. La porta verde della casa de La Spera, poco dopo, è aperta dall'interno con cautela e ne esce Dorò. La Spera rimane a parlargli dalla soglia.

LA SPERA No, vai, vai, Dorò; e dammi ascolto, non venire più qua.
DORÒ Dici per mio padre?
LA SPERA Dico per tutti; anche per tuo padre.
DORÒ Senti, senti come gridano? Pajono impazzite tutte quante!

1 *casimirra*: lana di *cachemire*.

LA SPERA (*con intenzione; ma dolente*) Anche Mita?
DORÒ (*subito*) No, Mita no.

Poi, infoscandosi

Anche lei però bisogna che si levi dalla testa...
LA SPERA (*con ansia*) Dorò, sai qualche cosa?
DORÒ (*subito*) No, niente.
LA SPERA E perché dici allora...?
DORÒ Che cosa? No...
LA SPERA (*dopo una breve pausa, lentamente, guardandolo negli occhi*) Una cosa che tu pensi, e che io mi aspetto.
DORÒ (*turbato, e volendo nascondere il turbamento*) No, no... È che adesso qua, non senti? Ti pajono grida, risate giuste? Nessuno più bada a nulla, nessuno più lavora... E certe cose che prima non si sarebbero nemmeno affacciate alla mente, ora qua pajono lecite. Tutto par lecito!
LA SPERA Dici questo anche per tua sorella?
DORÒ Per mia sorella ci sono io e c'è mio padre.
LA SPERA Tuo padre non può più riparare, Dorò. Gli hanno preso tutti la mano. – Me soltanto non ha voluto guardare in faccia, nemmeno di sfuggita... E anche lei, tua sorella...
DORÒ Ma, sai? certi pregiudizii...
LA SPERA So, so. – Non importa. – Va', Dorò. È bene che non ti si veda qua da me. Va'.
DORÒ Per male che possa venirne a me, o a te?
LA SPERA A te, a te. Dorò. Che male vuoi che possa più venire a me, ormai; e poi da te?
DORÒ E a me, che male?
LA SPERA Sono come la pecora rognosa, a cui più nessuno si deve accostare. Ma all'occorrenza saprò difendermi. Tutto per tutto. Non temere. – Va', senti? vengono su...
DORÒ (*avviandosi*) Vado; ma sii sicura sempre di me...

Via per la destra. La Spera rientra in casa e riaccosta la porta.

Vengono su dalla spiaggia inseguendosi, gridando e ridendo, La Dia e Osso-di-Seppia, Marella tra Papìa e il Riccio, Sidora e Burrania, Nela e Filaccione. (Le battute dei vari gruppi vanno dette simultaneamente, di modo che, anche se le parole andranno perdute – e non sarà un grave danno, perché dalle mosse e dai gesti si potranno facilmente indovinare, – ne risulti un effetto vivacissimo.)

LA DIA No, no, ora basta, finiamola!
OSSO-DI-SEPPIA Che basta! Ora viene il bello!
LA DIA Basta, ti dico! Giù le mani!

E fa per scappar di nuovo.

OSSO-DI-SEPPIA (*acchiappandola per la veste*) No, non mi scappi! non mi scappi!
LA DIA Lasciami, mi strappi la veste!
OSSO-DI-SEPPIA E tu dammi un bacio!
LA DIA No!
OSSO-DI-SEPPIA (*afferrandola*) Me lo piglio!
LA DIA (*divincolandosi*) Chiamo Quanterba, bada, chiamo Quanterba!
OSSO-DI-SEPPIA Ora lo chiami? Prima vieni a stuzzicarmi!
LA DIA Io?
OSSO-DI-SEPPIA Tu, tu, sì, con le tue amiche!
LA DIA S'è scherzato! Ora basta!

Osso-di-Seppia la bacia

Ah! Brutto! Puh! Puzzi di pipa!

Lo spinge indietro

Vàttene!
OSSO-DI-SEPPIA Un altro! un altro!
LA DIA (*respingendolo*) Vàttene, o grido! Vàttene, vàttene! Lo chiamo davvero, sai!

PAPÌA No, come l'hai dato a lui, devi darlo a me!
MARELLA Sì, corna! Me l'ha dato lui, non gliel'ho dato mica io!
PAPÌA E allor aspetta che te lo do anch'io!
IL RICCIO (*respingendo Papìa con una mano sul petto*) No, stai in là, se lei non vuole!
PAPÌA Oh, tu! Dici sul serio?
IL RICCIO Dico sul serio! Lèvati!
MARELLA (*mettendosi di mezzo*) Non litigate, via! Facciamo così! Uno a te!

Bacia Papìa su una guancia

Uno a te!

Bacia il Riccio.

IL RICCIO Benissimo! A me, due!
PAPÌA E allora io voglio l'altro! voglio l'altro!
MARELLA Eccotelo!

lo ribacia

Oh! – Sembrate affamati!
IL RICCIO Siamo, siamo affamati!
MARELLA Non s'è mai vista una cosa simile!

Notando la baracca:

Uh, guardate!
PAPÌA Si farà qui la festa!
MARELLA (*accorrendo alla tavola*) E qua ci sono i doni per le spose!

SIDORA (*con un virgulto in mano*) Non è vero! Eravamo scese tutt'e quattro –
BURRANIA – per noi! per noi! –
SIDORA – ma che per voi! –

BURRANIA – sì, sì, perché sapevate che alla spiaggia c'eravamo noi!

SIDORA Ma se non c'eravamo neppure accorte prima, che c'eravate voi?

BURRANIA Bugiarda!

SIDORA Dormivate! Stesi sulla rena come bestie morte!

BURRANIA E voi con la punta del piede siete venute a risuscitarci!

SIDORA Che piede? Io con questo!

E gli batte in faccia il virgulto.

BURRANIA Assassina!

Fa per prenderla e Sidora scappa.

SIDORA Non mi pigli! Non mi pigli!

BURRANIA M'hai fatto male davvero!

SIDORA Te lo meriti!

BURRANIA Eh sì, perché non ho saputo farti nulla!

SIDORA Giù le mani! Oh guarda, i regali, i regali!

E viene a finire anche lei attorno alla tavola.

NELA No, oh Dio... ajuto!

Sta per cadere.

FILACCIONE (*sorreggendola*) Ch'è stato?

NELA Un altro po' cado!

FILACCIONE Non sei mai caduta?

NELA Imbecille!

FILACCIONE Eh via, con Trentuno!

NELA Oh sì, proprio con lui! E perché allora mi sposerebbe?

FILACCIONE Appunto! Oh bella! E tu, perché, allora?

NELA Ma va', muso di cane!

E gli allunga una manata sul petto, e poi si volta per scappare, ma non può.

Oh Dio, ho preso una storta!

FILACCIONE Vieni, ti reggo io.

NELA No, grazie; vado da me.

FILACCIONE Zoppa alle nozze, che scandalo!

NELA A ogni modo, stai pur certo, che non sarebbe mai stato con te!

FILACCIONE Chi disprezza compera!

NELA Oh, te neanche per un soldo rognoso!

MARELLA Guarda che scialli!

Ne prende uno dalla tavola, e se lo mette sulle spalle.

SIDORA E guarda che collane!

Ne prende una, e se la mette al collo.

FILACCIONE (*a Nela*) Sapessi come sarei buono io!

NELA Sì, come la lampreda che di primavera passa nell'acqua dolce![2]

LA DIA (*accorrendo a levar lo scialle dalle spalle di Marella*) O oh! Lèvatelo che non è tuo! E ripòsalo lì!

MARELLA (*levandosi lo scialle*) O che son tutti tuoi?

LA DIA Tuoi non sono di certo!

MARELLA (*andando a posar lo scialle*) Puh, volevo provare come si stava...

NELA (*indicando Sidora*) E guarda quella lì con la collana!

SIDORA Questa è mia! Questa è mia, e non me la leva nessuno!

LA DIA Proprio codesta? Come lo sai?

SIDORA So che una di certo sarà mia!

BURRANIA Gliela regalo io!

2 *come la lampreda... acqua dolce*: la lampreda marina in questa stagione risale i fiumi; è animale acquatico assai saporito.

SIDORA Sì, lui! Vagabondo! non hai da far le spese a un grillo tu!

Sopravvengono da destra Padron Nocio, Fillicò e tre vecchi marinai della ciurma.

FILLICÒ (*indicando a Padron Nocio le ragazze e i giovinastri*) Eccoli là! Vedete? Vedete?

UNO DEI MARINAI (*a Nela*) Vai subito via! Via, svergognata, o per Cristo...

Le si fa sopra minaccioso.

UN ALTRO (*contemporaneamente a Sidora*) A casa! Corri subito a casa, o t'accoppo!

UN TERZO (*contemporaneamente, a Marella, cercando di cacciarla via a calci*) Via, faccia senza rossore! Via! E ringrazia Dio che non t'ammazzo come una cagnaccia di strada!

PAPÌA (*trattenendolo*) Eh via, vecchio stolido!

IL RICCIO (*contemporaneamente, trattenendolo anche lui*) Si sta scherzando!

FILACCIONE (*nello stesso tempo, trattenendo il primo*) Andate al diavolo! Qua siamo fuori del mondo!

BURRANIA (*al secondo, a un tempo con gli altri*) Bum! Accoppo! Chi accoppate?

FILLICÒ (*a Padron Nocio*) Vi pare che si possa andare avanti così?

IL PRIMO DEI MARINAI Non c'è più rispetto, né obbedienza!

Le ragazze, ridendo e strillando, scappano via per la destra.

PADRON NOCIO Basta! Basta! Vi ordino di finirla!

OSSO-DI-SEPPIA Ma che finirla, Padron Nocio, scusate! Non si faceva nulla di male!

IL RICCIO E proprio oggi, poi, che è festa grande!

PAPÌA Noi siamo qua per l'ordine, sotto il vostro comando; voi lo sapete!

IL PRIMO DEI MARINAI Sì, per l'ordine, dice!
IL SECONDO Quest'è bordello!
IL TERZO Le nostre figliuole...
PADRON NOCIO Basta! Zitti! Ordino a tutti di tacere! –

Ai cinque

Voi fatevi in là!

Papìa, Burrania, il Riccio, Osso-di-Seppia e Filaccione si ritraggono e si mettono a sedere sulla prominenza rocciosa.

FILLICÒ C'è bisogno assoluto d'un riparo! Assoluto, assoluto, Padron Nocio!
IL PRIMO DEI MARINAI Ah, io per me l'ho già bell'e trovato, il riparo. A costo di rimetterci il posto!
IL SECONDO Eh sì, anch'io! anch'io!
IL TERZO Ce n'andiamo via tutti! Ce ne torniamo a terra subito subito!
IL PRIMO Non possiamo lasciare le nostre figliuole compromettersi così!
IL SECONDO Qua non c'è più né Dio, né legge!
IL TERZO Si sono tutte scatenate!
PADRON NOCIO Ma si sta già pensando a portar riparo, si sta già pensando!
IL TERZO Sì, e come?
IL PRIMO Che veste avete voi per celebrare qua stasera questi matrimonii?
PADRON NOCIO Ma no, che matrimonii! Si farà per finta!
IL TERZO Per finta?
IL SECONDO Come, per finta?
IL PRIMO E chi le terrà più, quando si vedranno, davanti a tutti, maritate? Voi scherzate!
PADRON NOCIO Ma nessuno ha mai parlato di veri e proprii matrimonii!
FILLICÒ Bisognerà aprir loro gli occhi, e bene, su questo punto!
PADRON NOCIO D'una semplice scritta s'è sempre parlato! Una scritta davanti a me, e basta! Tanto per dar loro,

così, uno sfogo, e basta! E con la promessa di tutti che, domani, finita la festa, si ritornerà tranquilli e assennati al lavoro.

IL PRIMO Sì, al lavoro! Assennati! Nessuno ritornerà più al lavoro, qua, non vi fidate!

IL SECONDO Dicono che qua s'è fuori d'ogni regola e d'ogni legge!

IL PRIMO Fuori del mondo, dicono! E così è davvero! Mi par d'essere all'inferno!

FILLICÒ L'unica ve l'ho detto quale sarebbe, Padron Nocio, se volete rimetter l'ordine davvero!

IL PRIMO (*piano perché non sentano i cinque appollajati lassù*) Ridare il comando a chi solo è capace di tenerlo!

IL SECONDO Currao! Currao!

IL TERZO Parla piano!

PADRON NOCIO (*accennando verso destra*) Andiamo di là!

FILLICÒ L'autorità, egli dovrebbe averla da voi, capite? Comandare qua legittimamente a nome vostro, di voi che siete il padrone, diventando...

E così parlando tra loro, escono per la destra.

PAPÌA Ma che dicevano?

IL RICCIO È lui! quel cane di Fillicò, che trama...

Dalla spiaggia, a questo punto, sale Crocco; vede i cinque lassù intenti a seguire con gli occhi quelli che s'allontanano, ed esclama:

CROCCO Ah! Siete qua? Finalmente! Vi sto cercando da un'ora. – Ma che avete?

PAPÌA Guarda, guarda là!

CROCCO Che cosa?

FILACCIONE Quei vecchi imbecilli!

BURRANIA Se ne sono andati confabulando tra loro...

CROCCO Bisogna finirla, non ve l'ho detto? finirla.

IL RICCIO Noi siamo pronti.

CROCCO Pronti, sì! Dove siete stati? Vi trovo appollajati qua...

FILACCIONE Stiamo aspettando...

OSSO-DI-SEPPIA C'è ancora tempo alla festa! Non hai detto, quando s'accenderanno i lampioncini?

CROCCO (*scendendo con gli altri dalla prominenza*) Eh già! Come se non ci fosse prima da concertare –

BURRANIA – hai detto che ci avresti pensato tu! –

CROCCO Ma dobbiamo pur metterci d'accordo!

FILACCIONE Non siamo già d'accordo?

CROCCO Dico, sul come far nascere la lite!

PAPÌA Ma lì per lì, che vuoi concertare!

CROCCO Sciocco! Ti par facile? Il pretesto bisogna che figuri preso da loro e non da noi –

FILACCIONE – il pretesto d'attaccar lite? –

CROCCO – appunto! – come per un'intesa loro, capisci? e a fine di sopprimere il vecchio. Poi (che è, che non è) scampando il padre per la difesa nostra, ci andrà di mezzo il figlio. Io dovrò trovarmi accanto al vecchio; non posso farne a meno. Chi s'incarica allora di far la festa a Dorò?

OSSO-DI-SEPPIA (*interrompendo, con cenni furtivi, alla casa de La Spera*) Sss! Bada, c'è lì...

CROCCO Ah, già, La Spera!

Resta un momento perplesso; poi, di scatto:

Perdio, se ha inteso, la sgozzo!

E s'avvia per aprir la porta.

PAPÌA (*cercando di trattenerlo*) No, che fai?

CROCCO (*risoluto*) Lasciatemi fare!

Apre la porta

Ohi gentildonna! Vieni fuori!

La Spera si presenta sulla soglia.

LA SPERA Tu? Che vuoi ancora da me?

CROCCO Legittima curiosità. Sapere qua con gli amici, se tra le coppie che questa sera verranno a fare la scritta davanti a Padron Nocio sotto quel baldacchino, non figurerà anche quella di te e Currao.

FILACCIONE Eh, ne sarebbe tempo, mi pare!

Gli altri ridono.

LA SPERA (*lo guarda come una che abbia già preso il suo partito*) Ti pare? – Io, la scritta? – Scusate: non mi avete fatto ridiventare quella di prima? – E allora...

PAPÌA Allora che?

LA SPERA Eh! Una come me non si sposa. Le si sputa in faccia; voi lo sapete.

CROCCO Noi, sì, in faccia; possiamo averne il diritto, ora: ma lui...

LA SPERA Lui, no? – E perché voi sì, e lui no? – Oh bella! Avrà pur la bocca anche lui per sputarmi! E la scritta sotto quel baldacchino, allora, – più furbo di voi tutti – verrà a farla con un'altra, se mai, e non con me.

CROCCO Ah, ti sei dunque accorta...?

LA SPERA Di che?

CROCCO Che fa la ruota attorno a Mita?

LA SPERA (*più che mai impronta,*[3] *apposta*) Sì, per toglierla a te.

CROCCO (*che non s'aspetta né quell'aria né quella risposta*) A me?

LA SPERA E darti così la risposta.

CROCCO Che risposta?

LA SPERA E come? non ricordi che tu, prima, volevi togliermi a lui?

CROCCO Ah per questo?

LA SPERA Non è forse vero?

CROCCO No, cara, perché lui, ora, séguita ad averti –

LA SPERA (*sfidando tutto per tutto*) – puh! come può avermi chiunque, oramai...

PAPÌA Ah sì?

3 *impronta*: risoluta.

OSSO-DI-SEPPIA Chiunque?

IL RICCIO Hai ripreso...?

FILACCIONE Ti si può venire a trovare?

LA SPERA Piano! Piano! Che meraviglia? Non avete voluto proprio questo, gettandomi a terra?

CROCCO Sì, ridurti al prezzo che vali: quattro soldi. Era ben questa la nostra rabbia prima: che tu non dovessi servire a tutti, ma a lui solo; e ch'egli se ne facesse forte per comandare su noi.

LA SPERA Già. Ma ora, vedi? con me, non si comanda più. Si comanda con Mita, ora. E dunque: tu m'hai disprezzata? per non dartela vinta, ecco che s'è messo a disprezzarmi anche lui; che vuoi farci?

Lo guarda e scoppia a ridergli in faccia, da pazza o da sgualdrina.

PAPÌA Ma tu lo scusi o l'accusi?

LA SPERA Io? Né lo scuso né l'accuso. Dico quello che fa.

CROCCO Ah dunque s'è messo a disprezzarti perché t'ho disprezzata io?

LA SPERA Puoi negare che hai voluto abbatterlo col disprezzo gettato su me?

CROCCO Ma lui è vile se ti disprezza, ora che non gli servi più; e tanto più vile se lo fa, come tu dici, per non farsi abbattere da me.

LA SPERA (*torna a guardarlo, si fa avanti quasi con l'aria di quella di prima, poi gli dice lentamente, pigiando su tutte le parole*) Dovresti ricordarti che quando questi, che ora ti sono amici, si misero a dileggiare te, gridandoti in faccia e sghignazzando con gli altri: «Eccola là! Préndila! Non ci vuol nulla! Allunga la mano!» – (ricordi?) – io sola, allora, io sola ti difesi contro tutti.

CROCCO Ebbene? Vorresti difendere lui adesso con ciò che ho fatto io appena sbarcato? Ti pare che sia stato un vile anch'io a dileggiare te? No, cara! Perché anche tu allora devi ricordare che, dopo avermi difeso, rimasti soli, mi respingesti!

LA SPERA Ero di lui: dovevo respingerti.

Lo fissa stranamente; poi, come soffocando un livore che la divora dentro, ripiglia:

– Vedi, il male, il vero male è questo, ora, per te – (per te e per me) – che Mita non è tua.

CROCCO Che intendi dire?

LA SPERA Che intendo dire? Che lui se la può prendere.

PAPÌA E come? abbandonando te e il figlio?

LA SPERA (*guardandoli a sfida*) Gliel'ho detto io stessa d'abbandonarmi.

TUTTI (*stupiti*) Tu?

LA SPERA Per vedere che cosa avrebbe fatto.

FILACCIONE E che ha fatto?

OSSO-DI-SEPPIA Al figlio tiene! Ci ha sempre tenuto!

LA SPERA Ma tiene di più a comandare. E vedrete che, pur di raggiungere lo scopo, abbandonerà anche il figlio!

BURRANIA Vuol rifarsi, sì! sì! È così chiaro!

LA SPERA A qualunque costo! Non vuol altro.

CROCCO Ma dunque...? Tu sei con noi?

LA SPERA Con voi? Sono qua, sfuggita da tutti...

CROCCO Se hai capito questo, devi essere con noi!

LA SPERA Con voi sì, se mi dite che volete fare...

CROCCO (*guardandola fisso*) Tu non lo sai?

LA SPERA Io no. Che cosa?

CROCCO (*c.s.*) Non hai udito nulla?

LA SPERA Nulla. Di che?

CROCCO (*voltandola, furbescamente*) Di quello... sì, diciamo, che vuol far lui...?

LA SPERA Currao?

CROCCO Non sai proprio nulla?

LA SPERA Nulla, no! Che vuol fare?

FILACCIONE (*che ha capito la voltata di Crocco*) Ah già, sì. Bene bene. Eh, lei deve certo saperne qualche cosa!

LA SPERA Ma no, proprio nulla, v'assicuro.

PAPÌA Del complotto...

LA SPERA Complotto? Chi? Lui?

PAPÌA Lui, lui. Coi pochi che sono rimasti dalla sua.

LA SPERA Complotto? e perché? contro chi?

OSSO-DI-SEPPIA Oh bella, per arrivare dove vuole! Non vuol Mita soltanto, lui! Vuol altro!

FILACCIONE Per fortuna, ci siamo qua noi...

CROCCO (*entrando in sospetto*) Basta, basta. Non sa nulla, avete inteso? E non sappiamo nulla neanche noi. Ma comunque, puoi star sicura che non la spunterà – te lo dice Crocco! –

BURRANIA No! anzi...

CROCCO Basta!

BURRANIA Ma se è con noi...

CROCCO Basta, perdio! Volevamo soltanto sapere se fosse a conoscenza di qualche cosa; non sa nulla: basta. Anche noi, del resto... sì, avevamo così in aria sentito dire... Ma non ci voglio credere neanch'io! Sarebbe troppo sciocco...

LA SPERA Ecco – e non è! E poi, complotto, con chi? Tobba non è capace di complottare; e Fillicò nemmeno... E ormai son così certi che Padron Nocio vorrà fidarsi soltanto di loro! Tobba n'è tanto contento...

CROCCO Te l'ha detto?

LA SPERA Sì, perché non capisce lui, nel dirmelo, il male che mi fa! Non può, non vuol credere, lui –

CROCCO – che Currao t'abbandonerà?

LA SPERA Non sa quello ch'io so. Non c'è mica bisogno che si dicano certe cose.

CROCCO Ti senti già abbandonata?

LA SPERA Sì.

CROCCO Vuol dire che egli si sente già sicuro d'averla vinta!

LA SPERA Dio non vorrà! Dio non vorrà!

CROCCO Non lo vogliamo noi, e non deve volerlo nessuno! –

Poi, volgendosi ai compagni, come per un'idea che gli sorga all'improvviso:

Aspettate! –

Si rivolge a La Spera

Di', non potresti farla tu la denunzia?

LA SPERA Io, denunzia? A chi?

CROCCO A Padron Nocio.

LA SPERA E che denunzia?

CROCCO Di questo complotto. È certo, sai! T'ho detto prima di no, perché per un momento ho diffidato di te. Egli vuol Mita, sì, ma per arrivare a impadronirsi di tutto, capisci? – Sa però che c'è un ostacolo. Ostacolo forte: prima per Mita, e poi per diventare lui solo padrone di tutto: Dorò.

LA SPERA Dorò?

PAPÌA Sì, Dorò che ti vuol bene e che certo s'opporrà per te alle sue nozze con la sorella. Capisci?

BURRANIA Lo vogliono levar di mezzo!

LA SPERA Dorò? Chi vuol levarlo di mezzo? – No!

BURRANIA Loro, questa sera stessa, durante la festa.

CROCCO Fingeranno una lite e, nel parapiglia, uno è incaricato...

LA SPERA No! No!

BURRANIA (*come colpito da un'idea*) Ma se fa lei la denunzia... – aspettate...

FILACCIONE Ma già, sì – aspettate! – a lei conviene invece che questo accada!

LA SPERA No! Che dici! Levar di mezzo Dorò? Mai! Mai! Bisogna salvarlo, salvarlo! A ogni costo, salvarlo!

CROCCO Ma sì, appunto, con la tua denunzia!

BURRANIA Non gioverà a nulla! Non sarà creduta! Parrà una denunzia interessata...

CROCCO Sciocco, e che importa che non sia in prima creduta? Lasciami dire! Ciò che a noi importa sopra tutto è che la denunzia intanto ci sia, e da parte di una che è in grado di sapere del complotto meglio di noi. Lasciate che non la credano! Quando poi il fatto accadrà...

LA SPERA Ma no, il fatto no, non deve, non deve accadere!

CROCCO Se non ti vorranno credere, accadrà per forza!

LA SPERA No! Deve stare a voi non farlo accadere!

CROCCO Noi faremo di tutto... Ma lo lascerà accader lui; se mai, Padron Nocio, non credendoti. E poi riconoscerà che tu...

LA SPERA No, no, quel povero ragazzo, no! Perché volete che la pianga un innocente?

CROCCO Noi? Non lo vogliamo mica noi!

LA SPERA No, no... non è possibile... non è possibile...

CROCCO Tu avrai tentato comunque di salvarlo, se fai la denunzia. E lo salverai, lo salverai, se sarai creduta. E salverai anche te e tuo figlio, sciocca, impedendo ch'egli si prenda Mita e t'abbandoni. Sarà messo al bando dall'isola, e tu potrai seguirlo.

PAPÌA Ecco: sta a te!

BURRANIA Benissimo!

IL RICCIO Noi t'abbiamo avvisata!

BURRANIA (*agli amici*) Così è tutto a posto.

CROCCO Una denunzia solenne, nel pieno della festa, davanti a tutti!

PAPÌA E noi, a una voce, saremo con te, a confermare!

OSSO-DI-SEPPIA Sì sì, magnifico! magnifico!

Quattro marinai, a questo punto, entrano da destra e s'avviano sulla prominenza rocciosa, incaricati d'accendere i lampioncini colorati per la festa imminente.

CROCCO (*a La Spera*) Così, siamo intesi?

La Spera, assorta e sgomenta, non risponde.

Rispondi!

LA SPERA Sì, sì..., bisogna salvare... bisogna salvare Dorò... E anche il mio bambino, il mio bambino...

CROCCO E allora, noi andiamo. A tra poco. Ferma, eh? Dipende da te.

PAPÌA (*avviandosi con gli altri*) Oh guarda, cominciano ad accendere i lampioncini!

IL RICCIO (*a uno dei marinai*) Il corteo verrà su dalla spiaggia?

PRIMO MARINAJO Sì, da questa parte.

Crocco, Burrania, Filaccione e Osso-di-Seppia saranno usciti prima per la destra. Ora Papìa e il Riccio li seguono. La Spera resta come impietrita su un sasso.

SECONDO MARINAJO Sono già tutti alla spiaggia.
TERZO MARINAJO Vedessi come si son parate le spose!
QUARTO MARINAJO Come se dovessero sposare per davvero! Sarà una bella carnevalata fuor di stagione!

Entra Tobba dalla destra, costernato. Vede i quattro marinai che accendono i lampioncini anche attorno alla tavola col baldacchino, e si ferma un po', contrariato. Guarda La Spera là immobile; e viene avanti per mettersi a sedere su un altro sasso.

PRIMO MARINAJO Buona sera, Tobba. Tu sederai qua sotto il baldacchino accanto a Padron Nocio, no?
SECONDO MARINAJO Eh, vorrei vedere! Padron Nocio, in nome della legge; e lui, della chiesa. Tutto in regola e con tutti i sagramenti!
TERZO MARINAJO Non si fa mica per ischerzo qua!
QUARTO MARINAJO Scherzo? Vedrai come crescerà subito nell'isola la popolazione dei nati in libertà!
PRIMO MARINAJO Ma, dopo tutto, è naturale! Qua la legge e la chiesa basta che ci siano così per burla. Non è vero, Tobba?
LA SPERA (*levandosi*) Ci fosse almeno Dio solo per davvero! – Ma c'è! c'è! – E lo vedrete che c'è! – Siete venuti voi a farle diventare una burla la legge e la fede! Eh, ma non voi soltanto veramente...

E guarda Tobba.

PRIMO MARINAJO Che dici?
SECONDO MARINAJO Che hai?
TERZO MARINAJO Con chi te la pigli?
QUARTO MARINAJO Ancora non ti passa?
TOBBA Io no, sai! né lui! Se tu ci ajuti...
LA SPERA Io?

TOBBA Sì, tu. Sta a te soltanto.

LA SPERA Ah! Anche tu, «sta a te soltanto»? Da una parte e dall'altra, sta a me. Ma che cosa?

TOBBA Salvare tutto, sì. Ora ti dirò.

Fa cenno alla presenza dei marinai.

LA SPERA Io, salvare? E che posso io? Ah dunque, è già deciso? La sposerà?

TOBBA Ora, ora ti dirò; aspetta...

LA SPERA Ma sì! Ma sì! Io glielo lascio! – Io? M'ha già bell'e lasciata lui! – Ma ho compreso tutto, fin dal primo momento; e gliel'ho detto io stessa. – Tu che dicevi di no... – Se è così che si deve salvar tutto, vai, vai pure a dirglielo! Salvi, salvi tutto così!

TOBBA Non è questo, Spera.

LA SPERA Non è questo? E che altro, allora?

TOBBA Altro, se Dio te ne darà la forza. Ora ti dirò.

LA SPERA Non basta questo?

TOBBA Non basta.

LA SPERA Andarmene, dici? Mi vogliono mandar via?

PRIMO MARINAJO Ecco fatta la luminaria!

SECONDO MARINAJO Bella, eh? E ci saranno anche le torce a vento!

TERZO MARINAJO Su, su, andiamo incontro al corteo!

QUARTO MARINAJO A momenti, come s'alza la luna, s'avvierà.

I quattro marinai risalgono la prominenza e scendono di là alla spiaggia.

TOBBA (*alzandosi, risoluto*) Vuoi bene a tuo figlio?

LA SPERA Mio figlio? Che dici?

TOBBA Ho domandato male. Lo so che gli vuoi bene. Volevo dire, se vuoi il suo bene, più del tuo.

LA SPERA Certo, più del mio.

TOBBA A qualunque costo?

LA SPERA A qualunque costo, certo...

TOBBA Anche a costo dello stesso bene che tu gli vuoi?

LA SPERA Che discorso mi fai? Come c'entra mio figlio, il mio bene, il suo bene...?

Balenandole il sospetto che vogliano levarle il figlio:

O che forse lui...?

TOBBA No no, lui no!

LA SPERA Mi vuol levare il figlio?

TOBBA No, se tu non vuoi...

LA SPERA Voglio? Che dici! Posso volere...?

TOBBA Salveresti tutto!

LA SPERA Sei pazzo? – Ah mi vuol levare il figlio? Mi vuol levare il figlio?

TOBBA Ma no che non te lo vuol levare! Dice anzi che non è possibile...

LA SPERA Eh sfido che non è possibile! Non è possibile!

TOBBA No, dico, salvare tutto...

LA SPERA Ma come vorreste salvare tutto? così? – Spiègati! – Levando a me il figlio?

TOBBA Se potesse sposare Mita...

LA SPERA E perché non la sposa? La sposi!

TOBBA Perché il figlio non lo vuol perdere!

LA SPERA Ah, non lo vuol perdere? Il figlio, no? Allora niente! Il figlio è mio – mio, e sta con me.

TOBBA È anche suo, però.

LA SPERA E chi glielo nega? Io non voglio mica levarglielo! Stia qua; l'avrà con me! O quante cose vorrebbe? Questo, quella, e il comando, la gloria, e che altro?

TOBBA Nulla! Nulla! Ricusa tutto, se non ha il figlio.

LA SPERA Ah, l'ha posto dunque per patto?

TOBBA Per patto, sì.

LA SPERA Ch'io gli dia il figlio? È pazzo! È pazzo!

TOBBA Considerando se non sia meglio, per il bambino stesso, restare col padre anziché con te.

LA SPERA Chi, io? dovrei considerarlo io, questo? il bene di mio figlio, con lui che lo vuole per prendersi quella?

TOBBA Se senza il figlio non se la prende, è segno, mi pare, che gli vuole bene davvero; e questo deve affidarti.[4]

LA SPERA Ma che dici? con quella? Mi parli del bene di mio figlio, con quella che gliene darà altri e gl'insegnerà allora a disprezzare il suo, avuto con me? Ma se gli volesse bene davvero, comprenderebbe che mio figlio deve stare con la sua mamma, perché il bene, il vero bene, glielo potrò dare io! io! – Egli mi vuole buttar via, ecco quello che vuole! E mi butti via, e s'impadronisca di tutto; ma non osi porre di questi patti! Non sono patti che si possano porre, questi! – Ma come? contrattate sul mio sangue? sulla mia carne? Ma che siete? jene, siete? E tu, tu vieni a propormelo, proprio tu? tu, a parlarmi del bene di mio figlio senza più me? – Ma dunque mi volete proprio ributtare alla perdizione con un po' di danaro, è vero? rimbarcarmi? e là, senza più il figlio, a battere di nuovo il marciapiede, alla calata del porto? Questo volete fare di me, dopo che m'ero qua rifatta nuova, Dio, alla tua presenza, alla luce del tuo sole, piena d'amore per tutti, io sola! – Ah Dio, se vuole far questo, se ha potuto pensare di levare il figlio a me, dev'esser vero! dev'esser vero! vero, anche se ancora non l'ha pensato, e l'ha invece pensato altri per lui diabolicamente; e lo denunzio! ora lo denunzio! Anche perché così soltanto posso salvare Dorò!

Si sente il rumore del corteo che s'approssima, venendo su dalla spiaggia, tra suoni di cembali e le fiamme fumose delle torce a vento.

Eccoli, vengono! vengono! Lo denunzio! Vado a prendere il mio bambino! Vado a prendere il mio bambino!

Corre alla casa, ne prende il bambino, lo nasconde sotto il «manto», e riesce. Il corteo s'approssima sempre più. Tobba è rimasto angosciato e perplesso. Appena vede riuscire La

4 *affidarti*: rassicurarti.

Spera, così disperatamente risoluta, le s'appressa, risoluto anche lui.

TOBBA Chi denunzii?
LA SPERA Lui!
TOBBA E di che?
LA SPERA Ora sentirai.
TOBBA Sei pazza? Che vuoi denunziare?
LA SPERA Il complotto! Il complotto!
TOBBA Che complotto?
LA SPERA Che volete uccidere Dorò!
TOBBA Ma no, che dici? Sei pazza? Chi vuol uccidere Dorò?
LA SPERA Lui, lui che mi vuol levare il figlio!
TOBBA Ma non è vero! Tu farnetichi!
LA SPERA Salverò, salverò anche lui, sentirai, se sarò creduta!
TOBBA Ma chi ti potrà credere?
LA SPERA Se nessuno mi vorrà credere, s'aprirà la terra! s'aprirà la terra! – Eccoli! Eccoli!

Il corteo viene su, goffamente pomposo, dalla spiaggia, tra torce accese e suono di cembali e fisarmoniche, bandiere di barche e lanterne e pennoni. Lo aprono padron Nocio, Mita, Currao, Fillicò e Dorò. Sono dietro i finti sposi: Quanterba e La Dia, Nela e Trentuno, Marella e Bacchi-Bacchi. Seguono tutti gli altri alla rinfusa, mezzo avvinazzati, con le facce sguajatamente atteggiate della delusione d'un divertimento che nessuno riesce a prendersi, almeno così vivo come si riprometteva. Dapprima, al grido de La Spera, si fermeranno tutti, ammassati, sulla prominenza rocciosa; poi cominceranno a scenderne.

LA SPERA Aspettate! Aspettate! – Fermi tutti costì! –
VOCI DELLA FOLLA – Chi è? Chi è? – Perché? – Chi grida? – Avanti! avanti!
LA SPERA No, fermi! fermi! E fate silenzio! Dite che cessino i suoni, e state a sentire quello che vi dirò!
VOCI DELLA FOLLA (*di quelli che stanno indietro*) – Che

cos'è? – Che avviene? – Su su, proseguiamo! – Perché non si va avanti? – Musica! Musica!

di quelli che sono avanti:

– Silenzio! Silenzio! – È La Spera! – Stiamo a sentire! – Fate silenzio! – Smetti, tu con quel cémbalo!

LA SPERA Dorò! Dorò, vieni qua! Vieni qua da me, Dorò!

DORÒ Io?

LA SPERA Sì, sì, qua da me! Vieni, vieni!

PADRON NOCIO (*trattenendolo*) No! Perché da lei?

LA SPERA Non lo trattenete! Lasciatelo venire! È per il suo bene!

Dorò si libera dalla mano del padre che lo trattiene e accorre a La Spera.

VOCI DELLA FOLLA – Ma perché? – Non spingete, perdio! – Perché ha chiamato Dorò? – Che gli vuol fare? – Piano! Piano! – Vogliamo la festa! – Lasciate sentire! – Avanti, avanti gli sposi! – Viva gli sposi! – Ma che avviene insomma? – È La Spera! È La Spera! – State a sentire!

LA SPERA (*a Dorò*) Stai qua con me, Dorò.

Poi volgendosi a tutti

Io vi dico che s'è complottato per uccidere questo ragazzo!

VOCI DELLA FOLLA – Uccidere? – Chi vuole ucciderlo?

PADRON NOCIO Mio figlio? Chi vuole uccidere mio figlio?

TOBBA Ma no, non è vero! Non è vero!

CROCCO, PAPÌA, BURRANIA È vero! È vero! È vero!

CURRAO (*saltando addosso a Crocco e trascinandolo giù*) Lo dici tu ch'è vero?

LA SPERA (*facendosi incontro e tirando indietro, dalle mani di Currao, Crocco*) No, lo dico io ch'è vero! Lo dico io!

A Dorò

Ti vogliono uccidere, Dorò!

A Padron Nocio e a tutti

Lo vogliono uccidere, perché sanno che non consentirà mai –

a Dorò

non consentirai mai tu, è vero Dorò? – mai, che tua sorella sposi lui

indica Currao che le sta di contro

lui che per prenderla mi vuol levare il figlio, levare il figlio a me!

CURRAO Ah, tu dici a me, dunque? che voglio ucciderlo io, Dorò?

TOBBA Non è vero! Non è vero!

CROCCO E I SUOI COMPAGNI Sì ch'è vero! È vero! – Lui, lui, sì! – Per levarlo di mezzo! – E impadronirsi di tutto! – E restare padrone lui solo! – Credetelo! Credetelo!

CURRAO Nessuno può crederlo!

TOBBA E non lo crede lei stessa!

CURRAO (*a Padron Nocio*) Non potete crederlo voi, che siete testimonio...

PADRON NOCIO No, no, io non lo credo, non lo credo!

LA SPERA Qua, qua con me, Dorò!

CURRAO (*a Crocco e ai compagni di lui*) E allora siete voi!

CROCCO Noi?

CURRAO Sì, voi! voi! Gliel'avete messo voi nella testa, quest'infamia, vigliacchi!

CROCCO E I SUOI COMPAGNI – Ma che noi! È stata lei! – Lei, lei! – Ch'è in grado di saperlo meglio di tutti! – Il complotto, sì! E l'ha svelato a noi! – Come a tutti qua! – L'avete udita! Credetela! Credetela!

CURRAO (*a La Spera*) Tu non lo credi! Tu non puoi crederlo!

LA SPERA Sì, sì, lo credo! Lo credo, se è vero che tu vuoi levarmi il figlio, come m'ha detto Tobba!

A Tobba

Questo è vero, quest'è vero, me l'hai detto tu!

TOBBA No, se tu potevi darglielo, t'ho detto!

CURRAO Ma ch'io volevo uccidere Dorò, chi te l'ha detto? Te l'hanno detto loro!

Indica Crocco e i compagni

Confessalo! Te l'hanno detto loro?

CROCCO E I SUOI COMPAGNI (*un po' a La Spera un po' agli altri*) – Noi? Te l'abbiamo detto noi? – Parla! Parla! – Non sei stata tu? – Sì, a dirci che voleva fare la denunzia! – E che anzi volevi riprendere il tuo mestiere! – Ma già! Sì, sì; ci ha invitato tutti ad andarla a visitare!

LA SPERA Oh vili, oh vili! Tutti vili! – Sì, è vero, me l'hanno detto loro, per spingermi a denunziarti!

CROCCO (*inveendo*) Ah mala femmina!

PAPÌA Mentisce!

BURRANIA Da quella sgualdrina che è!

CURRAO (*riparandola*) Nessuno la tocchi!

LA SPERA Ciò che volevano far loro doveva apparire come pensato e fatto da te!

PADRON NOCIO (*ai marinai*) Agguantate quell'assassino e quegli altri cinque là!

I marinai afferrano Crocco e i suoi compagni che si divincolano gridando.

VOCI DELLA FOLLA Teneteli! Teneteli! – Assassini! – Legateli! – Buttiamoli a mare!

CURRAO Aspettate! Aspettate!

A La Spera

E tu perché allora mi hai denunziato?

LA SPERA Per salvare Dorò!

A Padron Nocio

Per salvare vostro figlio! Ora voi non consentirete più che sia levato il figlio a me!

CURRAO Ah, no! ora il figlio tu me lo darai!

E fa per strappargliело dalle braccia.

LA SPERA (*ribellandosi*) No! No!

CURRAO (*c.s.*) Ora te lo levo davvero!

LA SPERA (*c.s.*) No, no! Bada a te!

CURRAO Dammelo! Dammelo!

LA SPERA (*sfuggendogli su per la prominenza rocciosa*) No, no! Il figlio è mio! Il figlio è mio!

CURRAO (*inseguendola*) Tu me lo darai! Me lo darai! –

La raggiunge.

VOCI DELLA FOLLA – È indegna di tenerlo! – Se vuol rimettersi a fare la sgualdrina! – Al padre! al padre!

CURRAO Dallo qua a me! Dallo qua a me!

LA SPERA No, no! Se tu me lo levi, trema la terra! trema la terra!

CURRAO Te lo strappo dalle braccia!

LA SPERA Trema la terra! La terra! La terra!

E la terra veramente, come se il tremore del frenetico, disperato abbraccio della Madre si propagasse a lei, si mette a tremare. Il grido di terrore dalla folla con l'esclamazione «La terra! La terra!» è ingojato spaventosamente dal mare in cui l'isola sprofonda. Solo il punto più alto della prominenza rocciosa, dove La Spera s'è rifugiata col bambino, emerge come uno scoglio.

LA SPERA Ah Dio, io qua, sola, con te figlio, sulle acque!

TELA

LAZZARO

Mito

PERSONAGGI

DIEGO SPINA
SARA *già sua moglie*
LUCIO *e* LIA, *suoi figli*
ARCADIPANE, *fattore di campagna*
DEODATA, *governante di Lia*
GIONNI, *professore di medicina*
MONSIGNOR LELLI
CICO, *esattore di Dio*[1]
Il MARRA, *notajo*

Due figli naturali di Sara e Arcadipane (non parlano)
Un medico – Una guardia
Signori della strada
Due contadini

Tempo presente.

1 *esattore di Dio*: è l'autodefinizione di Cico medesimo (cfr. pp. 113-114).

Giardino pènsile in casa di Diego Spina.
La casa antica, modesta è a sinistra (dell'attore). Se ne vede di taglio la facciata, con un rustico portichetto spiovente, sorretto da colonnette, sotto il quale si vedono gli usci che immettono nelle stanze a terreno. Alto poco più d'un metro è in fondo un muro di cinta, rozzo, imbiancato di calce, con una cresta di pezzetti di vetro. A metà di questo muro, stagliata sullo sfondo d'un cielo di strano azzurro (quasi di smalto) è una grande croce nera con uno squallido[2] *Cristo dipinto, sanguinante. E, presso la croce, il fusto d'un altissimo cipresso,*[3] *che sorge dalla sottostante strada. Questo muro di cinta segue anche sul lato destro della scena, interrotto nel mezzo dal largo della scala che scende nella via. C'è per terra qualche ajuola con piante qua e là fiorite, tra vialetti inghiajati, con sedili verniciati di verde.*

Al levarsi della tela sono in iscena Deodata e Lia. Lia ha quindici anni, ma è come una bambina. Tiene i capelli sciolti, con un bel fiocco celeste nel mezzo. È persa nelle gambe[4] *e sta sempre su una sediola a ruote che fa andare da sé con la sveltezza di un'andatura ormai naturale. Le gambe sono coperte da uno scialle. Deodata è sulla quarantina. Alta e robusta, veste di nero, con una cuffia nera in capo. Seduta su*

2 *squallido*: come appare dal successivo colloquio fra Diego e Sara, lo "squallore" del Crocefisso non implica necessariamente il rifiuto della «vita» e della «carne».
3 *cipresso*: è anche l'albero dei *Giganti della montagna* (cfr. p. 177, nota 13).
4 *persa nelle gambe*: Lia stessa, più avanti, accennerà ai «piedi che le sono mancati per camminare sulla terra» (cfr. p. 158).

uno sgabello di ferro, lavora a tombolo.[5] *È un pomeriggio d'aprile.*

LIA (*assorta*) Non scrive da più d'un mese.

DEODATA (*dopo una pausa*) Lucio?

LIA E l'ultima lettera papà non ci ha capito nulla: non ha voluto farmela leggere.

DEODATA Sarà in apprensione per gli esami. Tuo padre, al solito, si mette per la testa tante cose.

LIA Sarà. Ma anch'io, sai? Tante cose.

DEODATA Brava. Anche tu. Attaccàtelo anche a me, codesto male.

LIA Uh, male poi...

DEODATA Male, male: perché tante volte tu – guarda: supponi in qualcuno un pensiero? fàttene accorgere; e il pensiero che prima in quello non c'era, gli nasce per davvero. Chi gliel'ha fatto nascere? Tu, con la tua supposizione.

LIA Scusa: non stai supponendo anche tu adesso che Lucio non scriva perché in apprensione per gli esami?

DEODATA Mi spiego il suo silenzio con una ragione che può essere, come tante altre, probabile: ma che intanto non nuoce a lui e non affligge me – almeno prima del tempo.

Pausa.

LIA Se non si fosse ostinato ad andare all'Università!

DEODATA Ah questo, vedi, questo non ho saputo approvarlo neanch'io. Uscito dal Seminario, poteva mettersi quieto e soddisfatto a esercitare il suo santo ministero di sacerdote, senz'andare a imparare tutte le diavolerie che insegnano là.

LIA Ma allora avrebbe dovuto far subito il soldato...

DEODATA Eh, lo so: questa è stata la scusa. Come se a ventisei anni non dovesse poi farlo lo stesso! Mi pare che – farlo a ventuno – poteva pesargli meno. Mah!

5 *a tombolo*: su cuscinetto; per lavori di trine, merletti, ricami.

Anche per tuo padre l'idea di vederlo da un giorno all'altro senza più la tonaca, in tenuta di soldato, fu come se dovesse vedere il diavolo!

LIA È stato perché Lucio era così patito. Il pensiero di fargli affrontare in quello stato gli strapazzi della vita militare...

DEODATA È inutile: bisogna che in questa casa io me ne stia con la bocca cucita. Ragiono. Ho il vizio di ragionare, tra vojaltri...

LIA – che non ragioniamo –

DEODATA – oh senti: non c'è via di mezzo: o si è santi o si è matti. Tuo padre sarà santo – è un santo, certamente – ma se qualche volta me ne dimentico e bado a quello che dice, a quello che fa, Dio mi perdoni, con quegli occhi mi pare un matto veramente.

LIA (*sorridendo, divertita*) Perché non glielo dici?

DEODATA Glielo dirò, glielo dirò, non dubitare. Mi tengo da tanto tempo! Oggi stesso glielo dirò, davanti a tutti; anche per sgravio di coscienza. – Mi fai ridere, «patito». Perché, patito? Per la vita troppo chiusa in Seminario; per il troppo studio. Fargli prender aria, cambiar vita: mi pare che sarebbe stato il rimedio. Nossignori. Studiare ancora, e chi sa quanto, per finire di rovinargli la salute. Ma quando gli hai detto e dimostrato questo, per lui è nulla. La salute, come tutto il resto. Apre le mani e alza gli occhi al cielo. O se credi che t'abbia dato ascolto, accogliendo qualche tuo suggerimento, vieni tutt'a un tratto a vedere che il tuo suggerimento gli è servito per commettere una nuova pazzia. Come questa che sta commettendo...

LIA – della cessione del podere? –

DEODATA – sì: un bel modo di farti prender aria di campagna, come gli avevamo suggerito io e il dottor Gionni qua accanto!

LIA Ma che vuol fare?

DEODATA Del podere? Non l'hai ancora capito? Un ospizio di mendicità.

LIA E che vuol dire?

DEODATA Che tutti i mendicanti della città e anche quelli dei dintorni saranno ricoverati a sue spese nel podere;[6] e vojaltri due, là, tu e lui, in loro compagnia. – Sì, sì, ti farà vispa, t'assicuro io, con quell'aria di campagna imbalsamata dagli stracci della miseria!

S'udrà di sotto la scala a destra la voce di Cico.

LA VOCE DI CICO Permesso? Si può?
DEODATA Ah, tu Cico? Vieni, vieni su.

Viene su dalla scala Cico, che è un esile vecchietto bizzarro, dagli occhietti celesti quasi di vetro, aguzzi, ilari, parlanti. Porta sul cranio lucidissimo un berrettino rosso da ergastolano, e rigirata attorno al collo e pendente davanti e dietro una lunga sciarpa azzurra. Parla a scatti, e ogni tanto si ferma; guarda con quegli occhietti ilari parlanti e accompagna lo sguardo malizioso con un muto sorriso argutissimo.

CICO Rovinato, Deodata, rovinato.

Scorgendo Lia e cavandosi subito il berrettino:

Ah, c'è anche lei, signorinella? servo!

Di nuovo a Deodata:

Rovinato.
DEODATA Chi t'ha rovinato, sciocconaccio?
LIA Papà, scommetto.
CICO E il diavolo! Papà e il diavolo. Tutt'e due. Càpita, signorinella. Più uno è santo e più il diavolo gli sta attorno.

Starnuta.

6 Di un ospizio si tocca anche nei *Giganti*, dove si rinvia ai romanzi *Si gira...*, poi *Quaderni di Serafino Gubbio operatore*, e *Uno, nessuno e centomila* (cfr. p. 223, nota 48).

Permette?

Si rimette il berretto.

Se Dio liberi mi metto a starnutare, son capace d'infilarne cento; e addio, non parlo più!

LIA Che t'hanno fatto, papà e il diavolo?

CICO Rovinato, le dico. M'era venuta un'idea, un'idea! Facevo danari a palate. Avevo trovato la professione. M'ero patentato.

DEODATA Non chiedevi più l'elemosina?

CICO Che elemosina! Esattore. Patentato.

DEODATA Tu, esattore?

LIA Di chi?

CICO Di Dio, signorinella. Esattore di Dio. Avevo combinato una filastrocca[7] che appena mi mettevo a recitarla, lei non può figurarsi la gente che facevo.

Uomini e donne, d'ogni ceto, età,
professione,
marinai, campagnuoli, cittadini,
tutti siamo inquilini
del Signore.

Inquilini del Signore,
proprietario di due case.

Due case,
sì,
due case.

L'una – noi la vediamo – eccola qua.
E sarebbe il Signore buon padrone

7 *una filastrocca*: adatta versi della prima parte del poemetto di *Padron Dio* (protagonista il vecchio contadino diseredato Giudè), apparsi nella raccolta *Zampogna*, edita a Roma nel 1901. È abbandonato il racconto delle peripezie di Giudè, che sfrutta il campo incolto d'un latifondo, lo fa produrre, ma poi, ammalatosi, lo vede ripreso dal padrone in terra e custodito dal «contadino di guardia».

per tutti quanti a un modo,
se tanta e tanta gente,
avara e prepotente,
non se ne fosse fatta casa propria,
quand'essa
dovrebbe invece esser casa comune.
C'è chi ha granaio, dispensa, rimessa,
e chi non ha né fune
né tanto muro da piantarvi un chiodo
per potersi impiccare;
e i più son questi, e sono come me.
Ma gli altri intanto debbono pensare
che è pur padrone Dio
dell'altra casa, la casa di là,
di cui comanda che ciascuno paghi
anticipata la pigione qua.
I poveri, com'io,
la paghiamo ogni giorno con le pene
nostre, puntualmente, a tutte l'ore;
ai ricchi invece per pagarla basta
che facciano ogni tanto un po' di bene.

Ne viene,
signori miei, ch'io sono veramente
per conto del Signore
di questo po' di bene

stende la mano

– l'esattore.

Piovevano i denari, signorinella. Come grandinare. Ora con questa diavoleria dell'ospizio che suo papà vuole fondare, lei lo capisce, che pigione anticipata più, per la casa di là! tutti mi diranno: «Ora qua la casa ce l'hai anche tu: vatti a riporre![8]»

DEODATA Bravo, Cico. Credi dunque anche tu che quest'idea dell'ospizio sia un suggerimento del diavolo?

8 *riporre*: ricoverare; dicesi dell'animale nella stalla.

CICO Altro che! Ne ho in me la prova. Sapete che ce l'ho dentro!

LIA Sì, sì: il diavolo che dice di no.

CICO – Le giuro: sempre: senza ch'io lo voglia: io dico di sì, e lui dice di no; con la mia stessa voce, sotto sotto, mentre sto parlando. – Guardi, jeri, davanti allo specchio d'uno sporto[9] di bottega. Dico: «O Dio, ma perché? Ci hai dati i denti, e a uno a uno ce li levi; la vista, e ce la levi; la forza, e ce la levi. Ora guardami, Signore, come m'hai ridotto! Di tante cose belle che ci hai date, nessuna dunque dobbiamo riportarne a Te? Bel gusto, di qui a cent'anni, vedersi comparire davanti figure come la mia!»

DEODATA Questo era il diavolo: mica tu!

CICO Positivo! Il diavolo. E fui tanto contento che Monsignor Lelli, passando, gli diede la risposta che si meritava: «Sciocconaccio, Dio ti riduce così perché non ti costi tanta pena il morire!»

DEODATA Benissimo!

CICO Già. Ma sapete che cosa questo schifoso diavolaccio ha osato ribattere sotto sotto? «Ma potrebbe coi denti levarci anche il desiderio di masticare, e non ce lo leva!» – Si misero a ridere – tutti – anche Monsignore; e io ci son rimasto brutto. Fanno male, fanno male a ridere e a lasciarmelo così senza risposta. – Non son cose a cui ci si dovrebbe divertire! – Questa dell'ospizio di carità era una cosa che mi diceva lui, dentro.

DEODATA Il diavolo?

CICO Il diavolo, ogni volta che finivo la filastrocca: «Ma se intanto una casa i poveri l'avessero anche qua!» Capite? Ed ecco che il padrone ce la dà davvero.

Si sente la voce del dottor Gionni su per le scale.

LA VOCE DEL GIONNI Rediviva! Rediviva!

E il dottor Gionni appare con una coniglietta bianca tra le mani e corre verso la sediola a ruote di Lia. È un bell'uomo

9 *sporto*: imposta che si apriva per di fuori.

antipatico, con barba bionda, ampia, e occhiali d'oro, sulla quarantina; indossa un lungo camice bianco di tela, con cintura in mezzo.

GIONNI Eccotela qua, rediviva, la tua coniglietta.

LIA (*tutta fremente d'una gioja quasi sgomenta, prende la coniglietta*) Viva? Oh Dio! Sì sì! Guarda!

DEODATA Possibile?

GIONNI Da jersera, sì; poco dopo che me la portai via...

LIA Ah, così subito?

GIONNI Non te n'ho detto nulla stamani, perché ho voluto prima accertarmi...

LIA – ma che le ha fatto? com'ha fatto?

GIONNI Niente. Una punturina.

LIA Ah, la mia Riri! [10] Dove?

GIONNI Al cuore.

LIA (*stupita*) Al cuore? Ed è resuscitata?

GIONNI Non è la prima.

DEODATA Ma vada là, a chi vuol darla a intendere? Sarà un'altra!

GIONNI (*a Lia*) Ti pare un'altra?

LIA Ma che! È Riri!

A Deodata:

Vuoi che non la riconosca? Guarda: mi riconosce anche lei!

CICO No no! Questo non può stare. Era morta, e lei l'ha resuscitata?

DEODATA Sarà un'altra, ti dico! O se è la stessa vuol dire che non era morta.

LIA Per esser morta era morta!

GIONNI L'adrenalina. [11]

LIA E ora è viva!

CICO Impazzisco!

10 *Riri*: nei *Giganti* è nome di una cagnolina (cfr. p. 232 e nota 52).
11 *adrenalina*: ormone delle ghiandole surrenali, che eccita il cuore.

Sopravvengono dalla scala Diego Spina e Monsignor Lelli. Diego Spina ha poco più di quarant'anni. Alto, magro, viso pallido scavato che arde tutto negli occhi duri e mobilissimi, quasi da pazzo adirato. Barba e baffi radi, non rifatti, capelli con la scriminatura in mezzo e volti in su da una banda e dall'altra per abitudine di rialzarseli così ogni volta, passandosi le mani sulla testa. Monsignor Lelli, d'apparenza dolce, non riesce sempre a nascondere con gli sguardi e coi sorrisi tutto l'amaro che ha dentro. È molto vecchio.

DIEGO (*venendo avanti*) Che cos'è?

LIA (*subito, esultante*) Ah, tu papà? Guarda, guarda la mia Riri di nuovo viva!

DIEGO Ma che dici!

LIA Eccola qua! Guardala, viva!

DIEGO Non è possibile!

CICO (*a Monsignore*) Morta, e lui l'ha fatta ritornare in vita!

MONSIGNORE (*col sorriso di chi non crede a ciò che dice*) Un miracolo?

CICO (*tutt'un fremito, iroso*) Gli dica subito di no! Non rida! Fa male, Monsignore!

MONSIGNORE Non rido, Cico! Scusa, se è potuta tornare in vita...

DIEGO (*pronto e duro*) – è segno che non doveva esser morta!

MONSIGNORE È semplice!

DEODATA Ecco: com'ho detto io!

LIA Ma no, era morta, papà, proprio morta! Non è vero, dottore?

DIEGO (*perentorio, severo, staccando le parole, senza dar tempo al dottore di rispondere*) Non può esser vero!

Poi, voltandosi di nuovo al dottore, con piglio nervoso:

Lei, mi scusi Dottore, non deve, non deve... –

GIONNI (*come uno che non riesca a comprendere il caso che si sta facendo di una cosa per lui naturalissima*) – che cosa? –

DIEGO – dire codeste enormità alla mia figliuola!

GIONNI Perché enormità?

DIEGO Ah le sembra normale che si possa?...

GIONNI Se lei fosse informato...

DIEGO Sono informato! Si leggono purtroppo nei giornali, queste e altre simili prodezze. E so lo scempio che lei fa di codeste bestiole nel suo laboratorio. Ne ho orrore.

GIONNI Ma questa l'ho rimessa in vita –

MONSIGNORE (*subito*) – da morta che pareva.

GIONNI (*pronto e fermo*) E r a, non pareva.

DIEGO Mi sa dire come fa lei ad affermarlo?

GIONNI Eh, vuole che un medico non sappia?...

DIEGO (*troncando, severo*) Io so che Dio solo può, per un miracolo, richiamare da morte a vita.

CICO Ecco: bene!

MONSIGNORE Proprio così!

GIONNI Credo anch'io così, Monsignore. Dio solo. Non presumo mica d'averlo fatto io il miracolo: posso anche considerar la scienza come uno strumento di Dio. Tutto sta a intenderci.

MONSIGNORE Ma su che vuole intendersi lei, dice sul serio?

GIONNI Su la sua fede e su la mia.

DIEGO (*sdegnato, togliendo di mano a Lia la coniglietta e dandola a Gionni*) Prenda: se la riporti al suo laboratorio!

LIA (*di scatto*) No, la mia Riri!

DIEGO Basta, Lia!

GIONNI Io m'ero inteso, signor Spina, di procurare una gioja alla sua figliuola. Mi ringrazia così?

MONSIGNORE La fede è una sola!

GIONNI E comanda di riportare al laboratorio questa bestiola?

LIA No, papà!

MONSIGNORE (*a Lia*) Se Dio te l'aveva tolta...

GIONNI Dio gliela ridà!

DIEGO (*non potendone più*) La prego, insomma, dottore!

GIONNI E va bene, me la riporto via, me la riporto via.

S'avvia per la scala. Prima di scendere si volta a Lia.

Stai tranquilla, cara, te la tengo in vita!

DIEGO (*chinandosi amoroso verso la figlia che piange*) Non voglio, non voglio che tu pianga, Lia... Tu sai come si fa... Si offre a Dio...

LIA Sì, papà... sì, sì... Vado, vado...

Si avvia verso casa su la sua sediola a ruote e scompare per uno degli usci sotto il porticato. Tutti la seguono con gli occhi.

MONSIGNORE Forse potevate lasciargliela.

DEODATA (*rabbiosa, commossa*) Mi pare! Una gioja così innocente...

MONSIGNORE No, ecco, a dir proprio, innocente no, se riavuta con quel mezzo!

DIEGO (*un po' pentito*) Avete pur sentito che per lei quella bestiola era morta!

DEODATA Riaverla viva...

DIEGO (*rivoltandosi iroso*) Ma lo capite bene ciò che dite?

CICO Morta e rediviva!

DIEGO Credere possibile una tal cosa; e d'averne la prova lì sulle ginocchia? Mi ha fatto un tale impeto dentro...

DEODATA – ma chi? la bambina?

DIEGO – no, sentir parlare quell'uomo!

DEODATA – e che c'entrava la bambina? Strapparle con tanto sgarbo quella bestiola dalle mani...

DIEGO – lo sto confessando, mi pare.

DEODATA – non aveva supposto proprio nulla del male che lei ci ha visto! – Oh senta, infine; io glielo dico qua, davanti a Monsignore. Le prove che Dio ci manda – accettarle con rassegnazione – sta bene; tutti i sacrifizii, tutti, se comandati da Lui – compirli con gioja – sta bene. Ma deve essere Lui, o il suo vicario in terra; guardi, anche Monsignore, se in nome di Lui me li comanda. – Ma lei, no! Lei, se vuole, può sacrificare se stesso...

DIEGO – io...

DEODATA – sì, s'è sacrificato tutta la vita! – ma pretenderlo dagli altri, il sacrifizio, no!

DIEGO Io, lo pretendo? contro la volontà?...

DEODATA Eh, mi pare! Volontà... Che volontà vuole che abbia la sua figliuola di fronte a lei? Sì, sì, lei sacrifica tutti con sé! Forse non se n'accorge nemmeno. Ma guardi: ora stesso, con quello che vuol fare...

DIEGO – che voglio fare?

DEODATA – quel suo ospizio!

DIEGO – ah, l'ospizio... – ancora con quest'ospizio!

DEODATA Scusi: – ha pensato a me? voglio dire al bene che ho sempre voluto a quella sua creatura disgraziata? a tutte le cure mie, amorose, che ora le verranno a mancare?

DIEGO Perché a mancare?

DEODATA Me lo domanda? Non pretenderà mica ch'io venga in quel suo ospizio tra i mendicanti giubilati! Ho sentito dire che ci accoglierà anche la Scoma? [12]

CICO Sì sì, lo va dicendo lei, la Scoma!

DEODATA Ma si sa, per premiare la virtù!

MONSIGNORE Smettetela, Deodata!

DEODATA (*come non se ne possa dar pace, rivelando il dispetto d'una antica rivalità*) Quella strega che va accattando col suo ritratto in cornice, appeso al collo come un abitino! E non la chiede mica in nome di Dio l'elemosina, che! in grazia di quella che fu, che lo sanno tutti, e lo dice del resto quel suo ritratto. Si provi a non fargliela: le sputa dietro bestemmie e certe parolacce...

MONSIGNORE V'ho detto, smettetela!

DEODATA Sì, Monsignore, ma capirà...

MONSIGNORE (*con un'intenzione sottintesa*) Se v'ingegnaste di capire un po' voi, piuttosto!

DEODATA Capisco! Capisco! E giacché lei dice così... – vogliono permettere? – no, non a me – permettere alla mia coscienza – di parlare? Calma, calma, non dubiti. – È coscienza: ci guardino dentro. Posso sbagliare. Ma debbo parlar chiaro. E dire tutto.

12 *la Scoma*: ha lo stesso nome la «fattucchiera» della *Favola del figlio cambiato*, poi trasferita nei *Giganti* (cfr. p. 234, nota 64).

A Diego:

È un pretesto, non è altro, un pretesto per la sua debolezza, questa fondazione che vuol fare dell'ospizio nel podere! –

DIEGO Debolezza?

DEODATA – sì: di non aver saputo cacciare da quel podere... –

MONSIGNORE (*severissimo*) – zitta, Deodata!

DIEGO No no: la lasci dire!

DEODATA – sua moglie, che ci vive da tant'anni in peccato mortale con un uomo, suo servo, con cui ha avuto due figli.

DIEGO (*con dolente semplicità*) Perché dite debolezza?

DEODATA Oh bella! Perché non ha avuto il coraggio...

DIEGO (*pronto, troncando*) – l'ho avuto; contro di me! Tanto più grande, quanto più m'ha umiliato nella stima degli altri: ecco, di voi che dite debolezza.

DEODATA Ma scusi, c'è o non c'è, qua, sua figlia? E i medici, hanno, sì o no, prescritto per lei la campagna? Dovrebbe ora sua figlia – lei sola – darle la forza di fare ciò che avrebbe dovuto da tanto tempo. E lei invece l'ha tenuta in casa, per lasciar godere la campagna alla madre indegna.

DIEGO (*forte, per troncare*) Non dite così: non sapete quello che vi dite!

DEODATA (*dopo una breve pausa, a voce bassa come se non potesse farne a meno, di dirlo almeno a se stessa*) Lei è capace finanche di difenderla!

DIEGO (*subito, pronto*) No. La difendete voi, invece, senza saperlo.

DEODATA Io?

DIEGO Voi, sì. Perché ella voleva appunto per la figlia quello stesso che volete ora voi.

DEODATA La campagna?

DIEGO La campagna.

Pausa. Poi:

Perché credete che si sia allontanata da me? Non potemmo mai metterci d'accordo sul modo d'allevare prima, e poi d'educare i figliuoli.

DEODATA Ah, per questo?

DIEGO Per questo, per questo.

Altra breve pausa.

Monsignore, li amava, d'un amore... non so, troppo carnale, a mio giudizio. Come tante madri, del resto.

CICO Eh, una mamma...

E subito si tappa la bocca.

DIEGO E fu proprio per lei, per la bambina, quand'ammalò – credette per mia colpa – perché avevo voluta metterla troppo piccina in collegio dalle suore – m'odiò – non poté più sopportare la mia vista – maledisse la casa e se n'andò a vivere nel podere...

DEODATA – con quello? –

DIEGO (*sdegnato*) – ma che con quello! (fu due anni dopo) – nel podere, aspettando che le recassi là la bambina, persa ormai nelle gambe.

DEODATA Ah – e lei?

DIEGO Non volli.

DEODATA Fece male!

DIEGO (*a Monsignore*) Impose per la riconciliazione il patto che riprendessi in casa anche l'altro figlio.

DEODATA Lucio?

DIEGO – Lucio – levandolo dal Seminario dove era stato messo. – Monsignore, forse l'avrei fatto. Ma ammettere come una mia colpa –

MONSIGNORE – la sventura della bambina? –

DIEGO – (in coscienza, non potevo riconoscermela) – e ritrarre, come per ammenda a questa colpa, Lucio dalla carriera ecclesiastica, m'avrebbe condotto a fare dei miei figli, d'allora in poi, ciò che avrebbe voluto lei –

MONSIGNORE – inevitabilmente –

DIEGO – a derogare a me stesso, al mio sentimento, ai miei principii...

MONSIGNORE E dite che l'avreste fatto?

DIEGO Fui sul punto di farlo, sì; più volte.

MONSIGNORE Male!

DIEGO Potei capire, grazie a Dio, ogni volta, che l'avrei fatto perché amavo e desideravo ancora quella donna –

MONSIGNORE – ecco! –

DIEGO – e che solo per questa viltà della mia carne...

MONSIGNORE – ecco, ecco –

DIEGO Mi vinsi. E nessuno seppe mai tra quante lagrime ricusassi d'arrendermi, e con quale speranza segreta che s'arrendesse lei, invece, per pietà della figlia inferma.

DEODATA Avrebbe dovuto sentirla!

DIEGO Sentì più forte l'odio per me; e non s'arrese.

DEODATA (*di scatto, diabolica*) Lei l'ama ancora! l'ama ancora!

DIEGO Ma no, che dite?

DEODATA Si vede! si vede! Lei l'ama ancora!

CICO (*tutt'un fremito*) Ecco, ecco il diavolo! Lo stava per dire il mio, e l'ha detto il suo!

DIEGO (*con un sorriso triste*) Sì, Cico, il diavolo davvero. Che male vuoi che ci sia più in quest'amore che devo avere, sì, anche per lei; non è vero, Monsignore?

A Deodata, dopo una pausa:

Vedete bene che sarebbe ingiusto – un doppio torto da parte mia – se mi valessi ora del bisogno che Lia ha della campagna per la sua salute, cioè proprio di quello che ella voleva allora per la figlia; e per cui, non essendomi io arreso, lei si trova ora in peccato.

DEODATA Non vorrà credere, adesso, per causa sua!

DIEGO Se io le avessi portato là i figli...

MONSIGNORE No, no. Il vostro torto è stato un altro, è stato un altro: non averla cacciata a tempo, voglio dire appena veniste a sapere che s'era messa con quell'uomo –

DIEGO – sì, ma... –

MONSIGNORE Non dovevate tollerare che seguitasse a vivere da adultera in casa vostra: se il podere era vostro – (io credevo, di lei) –

DIEGO – no, mio, mio –

MONSIGNORE – è stato enorme! Ma non avendolo fatto a tempo, quando ne avevate tutta la ragione, non potete più, certo, farlo adesso –

a Deodata:

non può, col pretesto della salute della figlia, che darebbe ragione a lei e torto a lui.

DIEGO Perché lei non sa, Monsignore, quello che si produsse in me quando venni a sapere; ciò che nel primo impeto mi vidi in procinto di fare! Tenermi; non far nulla – così – vivere del mio strazio; lasciarlo durare, durare, senz'offrirgli il più piccolo sfogo, anzi, come un bottone di fuoco, lo scherno della gente, fu la mia vittoria: il martirio. Lungo. Lungo, perché la ferita mi si riapriva sempre, e il sangue – sangue cattivo – tornava a sgorgare. Mi dissero che s'era privata di tutto; che aveva buttato via i suoi abiti da signora... –

DEODATA – ma perché sa che, vestita come veste –

DIEGO – da contadina? –

DEODATA – eh, sì, sta un amore: lo dicono tutti: una simpatia!

CICO Bella, sì, bella: sembra ch'abbia ancor venti anni! Quando passa, si voltano tutti a guardarla. Pare il sole! Un miracolo.

DEODATA (*alludendo all'amante servo*) La vuole lui, così bella?

DIEGO (*con urlo improvviso, violentissimo, che sconcerta e fredda tutti*) Basta! Non posso sentirlo dire da voi!

DEODATA (*sordamente, dopo una pausa*) Ne ha parlato lei...

DIEGO Non si diede per vizio a quell'uomo. Né lui è come voi ve lo figurate. Lei sa, Monsignore, che ha mandato sempre a mio nome all'ospedale tutti i proventi del podere, dopo che io la prima volta li rifiutai. E i proventi sono sempre cresciuti, di anno in anno. E il podere è divenuto il più ricco, il meglio beneficato di tutti i nostri dintorni.

CICO Ah, un paradiso: il paradiso terrestre! Io ci vado, e lo so. E quei due ragazzi più belli della madre, che già lavorano oh! zappano, con due zappette così, accanto al padre, pieni di salute.

DIEGO Certo, sarà un danno cacciarli via: dico per l'ospedale.

DEODATA Ecco che pensa all'ospedale adesso!

DIEGO Penso che vivono da poveri, beneficando; e che ora, se li mando via, dovranno provvedere a sé –

DEODATA – sarà la loro punizione! –

DIEGO – sia! ma il bene che intanto facevano, non deve andar perduto; dovrò farlo io, ora, ad altri, lo stesso bene –

DEODATA – fondando l'ospizio in quel podere? rovinerà il podere, e il bene sarà poco; mentre n'ha già fatto tanto che potrebbe bastare oramai; s'è spogliato di tutto! Ecco, Monsignore, io volevo dir questo: se ne ha il diritto, con la figliuola così.

DIEGO Non ha bisogno di nulla, la mia figliuola: solo di raggiungere, quando a Dio piacerà, ciò che in terra non ha potuto avere. Dire non basta, bisogna *provare* la povertà. E allora, via tutto! – Mia figlia vivrà in campagna, ma vi vedrà – povero tra i poveri – suo padre; e ne sarà contenta, vedendomi contento – ah sì, alla fine! così soltanto! – Non potrei altrimenti figurarmi quei due cacciati dalla terra, raminghi in cerca di lavoro.

Voltandosi di scatto a Deodata

Non mi guardate con codesti occhi! Prego Dio ogni sera che mi richiami a sé, non per avere io un sollievo da queste prove che ha voluto mandarmi, ma per levar loro dal peccato in cui vivono. Perché io so che lei ha trovato un uomo, ha trovato un uomo.

Il cielo, a questo punto, col tramonto, è diventato tutto

di fiamma. Si ode dal fondo della scala il suono di un campanello.

DEODATA Suonano. Chi sarà? La porta dev'essere aperta, se non l'ha chiusa lei.

A Cico:

Va', va' a vedere chi è.

Cico va alla scala; fa un atto di stupore, quasi di sgomento, e torna indietro.

CICO Uh! *Lei! Lei!* La signora!
DIEGO Lei qua?
CICO Sì, tutta vestita di rosso, e il manto nero! [13]
DEODATA Avrà saputo, e forse viene...
MONSIGNORE Per il podere?
DIEGO E come osa?
MONSIGNORE (*vedendola apparire e fermarsi nel largo della scala*) Eccola qua!
DIEGO (*piano*) Ritiratevi. Lasciatemi solo con lei.

A Deodata:

Attenta a Lia.

Monsignor Lelli, Deodata e Cico si ritirano ed escono per uno degli usci sotto il porticato. Sullo sfondo del cielo infiammato, Sara, tutta rossa e col manto nero, sembra un'irreale apparizione di ineffabile bellezza: nuova, sana, potente.

SARA (*assorta, guardando e comparando col ricordo le cose come ora le rivede, più anguste, meschine*) Il giardino... la casa...

13 L'apparizione di Sara anticipa appena la descrizione di Maria Maddalena nei *Giganti* (cfr. p. 218 e nota 32).

DIEGO Hai potuto osare, davanti a tutti, ripresentarti a me?

SARA (*c.s.*)[14] E anche tu... Dio mio, che faccia...

DIEGO Lascia stare la mia faccia! Dimmi perché sei venuta!

SARA Non temere. Appena la gente saprà perché, comprenderà che dovevo venire e non ne farà maraviglia. D'altro avrà da maravigliarsi; non di questa mia venuta.

DIEGO Vieni perché hai saputo?...

SARA – dell'ospizio? No.

Ride.

Ah, tu hai temuto che venissi a intercedere, a pregarti di lasciarci nel podere?

DIEGO Non vieni per questo?

SARA Ma no! Noi non viviamo del tuo podere –

DIEGO (*rapido, cercando d'interrompere*) – lo so, lo so –

SARA – e dunque? – viviamo del lavoro che vi facciamo e che domani possiamo fare anche altrove. Questo per noi non ha importanza. Potrebbe averla al più al più per i poveri malati dell'ospedale.

DIEGO L'ho detto or ora anch'io –

SARA – ecco – e giacché ne parli tu – (io ho ben altro da dirti, e non pensavo venendo di doverti parlare di questo) – ma giacché ne parli tu –

DIEGO – no: prima dimmi la ragione per cui sei venuta –

SARA – aspetta: se cerchi una scusa per mandarci via –

DIEGO – non è una scusa! –

SARA – che vuoi che se ne facciano, del podere, questi vecchi mendicanti della città, avvezzi a girovagare tra la gente? Chiusi lì, si sentirebbero in prigione: puniti e non beneficati. In capo a un anno, il podere morrebbe in mano a loro –

DIEGO – ci sarò io, con loro –

SARA – tu? e che potresti far tu con codeste braccia? Mi

14 *c.s.*: abbreviazione per 'come sopra'.

fai ridere! Non l'hai più veduto e non sai com'è; quello che ne abbiamo fatto! Non c'è più un palmo di terra che non sia coltivato –

DIEGO – lo so –

SARA – l'orto, la vigna, il frutteto: uh, frutta per tutte le voglie! Abbiamo trovato l'acqua, sai? quella vena che dicevi tu, che certe volte, ricordi?, si sentiva scorrere sotto il ciglio del sentiero che conduce alla vallata: quella! Una ricchezza. Ha rinfrescato e rinnovato tutto. Tre vivai grandi sempre pieni, e scorre per le zane,[15] da per tutto, allegra, e ti fa tirare dal fondo dei polmoni il respiro quando ne senti il fragore, certe sere di caldo. – Ebbene, guarda, se quest'ospizio è una scusa, non pensarci più.

DIEGO Non è una scusa, t'ho detto.

SARA Ce n'andremo via; via da noi; anche domani stesso, se vuoi, senza darti nemmeno il disturbo di cacciarci tu. Mettici un altro fattore, però – onesto – e che sappia lavorare. Fai così. E fallo, dài ascolto a me, fallo per il sangue tuo! Come vuoi lasciarli, questi figli, ci pensi?

DIEGO I figli... Séguiti a volertene dar pensiero, *ancora*?

SARA Dici a me, ancora? – tu? – E chi mi negò di darmene pensiero *sempre*, *sempre*; e soltanto di loro?

DIEGO (*infoscandosi*) Lasciamo questo discorso.

SARA Non volesti più tu, ch'io fossi madre per i miei figli, a costo di fare anche a meno della moglie!

DIEGO Sì. Perché volevo che la moglie fosse madre per i miei figli, educandoli a mio modo.

SARA Ah no, questo no! questo mai!

DIEGO Dunque vedi?

SARA Il fatto mi dimostra, ora più che mai, che avevo ragione io, sai? io e non tu!

DIEGO Lasciamo, lasciamo questo discorso.

SARA (*indica il Crocefisso*) Tu non vedi che Quello, e a tuo modo soltanto!

DIEGO Non bestemmiare!

15 *zane*: avvallamenti, dove si formano pozzanghere.

SARA Io? Sono la prima a inginocchiarmi! Ma Quello, sai, è lì per dare la vita, non per dare la morte!

DIEGO Ma sta' zitta! Che vuoi parlare tu di vita e di morte? Ti sei dimenticata che la vita vera è di là! Quand'è finita la carne...

SARA Io so che ce l'ha pur data Dio, anche questa di carne, perché la vivessimo qua, in salute e letizia! E nessuno può saper questo meglio d'una madre! Volevo la gioja, io, la gioja e la salute per i miei figli! E anche la ricchezza, sì: per loro, non per me (io ho fatto e faccio la contadina!). E se tu lasci il podere per i tuoi figli – guarda – sarò felice d'aver lavorato con queste braccia – lavorato davvero, sai! – a renderlo ricco come ora è, per loro!

DIEGO Ne hanno fatto a meno finora, con l'ajuto di Dio, e possono seguitare a farne a meno.

SARA Che ne sai tu?

DIEGO Lo so.

SARA Tante cose possono avvenire che tu non supponi nemmeno!

DIEGO Intanto, per una, ho già provveduto. E quanto a Lucio...

SARA (*come se l'aspettasse a questo*) Quanto a Lucio?

DIEGO Ha già i suoi ordini.

SARA E se non gli bastassero più?

DIEGO Come, se non gli bastassero? Gli debbono bastare!

SARA Lucio è da jeri con me.

DIEGO (*restando*) Lucio? Che dici? Con te, dove? È tornato?

SARA Tornato, sì. Ed è venuto da me. Ecco perché ti dicevo che il fatto, ora più che mai, mi dà ragione.

DIEGO (*ancora quasi incredulo*) Lucio è venuto da te?

SARA Mi vedi qua per questo. Tuo figlio è venuto da me.

DIEGO Ma come, venuto? Gli hai scritto? L'avrai chiamato tu?

SARA Come avrei potuto chiamarlo io? No. E perché?

Con fastidio.

Ah, tu pensi ancora per il podere? Ti dico che sono pronta a lasciartelo anche domani!

DIEGO Allora... spontaneamente? E per qual ragione?

Smarrendosi

È venuto senza farsi vedere qua... Non ha più scritto... Che gli è avvenuto?

SARA Io non so. Ero nell'orto. Me lo vedo comparire davanti. Non l'ho riconosciuto in prima; e come avrei potuto riconoscerlo?

DIEGO Ma venuto da te, per che fare? Che t'ha detto?

SARA Ah, cose m'ha detto... – non posso ripetertele così... Bisogna che tu lo senta parlare!

DIEGO Cose... cose per te?

SARA Non per me – per tutti!

DIEGO Dev'essersi impazzito!

SARA No! Che impazzito! È un altro!

DIEGO Un altro? Che vuoi dire? T'avrà pur dato una ragione della sua venuta!

SARA Sì. Per riconoscermi.

DIEGO (*stordito*) Riconoscerti?

SARA Sì. E rinascere. Lui, da me. Rinascere da me, sua madre. L'ha detto! Lo guardavo, smarrita. Che viso s'è fatto: di cera! E che occhi! Mi vedo tendere le braccia, e con due lagrime che gli sgorgano da quegli occhi... «Mamma!» Mi son sentita... mi sono sentita ribenedetta! M'ha abbracciata; ha pianto su me, a lungo, a lungo, tremando tutto tra le mie braccia. Non ho mai sentito nessuno tremare così!

DIEGO (*quasi tra sé*) Ah Dio, ah Dio, ajutami, sostienimi, Dio! Dio, Dio, che vuoi tu da me?

A Sara:

Ma come? Senza pensare che là, dov'è venuto a trovarti, tu vivi con uno che non è suo padre; e che egli...

Tutt'a un tratto, come fulminato da un dubbio:

Ma forse... Ah Dio... forse non ha più l'abito?

SARA No.

DIEGO (*com'atterrito*) S'è spogliato dell'abito? Ha buttato via l'abito?

SARA Ma sentissi come parla ancora di Dio!

DIEGO (*farneticando*) Dov'è? Dov'è? dimmi dov'è, nel podere?

SARA No; è venuto con me, per parlarti.

DIEGO Vuole parlarmi?

SARA Spiegarti...

DIEGO Dov'è?

SARA S'è fermato alla porta della città, in casa di mia sorella.

DIEGO Ah, vado, vado, vado...

E si precipita, com'impazzito, giù per la scala. Sara resta perplessa e un po' sgomenta di quella fuga; si guarda attorno; scorge Cico che guarda col suo berrettino rosso da una delle colonnette del portico e lo chiama con la mano. Il cielo, d'improvviso, da rosso che era, s'è fatto violaceo, e la scena appare come freddata d'un tratto da quella livida luce sinistra.

SARA Vieni, vieni. Bisogna corrergli dietro; io non posso. È tornato Lucio, senza più l'abito.

CICO Ah sì?

SARA Sì, sì. È corso com'un pazzo. Avverti, avverti in casa. Io scappo. Bisogna badare a lui!

Via di fretta, per la scala. Viene fuori da uno degli usci del portichetto Deodata a spiare; e subito Cico la chiama. Deodata accorre.

DEODATA Che t'ha detto? E lui perché è scappato?

CICO Lucio, Lucio... il diavolo... Ha buttato via la tonaca!

DEODATA Lucio? Te l'ha detto lei?

CICO Lei, lei! il diavolo!

DEODATA Ah Dio, ajutaci! E che avverrà adesso di quell'uomo?

CICO È corso via, s'è precipitato! Gli corro dietro!

Via di furia per la scala.

DEODATA Sì, vai vai! Ma dove sarà andato? Oh Signore Iddio! E tutta vestita di rosso era, come una vampa dell'inferno! Per dare quest'annunzio!

S'appressa al porticato.

Monsignore, Monsignore!

Entra, costernato, Monsignore.

MONSIGNORE Che cos'è? che cos'è?
DEODATA Lucio s'è spogliato da prete!
MONSIGNORE No! Che mi dite!
DEODATA È venuta lei a dargliene l'annunzio! E lui è scappato via!
MONSIGNORE Dove?
DEODATA Non lo so! È scappato!

Si sentono prossime grida confuse, affannose, che si avvicinano sempre più.

MONSIGNORE Sentite? Che avviene? Gridano!
GRIDA – Piano piano... Di là! Per quella scala!
– Ma com'è stato?
– Ah, il signor Spina!
– Piano! Piano per la figlia!
– Ma è morto? Com'è stato? Ah poveretto!
– Attenzione! Attenzione a salire!
– Rivoltatevi! La testa in su! La scala è erta!
DEODATA (*accorrendo alla scala*) Ah Dio, il padrone! Che è stato?
CICO (*risalendo la scala*) Investito! investito!
MONSIGNORE Correte, Deodata, impedite alla figlia di venire.
DEODATA Ma non sarà morto!

MONSIGNORE No, no, speriamo di no! Andate, andate!

Viene su dalla scala affannosamente un gruppo di gente della strada che sorregge per la testa e per i piedi il corpo abbandonato di Diego Spina, e va con stento a deporlo su uno dei sedili del giardino, bene in vista. Qualcuno avrà in mano un lanternino acceso. Deodata corre verso la casa. Quando il gruppo dei portatori avrà superato la scala, davanti a questa, parato da Cico, si vedrà un altro gruppo di curiosi costernati.

VOCI DEI PORTATORI – Su, su, piano!
– Di qua, di qua!
– Deponiamolo su quel sedile!
– Sì, sì, piano, di qua!
MONSIGNORE Ma non è ferito!
UNO DEI PORTATORI No, nessuna ferita!
MONSIGNORE Ma com'è stato?
UN ALTRO DEI PORTATORI S'è gettato contro un'automobile!
MONSIGNORE Come, da sé? Impossibile!
IL PRIMO Eh, pare!
UN TERZO No, correva all'impazzata!
UN QUARTO È parso a tutti!
MONSIGNORE Impossibile! Impossibile!
IL PRIMO L'automobile ha sterzato –
IL SECONDO – non l'ha messo neanche sotto! –
IL TERZO – ma l'ha sbatacchiato con tale impeto contro il muro, che subito è cascato là, come un cencio.
MONSIGNORE Non dà più segno di vita!
IL QUARTO No? Fino a poco fa respirava.
MONSIGNORE È gelato!
CICO (*dalla scala, facendo largo tra i curiosi*) Ecco il dottore! ecco il dottore! Largo! Largo!

Accorre dalla scala un medico chiamato lì per lì in qualche farmacia.

IL MEDICO (*accorrendo, a Cico che vorrebbe ragguagliarlo*) Ho saputo, ho saputo, investito! Fate largo! Lasciatemi vedere!

Si china su lo Spina, lo osserva un momento, gli sbottona il colletto, la camicia, il panciotto, gli ascolta il cuore. Nel frattempo, gli astanti commentano sottovoce.

GLI ASTANTI – Pare morto!
– Eh sì...
– Che disgrazia!
– Silenzio!

IL MEDICO (*sollevando il capo*) È morto.

GLI ASTANTI (*con diverse voci*) Morto?

IL MEDICO (*dopo essersi di nuovo chinato a riascoltare il cuore del giacente, tra lo stupore angoscioso, la pietà e lo sgomento di tutti, conferma rialzandosi*) Morto.

TELA

ATTO SECONDO

Atrio rustico della casa di campagna di Diego Spina. L'atrio è coperto da una tettoja, di cui si vedono le tegole, spioventi verso il fondo; e poggia su due pilastri imbasati su un murello basso di cinta che s'apre nel mezzo per dare accesso nell'atrio mediante uno scalino. Lungo il murello di cinta è un sedile di pietra. Nel fondo è il podere: tripudio di verde nel sole: un paradiso. Nel lato destro dell'atrio è l'apertura della scala che conduce al piano superiore della villa. Di qua e di là sono altri due sedili di pietra, addossati al muro. Verso il fondo, dopo il sedile, un usciolo. Nel lato sinistro è la porta che immette, mediante uno scalino d'invito, nell'abitazione del fattore. Nel mezzo della scena una vecchia tavola rustica e vecchie seggiole e qualche sgabello.

Al levarsi della tela sono in iscena Arcadipane e un contadino, già carico di fagotti. Un altro fagotto è per terra, e una grossa bisaccia sulla tavola. Arcadipane, alto, poderoso, con la barba crespa, nera, occhi grandi, ridenti e ingenui come quelli di un bambino,[1] *porta in capo un berretto nero villoso, che s'è fatto da sé, dalla pelle d'una capra; veste da contadino, di panno turchino, con gli stivaloni; invece del panciotto, sulla camicia bianca di grossa tela, ha un'altra camicia d'albagio,*[2] *violacea, a quadri rossi e neri. Il colletto floscio della camicia di tela è rimboccato su questa d'albagio. Alla vita una cintura di cuojo.*

ARCADIPANE (*prendendo da terra il fagotto*) Vedi se puoi

1 Il ritratto di Arcadipane ha richiamato quello del mago Cotrone, nei *Giganti* (cfr. p. 182, nota 53).
2 *albagio*: lana ruvida.

portare anche questo. Così avremo finito di sgomberare.

Carica con garbo il fagotto sulle spalle del contadino. Intanto dalla porta a sinistra esce un altro contadino carico d'una cassa dipinta di verde. Lo segue Sara. Da lontano, si odono i sonagli d'una carrozza che s'avvicina.

SARA Anche questa cassa sul carretto?
ARCADIPANE Sì.

Al contadino:

Ma aspetta a scaricarla. Vengo io. Bisogna trovarle posto; e legar tutto bene. Andiamo. Io prendo la bisaccia.

La prende.

SARA Sulla mula, la bisaccia.
ARCADIPANE Oh, viene una carrozza: non saranno mica loro?
SARA No. Troppo presto.
ARCADIPANE Su non resta più nulla?
SARA Più nulla. Va', va' a vedere chi può essere. Ma non è possibile che siano loro.

Rientra in casa.

Arcadipane dall'atrio segue i contadini che già sono svoltati a sinistra, uscendo dal fondo. La scena resta vuota per un momento. Rientra dal fondo Arcadipane seguito dal dottor Gionni.

ARCADIPANE Ecco, entri, signor dottore. Se vuol salire – non so – qua da me, o dal figlio.

Indica la scala a destra.

GIONNI No no. Riparto subito. Ritornerò, dopo la visita che debbo fare qua vicino, nella campagna del Lotti.

ARCADIPANE Ah, per la madre: lo so. Pare che stia molto male.

GIONNI Eh, purtroppo. Passando, mi son fermato per prevenirvi... –

ARCADIPANE – aspetti: chiamo Sara.

Va alla porta a sinistra, sale lo scalino e chiama:

Sara, vieni: c'è qua il signor dottore.

Sara entra dalla porta a sinistra.

SARA (*in apprensione*) Che altro di nuovo?

GIONNI Nulla, non s'allarmi. Voglio soltanto prevenire Lucio d'una cosa.

SARA Dev'esser su, Lucio. Strano che non abbia sentito i sonagli della vettura.

GIONNI Dormirà.

SARA No. Magari! Non dorme più. E sono tanto in pensiero per lui, creda. Ora poi, con questa disgrazia del padre...

GIONNI Sì, ma ormai...

SARA Lei non può immaginarsi quella sua povera testa –

ARCADIPANE – senza mai requie –

SARA – con quegli occhi – io non so – come induriti, sì, mi fanno questa impressione: induriti dal dolore – eppure, accesi come avesse la febbre. Quello che pensa! Jersera m'ha detto che forse è prossima la resurrezione del padre.

ARCADIPANE Oh come? E non è già risorto? col miracolo...

e accenna al Gionni.

GIONNI Per carità, non dite miracolo, non dite miracolo anche voi!

ARCADIPANE Lo gridano tutti a una voce!

GIONNI È ben questo il male, a cui bisogna riparare!

ARCADIPANE Male? Ne siamo sbalorditi tutti ancora! Non si parla d'altro nelle campagne.

SARA E figurarsi in città!

GIONNI Già, ma figuratevi anche lui, ora; voglio dire, quel che c'è da temere per lui, appunto per questo.

ARCADIPANE Perché tutti gridano al miracolo della resurrezione?

GIONNI Appunto, appunto. Non lo può ammettere, lui, codesto miracolo, credendo come crede.

ARCADIPANE E perché no?

GIONNI Perché Dio solo può richiamare da morte a vita.

ARCADIPANE E come? non è stata forse volontà di Dio?

GIONNI Ecco! Bravo! Non sono mica un diavolo per voi?

ARCADIPANE Che dice mai, signor dottore!

GIONNI Mi vedo guardato da tutti come uno ch'abbia il potere infernale di resuscitare i morti...

ARCADIPANE Eh, ne ha resuscitato uno!

GIONNI Appunto, per un miracolo! E proprio quest'uno, che dovrebbe ringraziarne Dio, mi fa stare ora in tanta apprensione che venga a saperlo!

SARA Ah, ecco, dice forse per questo, Lucio, allora –

GIONNI – che cosa? –

SARA – che è prossima la sua vera resurrezione!

GIONNI Suppone che alla fine lo riconoscerà anche lui?

SARA Lo spera, forse.

GIONNI Farebbe bene a non sperarlo tanto. Son venuto appunto a prevenirlo circa al modo di comportarsi con lui, appena verrà; e ne prevengo anzi anche voi...

SARA – ma noi no, non lo vedremo noi, dottore: ce n'andremo prima ch'egli arrivi –

ARCADIPANE – siamo sul punto d'andarcene –

GIONNI – ah, già, scusate... –

SARA Vado su, vado su a chiamar Lucio.

Attraversa la scena ed esce, salendo la scala a destra.

GIONNI Eh, lo so! V'ho reso un cattivo servizio, Arcadipane. Certo, voi, all'annunzio della morte... –

ARCADIPANE – non crederà, signor dottore, che Sara ed io ce ne fossimo rallegrati –

GIONNI – non dico rallegrati, ma certo avreste potuto –

ARCADIPANE – regolare la nostra unione? ah questo, sì, subito.

GIONNI (*quasi tra sé*) Strano!

ARCADIPANE Che cosa?

GIONNI Potreste ancora...

ARCADIPANE E come? con lui vivo?

GIONNI C'è l'atto di morte –

ARCADIPANE – sarà annullato! –

GIONNI – per ora c'è – con tanto di firma del necroscopo. – Legalmente, è morto. –

ARCADIPANE Lei non lo dice sul serio...

GIONNI No, ma – certo – legalmente...

ARCADIPANE Signor dottore, la legge... quella di Dio: non ce n'è altra.

GIONNI Ma i vostri figliuoli...

ARCADIPANE Basterà loro non esser fuori della legge di Dio. Non ho nulla da lasciar loro, altro che l'esempio dell'obbedienza a questa legge. Mi duole il cuore per una cosa soltanto: che non udrò più la mia voce qua sotto le tegole di quest'atrio che mi ricorda... ah se lei sapesse, quante notti, seduto su quello scalino là a guardare quella scala... S'immagini che amore ho potuto mettere a queste pietre, a questa terra, a ogni albero che vi ho piantato, con lei

allude a Sara

che da padrona mi s'è fatta compagna... – Eccola che ridiscende col figlio. Mi ritiro. Non gli ho mai parlato; non mi son lasciato nemmeno vedere da lui.

Via per il fondo, svoltando a sinistra. Vengono giù dalla scala a destra Lucio e Sara. Lucio ha ventidue anni. Esile, pallidissimo, col viso scavato dal travaglio spirituale che gli ha acceso negli occhi una luce febbrile. Ha mani sensibilissime, gracili; e se le stringe spesso convulso. Non è affatto timido;

anzi, come sospinto da un'ansia che, a volte, sembra irosa. Ha un po' d'impaccio dell'abito che indossa. Grigio, comperato bell'e fatto, piuttosto grezzo. Sembra un adolescente che porti per la prima volta i calzoni lunghi. Scende con la madre, in fretta.

LUCIO No, no dottore –

GIONNI – buon giorno, Lucio –

LUCIO – buon giorno – io non potrò tacere, gliel'avverto, non potrò tacere, se egli viene qua –

GIONNI – io intendevo, su ciò che gli è accaduto –

LUCIO – tacere che cosa? –

GIONNI – ma questo che dicono un miracolo – l'ajuto che ho prestato io...

LUCIO – e perché tacerlo? –

GIONNI – perché ancora non ne sa nulla! –

LUCIO – nulla? –

SARA – che è stato lei?... –

GIONNI – per carità, non una parola su questo punto! Non ricorda nulla di nulla. Sa soltanto d'essere stato investito da un'automobile. Crede d'avere avuto una commozione cerebrale che gli ha tolto la memoria di tutto.

SARA Non sa dunque nemmeno dell'atto di morte?

GIONNI Nulla, nulla! Non ne ha il minimo sospetto, vi dico. Ringrazia Dio, che oltre la commozione che, sì, poteva essere mortale, non abbia avuto altro danno dall'investimento.

LUCIO E le pare possibile che non venga a saperlo?

GIONNI Quel che preme è che non venga a saperlo ora, nello stato in cui si trova. Tu puoi comprendere che sconvolgimento avverrebbe nel suo spirito.

LUCIO E non crede che sarebbe salutare?

GIONNI No, Dio liberi! Lèvatelo dalla testa! Gridò al sacrilegio per una coniglietta resuscitata, figùrati ora, se venisse a sapere... Ti giuro, Lucio, che se non era per la tua sorellina che mi gridava disperatamente di dare a lui quello stesso ajuto, io per me avrei esitato, me ne sarei fatto scrupolo, proprio, per le conseguenze... –

LUCIO – e se ora io contassi? –

GIONNI – ma no, che dici? su queste conseguenze? –

LUCIO – per richiamarlo alla vita, dottore, e far che Dio veramente – nel suo corpo rimesso in piedi – compia intero il suo miracolo!

GIONNI Vuoi dunque rischiare d'ucciderlo?

LUCIO Io? No, dottore. Guardi che lo rischia lei, piuttosto.

GIONNI Come? Perché?

LUCIO L'ha rimesso in piedi, per far di nuovo camminare... che cosa? un corpo soltanto?

GIONNI Un corpo? Ma tuo padre ha la sua fede!

LUCIO Appunto. Gliel'ha lei rispettata, rimettendolo in piedi con un mezzo ch'egli stima sacrilego? Appena verrà a saperlo, lei lo avrà ucciso.

GIONNI Ma mi sto dando appunto pensiero di questo, mi pare!

LUCIO Che non venga a saperlo? Se non sarà oggi, sarà domani.

GIONNI A me basta che non sia in questo momento, almeno! Pensa infine ch'è stato proprio per causa tua... –

LUCIO – non dica mia, non dica mia: dica ch'è stato per questa prova suprema – di vita – che Dio ha voluto mandare a lui e a me!

GIONNI (*facendo spallucce*) Prova suprema, prova suprema...

LUCIO Eh, più di così? Non l'impedisca in nessun modo, dottore, se egli viene qua, oggi, per affrontarla.

GIONNI Ma ti figuri che venga per questo?

LUCIO Non viene per parlare con me?

GIONNI Ma non aspettandosi, certo, a codesta prova suprema che tu dici!

LUCIO E a che cosa, allora?

GIONNI Ma io non so! Che tu receda, suppongo –

LUCIO – dal passo che ho dato? E vuole che non gli dica le ragioni per cui l'ho dato?

GIONNI (*arrabbiandosi*) Digliele pure! Fa' come credi! Gli sembreranno tutte eresie! Insomma, caro, senti: è veramente una sorte assai buffa, la mia! condannato a irritar tutti, sempre! Dev'esser la mia faccia – io non so – la mia voce... Rispetto la fede altrui, e ìrrito anche con la mia tolleranza! Penso come te, sento come te – ed eccoci qua – irritato tu, irritato io...

LUCIO (*sorridendo*) Ma no, io non sono affatto irritato...

GIONNI E io sì; e me ne vado! Ho fatto, da medico, il mio obbligo; ti scongiuro, da amico, di lasciar per ora tuo padre nell'ignoranza di quanto gli è accaduto.

SARA Sì, sì, credo anch'io che tu non debba dirgli nulla, per ora.

LUCIO Se credete che possa nuocergli, tacerò anche se mi costringerà a parlare –

GIONNI – non dico questo!

LUCIO Per forza, dottore! Vorrà parlarmi della mia fede perduta, e io dovrei allora rispondergli che non è vero che l'ho perduta, ma anzi acquistata –

GIONNI – non per lui – acquistata... –

LUCIO – la fede, ciascuno l'acquista per sé –

GIONNI – no, intendo dire: a suo modo di vedere... –

LUCIO – e acquistata, sa come? negando proprio quella morte, che voi avete tanta paura ch'egli venga a conoscere –

GIONNI – negando? come la neghi, la morte? –

LUCIO – col non presumere più che Dio, solo per il fatto naturale che domani questo mio corpo cadrà come una qualunque foglia appassita –

GIONNI – e non è morire questo? –

LUCIO – ma no! che morire, dottore – un po' di polvere che ritorna polvere[3] –

GIONNI – questo lo dice anche tuo padre! –

LUCIO – sì; ma egli presume appunto –

GIONNI – già, sì: che il suo spirito –

LUCIO – *suo*? come *suo*? Ecco, vede dov'è l'errore? –

SARA – nel dire il *suo* spirito? –

LUCIO – ma sì, mamma! Ammetterlo eterno, infinito, e

3 *un po' di polvere che ritorna polvere*: parafrasa il *Genesi*, 3, 19; e non meraviglia, trattandosi di chi si è avviato al sacerdozio. Cfr. Prefazione, pp. LXV e LXXII.

presumere che possa esser *mio*, di uno che è nel tempo, labile forma d'un momento, jeri o domani. Vedi com'è? Per non finire noi, annulliamo in nome di Dio la vita, e facciamo regnare Dio anche di là (non si sa dove) in un presunto regno della morte, perché ci dia là, un premio o un castigo. Quasi che il bene e il male potessero esser quelli di uno che è parte, mentre Egli solo, che è Tutto, sa ciò che fa e perché lo fa. Ecco, vede, dottore? questo dovrebbe esser per lui, com'è stato per me, il vero risorgere dalla morte: negarla in Dio, e credere in questa sola Immortalità, non nostra, non per noi, speranza di premio o timore di castigo: credere in questo eterno presente della vita, ch'è Dio, e basta. E Dio allora veramente, dopo quest'esperienza che gli ha concesso di poter fare, compirà – e soltanto Lui – il miracolo della sua resurrezione. Non dirò, non dirò nulla, glielo prometto; mi lascerò dire da lui quello che vorrà; e dirò di tutto, non dubiti, per non aver la sua sorte, dottore: dico, d'irritarlo.

GIONNI (*ammirato di quanto Lucio, con un fervore semplice e dolce, ha detto*) Eh già! Purché poi, tacendo, non lo irriti di più... È ben questa la mia sorte! Ora, per esempio, sono irritatissimo del consiglio che t'ho dato. Basta. Speriamo che tutto finisca bene. A rivederla, signora.

SARA A rivederla. Ma mi chiami Sara, non mi chiami signora. Tornerà?

GIONNI Sì sì, tra poco. A rivederla.

Via per il fondo, voltando a sinistra. Si udrà, poco dopo, il suono delle sonagliere.

SARA Andrò via anch'io, ora...

LUCIO (*avvertendo il suono*) Senti, mamma?

SARA Che cosa?

LUCIO Queste sonagliere.

SARA Sono della carrozza del dottore.

LUCIO Quand'ero bambino, mi pareva che le campagne aperte, di mattina, nel sole, fossero fatte per diffonderne il suono festivo.

SARA Ma la campagna tu, da bambino, figlio mio... –

LUCIO – la vedevo dall'alto del cortile del Seminario, su a San Gerlando.[4] I miei compagni nell'ora della ricreazione, si rincorrevano, gridando come pazzi e tirandosi su le tonache, per correr meglio. Io me ne stavo là in fondo, da dove si godeva la gran veduta della vallata verde, con lo stradone che la solcava; e vi scorgevo, piccole piccole, le carrozze che andavano in campagna, con l'attacco a tre, e me ne giungeva da lontano lontano – ecco, com'è ora – questo suono.

Voltandosi alla madre che piange

Tu piangi, mamma?

SARA Il pianto ch'è nella tua voce...

LUCIO Sì, avevo... avevo un'angoscia... L'angoscia della vita che avrebbe potuto esser bella. Mi pareva di sentir l'allegria d'una corsa in campagna, in quel verde indorato dal sole, nell'aria aperta. Ho così forte il senso dei luoghi, l'odore delle cose. Penso a quando uscivamo dal Seminario a due a due per la passeggiata, passando accanto a uno di quei landò[5] d'affitto, in piazza, ecco, ne sento ancora quel tanfo di rimessa e vedo perfino un filo di paglia tra le labbra bige di quei cavalli; odo sui lastroni della piazza il suono dei loro zoccoli ferrati, quando scalpitavano. Vedi, mamma, la fede, quand'ero così piccino là nel Seminario, era... era odore, sapore... l'odore dell'incenso, della cera... il sapore dell'ostia consacrata... e uno sgomento dei passi che facevano l'eco nell'interno della chiesa vuota...

SARA Eri così tanto piccino... col visino anche allora così sbiancato... Ah che pena, figlio, quando ti vedevo venire a casa, nelle feste, con quella tonacella, che facevi l'atto anche tu di sollevare, per correre a me, e subito la lasciavi andare per non far ridere le ragazzine di stra-

4 *San Gerlando*: il duomo di Agrigento, che sorge accanto al Seminario.
5 *landò*: carrozza signorile (francesismo).

da che ti davano la baja:[6] «*l'abatino! l'abatino!*» E avevi gli occhi come spauriti, quando mi guardavi...

LUCIO (*coprendosi gli occhi con le mani*) Ah no, mamma, non ricordare!

SARA Perché?

LUCIO Se sapessi che onta! perché avevo quegli occhi! Tutta la feccia della vita, così bambino, l'avevo già dentro; me l'aveva messa dentro uno, uno dei grandi, sai quello che poi impazzì? Si chiamava Spano: quello.

SARA Avevi appena sei anni...

LUCIO E sapevo tutto! E non so se era più orrore in me o terrore. Terrore di quella bestia mala che insudiciava tutto con l'immaginazione e non risparmiava nessuno!

SARA Anche di me ti parlava? Oh vile!

LUCIO Non puoi immaginare in che soggezione mi tenesse! Faceva di me la sua volontà; m'atterriva!

SARA Ah tanto no, non lo sospettai mai!

LUCIO Sapessi...

SARA Ti vedevo avvilito, mortificato, come un bambino della tua età non poteva essere; ma non avrei mai supposto per questo! Mi si torcevano le viscere, vedendo così – l'uno e l'altra – teneri teneri – avvizzire; e vedendo lui, vostro padre – che non era possibile (ora credo) non ne soffrisse – duro, ostinato, per non darmela vinta. Diceva che stavate bene –

LUCIO – ah sì, bene?

SARA – bene – e io, a prendervi le faccine e mostrargliele: «Hai il coraggio di dire che stanno bene?» Sentivo che non era vita per me da potersi reggere, con questo scempio che vedevo fare di voi, come alla mia stessa carne.

LUCIO Eh sì, difatti, la povera Lia... –

SARA Come me la vidi riportare a casa – cionca[7] – finita – e vidi le suore che, dopo avermela ridotta in quello stato, me la dovevano assistere e curare... –

LUCIO – ah, loro? –

SARA – loro, capisci? non io! – loro! – m'avventai come

6 *ti davano la baja*: ti canzonavano, schiamazzando dietro.
7 *cionca*: con le gambe impedite (cfr. p. 109, nota 4).

una belva contro una; non so quello che le feci; me la strapparono dalle mani; mi presero per indemoniata.

Tronca, per frenare l'impeto d'odio che la riassale, e subito riprende:

Lucio, me ne fecero scappare - scappare - come una pazza! Pregai, scongiurai che la mia creatura mi fosse portata qua: ero sicura che l'avrei guarita: ma qua, sola con me, senza di lui: non potevo più vedermelo davanti: l'avrei ucciso. Mi rivoleva. Sì, perché - faceva il santo, il tiranno - ma poi, quello che più m'inferociva di lui, quando mi s'accostava, era quella mollezza della sua timidità...[8]

Tronca con un'esclamazione e un atto di schifo:

- ah Dio! - Eppure ti giuro, Lucio, avrei, avrei fatto il sacrificio di resistere all'orrore che ormai ne avevo, purché ne fosse venuto un bene a voi, a voi, figli; e posi per patto che tu almeno fossi liberato e venissi qua con me, tu e la Lia. - Non volle, non volle. - E allora, lui no; e no anch'io! Quello che soffersi non te lo puoi immaginare: lo strazio mio qua, e il vostro là, a cui, anche se mi sacrificavo, non avrei potuto portar riparo.

LUCIO So che ricorresti ai tribunali -

SARA - mi diedero torto -

LUCIO - torto? -

SARA - a me, sì! dissero che dovevo stare con lui e la figlia; e che la pretesa di levar te dal seminario non era giusta; e insomma che ero io - io e non lui - a voler la fine della famiglia. Fu tale l'esasperazione, dopo due anni di lotta accanita, disperata, che buttai via tutto, via tutto! - Che vuoi? mi prese l'odio! - Di qua si vede la città - non potei più guardarla - voltavo la faccia, appena gli occhi, senza volerlo, m'andavano là. L'odio di quelle

8 *quella mollezza della sua timidità*: l'espressione ritorna nei *Giganti*, p. 229, nota 17.

chiese, di quelle case, e il tribunale... tutto! – Quando a una madre si nega d'attendere ai suoi figli, a una madre che vuole la salute per i suoi figli le si dà torto – che vuoi? ci si danna! Buttai via tutto e mi feci contadina – contadina qua, sotto il sole, all'aperto! Un bisogno mi prese, un bisogno d'essere selvaggia; un bisogno di cadere a terra la sera come una bestia morta sotto la fatica – zappando, pestando le spighe sull'aja con le mule, a piedi nudi, sotto la canicola, girando a tondo con le gambe insanguinate e gridando come un'ubbriaca – bisogno d'essere brutale con chi mi pregava che avessi pietà di me – tu intendi chi – quest'uomo puro – puro, Lucio, come una creatura uscita ora dalle mani di Dio – quest'uomo che non ha saputo mai tollerare che mi facessi uguale a lui, e che impedì che mi dannassi, insegnandomi le cose della campagna, la vita, la vera vita che ha qui, fuori della città maledetta, la terra; questa vita che ora sento, perché le mie mani la servono, l'ajutano a crescere, a fiorire, a fruttare; e la gioja della pioggia che viene a tempo; e l'afflizione della nebbia che brucia gli olivi sul fiorire; e hai visto l'erba sulla proda qua della stradetta, d'un verde così nuovo e fresco, all'alba, con la brina? e il piacere, il piacere, sai, di fare il pane con le tue stesse mani che hanno seminato il grano...

LUCIO Sì, sì, mamma – e vedi che sono venuto a te...

SARA Figlio mio, la gioja che m'hai data, Dio solo che t'ha mandato me la poteva dare! E l'ho gridato, l'ho gridato a tuo padre, che mi son sentita ribenedetta! M'hai ripagato di tutto, figlio, con la tua venuta; e anch'io, vedi, di tutto ti posso parlare, così senza vanto né rossore, perché io sola so quel che ho dovuto soffrire, scontare, per divenire così, come forse nessuno più intende che cosa voglia dire: naturale.

LUCIO Io, l'intendo, vedendoti, sentendoti parlare.

SARA Mi sono veramente liberata; non desidero perché ho; non spero perché, ciò che ho, mi basta; ho la salute, il cuore in pace e la mente serena.

LUCIO Ma tu non puoi, tu non devi, mamma, andar via di qua.

SARA Son già via: tutta la roba è partita.

LUCIO No, no: l'impedirò io! Di questo sì, gli parlerò, e forte!

SARA Tu non puoi impedirlo, Lucio –

LUCIO – sì che posso! debbo! –

SARA – non puoi e non devi, no; e io, del resto, non voglio, non voglio.

LUCIO Ma tutto quello che hai fatto qua... –

SARA – non l'ho fatto per me. Vorrei sì – e questo lo dissi anche a tuo padre – vorrei averlo fatto per voi, per te e Lia. Questo sì, tu puoi provarti a impedirlo: che il podere – questa ricchezza – vada perduto, in mano di nessuno. Tu hai pur diritto di difendere, se non per te, per la tua sorellina, questo bene. Ma non puoi per me, e non devi; ripeto: io non voglio.

LUCIO Sta bene: lo farò per me e per Lia. Ma tu dove andrai?

SARA Non temere, abbiamo già provveduto; sappiamo dove andare: per ora, da un fattore nostro amico, un po' lontano da qui, alle Favare;[9] poi, l'anno venturo, ci sarà affidato un podere qua vicino, a mezzadrìa; e ci sarà da guadagnare un po' anche per noi che, finora, sai? non abbiamo guadagnato mai nulla. Si dovrà pur mettere da parte qualche cosa... –

LUCIO – già, sì, per... Mamma, perdonami, io non ho ancora saputo trovar l'animo di parlartene: tu hai due figli...

SARA Sì, con lui – non l'hai ancora veduti – contadinotti, bruciati dal sole...

LUCIO E lui... –

SARA – se sapessi, in quale apprensione, in quanta soggezione lo tieni... –

LUCIO Io?

SARA Sì: teme e si vergogna; non gli par l'ora d'andarsene; mi sa con te, e son sicura ch'è di là, in questo momento, come la cagna coi cùccioli, a cui il padrone ne

9 *Favare*: a 13 km da Agrigento, per la precisione. Cfr. nei *Giganti*, p. 213, nota 18.

abbia tolto uno per farlo vedere, non osa ringhiare e allunga da sotto in su gli occhi pietosi a sogguardare che gli fanno...

LUCIO Vuoi chiamarlo?

SARA Sì? vuoi che lo chiami?

LUCIO Sì; coi bambini.

SARA Saranno qua fuori; m'aspettano per partire.

Va in fondo e chiama verso destra:

Oh, Roro! Vieni... vieni, sì, qua... Coi bambini... vieni, vieni...

LUCIO Lo chiami Roro?

SARA Io, sì: si chiama Rosario; lo chiamo Roro. Il piccolo era già sulla mula. Eh, appena può cavalcare, lui, tutto felice!

LUCIO Come si chiamano i bambini?

SARA Uno, Tonotto, il maggiore; e l'altro Michele. – Eccoli qua.

Entra dal fondo Arcadipane coi due ragazzi per mano.

Questo è Arcadipane.

I due ragazzi corrono a lei: prima Tonotto e poi Michele.

E questo è Tonotto. E questo

prende in braccio il minore

è Michele.

LUCIO (*chinandosi a baciare Tonotto e poi baciando in braccio alla madre Michele*) Come sono belli, mamma! Forti.

SARA Sani.

Ad Arcadipane:

Tu non ti ricordi di Lucio?

ARCADIPANE Sì, di quand'era bambino come quello.

Indica Tonotto.

LUCIO Anch'io ho un ricordo... ma non so più se sia vero... Anche di te, mamma... Ma forse, non propriamente ricordo: una visione che mi fosse venuta – non so – come da un'altra vita; come a guardare da una profonda lontana lontana finestra di sogno. Ma rivedendoti, ora... non so, m'è nato il dubbio che...

SARA Ma si sa che ora sono un'altra!

LUCIO Sì, certo; ma il dubbio, dico, che io l'abbia sognata, quell'immagine: era così un'altra... – No, sai, non più bella, mamma! anzi... Sei così bella ora, tanto, tanto più bella! E quella, anzi, così triste... E anche di lui, l'immagine che serbavo... Ma dimmi un po', mamma (non ridere) – tu non ricordi che a casa nostra... – quando c'eri – ci fosse una gatta bianca?

SARA Una gatta bianca? quando tu?...

D'improvviso, sovvenendogliene l'immagine:

– sì sì, c'era! c'era! Ma non una gatta, un gatto era – sì sì – bianco – un bel gattone bianco – eh altro! – sì, mi ricordo!

LUCIO E allora...

SARA Allora, che cosa?

LUCIO Quella che ho sempre ricordato, mamma, sì, doveva essere la tua immagine. – Una stanza... una sala da pranzo – grande – dal tetto basso –

SARA – ma sì, quella della casa dove stavamo prima –

ARCADIPANE – alla scesa di San Francesco[10] –

LUCIO – io non me la ricordo affatto – ho solo, vaga, l'impressione di quella sala –

10 *scesa di San Francesco*: i gradini che conducono alla chiesa di San Francesco d'Assisi, dalla via Ateneo. La «discesa [...] è la prosecuzione dell'ex via San Pietro, ora via Luigi Pirandello, dove aveva abitato lo scrittore» (L. Sedita, *La maschera del nome*, cit., p. 81).

SARA – sì, con una finestra che dava sugli orti, di là dalla strada –

LUCIO – c'era in mezzo una tavola quadrata – la vedo – con un solo posto apparecchiato su una salvietta, ancora con le pieghe della stiratura – una bottiglia di vino nero, con la schiuma nel collo della bottiglia – (potrei prendermi sulle dita il filo di sole che vi batte sopra, dagli scuri della finestra accostati). – Lui sta seduto davanti a quella salvietta e mangia a capo chino. – Il gatto bianco sta seduto sulla tavola, in punta, dall'altro lato, ritto su le zampe davanti, con la coda che gli pende dalla tavola e che si muove di tanto in tanto, quasi per conto suo, come una serpetta. Tu, mamma, parli con lui e non badi a me; a un tratto ti volti, ti pieghi su le ginocchia, m'abbracci e, non so perché, ti metti a piangere, stringendomi forte forte; io, di sulla tua spalla, mi sporgo a guardar lui, come per il sospetto che sia lui a farti piangere; lo vedo alzare, brusco, con gli occhi rossi di pianto anche lui; andare a un angolo della stanza; prendere un fucile là appoggiato; ho una gran paura e sto per gridare, quando tu mamma d'improvviso mi lasci e corri dietro a lui uscito precipitosamente; resto come sospeso, smarrito, allora, e vedo il gatto balzare al piatto, addentare la carne rimasta e fuggire saltando dalla tavola. È curioso come mi sia rimasto così vivo il ricordo di questo gatto; mentre le vostre immagini – la tua, la sua... Ricordo bene il pianto.

SARA Era per te, figlio – anche il suo –

ARCADIPANE – per ciò che ella soffriva! –

SARA – m'ero ridotta a sfogarmene con tutti –

ARCADIPANE – ed era la pietà di tutti!

SARA Lucio, ora ti dico una cosa – davanti a lui. Non l'ho detta prima d'ora, neanche a me stessa. Quando, disperata, lasciai la casa e venni qua, sapevo, m'ero accorta che sotto la pietà di lui c'era già un sentimento per me

voltandosi ad Arcadipane

– di', è vero? è vero? –

ARCADIPANE (*più col cenno del capo che con la voce, raumiliato*) – sì, è vero –

SARA – una donna fa presto ad accorgersene,[11] pur lasciando lì l'avvertimento che se ne ha, come non avvertito, e seguitando a trattare come potevo io allora trattar lui –

ARCADIPANE – ero il suo servo – e giuro che anche il mio sentimento... –

SARA – non c'è bisogno che tu lo giuri; vedi che ho premesso che sto dicendo una cosa che rivelo ora per la prima volta a me stessa: anche tu non volevi aver coscienza che m'amavi, non è vero?

ARCADIPANE – ne avevo paura!

SARA Ebbene, e io ora debbo dire che fu proprio questo, sì, quest'avvertimento segreto dell'amore di lui, Lucio, a tirarmi alla terra, a far la contadina; anch'io senza volerne aver coscienza, anzi come per una pazzia che volessi fare; ma sentendo in fondo che così soltanto mi sarei guardata dall'impazzire: sì, proprio, facendo la contadina come una pazza! E perciò tutti quegli sgarbi a lui, che non voleva ancora capire e cercava di trattenermi! – Devi ora capire anche tu, Lucio, che – avendo tagliato la mia vita, così come sono stata costretta a fare – a te che ritorni, figlio mio, da quella vita che non poté più essere mia, io non posso, non posso più trovar posto in questa d'ora, ch'è di lui e di queste due creaturine. Io debbo, debbo andare con loro.

LUCIO Sì, mamma, è giusto; e non pensare ch'io voglia, o che abbia sperato con la mia venuta... –

SARA – lo so, Lucio: lo dico per rinfrancare lui di fronte a te.

Ad Arcadipane:

Ora ce n'andremo.

11 *una donna fa presto ad accorgersene*: così anche Ilse nei confronti del poeta autore della *Favola del figlio cambiato*, nei *Giganti*, p. 201.

LUCIO So anche che non posso nemmeno venire con te...
SARA No, Lucio, non puoi.
LUCIO Ma vorrei che tu almeno... –
SARA – di', di', che cosa? –
LUCIO – ecco – anche nascosta, mamma... –
SARA – nascosta? io? –
LUCIO – sì – mi déssi la forza – dopo che avrò parlato con lui – di prendere il mio nuovo cammino – solo, come dovrò, e senza più l'ajuto di nessuno, senza più stato.
SARA Ma no, perché? Non vorresti rimanere? –
LUCIO – dove? – accanto a mio padre – così?

Indica il suo abito, non più da prete.

Tu sai com'è!
SARA Ma non potrà mandarti via!
LUCIO Mandarmi via, no; ma non vorrà più, certo, darmi i mezzi per ritornare ai miei studii –
SARA – te li darò io i mezzi, se lui non vuole, a qualunque costo! –
LUCIO – no, mamma: tu non puoi –
SARA – potrò, potrò, sì – a qualunque costo, ti dico! –
LUCIO – non puoi, intendo, per la stessa ragione, mamma, per cui non è possibile ch'io venga con te.
SARA Ma non è la stessa cosa! No! Se li accettassi da lui...

indica Arcadipane.

Li avrai da me, dal mio lavoro –
LUCIO – lo devi ai tuoi figli quanto verrà dal tuo lavoro. No. E del resto, forse è meglio ch'io abbandoni i miei studi e mi provi anch'io, mamma, a liberarmi come te –
SARA – no! no! –
LUCIO – sì, a trovare anch'io la mia naturalezza –
SARA – no! –
LUCIO – perché diventi semplice e facile anche la mia vita nell'umiltà d'un lavoro manuale –

SARA – ma non potrai! –

LUCIO – potrò, potrò –

SARA – non ne avrai la forza –

LUCIO – la troverò –

SARA – no, no: devi fare altro bene, tu con la luce, figlio, che hai qua, nella fronte.

LUCIO Potrò sempre farlo, anche lavorando umilmente.

SARA Non devi, no; in questo non devi prendere esempio da me, no: io ho potuto farlo perché soltanto così potevo trovare la mia liberazione, e salvarmi. Ma tu no, tu hai tante vie davanti a te –

LUCIO – non ne vedo per ora nessuna –

SARA – se non hai potuto camminare per quella su cui egli da bambino ti volle mettere, avrà lui l'obbligo, ora, di darti il tempo e il modo di trovarne un'altra, degna di te, su cui camminare e arrivar lontano!

LUCIO Ecco, mamma, sì. – Ma non per parlare di me, no; per parlare di tutto; io ho bisogno d'un conforto che in questo momento puoi darmi tu sola. Sono venuto da te, sfidando tutto, soltanto per avere questo conforto.

SARA Sì, sì, dimmi, che conforto?

LUCIO Sentirti vicina (sia pure nascosta) quando parlerò con lui; anche per tenermi dal dire ciò che non debbo. Ho bisogno che questa forza mi venga da te: non me la negare. Poi andrai via. Nessuno ti tratterrà. Nessuno ti vedrà.

SARA Sì, Lucio, se tu vuoi –

ARCADIPANE (*in apprensione*) Ma nascosta, dove?

SARA – no: non nascosta: perché nascosta? l'ho già veduto e gli ho parlato a viso aperto: saprei, a un bisogno, riparlargli. Aspetterò là: le stanze son vuote: non potrà credere ch'io voglia rimanere: non c'è più neppure una seggiola: sederò su lo scalino sotto la finestra: aspettando che tu abbia finito di parlargli.

ARCADIPANE No, Sara... non lo fare!

SARA Di che temi?

LUCIO Ne rispondo io. Verrà via con me: tornerà ai suoi figli e a voi, non dubitate.

ARCADIPANE (*a Sara*) Ma non gli parrà che egli difenda la terra anche per te, se tu rimani qua?

SARA Gli ho già detto in faccia che non abbiamo bisogno del suo podere per vivere: se a noi non è venuto mai nulla...

LUCIO E nulla io farò per impedirgli di disporne come vorrà, state tranquillo. Accanto a lui, ripeto, non potrò più stare; andrò via anch'io. Del resto, mamma, lascia: va', va' pure con lui: mi farò forza da me.

SARA No no: io starò là, starò là.

Si odono i sonagli d'una vettura.

Andate, andate. Aspettatemi nel podere del Lotti: vi raggiungerò. Se non è il dottor Gionni di ritorno, saranno loro. Va', va'.

Arcadipane, via dal fondo coi due ragazzi. Il rumore dei sonagli s'approssima. Sara s'avvia alla porta a sinistra, prima d'entrare, dice a Lucio:

Io sono qua, figlio mio.

Entra e richiude la porta.

Lucio resta in attesa. Poco dopo, la vettura, di là, si ferma. Si ode la voce di Cico.

CICO Ecco, ecco: la carrozzina è qua! Ajuto io! ajuto io!

DEODATA No, no, piano, Cico, lascia: so io come debbo prenderla.

CICO Pronta qua la carrozzina! – Ecco, brava. – E ora corre come sulle sue gambette!

Appare in fondo, nel sole, Lia sulla sua sediola a ruote. Seguono, correndo, Cico e Deodata.

LIA Lucio! Lucio! Dove sei?

LUCIO (*correndo e abbracciandola*) Eccomi, Lia!

DEODATA (*con una maraviglia, subito spenta dalla delusione e quasi dal disprezzo*) Eccolo là!

CICO Oh guarda! Non me n'ero neanche accorto...

LIA (*staccandosi dall'abbraccio*) Làsciati vedere! Nooo, buffo! Dio, sembri più piccolo!

DEODATA Hai faccia da comparire così...

CICO Pare uno qualunque...

LIA Non sembri più tu!

DEODATA Sapessi che effetto fai a chi ti rivede! Ma dov'hai comprato cotesto abito? Non vedi come ti sgonfia da collo?[12]

LUCIO Che volete che m'importi? – Dov'è il babbo? Non viene?

LIA Viene, sì, con Monsignore, in un'altra vettura: hanno aspettato il notajo.

LUCIO Per la cessione del podere?

DEODATA Figùrati, appena ti vedrà così! Non vorrà più saper altro! – Intanto, guardala:

prende la faccia di Lia e la mostra a Lucio

le è bastato prender aria qua, appena appena: guardala, s'è tutta colorita.

LIA È tanto bello qua! tanto bello!

LUCIO Dunque, sempre ostinato?

DEODATA Tuo padre? più che mai!

LIA Sì: lo vedrai... fa paura; e anche una pena... una pena, Lucio...

LUCIO Ma non sospetta ancora nulla?

LIA Di che?

LUCIO Di ciò che gli è accaduto?

LIA Ah, no! neanche per ombra!

DEODATA Nulla!

Pausa tenuta.

CICO (*assorto, come tutti gli altri, nella cosa terribile accaduta*) Ed era morto! Proprio morto!

12 *ti sgonfia da collo*: ti fa uno sbuffo sul collo.

Pausa.

DEODATA Morto, sì.
LIA Come l'ho visto...
LUCIO (*con intenzione*) Morto?
LIA Sì.
LUCIO E allora, dillo! Morto. Devi dirlo anche tu!
LIA Morto, morto, sì.
DEODATA L'abbiamo visto tutti!
CICO Morto.
DEODATA Anche Monsignore!
CICO Anche lui: morto, lo vide bene. E poi l'accertarono due medici!
DEODATA Uno scrisse l'atto di decesso.

Pausa.

LUCIO (*a Lia*) Fosti tu, è vero?
LIA Io, che cosa?
LUCIO A far chiamare il dottor Gionni?
LIA Ah sì, io, io: mi misi a gridare! Nessuno voleva!
DEODATA Io, perché non ci credevo!
CICO Monsignore non voleva! non voleva! Corsi io per lui, a chiamarlo, il dottor Gionni. Lo volevo vedere anch'io là, davanti al cadavere!
LUCIO E allora?
LIA Subito, sai?... subito...
LUCIO Che cosa?
LIA – gli si rimise a battere il cuore, e il viso, da bianco che era... –
CICO – bianco... bianco... –
DEODATA – di cera. –
LIA – subito ritornò... – non ti so dire... – si vide... si vide che il sangue aveva ripreso a muoverglisi nelle vene –
DEODATA – e il respiro a sollevargli il petto –
CICO – riaprì le labbra –
LIA – sì, che cosa! appena appena! – la mia gioja! – era lì, ancora senza coscienza di vita, ma non più morto!

gioja ma – insieme – una cosa... una cosa che atterriva! –

DEODATA (*con tono cupo, e voce lenta e spiccata*) – ancora, a pensarci, mi prende il tremito.

Pausa lunga.

CICO (*piano, come in confidenza, a Lucio, diabolico*) Hai avuto ragione, sai, di spogliarti.

DEODATA (*subito, forte, aspra, a Cico*) No! – Non dirlo! non dirlo!

CICO M'è scappato!

E si tura la bocca.

DEODATA M'avevi promesso di non dirlo.

CICO Non dirlo... Ma se poi lo pensi! –

A Lucio

Tu capisci: Morto – non sa nulla. Dov'è stato? – Dovrebbe saperlo, e non lo sa. – Se non sa neppure della sua morte, nulla, è segno che, per chi muore, di là non c'è più nulla – nulla.

Pausa.

LIA (*dopo una strana risatina, quasi tra sé*) Le mie alucce, Deodata? Le alucce d'angeletta... Dovevo averle in compenso dei piedi che mi sono mancati per camminare sulla terra... Addio voli lassù!

LUCIO (*commosso*) No, Lia...

LIA (*dolce*) Eh, se il paradiso non c'è...

Pausa. E poi, tra silenzi, una cupa lentezza:

CICO L'altra casa del Signore... la casa di là... per tutti quelli che qua hanno patito rassegnati...

DEODATA (*c.s.*) e non hanno goduto per non peccare...

CICO (*c.s*) gl'infelici, i diseredati...
DEODATA (*c.s.*) La buona novella di Gesù...
CICO (*c.s.*) Nulla... più nulla...

Si son sentiti, durante queste ultime battute, i sonagli d'una vettura, fievoli. Ora il suono è cessato. Momento d'attesa, pieno di sgomento e d'angoscia. Sopravviene dal fondo il dottor Gionni.

GIONNI Zitti, zitti tutti. Viene. Ha saputo!
LUCIO Ha saputo?

Gionni fa cenno di sì col capo. Nel silenzio che incombe, grave di tutto quello sgomento e quell'angoscia, Diego Spina si fa avanti dal fondo, seguito a qualche distanza da Monsignore Lelli e dal notajo Marra. Non vede nessuno. Scende lo scalino tra i due pilastri, viene alla tavola, cade a sedere a un lato di essa, bianco di terrore, con gli occhi sbarrati nel vuoto. Tutti lo guardano sospesi e smarriti, seguitando a tenere il silenzio, che è quello esterrefatto della vita davanti alla morte.

TELA

La stessa scena del secondo atto, pochi momenti dopo.

Al levarsi della tela si rivedrà il quadro finale dell'atto precedente, e cioè gli stessi personaggi nella stessa posizione e nello stesso atteggiamento. Mancano soltanto Diego Spina e Lucio. Poco dopo, Lucio scenderà dalla scala a destra e tutti si volteranno a guardarlo, ansiosi.

LUCIO S'è chiuso dentro.
LIA L'hai chiamato?
LUCIO Ho tentato di farmi aprire.
MONSIGNORE Non ha voluto?
LUCIO No.
DEODATA Non t'ha nemmeno risposto?
LUCIO Alla mia insistenza, ha gridato: «Vattene!»

Pausa.

GIONNI (*in apprensione*) Vada su, vada su, tenti lei, Monsignore!
LUCIO No, Monsignore. Dal tono con cui m'ha imposto d'andarmene, è certo che in questo momento respingerebbe anche lei. Non vada.

Pausa.

MONSIGNORE È terribile.

Pausa.

LUCIO Forse è bene che misuri da solo quest'abisso della sua fede. E Dio allora risorgerà in lui.

MONSIGNORE (*urtato, severo*) Dio? Quale Dio vuoi che risorga più in lui?

LUCIO (*semplice*) Quello che è in tutti noi, Monsignore, per cui siamo in piedi.

MONSIGNORE (*voce da pulpito, ma sincera*) In piedi? Ma come, in piedi? Non vedi? Coi ginocchi che tremano dal terrore? E quella tua sorellina là – guardala! – non è in piedi. Fai mancare a tutti la terra, apri l'abisso e dici in piedi? Guarda là quella donna!

Indica Deodata.

Guarda quel vecchio!

Indica Cico.

CICO (*tutt'un fremito*) Lasci star me, lasci star me, Monsignore! Basta col suo Dio!

Si strappa dal capo il berrettino rosso e lo scaglia a terra.

Ho il mio diavolo, io, che d'ora in poi non me lo gabba più nessuno!

Raccatta da terra il berrettino e se lo ricalca in testa.

Basta! – E non dica vecchio! Vecchio, un corno!

Voltandosi di scatto a Deodata:

Deodata, mi vuoi? Ti sposo io!

Corre ad abbracciarla.

Ti sposo io, ti sposo io, Deodata!

DEODATA (*divincolandosi, mentre il notajo Marra ride a crepapelle, e ride anche, ma d'un altro riso, quasi involontario, Lia*) Lèvati, lasciami, pazzo!

CICO (*senza lasciarla, frenetico*) Ti sposo qua, ora stesso senza né legge né sagramenti; come i cani! E vedrai che godere non è peccare!

MONSIGNORE (*imponendosi, mentre il Gionni, accorso, respinge Cico con una manata sul petto*) Basta, Cico!

DEODATA (*c.s.*) Ma sarai tu cane! Lasciami!

GIONNI Lasciala!

CICO (*rivoltandosi contro il Gionni*) Chi vi c'immischia, voi?

GIONNI Non siamo bestie; siamo uomini!

MONSIGNORE (*al notajo Marra, che seguita a ridere*) E voi smettete di ridere, notajo! – Non impazziamo!

Intanto Lucio si sarà coperto il volto con la mano

GIONNI (*al Notajo*) Pensate che di su vi può sentire! E siete stato proprio voi...

MARRA Senza volerlo, scusate! Ignorando che non ne sapesse nulla...

GIONNI (*a Monsignore*) E io ch'ero corso qua a prevenire il figlio! Ma potevo mai supporre che proprio oggi, venendo per la prima volta – (immaginavo per parlare con lui)

indica Lucio

– dovesse portare il notajo?

MARRA Eh, volendo stendere l'atto di donazione del podere...

GIONNI Bravo! A saperlo! Ho creduto, ripeto, che venisse per persuadere il figlio a non dargli il dolore di quest'abiura...

MARRA No, no: intendo dire che per forza sarebbe venuto a sapere. Deve firmar l'atto. E come potevo fargliela firmare, se figura morto allo Stato Civile? Credevo che lo sapesse; e allora, ridendo, gli domando: «Oh, a proposito, vi siete fatto cancellare dal registro dei morti?» Vedo Monsignore farmi subito un atto, e lui sbiancarsi in viso e aggrottare le ciglia...

GIONNI (*a Monsignore*) Ma lei non tentò? –
MONSIGNORE – tentai; ma lui

indica il Notajo

senza capire –
MARRA – dica senza poter supporre! –
MONSIGNORE – si mise a parlare del vostro miracolo...
MARRA – Ma tutta questa impressione, poi, dico la verità... – Sì, capisco, venirlo a sapere così di colpo... – Ma, dopo tutto, se fosse capitato a me... Morto, sia pure... – mezz'ora (quant'è stato?) tre quarti d'ora... Però, se ora mi tocco e posso dire: «sono vivo...».
MONSIGNORE (*ergendosi, severo*) Vi pare che possa bastare? Vivo?

Staccando le sillabe:

Ma c o m e, vivo?
MARRA Eh, vivo... non lo vorrà negare! importa come?
MONSIGNORE Importa sopra ogni cosa!
MARRA Lo sa qua il dottore, come; e lo sappiamo tutti.
MONSIGNORE Ma non siamo qua per vivere soltanto, noi! E l'altra cosa che dobbiamo far tutti – morire – è tal cosa che – voi l'avete veduto – non saperne nulla, non poterne dir nulla, importa questo: sentire subito come spenta la vita, e restare annientati.

Pausa.

DEODATA (*nel silenzio*) La disperazione.

Pausa.

CICO (*nel silenzio*) La sua anima, appena uscita dal corpo, doveva comparire davanti alla Giustizia Divina. Non è comparsa. Che vuol dire? Non c'è giustizia divina. Non c'è nulla di là.

Pausa.

Addio chiesa, Monsignore! Addio fede!

Pausa.

LIA (*nel silenzio, con una vocina chiara, in cui quasi sorride per troppo tremore l'angoscia d'una disperata necessità*) Bisogna che Dio ci sia anche di là.

LUCIO (*come trasfigurato in un impeto di commozione divina*) Sì, Lia, c'è! Sorellina mia, c'è – sì – ora sento che c'è – ci dev'essere, ci dev'essere! – Sì, Monsignore: ridare le ali a cui sono mancati i piedi per camminare sulla terra! – C'è! C'è! – Ora intendo e sento veramente la parola di Cristo: CARITÀ! Perché gli uomini non possono star tutti e sempre in piedi, Dio stesso vuole in terra la sua Casa,[1] che prometta la vera vita di là; la sua Santa Casa, dove gli stanchi e i miseri e i deboli si possano inginocchiare, e tutti i dolori e tutte le superbie inginocchiare! Ecco, Monsignore, così,

s'inginocchia

davanti a Lei, ora che mi sento degno di nuovo di rindossar l'abito per il divino sacrificio di Cristo e per la fede degli altri!

MONSIGNORE (*chinandosi e posandogli le mani sul capo*) Figlio mio benedetto, ecco che Dio dalla mente ti ridiscende nel cuore!

DEODATA (*giojosa e stupita*) Rindossa l'abito?

CICO (*quasi feroce*) Ma il fatto? ma il fatto?

MONSIGNORE (*ancora curvo su Lucio*) Che fatto?

CICO Di lui su, che ritornato in vita, non sa nulla di là?

MONSIGNORE E chi t'ha detto che Dio conceda di sapere a chi ritorna di là? Tu devi credere e non sapere!

LUCIO (*rialzandosi*) In Dio non si muore!

1 *la sua Casa*: la Chiesa (l'epiteto «Santa», appresso, si addice solitamente a quella della Vergine traslata in Loreto).

S'avvia, raggiante, alla scala a destra per andar su a rindossare il suo abito sacerdotale. Sara che ha ascoltato tutto, nascosta, a questo punto apre la porta a sinistra e si mostra tutta tremante di commozione. Chiama il dottor Gionni.

SARA Dottore, dottore...

Tutti si voltano stupiti.

GIONNI (*avvicinandosi*) Ah, lei, signora? Era di là?
SARA Sì. Come lui aveva voluto.
GIONNI Lucio?
SARA Sì. Perché gli déssi forza... ma l'ha trovata, l'ha trovata in sé lui stesso, la forza di compiere il sacrifizio –
GIONNI – per la salvazione del padre. Forse ora su, come lo vedrà rivestito –
SARA – sì, sì: tremo tutta, mi vede... Ora non ha più bisogno di me, e io me ne posso andare. Gli dica che lo benedico per quello che fa. Nessuno più di me può sapere che cosa sia. M'ha parlato della vita: come la sente! come la sente! come la vivrebbe! – Ci rinunzia. Va a rimorire nel suo abito.
GIONNI Ha detto egli stesso che in Dio non si muore.
SARA Sì. E così è vero, ecco, così è vero che anche in terra ci sono i santi.
MONSIGNORE Per riaccendere nel bujo della morte il divino lume della Fede, che è carità per tutti quelli a cui fu negato ogni bene nella vita.
DEODATA Avrebbe potuto mantenerlo acceso in sé questo lume, senz'aspettare di veder la morte e la disperazione di suo padre e di noi tutti.
MONSIGNORE E voi non avreste allora veduto questo richiamo di Dio in lui e la necessità della Fede.
CICO (*irritatissimo*) Ma non dite altre parole, non dite altre parole! A me basta soltanto quello che Lei ha detto poco fa; che Dio può non concedere di sapere a chi ritorna di là: ecco, questo.

E subito, sotto sotto, come se veramente in lui parlasse un altro:

Benché potrebbe concederlo e farci sapere, visto che c'è uno ch'è ritornato!

MONSIGNORE Finirebbe la vita...

CICO Perché finirebbe?

MONSIGNORE Perché la vita è a patto che tu la viva appunto senza sapere, solo credendo. Guaj a chi crede di sapere! Dio solo sa tutto e l'uomo davanti a Lui deve chinare la fronte e piegare i ginocchi.

Si ode a questo punto dall'alto, ma rintronante nel fondo della scena a sinistra, il fragore d'una fucilata. – Restano tutti allibiti. – La prima impressione è che Diego Spina si sia ucciso. Tutti si voltano a guardare in su, verso la scala.

DEODATA Oh Dio, ch'è stato?

CICO S'è ucciso! s'è ucciso!

LIA No, papà, papà! Correte! Correte!

MONSIGNORE C'è su Lucio! Possibile?

GIONNI (*trattenendo Cico*) Ma no, il colpo è rintronato di qua!

Accenna in fondo a sinistra.

E dal fondo a sinistra appare difatti Arcadipane, tutto stravolto, ferito alla testa di striscio, con le mani insanguinate sulla tempia manca.[2] *– Sara, appena lo vede, dà un grido e corre a lui, atterrita. Parlano tutti simultaneamente.*

SARA Ah! Tu? Chi è stato? Che t'hanno fatto?

MONSIGNORE È stato lui?

ARCADIPANE M'ha tirato. Dalla finestra. Non è niente! Non è niente! Qua, di striscio.

GIONNI Fate vedere! Fate vedere!

MARRA È impazzito? Dopo tant'anni?

LIA Che è stato? Che è stato?

DEODATA Tuo padre! Gli ha sparato dalla finestra!

CICO Ha voluto ucciderlo!

2 *manca*: sinistra.

SARA (*al Gionni che osserva la ferita*) Che cos'è, che cos'è, dottore?
GIONNI Niente, proprio niente, per fortuna! Appena una scalfittura!

Ma vien giù dalla scala a precipizio Diego Spina, come un pazzo, ancora armato di fucile, con Lucio rivestito dell'abito talare, che cerca di trattenerlo. Scattano gridi simultanei d'orrore, di terrore, di richiamo, di supplicazione.

– Ah Dio, eccolo! – No! No! – Papà! Papà! – Dio di misericordia! – Trattienilo, Lucio! Trattienilo!

Ed è in tutti quella perplessità tra il coraggio e la paura, se lanciarsi a disarmarlo o schermirsi dalla mira; mentre Diego Spina cerca col fucile imbracciato Arcadipane, gridando a Lucio da cui s'è svincolato:

DIEGO Lasciami!

E agli altri:

Fate largo! largo! Prima l'uccido; poi m'arresterete!
SARA (*lasciando Arcadipane e facendoglisi incontro*) Chi uccidi? Perché vorresti ucciderlo?
LUCIO (*accorrendo a ripararla*) No, mamma!

E contemporaneamente Arcadipane, divincolandosi tra quelli che cercano di trattenerlo e ripararlo.

ARCADIPANE No, che fai, Sara? Lasciatemi!

Ma alla sfida di Sara, Cico ha spiccato un salto e s'è buttato sul fucile spianato; l'ha fatto abbassare e ha afferrato alla vita Diego Spina, che tenta liberarsene, dibattendosi. Seguitano a parlar tutti simultaneamente.

CICO Fermo! Siete pazzo?

DIEGO Ah cane! Lèvati!

A Sara:

No, non te! Via tu! Lui! Lui!

SARA Ma ucciderai me prima!

MONSIGNORE Bravo, Cico! Tienilo, tienilo forte!

GIONNI (*accorrendo*) Per carità, signor Spina!

MARRA (*c.s.*) Dite sul serio, dopo tant'anni?

DEODATA Qua c'è sua figlia! c'è sua figlia!

LIA Papà! Papà mio!

DIEGO (*seguitando, rivolto a Sara poi agli altri, la sua battuta*) Non deve più vivere! Non deve più vivere! Lasciatemi!

SARA (*c.s.*) Ma sì, lasciatelo! Sono qua io! Lascialo, Cico! Voglio vedere che vuol fare!

ARCADIPANE Non lo cimentare, Sara!

SARA Aspetta tu là!

LUCIO Mamma!

SARA (*a Lucio*) E tu lèvati! Lasciatelo parlare con me.

A Diego:

Che vuoi fare?

DIEGO Non lo so! Non lo so! Posso far tutto!

SARA Tu non puoi far nulla!

DIEGO Tutto! Tutto!

SARA Perché non ti credi più tenuto da Dio –

CICO Vi teniamo noi!

SARA – diventi bestia e uccidi? ma neanche le bestie uccidono così!

DIEGO Non ho più ragione, più ragione di nulla! Posso far tutto!

A Cico che non lo lascia, cedendo l'arma, con uno scatto di tremenda esasperazione:

Prenditi il fucile, lasciami!

Cico lo lascia, tenendosi il fucile.

Ecco, sono disarmato: arrestatemi! È là ferito. Ho voluto ucciderlo, sì; appena l'ho visto dalla finestra, qua sulla terra, sulla terra –

SARA – aspettava me, per andarcene –

DIEGO – no! dico sulla terra, dove sono caduto da tutta quella menzogna lassù... La terra... le cose... tu che ci sei rimasta con lui... Ah ma ora no, sai? ora no! ora no...

E di nuovo si lancia, per prenderla; ma è subito di nuovo trattenuto; come di là Arcadipane che a sua volta si lancia; e di nuovo tutti parlano simultaneamente.

CICO (*di qua, attorno a Diego Spina con Monsignore e il Marra*) Ancora? Ah non vi lascio più!

MONSIGNORE Non vi basta quello che avete fatto?

MARRA Quest'è pazzia!

DIEGO Né io né lui! Non posso più tollerarlo! Né io né lui! Sì, sì, sono pazzo!

ARCADIPANE (*tra Sara, Lucio e Deodata che lo trattengono*) Guaj a voi se v'attentate a toccarla! Ah vorreste ora riprendervela?

SARA No, tu no! Tu sta' qua! Basto io! basto io!

LUCIO Lasciatelo dire! Consideratelo!

DEODATA Non è più lui! Non è più lui!

DIEGO (*seguitando, rivolto a quelli che trattengono Arcadipane*) Ma sì, lasciatelo! M'uccida, m'uccida, è meglio! Ne ha il diritto: io ho voluto uccidere lui! Tutti i delitti, e anche questo! Tanto, non si paga nulla, se tutto si paga qui! La carcere?[3] È tutta carcere, carcere senza scampo! Di là non c'è nulla! Lo so io!

Di scatto, al Gionni

3 *La carcere*: il singolare femminile è di uso raro; un esempio si ha già nella *Cronaca* di Giovanni Villani (DBI, *ad vocem*).

Dottore, vi siete divertito a pungermi il cuore, come un coniglio?

GIONNI Ma è stata la vostra figliuola – guardatela!

LIA (*straziata*) Papà, papà mio!

DIEGO (*buttandosi sulla sediola di Lia*) Figlia mia, figlia mia, perché l'hai fatto? per farmi vedere questo scempio, questo scempio che ho fatto di te?

Rialzandosi e rivoltandosi al Dottore:

Ma voi che lo sapevate, tutto quest'orrore che mi sarei trovato davanti, riaprendo gli occhi, come vi siete prestato? Perché io sono stato morto – voi lo sapete – l'avete visto tutti, – morto, – morto, – l'avete visto anche voi, Monsignore!, – morto, – e un altro medico – non lui – un altro medico ha accertato la mia morte e steso l'atto di morte – e poi lui m'ha rimesso in vita, come un coniglio – e io non ho saputo nulla, e non so nulla, non so nulla, Monsignore! Fallimento, fallimento, se era bottega![4] Lo posso gridare a tutti: fallimento: io che lo so! O se è fede sincera come la mia, perdetela! perdetela!

MONSIGNORE Ma vostro figlio – guardate – l'ha riacquistata!

DEODATA Ha rindossato l'abito, guardi, ha rindossato l'abito!

MONSIGNORE Di nuovo nella luce di Dio!

DIEGO (*a Lucio, restando*) Tu?

LUCIO Sì, padre.

SARA Per te!

MONSIGNORE Per tutti!

DEODATA Sì, per tutti noi, per tutti noi, per questa sua sorellina!

DIEGO Ma come? ora? ora ch'io so...?

CICO No, no: voi non sapete nulla! Dio può non concedere di sapere a chi ritorna di là! Non è prova la vostra! non è prova!

4 *Fallimento... se era bottega*: la resurrezione scientifica rende non solo inutile la fede in quella ultraterrena, ma fallimentare, se è stata dettata da calcolo.

DIEGO Come non è prova? Morto, l'anima mia, l'anima mia, dov'è stata, nel tempo che sono stato morto?

LUCIO (*semplice e dolce*) In Dio, padre. La tua anima è Dio, padre; e tu dici tua: è Dio, vedi? e che puoi tu sapere della morte, se Dio ora, per un suo miracolo –

DIEGO – un suo miracolo? – ma se è stato lui!

Indica il dottor Gionni.

LUCIO – non lui! credi che tutti i morti possano risuscitare per opera d'un medico? Riconosce lui stesso ch'è stato un miracolo!

DIEGO Sì: della sua scienza!

LUCIO Se l'anima nostra è Dio in noi, che vuoi che sia la scienza e un suo miracolo, se non un miracolo di Lui quand'Egli voglia che si compia? e che puoi tu sapere della morte, se in Dio non si muore, ed Egli ora è di nuovo in te, come ancora in tutti noi, qua, eterno, nel nostro momento che solo in Lui non ha fine?

DIEGO Tu, ora mi parli così? tu? tu, per cui io...?

LUCIO Sì; perché tu risorga dalla tua morte, padre. Vedi? tu avevi chiuso gli occhi alla vita, credendo di dover vedere l'altra di là. Questo è stato il tuo castigo. Dio t'ha accecato per quella, e ti fa ora riaprire gli occhi per questa che è Sua, perché tu la viva – e la lasci vivere agli altri – lavorando e soffrendo e godendo come tutti.

DIEGO Io? E tua sorella? E tu? Ho voluto... ho voluto uccidere... e tutto il male che ho fatto...

LUCIO Me l'assumo io, padre, e lo riscatto! Se ora questo tuo male io l'accetto, e lo sento, lo sento come un bene, come un bene per me, questo è Dio, vedi? questo è Dio, Dio che ti vede coi tuoi stessi occhi, e vede quello che fai, quello che hai fatto, e quello che ora devi fare.

DIEGO Che debbo fare? che debbo fare?

LUCIO Vivere, padre: in Dio, nelle opere che farai. Alzati e cammina,[5] cammina nella vita. E lascia, lascia a quest'uomo

5 *Alzati e cammina*: è parte dell'invito di Cristo al paralitico di Cafarnao, quale risuona nei *Vangeli* di Marco, Matteo, Giovanni, oltre che

indica Arcadipane

la sua donna; lascia a questa madre la sua figlia. Ma tu non devi aspettare, Lia, sento, sento che tu non devi aspettare, sorellina mia, ch'io ritorni a far cantare per te l'organo in chiesa, in gloria dei cieli.

Si rivolge alla madre:

Mamma, mamma, chiama la tua figlia!

SARA (*trasfigurata, come per riflesso, dalla divina esaltazione del figlio: tendendo le braccia a Lia*) Figlia! Figlia mia!

LIA (*sorgendo al richiamo della madre dalla sua sediola e accorrendo a lei sulle gambine ancora incerte*) Mamma! Mamma!

Lucio è come in una luce divina.

CICO Ecco il miracolo! il miracolo![6]

E cade in ginocchio.

Cammina... cammina...

Anche gli altri, sbalorditi di gioja, accennano con le labbra la parola:

Miracolo.

TELA

negli *Atti degli Apostoli*, 3, 6 (Pietro e lo zoppo dalla nascita). È come se Lucio parlasse a Diego attraverso Lia, di conseguenza.

6 L'esito miracoloso non coinvolge il Monsignore (cfr. Prefazione, p. LXXII). E perciò cade definitivamente l'ipotesi, accennata dall'autore medesimo, che il *Lazzaro* collabori alla «Conciliazione» fra Stato e Chiesa, promossa da Mussolini e siglata l'11 febbraio del '29 (cfr. al riguardo la lettera a Marta Abba citata nella Prefazione, pp. LXIII-LXIV).

I GIGANTI DELLA MONTAGNA

Mito

La compagnia della Contessa: [1]
ILSE, *detta ancora* LA CONTESSA
IL CONTE, *suo marito*
DIAMANTE, *la seconda Donna*
CROMO, *il Caratterista*
SPIZZI, *l'Attor Giovine*
BATTAGLIA, *generico-donna* [2]
SACERDOTE
LUMACHI, *col carretto*
COTRONE, [3] *detto* IL MAGO

1 *La compagnia della Contessa*: secondo S. D'Amico, Pirandello potrebbe essersi ispirato per la creazione del personaggio della Contessa all'attrice romana Olga De Dieterichs: «Dopo essersi sposata col conte Mario Ferrari, che le era stato compagno d'università e di esperienze filodrammatiche [...], la De Dieterichs, che non mancava di bravura e nemmeno di bellezza, risolse di farsi attrice al servizio d'un repertorio modernamente artistico; ma la formazione costituita per lei dal Ferrari (1926) non riuscì a incuriosire. Fu appunto per far conoscere la formazione dalle platee, e per resistere, nello stesso tempo, a una situazione difficile, che di quando in quando si rinunciò, nello scegliere i copioni, al rigore, o al gusto col quale si era cominciato [...]. La compagnia venne diretta da Lamberto Picasso – il protagonista, sappiamo, con Marta Abba della prima della *Nuova colonia* –, e in seguito da Marcello Giorda, durò alcuni mesi ed è inutile dire che ai due coniugi candidamente fiduciosi costò moltissimo. Fallito quel tentativo, la De Dieterichs – o la "Contessa" come gli attori la chiamavano – lasciò il palcoscenico. Morì qualche anno dopo» (*Cronache del Teatro*, II, cit., pp. 435-36). Quanto convenga questa vicenda a quella centrale dei *Giganti*, protagonista Ilse Paulen, fin dalla scelta di un nome nordico, è inutile sottolineare in anticipo.
2 *generico-donna*: se all'attore generico sono affidate di solito parti secondarie, qui si specifica la sua capacità di rappresentare parti femminili.
3 *COTRONE*: «è un toponimo derivato dall'antica denominazione di

Gli scalognati:
IL NANO QUAQUÈO[4]
DUCCIO DOCCIA
LA SGRICIA[5]
MILORDINO
MARA-MARA *con l'ombrellino, detta anche* LA SCOZZESE
MADDALENA[6]

FANTOCCI
APPARIZIONI[7]
L'ANGELO CENTUNO *e la sua centuria*[8]

Tempo e luogo, indeterminati: al limite, fra la favola e la realtà.[9]

Crotone», secondo L. Sedita (*La maschera del nome*, cit., p. 95). E l'Artioli sottolinea che era questo il luogo della scuola pitagorica (*L'officina segreta di Pirandello*, cit., pp. 114-16). Che si tratti di personaggio d'origine autobiografica, lo sostiene invece Sedita, cit., pp. 86-89, chiamando in causa i *Dialoghi fra il Gran me e il piccolo me*, in quanto «il personaggio di Cotrone adempie ad un'antica richiesta avanzata dal piccolo me, Geremia, al Gran me con il quale è solito lamentarsi: "... tu che potresti esser mago e far l'incanto per te e per me (se non per gli altri)" su queste miserie e su queste brutture» (*Novelle per un anno*, a cura di M. Costanzo, Milano 1990, III, Appendice, p. 968).

4 QUAQUÈO: «il nome epitetico rifà il verso dell'anatra»; così il Sedita, che ricorda il protagonista della novella *Certi obblighi* (*La maschera del nome*, cit., p. 89), di professione «lampionajo» (*Novelle per un anno*, II, cit., 1987, p. 446).

5 LA SGRICIA: o «Sgriscia», nel testo della «Nuova Antologia», è il nome della vecchia serva di Don Ravanà nella novella *In corpore vili*, in *Novelle per un anno*, cit., II, p. 823. Lo segnala il Sedita, e aggiunge che *sgricciu* in siciliano significa «schizzo, persona piccola» (*La maschera e il nome*, cit., p. 89).

6 MADDALENA: si tenga conto della successiva presentazione di Cotrone (p. 218), e del rinvio a un contributo di R. Tessari nella relativa nota 32.

7 APPARIZIONI: sono quelle create dai riflettori luminosi per "magia" da Cotrone (cfr. p. 212).

8 L'ANGELO... *centuria*: sono i protagonisti del racconto di Sgricia (cfr. pp. 212 sgg.); diventano una delle «apparizioni», di cui sopra.

9 *Tempo... la realtà*: cfr. p. 178 e la relativa nota 22.

I

Villa, detta «La Scalogna», dove abita Cotrone coi suoi Scalognati.[10]
Alto,[11] *quasi nel mezzo della scena in quel punto soprelevata,*[12] *e un cipresso*[13] *ridotto per la vecchiaja, nel fusto, come una pertica e, su in cima, come una spazzola da lumi.*
La villa ha un intonaco rossastro scolorito. Se ne vede a destra[14] *soltanto l'entrata con quattro scalini d'invito incassati tra due loggette rotonde aggettate, con balaustrate a pilastrini*[15] *e colonne a sostegno delle cupole. La porta è vecchia e*[16] *serba ancora qualche traccia dell'antica verniciatura verde.*[17]
A destra e a sinistra s'aprono, alla stessa altezza della porta, due finestre a usciale[18] *che dànno nelle loggette.*

10 *«La Scalogna»... Scalognati*: «'la Scarogna', [...] il poeta Cotrone [...] Scalognati» (NA e D); per Cotrone cfr. più avanti, p. 182, e le note 106 e 149 alle pp. 195 e 204.
11 *Alto*: manca in NA e in D.
12 *in quel punto soprelevata*: manca in NA e in D.
13 *cipresso*: nella nota introduttiva allo schema dell'ultimo atto, non portato a termine, il figlio Stefano ricorda che nella «penultima nottata della Sua vita» il padre «aveva trovato un olivo saraceno», per «tirare il tendone» della rappresentazione della *Favola del figlio cambiato* (cfr. Appendice, p. 259). Se bisogna dar retta a questa testimonianza, e se, a maggior ragione, vede bene Stefano, quando suppone che il padre, negli ultimi anni della composizione dei *Giganti*, «non avesse già trovato altri movimenti all'azione, o sensi più alti al Mito», si può supporre che al «cipresso», albero ferale, Pirandello avesse voluto opporre l'«olivo», albero della pace e della beatitudine celeste. Ma non si escludono affatto altre interpretazioni. L'Artioli pensa, ad esempio, che il «cipresso» sia, piuttosto, l'albero dei non nati (*L'officina segreta di Pirandello*, cit., p. 116).
14 *ha un intonaco... a destra*: «dall'intonaco rossastro scolorito, è a destra (dell'attore) e se ne vede sul davanti della scena» (NA e D).
15 *con balaustrate a pilastrini*: «con ringhiera e colonnine» (NA).
16 *è vecchia e*: «mezzo imporrita» (NA e D).
17 *verde*: manca in NA e D.
18 *a usciale*: a vetri.

Questa villa, un tempo signorile, è ora decaduta e in abbandono. Sorge solitaria nella vallata[19] *e ha davanti un breve spiazzo erboso con una panchina a sinistra. Ci si viene per una viottola che scende in ripido pendio fino al cipresso*[20] *e, di là, prosegue a sinistra passando sopra un ponticello che accavalca*[21] *un torrente invisibile.*
Questo ponticello, nel lato sinistro della scena, dev'essere bene in vista e praticabile, coi due parapetti.
Di là da esso si scorgono le falde boscose della montagna.

Al levarsi[22] *della tela è quasi sera. Dall'interno della villa si ode, accompagnato da strani strumenti, un canto balzante, che ora scoppia in strilli imprevisti e or s'abbandona in scivoli rischiosi, finché non si lascia attrarre quasi in un vortice, da cui tutt'a un tratto si strappa mettendosi a fuggire come un cavallo ombrato.*[23] *Questo canto deve dar l'impressione che si stia superando un pericolo,*[24] *che non ci par l'ora che finisca, perché tutto ritorni tranquillo e al suo posto, come dopo certi momentacci di follia che alle volte ci prendono,*[25] *non si sa perché.*[26]

19 *nella vallata*: «nel punto più basso della vallata» (NA e D).
20 *ha davanti... fino al cipresso*: «e ci si viene per una via che, girandole dietro, scende in ripido pendìo fino al cipresso» (NA e D).
21 *accavalca*: «accavalcia» (NA). Il Battaglia, *ad vocem*, reca in quest'accezione un esempio da *I vecchi e i giovani*.
22 *della montagna. Al levarsi*: dopo il punto fermo, in NA e D: «L'azione si svolge in un paese situato al confine tra la realtà e la favola. Al giorno d'oggi come in ogni tempo». La prima indicazione, modificata, chiude nel testo a stampa, si è appena visto, l'elenco dei personaggi.
23 *Dall'interno della villa... come un cavallo ombrato*: «Un canto balzante e precipitoso, che or guizza di strilli impreveduti e or s'abbandona in scivoli rischiosi, da cui si riprende con bestiali e zoppicanti cachinni, che lo fanno cadere e torcere in uno spasimo crudele, per poi levarsi a un volo sereno finché non si lascia attrarre e rapire in un vortice che lo sbatte a terra dove quadrupedante come un cavallo adombrato si mette a fuggire, si ode all'interno della villa, accompagnato da strumenti da jazz» (NA e D). «Di jazz» è lettura di D.
24 *un pericolo*: «un pericolo tremendo imminente» (NA e D).
25 *di follia... ci prendono*: «di pazzia che ci pigliano» (NA e D).
26 *non si sa perché*: «non si sa perché, e di cui bisogna avere sopportazione e pietà» (NA e D).

Dalla trasparenza delle due finestre a usciale delle loggette[27] *s'intravede che l'interno della villa è illuminato da strani lumi colorati che dàn parvenze di misteriose apparizioni alla Sgricia che siede pacifica e immobile nella loggetta a destra del portone, e al Doccia e a Quaquèo che seggono in quella a sinistra, il primo coi gomiti sulla ringhierina e la testa tra le mani, l'altro sulla ringhierina, con le spalle a ridosso al muro. La Sgricia è una vecchietta con un cappellino a cuffia in capo, annodato goffamente sotto il mento, e una pellegrinetta color viola*[28] *sulle spalle. La veste a quadretti bianchi e neri è tutta pieghettata. Porta i mezzi guanti di filo.*[29] *Quando parla è sempre un po' irritata e sbatte di continuo le palpebre sugli occhietti furbi irrequieti. Di tratto in tratto si passa rapidamente un dito sotto il naso arricciato.*[30]

Duccio Doccia, piccolo e d'età incerta, calvissimo, ha due gravi occhi ovati e il labbro che gli pende grosso,[31] *nel volto lungo,*[32] *pallido e inteschiato; lunghe mani molli e le gambe piegate, come se camminasse cercando sempre da sedere.*

Quaquèo è un nano grasso, vestito da bambino, di pelo rosso e con un faccione di terracotta che ride largo, d'un riso scemo nella bocca ma negli occhi malizioso.

Appena finito il canto nell'interno della villa, Milordino, che è un giovane patito sulla trentina, con una barbetta da malato sulle gote,[33] *un tubino in capo e un farsetto inverdito*[34] *a cui non vuol rinunziare per non perdere la sua aria civilina, s'affaccia da dietro il cipresso, tutto spaventato, annunziando:*

27 *loggette*: «loggette rotonde» (NA e D).
28 *color viola*: manca in NA e D. La *pellegrinetta* è una mantellina, piccola.
29 *La veste... di filo*: manca in NA e D.
30 *e sbatte... arricciato*: «e si passa rapidamente due o tre volte un dito sotto il naso arricciato e sbatte di continuo le pàlpebre sugli occhietti furbi» (NA e D).
31 *e il labbro che gli pende grosso*: «e un grosso labbro che gli pende» (NA e D).
32 *lungo*: manca in NA e in D.
33 *con una barbetta da malato sulle gote*: manca in NA e D.
34 *inverdito*: «inverdito dalla vecchiaia» (NA e D).

MILORDINO O oh![35] Gente a noi! Gente a noi! Subito, lampi, scrosci e la lingua verde, la lingua verde sul tetto![36]

LA SGRICIA (*levandosi, aprendo la finestra e annunziando nell'interno della villa*) Ajuto! Ajuto! Gente a noi!

Poi, sporgendosi dalla loggetta

Che gente, Milordino, che gente?[37]

QUAQUÈO Di sera? Fosse giorno, crederei:[38] qualche sperduto. Vedrai che ora torna indietro.[39]

MILORDINO No! No! Vengono proprio avanti! Son qua sotto! In tanti,[40] più di dieci!

QUAQUÈO Eh,[41] in tanti, saranno coraggiosi.

Salta dalla ringhiera della loggetta sugli scalini davanti alla porta e di là va al cipresso a guardare con Milordino.[42]

LA SGRICIA (*strillando nell'interno*) I lampi! I lampi!

DOCCIA Oh, i lampi costano, vacci piano.

MILORDINO Hanno anche un carretto; lo tirano a mano, uno tra le stanghe e due dietro!

DOCCIA Sarà gente che va alla montagna.

QUAQUÈO[43] Eh, no, han proprio l'aria di farsi a noi! O oh, hanno una donna sul carretto! Guarda, guarda! Il carretto è pieno di fieno, e la donna vi giace sopra!

MILORDINO Chiamate almeno la Mara, sul ponticello, con l'ombrellino!

35 *O oh!*: manca in NA e D.
36 *e la lingua verde... sul tetto*: «lingua verde sul tetto» (NA e D).
37 *Poi, sporgendosi dalla loggetta... che gente?*: «DOCCIA – Ma lasciate un po' venir la gente!» (NA e D).
38 *crederei:* : manca in NA e D.
39 *torna indietro*: «scantona» (NA e D).
40 *In tanti*: «E sono in tanti» (NA e D).
41 *Eh,*: manca in NA e D.
42 *Salta dalla ringhiera... guardare con Milordino*: manca in NA e D.
43 QUAQUÈO: «QUAQUÈO (*che dalla ringhierina della loggetta si sarà buttato sugli scalini davanti la porta, e di là sarà andato al cipresso a guardare con Milordino*)» (NA e D). Cfr. la nota precedente.

Dalla porta della villa accorre Mara-Mara, gridando:

MARA-MARA Eccomi qua! eccomi qua! Della Scozzese avranno paura!

Mara-Mara è una donnetta, che si può figurare come gonfiata, tutta[44] *imbottita come una balla, con una sottanina corta corta di stoffa scozzese a quadrigliè*[45] *su tutto il rigonfio dell'imbottitura, le gambe nude con le calze di lana ripiegate sui polpacci, un verde*[46] *cappellino in capo di tela cerata, a falde dritte, e una penna di gallo*[47] *da un lato, un piccolo ombrellino a parasole in mano, un tascapane e una fiasca a tracolla.*

Oh ma[48] fatemi lume dal tetto! Non voglio mica[49] rompermi il collo!

Corre al ponticello, monta sul parapetto e, illuminata dall'alto della villa da un riflettore verde che le dà un'aria spettrale, si mette a passeggiare su esso, avanti e indietro, simulando un'apparizione. A tratti, da dietro la villa s'aprono anche larghi fiati di luce, come lampi d'estate, accompagnati da scrosci di catene.

LA SGRICIA (*ai due che guardano*)[50] Si fermano? Tornano indietro?
QUAQUÈO Chiamate Cotrone![51]
DOCCIA Cotrone! Cotrone!
LA SGRICIA Ha la gotta!

Tanto la Sgricia quanto Duccio[52] *sono scesi dalle loggette e*

44 *tutta*: «o tutta» (NA e D).
45 *a quadrigliè*: a quadretti (francesismo).
46 *verde*: manca in NA e D.
47 *di gallo*: manca in NA e D.
48 *Oh ma*: manca in NA e D.
49 *mica*: manca in NA e D.
50 *(ai due che guardano)*: manca in NA e D.
51 QUAQUÈO *Chiamate Cotrone!*: «QUAQUÈO – Ma che! No... // MILORDINO – Chiamate Cotrone!» (NA e D).
52 *Duccio*: «Duccio Doccia» (NA e D).

ora son davanti la villa, sullo spiazzo erboso, costernati. Dalla porta appare Cotrone, ch'è un omone barbuto, dalla bella faccia aperta, con occhioni ridenti splendenti sereni, la bocca fresca, splendente anch'essa di denti sani tra il biondo caldo dei baffi e della barba non curati.[53] *Ha i piedi un po' molli e veste sbracato, un nero giacchettone a larghe falde e larghi calzoni chiari; in capo ha un vecchio fez da turco,*[54] *e un po' aperta sul petto una camicia azzurrina.*

COTRONE Che cos'è? O non vi vergognate? Avete paura, e vorreste farne?

MILORDINO Salgono in frotta! Son più di dieci![55]

QUAQUÈO No, sono otto, sono otto: li ho contati! Con la donna![56]

COTRONE E allegri! C'è anche una donna?[57] Sarà una regina spodestata. È nuda?[58]

QUAQUÈO (*sbalordito*) Nuda? No, nuda[59] non mi è parsa.

COTRONE Nuda, sciocco![60] Su un carretto di fieno, una donna nuda,[61] coi[62] seni all'aria e i capelli rossi sparsi come un sangue di tragedia! I[63] suoi ministri in bando la tirano, per sudar meno, in maniche di camicia. Su, svegli, immaginazione![64] Non[65] mi vorrete mica diventar ragionevoli! Pensate che per noi non c'è pericoli, e vigliacco

53 *un omone... non curati*: qualche analogia col ritratto di Arcadipane, ad inizio dell'atto secondo del *Lazzaro* (cfr. p. 135), gli occhi in specie, ha ravvisato P. Puppa (*Fantasmi contro giganti*, cit., pp. 209-10).
54 *un vecchio fez da turco*: cfr. più avanti, p. 195, nota 106 e p. 204, nota 149.
55 A questa battuta di Milordino, segue in NA e D quest'altra di Cotrone: «Li ho visti di là. Ebbene?».
56 *Con la donna!*: manca in NA e D.
57 *C'è anche una donna?*: manca in NA e D.
58 *È nuda?*: «che viaggia nuda.» (NA e D).
59 *nuda*: manca in NA e D.
60 *Nuda, sciocco!*: «Nuda! nuda!» (NA e D).
61 *una donna nuda,*: manca in NA e D.
62 *coi*: «e i» (NA e D).
63 *I*: «e i» (NA e D).
64 *Su, svegli, immaginazione!*: manca in NA e D.
65 *Non*: «Oh! non» (NA e D).

chi ragiona! Perbacco, ora che vien la sera, il regno nostro!

MILORDINO Già, ma se non credono a nulla...

COTRONE E tu hai bisogno che ti credano gli altri, per credere a te?

LA SGRICIA Séguitano a salire?

MILORDINO Non li arrestano i lampi! Non li arresta la Mara!

DOCCIA Oh, se non giova, è uno spreco; spegnete!

COTRONE Ma sì, spegnete lassù! E basta con questi lampi! Tu Mara, vien qua! Se non si spaventano, vuol dire che sono dei nostri e sarà facile intenderci. La villa è grande.

Colpito da un'idea

Oh, ma aspettate!

A Quaquèo

Hai detto che son otto?

QUAQUÈO Otto, sì, m'è parso...

DOCCIA Se li hai contati! Che storie!

QUAQUÈO Otto, otto.

COTRONE E allora son pochi.

QUAQUÈO Otto e un carretto; ti pajono pochi?

COTRONE Tranne che gli altri si siano sbandati.

LA SGRICIA Briganti?

COTRONE Ma no, che briganti! Sta' zitta.[66] Quando s'è pazzi, tutto è possibile. Forse son loro.

DOCCIA Chi, loro?

QUAQUÈO Eccoli!

Spenti i lampi e il riflettore che illuminava Mara-Mara sul parapetto del ponticello la scena è rimasta in un tenue chiaror crepuscolare che diventa a poco a poco alba lunare. Appajono dalla via dietro al cipresso il Conte, Diamante,

66 *Sta' zitta*: manca in NA e D.

Cromo[67] *e il Battaglia generico-donna, della Compagnia della Contessa.*
Il Conte è un giovane pallido biondo, dall'aria smarrita e molto stanca. Benché ormai poverissimo, come lo dimostra l'abito – a tait[68] *– di color cece assai logoro e anche qua e là strappato, il panciotto bianco e il vecchio cappello di paglia, conserva nei tratti e nei modi il deluso squallore d'una grande nobiltà.*
Diamante tocca la quarantina, e su un busto formoso, piuttosto esuberante, tiene ben piantata, con una certa spavalderia, una testa dura, dipinta con violenza, armata di tragiche sopracciglia su due occhi densi e gravi, divisi da un naso perentorio e sdegnoso. Agli angoli della bocca ha due virgolette di peli nerissimi e qualche altro peluzzo metallico le s'arriccia sul mento. Par sempre in procinto di scoppiare di carità protettrice per quel povero giovane Conte sventurato e d'indignazione per Ilse,[69] *sua moglie, di cui lo crede vittima.*
Cromo ha una strana calvizie frontale e occipitale, poiché i capelli di un color di carota gli son rimasti come due triangoli che si tocchino per le punte a sommo del capo; pallido, lentigginoso e con gli occhi verdi chiari, parla con voce cavernosa, col tono e coi gesti di chi è solito di pigliar bile da ogni minimo incidente.
Il Battaglia, benché uomo, ha la faccia cavallina d'una vecchia zitella viziosa, tutta lezii da scimmia patita. Fa parti da uomo e da donna, in parrucca s'intende, e anche da suggeritore. Ma pur tra i segni del vizio, ha due occhi supplichevoli e miti.

CROMO Ah, grazie, amici! Bravi veramente! Non se ne poteva più!
DOCCIA (*stonato*) Grazie? di che?
CROMO Come di che? Dei segni che ci avete fatti per indicarci ch'eravamo giunti finalmente alla mèta.

67 *Diamante, Cromo*: «la Seconda Donna, il Caratterista» (NA e D); e così in seguito, pur avendo Pirandello già attribuito i rispettivi nomi ai due attori.
68 *a tait*: «tight» (D). È un abito da cerimonia stretto sino alla vita, poi a falde.
69 *Ilse*: «la Contessa» (NA e D); cfr. nota 67.

COTRONE Ah, ecco, dunque! son proprio loro!
BATTAGLIA (*indicando Mara*) Che coraggio, beata lei, la signora!
CROMO Già, su quel parapetto di ponte! Meravigliosa! Con l'ombrellino!
DIAMANTE E bellissimi i lampi! Quella fiamma verde sul tetto!
QUAQUÈO Toh, guarda! L'hanno preso per teatro! Noi facciamo i fantasmi...
MILORDINO Ci si son divertiti!
DIAMANTE I fantasmi? Che fantasmi? [70]
QUAQUÈO Ma sì, le apparizioni, per spaventare la gente e tenerla lontana!
COTRONE Zitti là!

a Cromo

La Compagnia della Contessa? Lo stavo dicendo...
CROMO Eccoci qua!
DOCCIA La Compagnia?
BATTAGLIA ... gli ultimi resti...
DIAMANTE Nient'affatto! I capisaldi! Dici, per fortuna, i capisaldi. E prima di tutti, qua, il signor Conte.

Gli prende una mano, e con l'altra dietro la spalla, come se fosse un ragazzino.

Fatti avanti, prego!
COTRONE (*porgendogli la mano*) Ben arrivato, signor Conte!
CROMO (*declamando*) [71] Ma senza più contea né più contanti!
DIAMANTE (*indignata*) Quando la finirete, insomma, di mancare di rispetto a voi stessi, umiliando... [72]
IL CONTE (*seccato*) Ma no, cara, non m'umiliano...

70 *Che fantasmi?*: manca in NA e in D.
71 *declamando*: «declamatorio» (NA e D).
72 *umiliando...*: «umiliando» (NA); «umiliando?...» (D).

CROMO Diciamo pur Conte, ma credi che, al punto in cui siamo, è bene subito attenuare.

BATTAGLIA ... e «ultimi resti» io lo dicevo per me...

CROMO (*per metterlo a posto*) Tu sei modesto, lo sappiamo.

BATTAGLIA No, direi svagato piuttosto,[73] per la stanchezza e la fame.

COTRONE Ma troverete qua da riposarvi e... sì, credo anche da rifocillarvi un po'...

LA SGRICIA (*pronta, fredda, recisa*) Tutto spento in cucina.

MARA-MARA Si potrà per questo riaccendere; ma facci almeno sapere...

DOCCIA ... già, chi sono questi signori...

COTRONE Sì, subito.

Al Conte

Ma la signora Contessa?

IL CONTE È qua, ma anche lei così stanca...

BATTAGLIA Non[74] si regge più in piedi.

QUAQUÈO Quella sul carretto? Contessa?

Facendo piattini delle mani e alzando un piede

Abbiamo capito! Tu ci hai combinato di sorpresa una rappresentazione!

COTRONE Ma no, amici miei; ora vi spiego...

QUAQUÈO Ma sì; tant'è vero che anche a loro, la nostra, è parsa rappresentazione!

COTRONE Perché anche loro son press'a poco della nostra stessa famiglia. Ora sentirai!

Al Conte

C'è da dare aiuto alla Contessa?

DIAMANTE Potrebbe fare lo sforzo di salire a piedi da sé![75]

73 *svagato piuttosto*: «piuttosto svagato» (NA e D).
74 *Non*: «... che non» (NA e D).
75 *da sé*: «da sola» (NA e D).

IL CONTE (*adirato, reciso, le grida subito in faccia*)[76] Ma no, che non può!

CROMO Il Lumachi sta raccogliendo le forze...

BATTAGLIA ...le ultime forze...

CROMO ... per quest'ultima pettata.[77]

COTRONE (*premuroso*) Ma posso dare anch'io[78] una mano...

IL CONTE No, ci sono altri due, giù col Lumachi. Piuttosto vorrei che lei ci dicesse. Qua

si guarda in giro, smarrito

siamo, vedo, in una vallata, alle falde d'una montagna...

CROMO E dove saranno gli alberghi?

BATTAGLIA ... e le trattorie?...

DIAMANTE Il teatro dove dobbiamo recitare?

COTRONE Ecco, se mi lasciate dire, spiego tanto ai miei, quanto a voi. Siamo tutti in errore, signori miei; ma non ci dobbiamo confondere per così poco.

Si odono a questo punto dall'interno le voci dell'Attor Giovane, di Sacerdote e di Lumachi che spingono il carretto di fieno su cui giace la Contessa.

– Su, forza, forza!
– Siamo arrivati!
– Piano, oh, piano! Non spingete troppo!

Si voltano tutti a guardare. Il carretto appare.

CROMO Ecco la Contessa!

IL CONTE Attenti al cipresso! Attenti al cipresso!

Accorre ad ajutare insieme con Cotrone.

76 *(adirato... in faccia)*: manca in NA e in D.
77 *pettata*: salita, erta e faticosa.
78 *anch'io*: «io» (NA e D).

Lumachi, portato il carretto sullo spiazzo, abbassa i due puntelli che stanno lungo le stanghe, per modo che il carretto rimanga ritto su essi e sulle ruote senza bisogno d'altro sostegno, ed esce dalle stanghe per levarsi davanti. Tutti gli altri restano a guardar costernati la Contessa che giace sul verde di quel fieno coi capelli sparsi, color di rame caldo, l'abito dimesso e doloroso, di velo violaceo, scollato, un po' logoro, dalle maniche ampie e lunghe, che facilmente ritraendosi le lasciano scoperte le braccia.

MILORDINO Oh Dio, com'è pallida...
MARA-MARA Pare morta...
SPIZZI[79] Silenzio!
ILSE (*dopo un momento, levandosi a sedere sul carretto, dice con profonda commozione*)

Se volete ascoltare
questa favola nuova,
credete a questa mia veste
di povera donna;
ma credete di più
a questo mio pianto di madre
per una sciagura,
per una sciagura...[80]

A questo punto, come a un segnale convenuto, il Conte, Cromo e insomma tutti i componenti la Compagnia della Contessa scoppiano a coro[81] *in risate diverse, ma tutte d'incredulità; cessano insieme di colpo; e Ilse riprende:*

Ne ridono tutti così,
la gente istruita
che pure lo vede

79 *SPIZZI*: «L'ATTOR GIOVANE» (NA e D); cfr. p. 184, nota 67 e nota 69.
80 Sono i versi introduttivi della *Favola del figlio cambiato*, recitati dalla Madre (cfr. Introduzione, p. LXXIV); la recitazione prosegue nelle battute seguenti. D'ora in avanti le varianti di questa redazione sono siglate con F.
81 *scoppiano a coro,*: «scoppiano dall'interno, a coro,» (F).

che piango,
e non se ne commuove...

COTRONE (*riscuotendosi dallo stupore*) Ah, ma voi state recitando!

MILORDINO Oh bella!

MARA-MARA Récitano!

SACERDOTE Zitti! Ha attaccato, bisogna secondarla!

ILSE (*seguitando*)

... ne prova anzi fastidio, e:
«Stupida! Stupida!»
mi grida in faccia, perché
non crede che possa esser vero
che il figlio mio
la creatura mia...
Ma voi dovete credere a me;
vi porto le testimonianze;
son tutte povere donne,
povere madri come me,
del mio vicinato,
che ci conosciamo tutte e sappiamo
ch'è vero

agita una mano come per chiamare

IL CONTE (*chinandosi su lei, con dolcezza*) No, smetti, cara...

ILSE (*con impazienza, agitando le mani*)[82] Le donne... le donne...[83]

IL CONTE Ma le donne, vedi? per ora[84] non ci sono...

82 *(con impazienza... le mani)*: manca in NA e D.
83 *Le donne... le donne*: come appare dalla battuta successiva del Conte, si tratta non delle «donne» madri, ma delle «Donne» streghe, che rapiscono i figli delle madri. Nella prima redazione, narrativa, della *Favola* («Riviera ligure», aprile 1902), si chiamano «Le Nonne», e dànno il titolo al racconto, che precede, infine, quello della Sgricia, di cui a p. 176, nota 8.
84 *per ora*: «ora» (NA).

ILSE (*come svegliandosi*) Non ci sono? Perché? Dove m'avete portata?

IL CONTE Siamo arrivati... Ora c'informeremo...

MILORDINO Come recitava bene!

LA SGRICIA Peccato, mi piaceva tanto...

DOCCIA A sentirli ridere così tutti insieme...

QUAQUÈO (*a Cotrone*) Lo vedi se è vero? lo vedi se è vero?

COTRONE Sicuro ch'è vero! Récitano. Che volete che facciano? Son teatranti!

IL CONTE Per carità, non dica così davanti a mia moglie!

ILSE (*scendendo dal carretto, con qualche filo di fieno tra i capelli*) Perché non dovrebbe dirlo? Lo dica anzi! Mi fa piacere!

COTRONE Mi scusi, signora, io non ho inteso offendere...

ILSE (*parlando come in delirio*) Teatrante, sì, teatrante! Lui no,

indica il marito

ma io sì, nel sangue, di nascita! – E giù con me, ora, lui –

IL CONTE (*cercando d'interromperla*) Ma no, Dio, che dici?

ILSE Sì, giù con me, dai suoi palazzi di marmo,[85] nelle baracche di legno! ma anche in piazza, anche in piazza![86] Dove siamo qua?[87] Lumachi, dove sei? Lumachi?[88] pròvati a sonar la tromba! Vediamo di fare un po' di gente!

guardandosi attorno, smarrita nel delirio e piena d'orrore.

Oh Dio, ma dove siamo qua? dove siamo?

si ripara sul petto di Spizzi che le si è accostato.

85 *di marmo*: manca in NA e D.
86 *anche in piazza!*: manca in NA e D.
87 *Dove siamo qua?*: «Qua dove siamo?» (NA e D).
88 *Lumachi, dove sei? Lumachi?*: «Lumachi, Lumachi,» (NA e D).

COTRONE Non temete, Contessa, tra amici!
CROMO Ha la febbre: delira.
QUAQUÈO Ma è una contessa davvero?
IL CONTE Contessa: è mia moglie!
COTRONE Sta' zitto, Quaquèo!
MARA-MARA Ma se non ci fai sapere...
DOCCIA A noi pajono pazzi!
IL CONTE (*a Cotrone*) Siamo stati indirizzati a voi...
COTRONE Sì, signor Conte, la prego di scusarli: mi sono dimenticato[89] di prevenirli; e quella parola l'ho usata per loro; ma io so bene che...[90]
SPIZZI[91] (*appena ventenne, pallido, con occhi spiranti, capelli biondi, forse un tempo ossigenati, ora scoloriti, bocca a bocciuolo di rosa ma un po' offesa dal naso alquanto ingombrante che le pende sopra; compassionevolmente elegante nel suo sbiadito costume sportivo; calzoni a mezza gamba e calzettoni di lana*)

interrompendo:[92]

Lei non sa nulla, non può saper nulla dell'eroico martirio di questa donna!
ILSE (*risentita e irruenta, staccandoglisi dal petto*) Ti proibisco di parlarne, Spizzi!

poi tutta vibrante di sdegno, investendo Cromo

Se non fossi nata attrice, capisci? Il mio schifo è questo, che dobbiate esser voi, proprio voi i primi a crederlo e a farlo credere agli altri... «Vuoi una buona scrittura? – Vénditi!», «Abiti, gioje? – Vénditi!» Anche per una sudicia lode in un giornale!
CROMO (*stordito*) Ma che dici? Perché ti rivolgi a me?
ILSE Perché tu l'hai detto!
CROMO Io, l'ho detto? quando? Che ho detto?

89 *mi sono dimenticato*: «non sanno, perché mi sono dimenticato» (NA e D).
90 *che...*: manca in NA e D.
91 SPIZZI: «L'ATTOR GIOVANE *interrompendo:* si chiama Spizzi» (NA e D).
92 *interrompendo*: manca in NA e D (cfr. nota 91).

IL CONTE (*supplichevole alla moglie*) Non avvilirti a parlar di queste cose – tu! – è orribile!

ILSE No, caro; è bene anzi parlarne, ora che siamo alla fine! Quando ci si riduce così, larve di quello che fummo...

A Cotrone, un momento, poi anche a tutti gli altri

Sa, si dorme tutti insieme... nelle stalle...

IL CONTE Non[93] è vero...

ILSE Come non è vero? jeri...

IL CONTE Ma[94] non era una stalla, cara; hai dormito su una panca di stazione ferroviaria.

CROMO Sala d'aspetto di terza classe.[95]

ILSE (*a Cotrone, seguitando*) Stirandosi, nel voltarsi sull'altro fianco, parole scappano... si sparla...

A Cromo

Forse perché al bujo non si vede, credi che non si debba nemmeno sentire? Io t'ho sentito!

CROMO Che hai sentito?

ILSE Una cosa che, là immersa tra quelle... non so se erano ragnatele...

IL CONTE Ma no, Ilse, dove mai?

ILSE ... e allora lembi di tenebra che, nella febbre, mi sbattevano fredde[96] in faccia... sì, sì... col respiro...[97]

A Cromo[98]

Appena t'udii[99]... – *ihihìh, ihihìh,* – ne risi così, ma n'ebbi subito un brivido e serrai i denti; mi strinsi tutta

93 *Non*: «Ma non» (NA e D).
94 *Ma*: manca in NA e D.
95 *di terza classe*: la più a buon prezzo, oggi scomparsa.
96 *fredde*: manca in NA e D.
97 *col respiro...*: «davanti agli occhi sbarrati» (NA e D).
98 *A Cromo*: manca in NA e D.
99 *t'udii...*: «l'udii...» (NA e D).

in me per non mettermi a guaire come una cagna bastonata...

Di scatto, a Cromo di nuovo

Non sentisti nemmeno questo riso?

CROMO Io no...

ILSE Sì, che lo sentisti; ti parve d'un altro, al bujo; non credesti che potessi essere io; d'un altro che consentisse...

CROMO Io non ricordo nulla!

ILSE Io ricordo tutto!

SPIZZI Ma che disse infine?

ILSE Che per non patire quest'eroico martirio, come tu dici, e non farlo patire anche a voi tutti – oh quanto sarebbe stato meglio – disse...

CROMO (*comprendendo alla fine e insorgendo*) Ah! già! Ho capito![100] ma questo l'abbiamo detto tutti, non io solo; e chi non l'ha detto, l'ha pensato; scommetto, lui stesso!

indica il Conte

IL CONTE Io? Che cosa?

ILSE ... che io, caro[101]

gli prende il capo tra le mani

– qua,[102] su questa nobile fronte –

si volge a Cromo

«alla spiccia», eh? dicesti proprio così.[103]

CROMO ... alla spiccia, alla spiccia, sì, e non saremmo ora così tutti alla fame!

100 *già! Ho capito!*: manca in NA e D.
101 *caro*: manca in NA e D.
102 *qua*: «qua, caro –» (NA e D).
103 *eh?... così*: «dicesti proprio così, no?» (NA e D).

ILSE ... avrei dovuto piantarti due magnifiche corna...[104]

sta per allungare su la sua fronte il gesto di due corna, ma è presa da un impeto incontenibile di sdegno e di schifo.

Ah!

E subito, interrompendo il laido gesto, lo cangia in un sonoro manrovescio sulla guancia di Cromo; vacilla, cade a terra in una violenta convulsione di riso e pianto insieme. Cromo[105] *si ripara, stordito, la guancia offesa. Tutti, sorpresi da quell'atto improvviso, si dànno a parlare simultaneamente, gli uni commentando, gli altri accorrendo a soccorrere. Quattro gruppi: nel primo, in soccorso della Contessa, il Conte, Diamante e Cotrone; nel secondo, Quaquèo, Doccia, Mara-Mara e Milordino; nel terzo, Sacerdote, Lumachi, il Battaglia e la Sgricia; nel quarto, Spizzi e Cromo. Contemporaneamente i quattro gruppi consumeranno le quattro battute assegnate a ciascuno.*

IL CONTE Oh Dio, impazzisce! Ilse, Ilse, per carità! Non è possibile seguitare così!

DIAMANTE Càlmati, càlmati, Ilse! Fallo almeno per pietà di tuo marito!

COTRONE Contessa... Contessa... Su, portiamola di là, sarà meglio...

ILSE No, lasciatemi! lasciatemi! Voglio che intendano tutti!

QUAQUÈO Che straccio di spettacolo! E poi dice di no!

DOCCIA È brava, oh! va per le spicce!

MARA-MARA Gliel'ha appioppato a quel Dio!

MILORDINO Ma di dove sono scappati?

104 *piantarti... corna...*: «piantarti – lo senti? – due belle...» (NA e D).
105 *Cromo*: «Il Caratterista, che si chiama Cromo,» (NA e D). Cfr. p. 184, nota 67.

BATTAGLIA Scava e scava, ci facciamo la fossa...
LUMACHI Pare impossibile che si debba così smaniare per nulla!
SACERDOTE È pur vero che l'abbiamo detto tutti!
LA SGRICIA (*segnandosi*) Mi par d'essere in mezzo ai turchi! [106]

SPIZZI (*a Cromo venendogli a petto*) Vigliacco! Hai potuto osare...
CROMO (*spingendolo indietro*) Lèvati tu! È tempo di finirla!
SPIZZI «Alla spiccia!» per salvar la baracca... Tu avresti venduto tua moglie!
CROMO Che baracca, imbecille! lo dicevo per quello che s'uccise...

LA CONTESSA (*sciogliendosi da coloro che vorrebbero trattenerla e venendo avanti*) L'avete detto tutti?
SPIZZI Ma no! Non è vero!
DIAMANTE Io non ho detto nulla.
BATTAGLIA E io nemmeno.
ILSE (*al marito*) È vero che l'hai pensato anche tu?
IL CONTE Ma no, [107] Ilse! Tu farnetichi! Davanti a gente che non ci conosce...
COTRONE Ah, se è per questo, signor Conte...
ILSE Appunto, appunto per questo! Arrivati così...
COTRONE Non si dia pensiero di noi, [108] siamo gente in vacanza noi, e a cuore aperto, signora Contessa.

106 *d'essere in mezzo ai turchi*: evidentemente il «fez» da turco, calzato da Cotrone, ha da intendersi nel senso anticipato dalla nota 54 e chiarito alla p. 204, nota 149.
107 *no*: «che dici» (NA e D).
108 *Non si dia pensiero di noi*: manca in NA e D.

ILSE Contessa? Sono attrice – e ho dovuto ricordarlo a lui

indica Cromo

come un titolo d'onore – a lui ch'è attore, come gli altri.

CROMO E non me ne vanto, no! e non hai da vantartene neanche tu, davanti a me, sai? perché l'attore, io, l'ho fatto sempre, e onoratamente, e t'ho seguita fin qua; mentre tu ricòrdati che attrice, a un certo punto, non volesti più essere!

IL CONTE Non è vero! Fui io a forzarla a ritirarsi dalle scene.[109]

CROMO E facesti benone, caro! Così avessi durato[110] – tu Conte, e io miserabile –[111] non ti darei ora del tu!

alla Contessa

Avevi sposato un conte –

agli altri come tra parentesi

era ricco! –

di nuovo alla Contessa

non eri più un'attrice, da serbarti onesta, come orgogliosamente avevi saputo serbarti (lo so, l'ho inteso che hai voluto dir questo).

ILSE Questo, sì, questo!

CROMO Ma hai voluto troppo vantartene, cara, della tua onestà! Eri ormai contessa, santo Dio! E da contessa, le corna,[112] avresti potuto fargliele! Le contesse sono più

109 *a ritirarsi dalle scene*: manca in NA e D.
110 *E facesti benone... durato*: «Facesti bene, caro! E così avessi durato!» (NA); «Facesti bene, caro! E così avesse durato!» (D).
111 *– tu Conte, e io miserabile –*: manca in NA e D.
112 *, le corna,*: manca in NA e D.

generose: le fanno.[113] Quel disgraziato non si sarebbe ucciso, e tu stessa, e lui poveretto, e noi tutti quanti non ci troveremmo ora così!

ILSE (*che si tien ritta, rigida, quasi indurita, in un convulso che le parte dalle viscere, sussultando, si rimette a ridere, com'ha detto d'averne già riso*) Ihihìh, ihihìh, ihihihìh...

leva le mani e coi due indici tesi allunga sulla fronte due sperticate corna, dicendo convulsa, con voce cruda

Quelle delle farfalle si chiamano antenne...

IL CONTE (*con contenuto sdegno, facendosi incontro a Cromo*) Vattene! vattene! Tu non puoi più rimanere con noi!

CROMO Vado? e dove[114] vuoi che vada ora? Con che mi paghi?

ILSE (*subito al marito*) Già, con che lo paghi? Lo senti?

Poi, rivolgendosi[115] *a Cotrone*

È tutto qui, signore: che non si riesce a far più la paga.

SPIZZI Ah, no! Ilse! Tu non puoi dire questo di noi!

ILSE Io lo dico per lui! Che c'entri tu?

CROMO Non è vero! Non puoi dirlo nemmeno per me! La paga? Me ne sarei già andato da un pezzo, come gli altri. Sono ancora qua, perché t'apprezzo. Parlo per la rabbia che mi fai, così ancora...[116]

ILSE (*con un grido disperato*) Ma che vuoi che faccia più?

CROMO Ah, ora lo so! Io dico prima! Prima che quello s'uccidesse e diventasse per te e per tutti noi il cancro che ci ha mangiati fino all'osso. Guardateci: cani spelati, affamati, randagi, cacciati da tutti a pedate... e lei là, con quella testa levata e le ali cadute, come un uccellino appeso, di quelli che si vendono a mazzo, legati per i fori del becco...

113 *: le fanno*: «, e le fanno» (NA e D).
114 *e dove*: «Dove» (NA e D).
115 *Poi, rivolgendosi*: manca in NA e D.
116 *così ancora...*: «così ancora intestata...» (NA e D).

QUAQUÈO Ma chi s'uccise?

La domanda cade nella commozione che le parole di Cromo hanno suscitato nei suoi compagni. Nessuno risponde.

LA SGRICIA Uno di loro?

ILSE (*scorgendola, con un subitaneo moto di simpatia*) No,[117] cara nonnina! Nessuno di loro.[118] Uno ch'era di più, tra la gente. Un poeta.

COTRONE Ah no, signora: un poeta no, mi perdoni!

SPIZZI La Contessa parla di chi scrisse «La favola del figlio cambiato» che noi andiamo recitando da due anni.

COTRONE Appunto, ho indovinato...

SPIZZI E osa dire che non era un poeta?

COTRONE Se era;[119] non si sarà ucciso per questo!

CROMO S'è ucciso perché amava lei!

indica la Contessa

COTRONE Ah, ecco – e perché la signora – suppongo – fedele al marito, non volle rispondere all'amore di lui. La poesia non c'entra! Chi è poeta fa poesie: non s'uccide.[120]

ILSE (*accennando a Cromo*) Dice che avrei dovuto rispondere all'amore di lui, non ha inteso? Ormai contessa![121] Quasi che l'abilità mi dovesse venir dal titolo...

IL CONTE ... e non dal cuore![122]

CROMO Ma sta' zitto tu! Se l'amava anche lei!

ILSE Io?

CROMO Sì, sì, tu! anche tu! e questo agli occhi miei[123] ti

117 *No,*: manca in NA e D.
118 *di loro*: «s'è ucciso» (NA e D).
119 *Se era*: manca in NA e D.
120 *La poesia... non s'uccide*: manca in NA e D.
121 *rispondere... contessa!*: «– non ha sentito? – ormai contessa...» (NA e D).
122 La battuta del Conte in NA e D conclude la precedente della Contessa, o Ilse. Al Conte spetta la seguente: «... e dalla sua dignità di donna».
123 *agli occhi miei*: manca in NA e D.

fa più merito! Altrimenti,[124] non mi spiegherei più[125] nulla. E lui

indica il Conte

ora sconta il tuo[126] sacrificio di non esserti arresa! Tant'è vero che non si deve andar mai contro a ciò che il cuore comanda!

IL CONTE La vuoi insomma finire di mettere in piazza?

CROMO Giacché se ne parla... Non ho cominciato io.

IL CONTE Hai cominciato tu!

QUAQUÈO Tant'è vero, scusa, che ti sei preso uno schiaffo!

Quest'ultima uscita di Quaquèo fa ridere.

ILSE Bravo, caro, uno schiaffo...

s'accosta a Cromo e gli carezza la guancia

che ora si cancella così... Il nemico non sei tu, anche se mi metti in piazza.

CROMO Ma io no!

ILSE Sì, e m'accoltelli, davanti alla gente che sta a guardarci.

CROMO T'accoltello? Io?

ILSE Eh, mi pare...

Volgendosi a Cotrone[127]

Ma è naturale... quando ci si scende in piazza...

al Conte[128]

124 *Altrimenti*: «Se no» (NA e D).
125 *mi spiegherei più*: «si spiegherebbe» (NA e D).
126 *tuo*: «suo» (NA e D); ma non dà senso.
127 *a Cotrone*: «al marito» (NA e D).
128 *al Conte*: manca in NA e D.

Tu, poverino, vorresti serbare ancora la tua[129] dignità... Stai tranquillo, che finirà, sento che siamo alla fine...

IL CONTE Ma no, Ilse! Basterebbe che ora tu ti riposassi un poco...

ILSE Che vuoi più nascondere? E dove?[130] L'anima, se non hai peccato, la puoi mostrare, come una bambina nuda o tutta stracciata. Anche il sonno dagli occhi mi sento stracciato...

si guarda attorno, guarda in fondo

Qua è la campagna, Dio mio... e la sera... E questi che ci stanno davanti...

al marito

L'amavo, hai inteso? e l'ho fatto morire. Questo, ormai, caro, d'un morto che non ha avuto nulla da me, si può dire.[131]

Si fa avanti a Cotrone

Signore, mi par quasi un sogno, o un'altra vita, dopo la morte... Questo mare che abbiamo traversato... Mi chiamavo allora Ilse Paulsen...

COTRONE Lo so, Contessa...

ILSE Avevo lasciato un buon ricordo di me sulle scene...

IL CONTE (*guardando male Cromo*) Puro!

CROMO (*scattando*) Ma chi ha mai detto di no! Fu sempre un'esaltata! Prima che lui la sposasse, si voleva far monaca, si figuri!

SPIZZI Ah, lo sai dire? E pretendi che, diventata contessa...

CROMO Ma ho spiegato bene perché l'ho detto!

ILSE Era per me un debito sacro!

129 *tua*: manca in NA e D.
130 *E dove?*: «Dove ti puoi più nascondere?» (NA e D).
131 *d'un morto... si può dire*: «lo sanno tutti...» (NA e D).

Di nuovo a Cotrone

Un giovane, suo amico,

indica il marito

poeta,[132] venne a leggermi un giorno un'opera che stava scrivendo – per me, – disse – ma senza più speranza, perché io non ero ormai più attrice. L'opera mi parve così bella che

si volge verso Cromo

sì, me n'esaltai subito.

Di nuovo a Cotrone

Ma compresi bene (una donna fa presto ad accorgersi di queste cose; voglio dire[133] quando s'è fatto un pensiero su lei): voleva col fascino dell'opera riattrarmi[134] alla mia vita di prima; ma non per l'opera; per sé, per avermi sua[135]... Sentii che se l'avessi disilluso subito, non avrebbe più portato il suo lavoro[136] a fine. E per la bellezza di quell'opera,[137] non solo non lo disillusi, ma alimentai fino all'ultimo la sua illusione. Quando l'opera fu compiuta, mi ritrassi – ma già tutta in fiamme – da quel fuoco. Se mi son ridotta così, come fate a non comprenderlo? Ha ragione lui:

indica Cromo

132 *poeta*: «scrittore» (NA e D). Non si dimentichi che in questa redazione Cotrone era partito come il «poeta»; ma successivamente la distinzione verrà meno, sulla bocca dello stesso Cotrone.
133 *di queste cose; voglio dire*: manca in NA e D. Cfr. *Lazzaro*, pp. 151-52.
134 *riattrarmi*: «attrarmi» (NA e D).
135 *ma non per l'opera; per sé, per avermi sua*: «mirava a questo: non per l'opera, ma per sé» (NA e D).
136 *avrebbe più portato il suo lavoro*: «l'avrebbe portata» (NA e D).
137 *E per la bellezza di quell'opera*: «Se mi son potuta ridurre così, come fate a non comprenderlo? È che» (NA e D).

Non dovevo più liberarmene. [138] La vita negata a lui, ho dovuto darla alla sua opera. E lui stesso lo comprese

indica il marito

e consentì che ritornassi a recitare per adempiere a questo debito sacro. Per quest'opera sola!

CROMO Consacrazione e martirio! Perché lui

indica il Conte

non n'è stato mai geloso, neanche dopo. [139]

IL CONTE Non ne avevo motivo!

CROMO Ma non senti che per lei non è morto? Vuole che viva! [140] È lì, lacera come una mendica, ne sta morendo lei, sta facendo morire noi tutti, perché [141] lui - eh, lui - viva ancora!

DIAMANTE N'è [142] geloso lui, invece!

CROMO Brava, sì, l'hai indovinato!

DIAMANTE Ma se ne siete tutti innamorati!

CROMO No, è dispetto e compassione!

ILSE (*contemporaneamente a Spizzi*) Vorrebbe avvilirmi e mi esalta di più!

SPIZZI È il gusto di fare il cattivo, senza nemmeno esserlo!

BATTAGLIA (*contemporaneamente anche lui*) Terremoto dell'anima... Mi sento tutto dislogato...

LUMACHI (*c.s. mettendosi a braccia conserte*) Io domando se questa è una situazione possibile!

ILSE (*a Cromo*) Certo che ne sto morendo! L'ho accetta-

138 *Se mi son ridotta... liberarmene*: «Non dovevo più liberarmene» (NA e D). All'interno della citazione dal testo a stampa, l'indicazione didascalica manca in NA e D.
139 *, neanche dopo*: manca in NA e D.
140 *Ma non senti... non è morto?*: «Come no? Non senti? Perché lo vuol far vivere ancora? Perché in lei non è morto, e vuole che viva;» (NA e D).
141 *perché*: «purché» (NA).
142 *N'è*: «Ne sarai» (NA).

to, come un'eredità! Benché debba dire che non mi parve in principio che dovesse darmi a soffrire con la sua opera tutto questo dolore, che aveva in sé, e che v'ho trovato...

COTRONE E quest'opera – in mezzo alla gente – perché d'un poeta – è stata la vostra rovina? Ah come lo comprendo bene! come lo comprendo bene!

BATTAGLIA Fin dalla prima rappresentazione...[143]

COTRONE Nessuno volle saperne?

SACERDOTE Tutti contrarii![144]

CROMO Fischi che ne tremarono i muri!

COTRONE Sì, eh? Sì, eh?

ILSE Lei ne gode?

COTRONE No, Contessa, è perché lo comprendo bene![145] L'opera d'un poeta...

DIAMANTE Non valse nulla![146] Nemmeno lo stupore di scenarii mai visti! Cani!

BATTAGLIA (*con la sua solita aria sospirosa*)[147] E le luci! Che luci!

CROMO Tutti i prodigi d'una messinscena spettacolosa! Eravamo quarantadue, tra attori e comparse...

COTRONE E vi siete ridotti in così pochi?

CROMO (*mostrando l'abito*) ... e così...! L'opera d'un poeta...

IL CONTE (*con amaro sdegno*) Anche tu!

CROMO (*mostrando il Conte*) E tutto un patrimonio consumato!

IL CONTE Non me ne pento! L'ho voluto!

ILSE Quest'è bello! Degno di te!

IL CONTE Ma no, io non sono un esaltato; io ho creduto veramente nell'opera...

COTRONE Ah ma sa, io ho detto «l'opera d'un poeta»

143 *rappresentazione...*: «sera» (NA e D).
144 *contrarii!*: «contro» (NA e D).
145 *No... bene!*: «No, è perché lo comprendo bene, signora!» (NA e D).
146 *nulla*: «a nulla» (D).
147 *(con la sua solita aria sospirosa)*: manca in NA e D.

non per sdegnarla,[148] signora; al contrario! per sdegnare la gente che le s'è voltata contro!

IL CONTE Avvilire l'opera è per me avvilire lei

indica la moglie

avvilire il prezzo che ha per me quanto lei ha fatto! L'ho pagato con tutto il mio patrimonio, e non me n'importa, non me ne pento! Purché lei stia in alto però, e questa condizione in cui mi sono ridotto sia nobilitata almeno dalla bellezza e dalla grandezza dell'opera; se no... se no, tutto il disprezzo della gente... lei lo capisce... e le risa...

resta come affogato dalla commozione.

COTRONE Ma io l'ho in odio, questa gente, signor Conte! Vivo qua per questo. E in prova, vedono?

mostra il fez che dall'arrivo degli ospiti tiene in mano e se lo caccia in testa

ero cristiano, mi son fatto turco![149]

LA SGRICIA Non tocchiamo, o oh! non tocchiamo la religione!

COTRONE Ma no,[150] cara, niente da veder con Maometto! Turco, per il fallimento della poesia della[151] cristianità. Ma è stata dunque tanta, Dio mio, l'inimicizia?

IL CONTE No, non è vero, abbiamo anche trovato amici qua e là...

SPIZZI ... pieni di fervore...

148 *io... sdegnarla*: «io non ho detto "l'opera d'un poeta" per sdegnarla» (NA e D).

149 *ero cristiano, mi son fatto turco!*: riecheggia, non so quanto consapevolmente, il titolo d'una famosa novella di Vittorio Imbriani, *Per questo Cristo, ebbi a farmi turco* (1883). Cfr. anche la precedente nota 106. Il Sedita rammenta che analogo copricapo porta il protagonista della novella *La Lega disciolta* del 1910, in NA, III, pp. 70-80. Il protagonista, Bombolo, organizzatore di una lega di contadini, sarebbe, come Cotrone, «apostolo di nuovi diseredati» (*La maschera del nome*, cit., pp. 94-95).

150 *Ma no*: «No» (NA e D).

151 *della*: «nella» (NA e D).

DIAMANTE (*cupa*) ... ma pochi!

CROMO ... e le imprese ci han disdetto i contratti e negato i teatri nelle grandi città con la scusa della compagnia così ridotta, senza più attrezzi né costumi.

IL CONTE Non è vero! Abbiamo ancora con noi tutto[152] quant'occorre per la rappresentazione!

BATTAGLIA I costumi sono là nei sacchi.

LUMACHI ... sotto il fieno...

SPIZZI ... e del resto, non sono necessari!

CROMO E le scene?

IL CONTE S'è sempre rimediato finora!

BATTAGLIA Le parti si ripiegano; io faccio da uomo e da donna...

CROMO Questo[153] anche fuori della parte!

BATTAGLIA (*con un gesto donnesco della mano*) Maligno!

SACERDOTE Insomma, facciamo di tutto!

DIAMANTE E non se ne lascia fuori nulla! Quello che non si può più rappresentare, lo si legge.[154]

SPIZZI E la bellezza del lavoro è tanta, che nessuno bada agli attori e[155] agli accessori che mancano!

IL CONTE (*a Cotrone*) Ma non manca nulla, non stia a credere, non manca nulla! È sempre il gusto maledetto di buttarci a terra da noi stessi!

COTRONE Io ammiro il suo animo, signor Conte; ma creda che con me non ha bisogno di far valere la bellezza dell'opera e la bontà dello spettacolo. Loro sono stati indirizzati a me da un mio lontano amico, che probabilmente non ha fatto a tempo, o non ha trovato il modo, di comunicare a loro il consiglio ch'io gli davo d'impedire che s'avventurassero fin qua.

IL CONTE Ah sì? Perché?

SPIZZI Nulla da fare qua?

CROMO Ve lo dicevo io?

LUMACHI Eh, mi pareva assai! Sulle montagne!

152 *tutto*: manca in NA e D.
153 *Questo*: «Ma questo» (NA e D).
154 *Quello... lo si legge*: manca in NA e D.
155 *agli attori e*: manca in NA e D.

COTRONE Abbiano pazienza; non si perdano d'animo; combineremo qualcosa!

DIAMANTE Ma dove, scusi? Se qua non c'è niente!

COTRONE In paese, no, di certo; e se vi avete lasciato la roba, sarà meglio ritirarla.

IL CONTE Ma non c'è un teatro nel paese?

COTRONE C'è, sì, ma[156] per i topi, signor Conte, è[157] sempre chiuso. Anche se fosse[158] aperto non ci andrebbe nessuno.

QUAQUÈO ... pensano d'abbatterlo...

COTRONE ... Sì, per farci un piccolo stadio...

QUAQUÈO ... Per le corse e le lotte...

MARA-MARA No, no, ho sentito che ci vogliono fare il cinematografo?[159]

COTRONE Non ci pensi neppure!

IL CONTE E allora dove? Qua non c'è abitato...

DIAMANTE Dove siamo venuti a sbattere?

SPIZZI Ci hanno raccomandato a lei...

COTRONE ... e io sono qua, tutto per loro, con questi miei amici. Non si confondano: vedremo, studieremo; troveremo. Intanto, se vogliono entrare nella villa... Saranno stanchi. Provvederemo ad alloggiarli alla meglio per questa sera. La villa è capace.

BATTAGLIA ... e per un boccone di cena...

COTRONE Ma sarà bene che prendano un po' regola da noi.

BATTAGLIA Sarebbe a dire?[160]

DOCCIA Fare a meno di tutto e non aver bisogno di nulla.

QUAQUÈO Ma[161] non li spaventare!

BATTAGLIA E quando si ha bisogno di tutto?[162]

156 , *sì, ma*: manca in NA e D.
157 *è*: manca in NA e D.
158 *Anche se fosse*: «Ma fosse anche» (NA e D).
159 La battuta di Mara-Mara manca in NA e D.
160 Anche questa battuta di Battaglia manca in NA e D.
161 *Ma*: manca in NA e D.
162 Altra battuta mancante in NA e D.

COTRONE Entrino! Entrino![163]
BATTAGLIA ... come si fa senza nulla?[164]
COTRONE Signora Contessa...

Ilse, abbandonata sulla panchina,[165] *fa cenno di no col capo*

... lei no?[166]
QUAQUÈO (*a Doccia*) Hai visto? Non vuole più[167] entrare.
IL CONTE Sì, più tardi.

A Cotrone

Ora attenda agli altri, se crede.
DIAMANTE Ma sei di parere che si debba accettare?
CROMO Eh, almeno riparati! Che vorresti[168] restare qua all'umido della notte?[169]
BATTAGLIA E[170] bisognerà pur mangiare qualche cosa![171]
COTRONE Ma sì, ma sì! Si troverà. Pensaci[172] tu, Mara-Mara.
MARA-MARA Sì, sì, venite, venite!
LUMACHI Certo rifare tutta la strada per ritornare al paese non si potrà. Ho il carretto, ma grazie, lo tiro!
SACERDOTE (*a Battaglia, avviandosi per entrare nella villa*)[173] Se mangi poco, dormi meglio.
BATTAGLIA In principio, sì! ma poi ti comincia lo struggimento, caro mio, che ti rompe il sonno e lo stomaco!
COTRONE (*a Lumachi*) Il carretto può restare qua fuori.

163 In NA e D la battuta non è sdoppiata, e subito dopo viene l'invito alla Contessa, qui posposto.
164 Altra battuta mancante in NA e D.
165 *sulla panchina*: «su un vecchio sedile là sullo spiazzo» (NA e D).
166 *... lei no?*: manca in NA e D.
167 *più*: manca in NA e D.
168 *Eh, almeno... Che*: «O che vorresti,» (NA e D).
169 *notte*: «sera» (NA e D).
170 *E*: manca in NA e D.
171 *qualche cosa!*: «qualcosa...» (NA e D).
172 *Pensaci*: «Penserai» (NA e D).
173 *avviandosi per entrare nella villa*: manca in NA e D.

a Doccia

Tu Duccio, pensa ad assegnare i posti.

SPIZZI Per la Contessa!

CROMO Ma ce ne sarà per tutti, si spera!

MILORDINO Per tutti, per tutti! Camere ce n'è d'avanzo.

LA SGRICIA (*a Cotrone*) Oh, ma la mia no, la mia, bada, non la cedo a nessuno!

COTRONE Ma sì, la tua, si sa, sta' tranquilla! C'è l'organo: è la [174] chiesa.

QUAQUÈO (*spingendoli,* [175] *divertito*) Andiamo, su! [176] Andiamo! Ci divertiremo! Io faccio il ragazzino! Ballo come un gatto sulla tastiera dell'organo! [177]

Entrano tutti nella villa, [178] *tranne Ilse, il Conte e Cotrone.*

PAUSA MOMENTANEA [179]

174 *la*: «una» (NA e D).
175 *spingendoli*: «spingendoli avanti» (NA e D).
176 *su!*: manca in NA e D.
177 *Ci divertiremo!... dell'organo!*: manca in NA e D.
178 *nella villa*: manca in NA e D.
179 Non è segnato alcuno stacco in NA e D.

II

Gli ultimi barlumi del crepuscolo si spengono e la luce s'attenua sulla scena. Ora comincia gradatamente l'alba lunare. Cotrone aspetta che tutti gli altri siano entrati nella villa: poi, dopo un breve silenzio, riattaccando con un tono più pacato: [1]

COTRONE Per la Contessa c'è ancora intatta la camera degli antichi signori della villa: l'unica che abbia ancora la chiave, e l'ho io.

ILSE (*ancora seduta, resta in silenzio,* [2] *assorta; poi, con voce quasi lontana*) [3]

Cinque gatti per una gatta:
cinque, pronti, tutt'attorno, [4]
che si struggono agguattati
di vederla [5] così spasimare;
ma appena uno si muove,
tutti gli altri gli saltano addosso,
s'azzuffano, si graffiano, si mordono,
scappano, si rincorrono...

COTRONE (*piano al Conte*) Si ripassa la parte?
IL CONTE (*piano a Cotrone*) No, non è la sua.

Poi, attaccando, con altra voce, dispettosa

1 *Gli ultimi barlumi... un tono più pacato*: manca in NA e D.
2 *, resta in silenzio,*: manca in NA e D.
3 *; poi... lontana*: manca in NA e D.
4 *tutt'attorno*: «tutti attorno» (F).
5 *vederla*: «sentirla» (F).

«Già... già... già...»[6]

ILSE

E sono allora le gatte
che fanno sul capo ai bambini
di questi scherzi? Guardate!
Guardate![7]

IL CONTE

«Che debbo guardare?»[8]

ILSE

Qua, questo codino
di capelli accatricciati.

E subito, con altra voce, quella d'una madre che ripari la testa d'un bambino, premendosela sul seno:

No, figlio mio d'oro!

e quindi, ripigliando con la voce di prima[9]

lo vedete?
guai se il pettine
lo tocca;
o la forbice
lo taglia;
il bambino
ne morrebbe...

COTRONE La Contessa ha una voce che incanta... Io cre-

6 *«Già... già... già*: la battuta, nella *Favola*, è attribuita al Coro delle madri, che devono recitarla «con scherno», la prima volta.
7 *Guardate!*: la ripetizione dell'imperativo suona, nella *Favola*, sulla bocca del personaggio della «Vicina dell'altro lato».
8 *«Che debbo guardare?»*: nella *Favola* è battuta dell'«Uomo saputo».
9 *Qua, questo codino... con la voce di prima*: «Qua, questo codino... (*E subito con altra voce, come d'una madre che ripari la testa d'un bambino, prendendosela sul seno*). – No, figlio mio d'oro! – (*E quindi, ripigliando con voce di prima*) – ... di capelli accatricchiati» (NA e D); «QUELLA Qua, questo codino – // LA DONNA NEL MEZZO *premendo al seno la testa del bambino* No, figlio mio d'oro! // QUELLA – di capelli accatricchiati» (F). *Accatricciati*: aggrovigliati.

do che, se volesse entrare un po' nella villa, si sentirebbe subito riconfortata.

IL CONTE Su, Ilse, su, cara, ti riposerai almeno un poco.[10]

COTRONE Manca forse[11] il necessario, ma di tutto il superfluo abbiamo una tale abbondanza... Stiano a vedere. Anche di fuori. Il muro di questa facciata. Basta ch'io dia un grido...

Si pone le mani attorno alla bocca e grida

Olà!

Subito al grido la facciata della villa s'illumina d'una fantastica luce d'aurora

E i muri mandano luce![12]

ILSE (*incantata, come una bambina*) Oh bello!

IL CONTE Come ha fatto?

COTRONE Mi chiamano il mago Cotrone. Vivo modestamente di questi incantesimi. Li creo. E ora, stiano a vedere.

Si rimette le mani attorno alla bocca e grida

Nero!

Si rifà il tenue barlume lunare di prima, spenta la luce della facciata

Questo nero la notte pare lo faccia per le lucciole, che volando – non s'indovina dove – ora qua ora là vi aprono un momento quel loro languido sprazzo verde. Ebbene, guardino: ... là ... là ... là...

10 La battuta del Conte manca in NA e in D; di conseguenza, Cotrone prosegue nel suo racconto.
11 *forse*: manca in NA e D.
12 *luce*: «lume» (NA e D).

Appena dice e indica col dito in tre punti diversi, dove indica, s'aprono per un momento, fin laggiù in fondo alle falde della montagna, tre apparizioni verdi, come di larve evanescenti.

ILSE Oh, Dio, com'è?

IL CONTE Che sono?

COTRONE Lucciole! Le mie. Di mago.[13] Siamo qua come agli orli della vita, Contessa. Gli orli, a un comando,[14] si distaccano; entra l'invisibile: vaporano i fantasmi. È cosa naturale. Avviene, ciò che di solito nel sogno. Io lo faccio avvenire anche nella veglia. Ecco tutto. I sogni, la musica, la preghiera, l'amore... tutto l'infinito ch'è negli uomini, lei lo troverà dentro e intorno a questa villa.

La Sgricia, a questo punto, si ripresenta irritata sulla soglia.

LA SGRICIA Cotrone, vedrai che l'Angelo Centuno[15] non vorrà più venire a visitarci, te ne avverto!

COTRONE Ma sì, che verrà, Sgricia, non temere! Avvicìnati...

LA SGRICIA (*avvicinandosi*) Coi discorsi che sento fare di là da tutti quei diavoli![16]

COTRONE E tu non sai che non bisogna aver paura delle parole?

13 *Le mie. Di mago.*: manca in NA e D. Per le «Lucciole» C. Vicentini rimanda a una battuta di Maurizio nel *Piacere dell'onestà*, I, III: «T'assicuro che per me è stata una nottata fantastica, tra lo sprazzare d'una miriade di lucciole per quel viale: accanto a me quell'uomo che parlava con una sincerità spaventosa; e, come quelle lucciole innanzi gli occhi, ti faceva guizzare innanzi agli occhi certi pensieri inattesi dalle più oscure profondità dell'anima. Mi pareva, non so, di non esser più sulla terra, ma in una contrada di sogno, strana, lugubre, misteriosa, ov'egli s'aggirava da padrone, ove le cose più bizzarre, più inverosimili potevano avvenire e sembrar naturali e consuete».

14 *, a un comando*: manca in NA e D.

15 *l'Angelo Centuno*: è il protagonista d'una delle *Novelle per un anno*, raccontata appresso da Sgricia, qui raffigurata come devota del suo culto. Cfr. p. 176, nota 8.

16 *da tutti quei diavoli*: manca in NA e D.

Presentandola

Ecco quella che prega per tutti noi. La Sgricia dell'Angelo Centuno. È venuta a vivere qua con noi, dacché la Chiesa non volle ammettere il miracolo che le fece l'Angelo che si chiama Centuno.

ILSE Centuno?

COTRONE Sì, perché ha in custodia cento anime del Purgatorio e lui le guida ogni notte a sante imprese.

ILSE Ah sì? E che miracolo?

COTRONE (*alla Sgricia*) Su, Sgricia, narralo, narralo[17] alla signora Contessa!

LA SGRICIA (*accigliata*) Tu non vorrai crederlo.

ILSE Sì, sì, che lo crederò.

COTRONE Nessuna può esser più disposta a crederlo della Contessa. Fu in una gita che le toccò fare a un paese vicino, dove abitava una sua sorella...[18]

A questo punto come se si formasse in alto[19] *nell'aria una Voce – insulsa, d'eco, ma chiara – dirà*

VOCE Paese di mala fama, come ce n'è ancora purtroppo in quest'isola selvaggia.

La Contessa e il Conte, stupiti, non sanno dove guardare.

17 *narralo*: la replicazione dell'imperativo manca in NA e D. Cfr. nota 18.
18 *Fu in una gita... una sua sorella...*: comincia di qui la ripresa della leggenda miracolosa raccontata nella novella di caccia *Lo storno e l'Angelo Centuno*, pubblicata sul «Corriere della sera» del 4 settembre 1910, e poi nelle raccolte *Le due maschere* (1914), *Tu ridi* (1920), *Dal naso al cielo* (1925). Molte le variazioni (per aggiungere e per sottrarre); fondamentale, comunque, la riduzione del monologo narrativo continuo, ma nel contempo dialogato, a quello drammatico, appena interrotto da interventi di rincalzo di Cotrone. La Sgricia nella novella si chiama Maragrazia Ajello, vedova Poponè; il «paese di mala fama» e relativa campagna è quello di Favara (cfr. *Lazzaro*, p. 146, nota 9).
19 *in alto*: manca in NA e D. Dove, però, si aggiunge, dopo nell'«aria» e prima di «una Voce», circa la formazione della Voce tosto personificata: «– e si potrà ottenere da qualche apparecchio parlante, nascosto in alto, dietro il boccascena, o più semplicemente, da qualcuno che parli con voce alterata dalla buca del suggeritore –».

COTRONE (*subito, per tranquillarli*) Niente, sono voci. Non si spaventino![20] Ora spiegherò...

VOCE (*dal cipresso*) S'ammazza un uomo come una mosca.

LA CONTESSA (*atterrita*) Oh Dio![21] Chi parla?

IL CONTE Da dove vengono queste voci?

COTRONE Non si turbi! Non si turbi, Contessa! Si formano nell'aria. Spiegherò.

LA SGRICIA Sono gli assassinati! Udite? Udite?

Cotrone, di nascosto, sorridendo, fa cenno di no con la mano alla Contessa, come per dire alle spalle della Sgricia: «Non ci creda, si fa per lei!». Ma la Sgricia se n'accorge, e s'adira:

Come no? Sì. Il bambino!

COTRONE (*premuroso, facendo la parte*) Il bambino, già, il bambino...[22]

E subito a Ilse

Si racconta d'un carrettiere, Contessa, che, dopo aver fatto montare sul carretto un ragazzino incontrato di notte per lo stradone, da queste parti, sentendogli sonare in tasca due o tre soldini, lo uccise nel sonno, per comprarsi il tabacco appena arrivato al paese; buttò il cadaverino dietro la siepe, e arrì,[23] a passo, cantando, seguitò ad andare sotto le stelle del cielo –

LA SGRICIA (*terribile*) – sotto gli occhi di Dio che lo guardavano! E tanto lo guardarono, che sapete che fece l'assassino? arrivato all'alba, invece di recarsi dal padrone, si fermò al posto di guardia, e con quei soldi del bambino nella mano insanguinata si denunziò da sé, come se un altro parlasse per bocca sua. Vedete che può Dio?

20 *Non si spaventino!*: manca in NA e D.
21 *Oh Dio!*: manca in NA e D.
22 *Il bambino, già, il bambino...*: «Il bambino, il bambino, sì...» (NA e D).
23 *arrì*: voce d'incitamento, agli animali da soma.

COTRONE Con questa fede, lei non ebbe paura d'avviarsi di notte...

LA SGRICIA Ma che di notte! Non mi dovevo avviar di notte, mi dovevo avviare all'alba. Fu il mio vicino, a cui avevo chiesto in prestito l'asinella.

COTRONE L'aveva chiesta in moglie, quel contadino.[24]

LA SGRICIA Questo non c'entra![25] Col pensiero d'approntarmi l'asinella[26] per l'alba, a mezzo della notte[27] si svegliò: c'era chiaro di luna; gli parve l'alba. M'accorsi subito, guardando il cielo, che quella non era luce di giorno, ma la luna. Vecchia, mi feci il segno della croce; montai, e via. Ma quando fui sullo stradone... di notte...[28] tra le campagne... le ombre paurose... in quel silenzio che spegneva nella polvere perfino il rumore degli zoccoli dell'asinella... e quella luna... e la via lunga e bianca... mi tirai sugli occhi la mantellina, e così riparata, fosse la debolezza o la lentezza del cammino, o che o come, fatto si è che mi trovai a un certo punto, come svegliandomi, tra due lunghe file di soldati...

COTRONE (*come a conciliar l'attenzione, ora che viene il punto del miracolo*) Ecco, ecco...

LA SGRICIA (*seguitando*) Andavano ai due fianchi dello stradone quei soldati, e in testa, davanti a me, nel mezzo, su un cavallo bianco maestoso, il Capitano. Mi sentii tutta riconfortare a quella vista e ringraziai Dio che proprio in quella notte del mio viaggio avesse disposto che quei soldati dovessero recarsi anche loro alla Favara. Ma perché così in silenzio? Giovanotti di vent'anni... una vecchia in mezzo a loro su quell'asinella... non ne ridevano; non si sentivano nemmeno camminare; non sollevavano neppure un po' di polvere... Perché? Com'era? Lo seppi, quando fu l'alba, in vista del paese.

24 La battuta di Cotrone, che riepiloga una richiesta insistente e inopportuna alle orecchie della protagonista della novella, la vedova Poponè, manca in NA e D.
25 *Questo non c'entra!*: manca in NA e D.
26 *approntarmi l'asinella*: «approntarmela» (NA e D).
27 *a mezzo della notte...*: manca in NA e D.
28 *di notte... le ombre*: «tra le campagne... e quella luna... le ombre» (NA e D).

Il Capitano mi fermò sul gran cavallo bianco; aspettò ch'io con la mia asinella lo raggiungessi. «Sgricia, sono l'Angelo Centuno» mi disse «e queste che t'hanno scortata fin qua sono le anime del Purgatorio. Appena arrivata, mettiti in regola con Dio, ché prima di mezzogiorno tu morrai». E scomparve con la santa scorta.

COTRONE (*subito*) Ma ora viene il meglio! Quando la sorella la vide arrivare, bianca, stralunata...

LA SGRICIA «Che hai?» mi gridò. E io:
«Chiamami un confessore».
«Ti senti male?»
«Prima di mezzogiorno, morirò».

Apre le braccia

... E difatti...

Si china a guardar negli occhi la Contessa e le domanda:

Tu forse ti credi ancora viva?

Le fa con l'indice un segno di no davanti alla faccia.

VOCE (*da dietro al cipresso*) Non stare a crederlo!

La vecchietta con un sorriso d'approvazione fa un segno alla Contessa che significa: «Senti che te lo dice?»; e così sorridente e soddisfatta rientra nella villa.

ILSE (*si volge prima verso il cipresso, poi guarda Cotrone*) Si crede morta?

COTRONE In un altro mondo, Contessa, con tutti noi...

ILSE (*turbatissima*) Che mondo? E[29] queste voci?

COTRONE Le accolga! Non cerchi di spiegarsele! Potrei...

IL CONTE Ma sono combinate?

COTRONE (*al Conte*) Se la ajutano a entrare in un'altra verità, lontana dalla sua, pur così labile e mutevole...

29 *E*: manca in NA e D.

alla Contessa[30]

rimanga, rimanga così lontana e si provi un po' a guardare come questa vecchietta che ha veduto l'Angelo. Non bisogna più ragionare. Qua si vive di questo. Privi di tutto, ma con tutto il tempo per noi: ricchezza indecifrabile, ebullizione di chimere. Le cose che ci stanno attorno parlano e hanno senso soltanto nell'arbitrario in cui per disperazione ci viene di cangiarle. Disperazione a modo nostro, badiamo! Siamo piuttosto placidi e pigri; seduti, concepiamo enormità, come potrei dire? mitologiche;[31] naturalissime, dato il genere della nostra esistenza. Non si può campare di niente; e allora è una continua sborniatura celeste. Respiriamo aria favolosa. Gli angeli possono come niente calare in mezzo a noi; e tutte le cose che ci nascono dentro sono per noi stessi uno stupore. Udiamo voci, risa; vediamo sorgere incanti figurati da ogni gomito d'ombra, creati dai colori che ci restano scomposti negli occhi abbacinati dal troppo sole della nostra isola. Sordità d'ombra non possiamo soffrirne. Le figure non sono inventate da noi; sono un desiderio dei nostri stessi occhi.

Sta in ascolto

Ecco. La sento venire.

Grida

Maddalena!

Poi, indicando

Là sul ponte.

30 La didascalia manca in NA e D.
31 *mitologiche*: forse con riferimento al «mito» stesso dei *Giganti della montagna*.

Appare sul ponte Maria Maddalena, illuminata di rosso da una lampadina che tiene in mano. È giovine, fulva di capelli, di carne dorata. Veste di rosso, alla paesana: e appare come una fiamma.

ILSE Oh Dio, chi è?

COTRONE La «Dama rossa». Non tema! Di carne e d'ossa, Contessa. Vieni, vieni, Maddalena.

E mentre Maria Maddalena s'appressa, aggiunge:

Una povera scema, che sente ma non parla; è sola, senza più nessuno, e vaga per le campagne; gli uomini se la prendono, e ignora fino all'ultimo ciò che pur tante volte le è avvenuto; lascia sull'erba le sue creature. Eccola qua. Ha sempre così, sulle labbra e negli occhi il sorriso del piacere che si prende e che dà. [32] Viene quasi ogni notte a trovare rifugio da noi, nella villa. Va', va', Maddalena.

Maria Maddalena, sempre col suo sorriso, dolce sulle labbra ma quasi velato di pena negli occhi, china più volte il capo, ed entra nella villa.

32 *Una povera scema... che si prende e che dà*: ha suggerito Tessari (*Pirandello e la dama rossa. Un settimo personaggio in cerca d'autore*, cit. in bibl.) il confronto con questo tra gli *Appunti* di Pirandello, apparsi sul «Corriere della sera» il 7 aprile 1929: «Una lezzosa cenciosa, scema fin dalla nascita, cresciuta donna senza saperlo; me la ricordo per le strade del mio paese, misto il suo puzzo con quell'odore che vi facevano d'agosto le spazzature marcite. Eppure ancora i maschiacci, a vederle il collo bianco e il petto colmo, avevano lo stomaco di pigliarsela; e ogni tanto compariva dalle campagne gravida per le strade; e a chi la guardava con disgusto, sorrideva, non per impudenza, ma perché ancora non lo sapeva d'esser gravida, pur con quella sottana sbrindellata che, dietro, spazzava il selciato, e davanti le si rizzava un palmo da terra; finché, presa dalle doglie così per strada, si metteva a urlare come una bestia; due guardie la trascinavano all'ospedale, facendole levare più alti quegli urli, tra la gazzarra dei monellacci che di dietro la spingevano; liberata, tornava ogni anno daccapo; perché forse l'esser pigliata così ogni tanto da un uomo, era considerata da lei cosa come le altre naturale, da cui non si potesse schermire» (*Saggi, Poesie, Scritti varii*, cit., p. 1248).

ILSE E questa villa di chi è?

COTRONE Nostra e di nessuno. Degli Spiriti.

IL CONTE Come, degli Spiriti?

COTRONE Sì. La villa ha fama d'essere abitata dagli Spiriti. E fu perciò abbandonata dagli antichi padroni, che per terrore scapparono anche dall'isola, ora è gran tempo.

ILSE Voi non credete agli Spiriti...

COTRONE Come no? Li creiamo!

ILSE Ah, li create...

COTRONE Perdoni, Contessa, non m'aspettavo da lei[33] che mi dovesse dire così. Non è possibile che non ci creda anche lei, come noi. Voi attori date corpo ai fantasmi perché vivano – e vivono! Noi facciamo al contrario: dei nostri corpi, fantasmi: e li facciamo ugualmente vivere. I fantasmi... non c'è mica bisogno d'andarli a cercare lontano: basta farli uscire da noi stessi.[34] Lei si disse larva di quella che fu?

ILSE Eh, più di così...

COTRONE Ecco. Quella che fu. Basta farla uscir fuori. Crede che non le viva ancora dentro? Non vive forse il fantasma del giovine che s'uccise per lei? Lei lo ha in sé.

ILSE In[35] me...

COTRONE E io potrei fargielo apparire. Guardi, è la dentro.

indica la villa

ILSE (*alzandosi, con raccapriccio*) No!

COTRONE Eccolo!

Appare sulla soglia della villa Spizzi che s'è camuffato da giovane poeta, a somiglianza di quello che s'uccise per la Contessa, servendosi del vestiario trovato nello strambo guardaro-

33 *da lei*: manca in NA e D.
34 *stessi*: manca in NA e D.
35 *In*: «Ah, in» (NA e D).

ba della villa per le apparizioni: sulle spalle un mantello nero, di quelli che un tempo si portavano sul frak; attorno al collo una sciarpa bianca, di seta; in capo, il gibus.[36] *Tiene nascosta nelle mani che reggono da dentro con elegante rigonfio i due lembi del mantello, una lanterna*[37] *elettrica che gl'illumina il volto da sotto in su, spettralmente. La Contessa, appena lo vede, dà un grido e si rovescia sulla panca, nascondendo la faccia.*

SPIZZI (*accorrendo a lei*) Ma no, Ilse... Dio mio... Ho voluto fare uno scherzo...

IL CONTE Ah, tu! Spizzi! È Spizzi, Ilse...

COTRONE Uscito da sé, per farsi vedere come una fantasma!

IL CONTE (*adirato*) Ma che dice lei ancora?

COTRONE La verità!

SPIZZI Io ho scherzato!

COTRONE E io ho sempre inventate le verità, caro signore! e alla gente è parso sempre che dicessi bugie. Non si dà mai il caso di dirla, la verità, come quando la s'inventa. Ecco la prova!

Indica Spizzi

Scherzato? Lei ha obbedito! Le maschere non si scelgono a caso. Ed ecco altre prove... altre prove...

Rientrano in scena dalla porta della villa camuffati e ciascuno variamente illuminato dalla propria lanterna colorata nascosta in mano, Diamante, il Battaglia, il Lumachi e Cromo, secondo la presentazione che ne farà Cotrone. Tutti gli altri li seguiranno.

Lei

prendendo per mano Diamante

36 *gibus*: cappello a cilindro, appiattibile.
37 *lanterna*: è lezione di D; «lanternina» in NA.

si intende, parata da Contessa...

al Conte

Copriva lei forse signor Conte, qualche carica a corte?

IL CONTE (*stonato*) Io no, perché?

COTRONE (*indicando l'abito di Diamante*) Perché è propriamente un abito di Dama di Corte...

volgendosi a Battaglia

E lei, come una tartaruga nella scaglia, s'è trovato a casa in quest'abito di vecchia bacchettona.

Indicando ora il Lumachi, che s'è messa addosso una pelle d'asino con la testa di cartone

E lei ha pensato all'asino che le manca...

Poi, andando a stringere la mano a Cromo

E lei s'è camuffato da Pascià, mi congratulo: si vede che ha buon cuore...

IL CONTE Ma ch'è questa carnevalata?

CROMO C'è là dentro

indica la villa

tutto un arsenale per le apparizioni!

LUMACHI Bisogna vedere che costumi! Non ne ha di più un vestiarista![38]

COTRONE E ciascuno è andato a prendersi la maschera che più gli s'addiceva!

SPIZZI Ma no, io l'ho fatto...

IL CONTE (*irritato*) Per uno scherzo?

Indicando l'abito che ha indossato

38 *vestiarista*: chi provvede al vestiario degli attori.

Ti pare il modo di scherzare travestito così?[39]

ILSE Ha obbedito...

IL CONTE A chi?

ILSE (*indicando Cotrone*) A lui che fa il mago, non hai inteso?

COTRONE No, Contessa...

ILSE Stia zitto, lo so! – Lei, inventa la verità?

COTRONE Non ho mai fatto altro in vita mia![40] Senza volerlo, Contessa.[41] Tutte quelle verità che la coscienza rifiuta. Le faccio venir fuori dal segreto dei sensi, o a seconda, le più spaventose, dalle caverne dell'istinto.[42] Ne inventai tante al paese, che me ne dovetti scappare, perseguitato dagli scandali. Mi provo ora qua a dissolverle in fantasmi, in evanescenze. Ombre che passano. Con questi miei amici m'ingegno di sfumare sotto diffusi chiarori anche la realtà di fuori,[43] versando, come in fiocchi di nubi colorate, l'anima, dentro la notte che sogna.

CROMO Come un fuoco d'artifizio?

COTRONE Ma senza spari. Incanti silenziosi. La gente sciocca n'ha paura e si tiene lontana; e così noi restiamo qua padroni. Padroni di niente e di tutto.

CROMO E di che vivete?

COTRONE Così. Di niente e di tutto.

DOCCIA Non si può aver tutto, se non quando non si ha più niente.

CROMO (*al Conte*) Ah, senti? Quest'è proprio il caso nostro! Dunque noi abbiamo tutto?

COTRONE Eh, no, perché vorreste avere ancora qualche cosa. Quando davvero non vorrete avere più niente allora sì.[44]

MARA-MARA Senza letto si può dormire...

CROMO ... male...

39 *Ti pare... così?*: «Così?» (NA e D).
40 *in vita mia*: manca in NA e D.
41 , *Contessa*: in NA e D si legge appresso, dopo «dei sensi».
42 *dell'istinto*: «dell'istinto, a seconda...» (NA e D).
43 *di fuori*: «esterna» (NA e D).
44 *Eh, no... allora sì*: «Se non volete avere più niente» (NA e D).

MARA-MARA ... ma si dorme!

DOCCIA Chi ti può impedire il sonno, quando Dio che ti vuol sano te lo manda, come una grazia, con la stanchezza? Allora dormi, anche senza letto![45]

COTRONE E ci vuol la fame, eh Quaquèo? perché un tozzo di pane ti dia la gioia del mangiare, come non te la potranno mai dare, sazio o disappetente,[46] tutti i cibi più prelibati.

Quaquèo sorridendo e assentendo col capo, fa con la mano sul petto il gesto dei bambini quando vogliono mostrare che gustano qualcosa.

DOCCIA E solo quando non hai più casa, tutto il mondo diventa tuo. Vai e vai, poi t'abbandoni tra l'erba al silenzio dei cieli; e sei tutto e sei niente... e sei niente e sei tutto.[47]

COTRONE Ecco come parlano i mendicanti, gente sopraffina, Contessa, e di gusti rari, che han potuto ridursi alla condizione di squisito privilegio, che è la mendicità. Non c'è mendicanti mediocri.[48] I mediocri son tutti sennati e risparmiatori. Doccia è il nostro banchiere. Accumulò per trent'anni quel soldo di più con cui gli uomini importunati si pagano il lusso della carità, ed è venuto qua ad offrirlo alla libertà dei sogni. Paga tutto lui.

DOCCIA Eh, ma se non ci andate piano...

COTRONE Fa l'avaro, perché duri di più.

GLI ALTRI SCALOGNATI (*ridendo*) È vero! È vero![49]

COTRONE Potevo essere anch'io, forse, un grand'uomo, Contessa. Mi sono dimesso. Dimesso da tutto: decoro,

45 *Allora dormi, anche senza letto!*: manca in NA e D.
46 *, sazio o disappetente,*: manca in NA e D.
47 *e sei niente e sei tutto*: manca in NA e D.
48 L'elogio della mendicità, che ha origini nella letteratura umanistica (Alberti, *Momus*) e cinque-secentesca (Camporesi, *Il libro dei vagabondi*), è centrale nella narrativa di Pirandello: da *Si gira...* (1916), I, IV-VI, a *Uno, nessuno e centomila* (1926), VIII, III-IV.
49 L'intera battuta manca in NA e D, dove Cotrone prosegue il suo discorso.

onore, dignità, virtù, cose tutte che le bestie, per grazia di Dio, ignorano nella loro beata innocenza. Liberata da tutti questi impacci, ecco che l'anima ci resta grande come l'aria, piena di sole o di nuvole, aperta a tutti i lampi, abbandonata a tutti i venti, superflua e misteriosa materia di prodigi che ci solleva e disperde in favolose lontananze. Guardiamo alla terra, che tristezza! C'è forse qualcuno laggiù che s'illude di star vivendo la nostra vita; ma non è vero. Nessuno di noi è nel corpo che l'altro ci vede; ma nell'anima che parla chi sa da dove; nessuno può saperlo: apparenza tra apparenza, con questo buffo nome di Cotrone... e lui, di Doccia... e lui, di Quaquèo... Un corpo è la morte: tenebra e pietra. Guai a chi si vede nel suo corpo e nel suo nome.[50] Facciamo i fantasmi. Tutti quelli che ci passano per la mente. Alcuni sono obbligati. Ecco, per esempio quello della Scozzese con l'ombrellino.

indica Mara-Mara

O quello del Nano con la cappa turchina

Quaquèo fa cenno che è suo attributo particolare.

Specialità della villa. Gli altri son tutti di nostra fantasia. Con la divina prerogativa dei fanciulli che prendono sul serio i loro giuochi, la maraviglia ch'è in noi la rovesciamo sulle cose con cui giochiamo, e ce ne lasciamo incantare. Non è più un gioco, ma una realtà maravigliosa in cui viviamo, alienati da tutto, fino agli eccessi della demenza. Ebbene, signori, vi dico come si diceva un tempo ai pellegrini: sciogliete i calzari e deponete il bordone.[51] Siete arrivati alla vostra mèta. Da anni aspettavo qua gente come voi per far vivere altri fanta-

50 *Guai a chi... e nel suo nome*: è una sorta di sintesi estrema della lunga parabola esistenziale di Vitangelo Moscarda, il protagonista di *Uno, nessuno e centomila*. Cfr. la precedente nota 48.
51 *sciogliete i calzari e deponete il bordone*: è invito biblico non infrequente (cfr. Introduzione, p. LXXVIII).

smi che ho in mente. Ma rappresenteremo anche la vostra «Favola del figlio cambiato», come un prodigio che s'appaghi di sé, senza più chiedere niente a nessuno.

ILSE Qua?

COTRONE Solo per noi.

CROMO C'invita a restare qua per sempre, non senti?

COTRONE Ma sì! Che andate più cercando in mezzo agli uomini? Non vedete che n'avete avuto?

QUAQUÈO E MILORDINO Restate, sì! Qua con noi! Qua con noi!

DOCCIA Oh! Son otto!

LUMACHI Io per me ci sto!

BATTAGLIA Il posto è bello...

ILSE Vuol dire che andrò io sola, a leggere, se non più a rappresentare la Favola.[52]

SPIZZI Ma no, Ilse – resti chi vuole – io ti seguirò sempre!

DIAMANTE Anch'io!

al Conte

Puoi sempre contare su me!

COTRONE Comprendo che la Contessa non può rinunziare alla sua missione.

ILSE Fino all'ultimo.

COTRONE Non vuole neanche lei che l'opera viva per se stessa – come potrebbe soltanto qua.

ILSE Vive in me; ma non basta! Deve vivere in mezzo agli uomini!

COTRONE Povera opera! Come il poeta non ebbe da lei l'amore, così l'opera non avrà dagli uomini la gloria. Ma basta. Ora è tardi e sarà bene andare a riposare. Poiché la Contessa rifiuta, ho un'idea; ve la proporrò domani all'alba.

IL CONTE Che idea?

COTRONE Domani all'alba, signor Conte. Il giorno è abbagliato; la notte è dei sogni e solo i crepuscoli sono

52 *la Favola*: manca in NA e D.

chiaroveggenti per gli uomini. L'alba, per l'avvenire; il tramonto, per il passato.[53]

Alza un braccio per indicare l'entrata della villa.

A domani!

TELA

53 Secondo l'Artioli, che si appella alla «tradizione romantica [...] da Novalis a Breton», Pirandello, «dislocando il Mito nell'arco di una giornata, incerniera l'azione in un archetipo temporale, consegnato all'antitesi di Buio e Chiarore. Ma nella fattispecie la Luce non coincide con la dimensione diurna»; in altri termini, la «fonte di vera vita» è «la *Grande Nuit*, [...] il magico scrigno che, in effigi mortali, custodisce la serie mirifica»; quanto ad «alba e tramonto», sarebbero «i punti di massima conflittualità, [...] sono il banco di prova dei personaggi straziati» (*L'officina segreta di Pirandello*, cit., pp. 95-96).

III

L'arsenale delle apparizioni: vasto stanzone nel mezzo della villa con quattro usci, due di qua e due di là, come se vi s'accedesse da due corridoi paralleli. La parete di fondo, liscia e sgombra, diventerà ai momenti indicati trasparente, e si vedrà allora di là, come in sogno, prima un cielo d'aurora, corso da nuvole bianche; poi la falda della montagna in dolce pendio, d'un tenerissimo verde, con alberi attorno a una vasca ovale; infine (ma questo di poi, durante la seguente prova generale della «Favola del figlio cambiato») una bella marina col porto e la torre del faro. L'interno dello stanzone è occupato in apparenza dalle più strambe masserizie, mobili che non sono mobili ma grossi giocattoli sciupati e impolverati; tutto però sarà invece preparato e predisposto per comporre a un comando in un batter d'occhio le scene della «Favola del figlio cambiato». Si vedranno inoltre strumenti musicali, un pianoforte, un trombone, un tamburo e cinque colossali birilli con facce umane per capocchie. E, posati goffamente sulle sedie, molti fantocci: tre marinai, due sgualdrinelle, un vecchietto in finanziera e capelluto, un'arcigna vivandiera.

Al levarsi della tela la scena apparirà rischiarata, non si sa come né donde, da una luce innaturale. I fantocci, posati sulle sedie, assumeranno in questa luce parvenze umane che faranno senso, pur scoprendosi fantocci per l'immobilità delle loro maschere. Dal primo uscio a sinistra[1] *entrerà in atto di fuggire Ilse, seguita dal Conte che cercherà di trattenerla.*

ILSE No, voglio andar fuori, ti dico.

1 *a sinistra*: «a sinistra (dell'attore)» (Q).

Fermandosi d'un tratto sorpresa e quasi spaventata

Dove siamo qua?

IL CONTE (*restando anche lui*) Uhm! Sarà forse quello che dicevano l'arsenale delle apparizioni.

ILSE E questa luce? Di dove viene?

IL CONTE (*indicando i fantocci*) Ma guarda quei là! Sono fantocci?[2]

ILSE Pajono veri[3] –

IL CONTE – già, e che facciano finta di non vederci. Ma oh, guarda, si direbbero fatti apposta per noi,[4] per coprire i voti[5] della Compagnia: «il vecchio del pianofortino», guarda, e quella «La Padrona del Caffè», e i tre «Marinaretti» che non riusciamo mai a trovare.[6]

ILSE Li avrà preparati lui.

IL CONTE Lui? E che ne sa lui?[7]

ILSE Gli ho dato da leggere la Favola.

IL CONTE Ah. Allora si spiega. Ma, fantocci, che ce ne facciamo? Non parlano.[8] Io non riesco ancora a capire[9] dove siamo capitati. E in quest'incertezza vorrei almeno sentire che tu –

Le s'appressa e fa per toccarla, timido e tenero.

ILSE (*scattando e sbuffando*) Oh Dio, di dove s'uscirà?

IL CONTE Ma vorresti davvero andar fuori?[10]

ILSE Sì sì, via! via!

IL CONTE Via dove?

ILSE Non lo so, fuori, all'aperto.

2 *Sono fantocci?*: manca in Q.
3 *Pajono veri*: «Fantocci? Paiono veri» (Q).
4 *apposta per noi,*: manca in Q.
5 *voti*: «vuoti» (Q).
6 *a trovare*: «a trovare. Com'è?» (Q).
7 *E che ne sa lui?*: «E come lo sa?» (Q).
8 *Ma, fantocci... Non parlano*: «Ma bisognerebbe che parlassero anche e si movessero» (Q).
9 *Io non riesco... a capire*: «Non riesco a capir bene ancora» (Q).
10 *Ma vorresti... fuori?*: «Ma vuoi proprio andar fuori, Ilse?» (Q).

IL CONTE Di notte?[11] È notte alta; dormono tutti; vuoi esporti a quest'ora?

ILSE Ho orrore su di quel letto.

IL CONTE Sì, è orribile, capisco, così alto.

ILSE – con quell'imbottita viola, mangiata dalle tarme.

IL CONTE – ma, dopo tutto, è un letto.

ILSE Vacci a dormir tu: io non posso.

IL CONTE E tu?

ILSE C'è fuori quella panchina davanti all'entrata.

IL CONTE Ma avrai più paura, sola, fuori: su almeno sarai con me.

ILSE Ho paura proprio di te, caro, solo di te, lo vuoi capire?

IL CONTE (*restando*) Di me? Perché?[12]

ILSE Perché ti conosco. E ti vedo. Mi segui come un mendicante.[13]

IL CONTE Non dovrei starti vicino?[14]

ILSE Ma non così! guardandomi così![15] Mi sento tutta, non so,[16] come appiccicata; sì, sì, da questa tua mollezza[17] di timidità supplichevole. L'hai negli occhi, nelle mani.

IL CONTE (*mortificato*)[18] Perché ti amo...

ILSE Grazie caro! Tu hai la specialità di pensarci, sempre nei luoghi dove non dovresti, o quando più mi sento morta. Il meno che posso fare è scapparmene. Mi metterei a gridare come una pazza.[19] Oh! bada che è un'orribile usura la tua.[20]

11 *Di notte?*: manca in Q.
12 *Perché?*: manca in Q.
13 *Perché ti conosco... un mendincante*: «... quando ti vedo così... Mi stai dappresso come un mendico!» (Q).
14 *Non dovrei... vicino?*: «Ma perché?» (Q). Seguono queste altre battute: «CONTESSA Eh, lo so perché? // CONTE No, Ilse! È che...» (Q).
15 *Ma non così! guardandomi così!*: «Ti conosco!» (Q).
16 *non so*: manca in Q.
17 *sì, sì... mollezza*: «da questa tua mollezza, oh Dio,» (Q).
18 *(mortificato)*: manca in Q.
19 *Tu hai la specialità di pensarci... come una pazza*: «Come uno che vada cercando amore nei cimiteri. // CONTE Ilse, che dici? // CONTESSA Mi sento morta; e mi fa quest'impressione, come non lo capisci?» (Q).
20 *Oh! bada... la tua*: «Oh, bada che è un'orribile usura la tua!» (Q).

IL CONTE Usura?

ILSE Usura. Usura.[21] Ti vuoi riprendere in me tutto[22] quello che hai perduto?

IL CONTE Ilse! Come puoi pensare una cosa simile?[23]

ILSE Ah! sì! Ora obbligami anche a chiedertene scusa.[24]

IL CONTE Io? Ma che dici?[25] Non ho perduto nulla io, non penso d'aver perduto nulla, se ho ancora te. La chiami usura questa?

ILSE Orribile. Insopportabile.[26] Mi cerchi sempre negli occhi. Non[27] posso soffrirlo!

IL CONTE Ti sento lontana: ti vorrei richiamare –

ILSE – sempre a una cosa –

IL CONTE (*offeso*) – no! a quella che fosti un giorno per me –

ILSE – ah, un giorno! quando? mi sai dire in quale altra vita? Ma davvero puoi vederla[28] ancora in me quella che fui?

IL CONTE E non sei ancora, sempre, la mia Ilse?[29]

ILSE Non riconosco[30] più nemmeno la mia voce. Parlo, e la mia voce, non so, quella degli altri, tutti i rumori, li sento come se nell'aria, non so, non so, si fosse fatta una sordità, per cui tutte le parole mi diventano crudeli. Rispàrmiamele, per carità![31]

IL CONTE (*dopo una pausa*) Dunque è vero.

ILSE Che è vero?[32]

IL CONTE Che sono solo. Non mi ami più.[33]

21 *Usura. Usura*: manca in Q.
22 *Ti vuoi riprendere... tutto*: «Vuoi riprenderti in me» (Q).
23 *Ilse!... una cosa simile?*: «Io? Come puoi pensarlo?» (Q). Segue subito la battuta del Conte, da «Non ho perduto» a «questa?».
24 L'intera battuta manca in Q, per la ragione di cui subito prima.
25 *Io? Ma che dici?*: manca in Q. Cfr. nota 19.
26 *Orribile. Insopportabile*: «Sì, orribile, insopportabile» (Q).
27 *Non*: «e non» (Q).
28 *un giorno!... puoi vederla*: «tu la vedi» (Q).
29 *E non sei... Ilse?*: «– sì, Ilse, ancora, sempre! // CONTESSA – in me, come sono adesso, quella che fui? – // CONTE – e non sei sempre per me la mia Ilse?» (Q).
30 *Non riconosco*: «(*con stacco*) Guarda: ti parlo, e non» (Q).
31 *Parlo... per carità!*: manca in Q.
32 *è vero?*: «cosa?» (Q).
33 *Che sono solo... più*: «Che non mi ami più» (Q).

ILSE Ma come non ti amo più, sciocco, che dici?[34] se non mi so più vedere senza di te? Io ti dico, caro,[35] di non pretenderlo: perché lo sai, Dio mio, lo sai[36] come m'è solo possibile: quando non ci pensi nemmeno. Bisogna sentirlo, caro, senza pensarci. Via, via, sii ragionevole.

IL CONTE Eh lo so che non dovrei[37] mai pensare a me.

ILSE Dici che vuoi[38] il bene degli altri!

IL CONTE Ma il mio anche, qualche volta![39] Se avessi potuto immaginare...

ILSE Io non so più nemmeno rimpiangere nulla.

IL CONTE No, dico che il tuo sentimento...[40]

ILSE Ma è lo stesso, sempre lo stesso!

IL CONTE No, non è vero. Prima...[41]

ILSE Sei proprio sicuro di prima? che il mio sentimento[42] sarebbe durato in quelle altre[43] condizioni? Così almeno[44] dura, come può. Ma non vedi dove siamo? È un miracolo se, a toccarci, non ci sentiamo mancare sotto le mani[45] perfino la certezza del nostro stesso[46] corpo.

IL CONTE È ben per questo.

ILSE Che, per questo?

IL CONTE Che vorrei almeno sentirti vicina.

ILSE E non sono qua con te?

IL CONTE Sarà il momento. Mi sento veramente smarrito. Non so più dove siamo né dove si va.[47]

34 *sciocco, che dici?*: manca in Q.
35 *, caro,*: manca in Q.
36 *lo sai*: manca in Q.
37 *dovrei*: «devo» (Q).
38 *Dici che vuoi*: «Se vogliamo» (Q).
39 *Ma il mio anche, qualche volta!*: «E il nostro?» (Q).
40 *dico che il tuo sentimento...*: «che il tuo sentimento, dico» (Q).
41 Questa battuta e la precedente, di Ilse, mancano in Q.
42 *Sei proprio... il mio sentimento*: «E che ne sai tu, quanto» (Q).
43 *altre*: manca in Q.
44 *almeno*: «intanto» (Q).
45 *sotto le mani*: manca in Q.
46 *stesso*: manca in Q.
47 *Sarà il momento... dove si va*: «Dove siamo? Mi dici dove siamo e dove si va?» (Q).

ILSE Non si può[48] più tornare indietro.

IL CONTE E non vedo più avanti una via.

ILSE Quest'uomo qua dice che inventa la verità...[49]

IL CONTE Eh sì, facile, la inventa, lui...

ILSE La verità dei sogni, dice, più vera di noi stessi.[50]

IL CONTE Altro che sogni!

ILSE E davvero non c'è sogno, guarda, più assurdo di questa verità: che noi siamo qua stanotte, e che questo sia vero. Se ci pensi, se ci lasciamo prendere, è la pazzia.

IL CONTE Ho paura che ci siamo[51] lasciati prendere già da un pezzo noi. Cammina cammina, ci siamo arrivati. Penso quando scendemmo per l'ultima volta la scala del nostro palazzo, ossequiati. Avevo in braccio la *Riri*,[52] poverina. Tu non ci pensi mai, io sempre. Con tutto quel pelo bianco di seta![53]

ILSE Se dovessimo pensare a tutto quello che s'è perduto!

IL CONTE Quanti lumi e doppieri in quella scala di marmo! Eravamo, scendendo,[54] così lieti e fidenti, che a trovar fuori il freddo, la pioggia e tutta quella bruma nera...

ILSE (*dopo una pausa*)[55] Eppure, credi che in fondo noi[56] abbiamo perduto ben poco, anche se materialmente era

48 *si può*: «possiamo» (Q).
49 *la verità...*: «le verità» (Q). Il singolare anche subito dopo, nelle parole del Conte: *la* in luogo di «le».
50 *dice,... noi stessi*: «più vera di noi stessi, dice» (Q).
51 *ci siamo*: «ci siamo già» (Q); ma è ridondanza, se si guarda subito appresso.
52 *in braccio la Riri*: «sotto il braccio la cagnolina» (Q).
53 *Tu non ci pensi mai... di seta!*: «CONTESSA Già, povera "Riri". // CONTE Tu non ci pensi mai, io sempre.» (Q).
54 *Quanti lumi... scendendo,*: «C'erano tanti lumi nella scala, ed eravamo» (Q).
55 *(dopo una pausa)*: manca in Q.
56 *Eppure, credi che in fondo noi*: «Chi si contenta di toccare le sue piccole certezze quotidiane e vi trova la sicurezza, fintanto che non gli casca di mano e allora crede d'aver tutto perduto, io non l'invidio. Noi, in fondo, credi» (Q).

tanto. Se la ricchezza c'è servita per comperarci questa povertà,[57] non ci dobbiamo avvilire.

IL CONTE E lo[58] dici a me, Ilse? Io te l'ho sempre detto: tu non ti devi avvilire!

ILSE Sì sì; ora andiamo; tu sei buono; ritorniamo su. Forse ora potrò un po' riposare.[59]

Escono per lo stesso uscio da cui sono entrati. Appena usciti, i fantocci si chinano, appoggiano le mani sui ginocchi e rompono in una sghignazzata.

I FANTOCCI – Come se le complicano, Dio come se le complicano le cose![60]
– E poi finiscono per fare –
– quello[61] che avrebbero fatto naturalmente –
– senza tante complicazioni!

Il trombone fa da sé con tre brevi borbottii un commento ironico; il tamburo, da sé, senza bacchette, agitandosi come uno staccio,[62] crèpita, in segno d'approvazione e, durante il crepitìo, balzano ritti coi loro testoncini sguajati i cinque birilli. Allora i fantocci si ributtano indietro con un'altra sghignazzata sull'«e», se la prima è stata sull'«o». Cessano d'un tratto, ricomponendosi negli atteggiamenti di prima, appena l'uscio in fondo a destra s'apre ed entra esultante la Sgricia, annunziando:

LA SGRICIA L'Angelo Centuno! L'Angelo Centuno! Viene a prendermi con tutta la sua scorta! Eccolo! Eccolo! In ginocchio tutti! In ginocchio!

Al comando, i fantocci s'inginocchiano da sé, mentre la gran-

57 *povertà*: «povertà tanto più grande» (Q).
58 *E lo*: «Lo» (Q).
59 *un po' riposare*: «riposare un po'» (Q).
60 *Come se le complicano... le cose!*: «Se le complicano! Se le complicano!» (Q).
61 *quello*: «quel» (Q).
62 *, agitandosi come uno staccio*: manca in Q.

de parete di fondo s'illumina e diventa trasparente. Si vedranno sfilare, alate, in due file, le anime del Purgatorio in forma d'angeli e avranno in mezzo su un cavallo bianco maestoso l'Angelo Centuno. Un coro sommesso di voci bianche accompagnerà la sfilata:

Con l'armi della pace,
quando tutto tace,
fede e carità,
è Dio che porta ajuto[63]
a chi sia combattuto,
a chi ramingo va.

Quando la sfilata sta per terminare, la Sgricia si alza per seguirla, uscendo dal secondo uscio a sinistra che rimane aperto dopo la sua uscita. Dietro l'ultima coppia delle anime, man mano che procede, la parete di fondo si va facendo opaca. Dura ancora un poco, sempre più affievolendosi, la musica: e i fantocci a uno a uno si rialzano e si ributtano inerti sulle sedie. Poco dopo dall'uscio rimasto aperto entra di spalle Cromo[64] *con aspetti cangianti, come avviene nei sogni: in principio, la sua faccia: poi la maschera dell'«Avventore» e il naso del «Primo Ministro» nella «Favola del figlio cambiato». Pare che cerchi, pur così indietreggiando per spavento, un filo di suono di cui non riesca più a trovare la provenienza: l'ha udito, ne è certo; gli è parso che provenisse dal pozzo là in fondo al corridojo.*[65] *Entra intanto dal primo uscio a destra Diamante sotto le vesti della fattucchiera «Vanna Scoma», con la maschera sollevata sul capo; scorge Cromo e lo chiama:*

DIAMANTE Cromo!

63 *ajuto*: «aiuto» (Q).
64 *Cromo*: «Cromo il Caratterista» (Q). Tutti gli altri personaggi, evocati in seguito, appartengono al repertorio della *Favola*; più avanti è la volta di Vanna Scoma, la «fattucchiera [...] in misteriosi commerci con le Donne», e delle «Due Vicine» della Madre, «L'Una e L'Altra». Per «le Donne», cfr. p. 189, nota 83.
65 *corridojo*: «corridoio» (Q).

E, appena Cromo si volta

Oh, e che faccia fai?

CROMO Io? Che faccia fo? Tu, piuttosto: sei vestita da Vanna Scoma e hai dimenticato d'abbassarti la maschera sul volto.

DIAMANTE Non mi far ridere: io, da Vanna Scoma? Sei tu invece vestito da «Avventore» e porti intanto il naso del «Primo Ministro». Io sono ancora parata da Dama di Corte e mi sto spogliando; ma sai che temo d'avere inghiottito uno spillo?

CROMO Inghiottito? È grave!

DIAMANTE (*indicando la gola*) Me lo sento qua!

CROMO Ma scusa, ti credi davvero vestita ancora da Dama di Corte?

DIAMANTE Mi sto spogliando, ti dico; e appunto, spogliandomi...

CROMO Ma che spogliandoti, guardati addosso, tu sei vestita da «Vanna Scoma»!

E come quella china il capo per guardarsi l'abito, subito con una ditata abbassandole sul volto anche la maschera:

E questa è la maschera!

DIAMANTE (*portandosi una mano alla gola*) Oh Dio, non posso più parlare!

CROMO Per lo spillo? Ma sei proprio sicura d'averlo inghiottito?

DIAMANTE L'ho qua! qua!

CROMO Lo tenevi tra i denti nello spogliarti?

DIAMANTE Ma no! Mi pare che l'abbia inghiottito proprio ora.[66] E ho anzi il dubbio che fossero due.

CROMO Spilli?

DIAMANTE Spilli! Spilli! Sebbene l'altro, io non so... l'ho forse sognato! O che sia stato prima del sogno? Il fatto è che me lo sento qua.

CROMO Ci sono: tu l'avrai sognato per questo: che ti

66 *che l'abbia inghiottito proprio ora*: «ora» (Q).

senti pungere la gola. Scommetto che hai le tonsille infiammate, con qualche puntina bianca.

DIAMANTE Può darsi. L'umido, lo strapazzo.

CROMO Avrai anche[67] la febbre.

DIAMANTE Forse.

CROMO (*con lo stesso tono, breve, pietoso*) Crepa.

DIAMANTE (*rivoltandosi*) Crepa tu!

CROMO L'unica è di crepare, cara mia, con la vita che stiamo facendo!

DIAMANTE Spilli nella veste, sì, ce n'era uno, tutto arrugginito; ma ricordo d'averlo strappato e buttato via; non me lo son messo tra i denti. E poi, se non son più vestita da Dama di Corte...

Sopraggiunge a precipizio dal primo uscio a sinistra, spiritato, Battaglia.

BATTAGLIA Oh Dio, ho visto! ho visto, ho visto!

DIAMANTE Che hai visto?

BATTAGLIA Nel muro di là; uno spavento!

CROMO Ah se tu dici che «hai visto», allora è vero: anch'io; anch'io: «ho udito»!

DIAMANTE Che cosa? Non mi fate spaventare! Ho la febbre!

CROMO Là in fondo al corridojo: dove c'è il collo del pozzo, là: una musica! una musica!

DIAMANTE Musica?

CROMO (*prendendoli, uno per mano*) Ecco, venite.

DIAMANTE E BATTAGLIA (*a un tempo, tirandosi indietro*) – Ma no, sei matto! – Che musica?

CROMO Bellissima! Venite con me! Musica... che paura avete?

Vanno verso il fondo in punta di piedi.

Ma bisogna trovare il punto giusto. Dev'essere qua.

67 *anche*: manca in Q.

L'ho sentita, c'è poco da dire. Come dall'altro mondo. Viene di fondo a quel pozzo là, vedete?

indica di là dal secondo uscio a sinistra.

DIAMANTE Ma che musica?

CROMO Un concerto di paradiso. Ecco, aspettate. Prima era così:[68] m'allontanavo e non lo sentivo più; mi accostavo troppo e non lo sentivo più;[69] poi, tutt'a un tratto, infilando giusto... Ecco qua, fermi! Sentite? Sentite?

Si ode, difatti, ma come in sordina, un blando soavissimo concerto. I tre, in fila, protesi, stanno ad ascoltare in estasi e sgomenti.

DIAMANTE Oh Dio, è vero!

BATTAGLIA Non sarà la Sgricia che suona l'organo?

CROMO Ma che! No. Non è cosa terrena. E se ci scostiamo d'un passo, ecco, non si sente più.

Difatti, appena si scostano, la musica cessa.

DIAMANTE No, ancora! ancora! sentiamo ancora!

Si rimettono al posto di prima e riodono la musica.

CROMO Ecco: di nuovo.

Stanno un po' a sentire: poi viene avanti con gli altri due e la musica cessa.

BATTAGLIA Mi sento tutto spalancare dallo spavento.

CROMO In questa villa davvero ci si vede e ci si sente.

BATTAGLIA Vi dico che io ho visto! Il muro di là! S'apriva!

68 *Prima era così*: «Era così prima» (Q).
69 *e non lo sentivo più*: manca in Q.

DIAMANTE S'apriva?

BATTAGLIA Sì, e spuntava il cielo!

DIAMANTE Non era la finestra?

BATTAGLIA No: la finestra era di qua: chiusa. Dirimpetto a me, non c'era finestra. E s'è aperto: oh! un chiaro di luna come nessuno ha mai visto l'uguale, dietro un sedile di pietra, lungo, con ciuffi d'erba che si stagliavano fino a poter contare le foglie a una a una. Veniva quella scema vestita di rosso, che sorride e non parla, e si sedeva su quel sedile, e poi veniva tutto smorfioso un nanetto.

CROMO – Quaquèo?

BATTAGLIA – No, Quaquèo; uno, davvero, con la cappa color di tortora fino ai piedi e dondolante come una campana: e su, il testoncino, e la faccia come dipinta col mosto: porgeva alla donna un cofanetto che luccicava tutto; poi scavalcava il sedile come per andarsene, ma si nascondeva là dietro e ogni tanto alzava la testa a spiare, malizioso, se quella cedeva alla tentazione; ma quella – immobile – a capo chino, gli occhi intenti e la bocca sorridente, col cofanetto lì sulle mani. Ma sai che le vedevo perfino i denti, appena,[70] tra le labbra, schiuse al sorriso?

CROMO Non l'hai sognata?

BATTAGLIA Ma che! Visto, visto come ora sto vedendo voi due![71]

DIAMANTE Oh Dio, Cromo, e allora lo spillo, io, temo d'averlo inghiottito davvero.

CROMO (*colto da un'idea improvvisa*) Aspettate, aspettate qua: ho un'idea: vado nella mia camera e torno!

Esce dall'uscio da cui è entrato.

DIAMANTE (*stordita, a Battaglia*) Perché va nella sua camera?

BATTAGLIA Non so... Tremo tutto... non ti scostare... Oh, non ti pare che si siano mossi quei fantocci là?

70 *appena*: «appena appena» (Q).
71 *voi due!*: «voi due! Con tanto d'occhi sbarrati!» (Q).

DIAMANTE L'hai visti muovere?
BATTAGLIA Uno – m'è parso che si sia mosso...[72]
DIAMANTE Ma no, stan lì posati!

Rientra Cromo, esultante, come un ragazzo in vacanza.

CROMO Ecco! Mi pareva assai! Ne avevo il sospetto! Non siamo noi, qua, veramente, non siamo noi![73]
BATTAGLIA Come non siamo noi?
CROMO Allegri! allegri! Non è niente! Fate silenzio. Andate, andate a vedere anche voi nelle vostre camere e vi convincerete!
DIAMANTE Di che? Che non siamo noi?
BATTAGLIA Che hai visto tu nella tua camera?
DIAMANTE E chi siamo allora?
CROMO Andate e vedrete! È da ridere! andate!

Appena i due escono dagli usci per cui sono prima entrati, i fantocci si rizzano stirandosi ed esclamano:

I FANTOCCI – Uh, finalmente!
– Manco male che alla fine l'avete capita!
– Ce n'è voluto!
– Non se ne poteva più!
CROMO (*stupito dapprima nel vederli rizzare, ma poi ammettendone la ragione*) Oh, voi? Ma già, sicuro; è giusto, anche voi, perché no?
UNO DEI FANTOCCI Sgranchiamoci un po' le gambe, vuoi?

Due lo pigliano per mano e si mettono in circolo con gli altri. Gli strumenti musicali si rimettono a suonare da sé, uno scordato accompagnamento al girotondo dei fantocci con Cromo: intanto rientrano stralunati il Battaglia e Diamante. Il Battaglia, con l'aria di non saperlo, è vestito da «Sgualdrinella» anche lui con un cencio di cappellino in capo.

72 *sia mosso*: «muovesse» (Q).
73 *, non siamo noi!*: manca in Q.

DIAMANTE Impazzisco! Ma allora – questo

si tocca il corpo

– non è il mio corpo? Eppure me lo tocco!
BATTAGLIA Ti sei vista di là anche tu?
DIAMANTE (*indicando i fantocci*) E tutti questi, levati in piedi, oh Dio, dove siamo, io gri…
CROMO (*mettendole subito una mano sulla bocca*) Sta' zitta! Che gridi? Ho trovato anch'io il mio corpo di là, che sta dormendo magnificamente. Noi ci siamo svegliati fuori, capite?
DIAMANTE Come fuori? di che?
CROMO Fuori di noi! Stiamo sognando! Avete capito? Siamo noi stessi, ma in sogno, fuori del nostro corpo che dorme di là!
DIAMANTE E sei sicuro che i nostri corpi di là respirano ancora e non sono morti?
CROMO Che morti! Il mio ronfa! Beato come un porco! A pancia all'aria! E il petto, su e giù, come un màntice!
BATTAGLIA (*afflitto, dolendosi*)[74] A bocca aperta, il mio che ha dormito sempre come un angiolino![75]
UNO DEI FANTOCCI (*sghignazzando*) Come un angiolino,[76] bello!
UN ALTRO Con la bava che gli fila da un lato![77]
BATTAGLIA (*indicando, spaurito, i fantocci*) Ma questo?[78]
CROMO È nel sogno, anche loro, non capite? E tu sei diventato una sgualdrinella, non ti vedi? Eccoti un marinaretto, toh, abbraccialo!

Lo butta tra le braccia d'uno dei fantocci vestito da marinajo[79]

74 *(afflitto, dolendosi)*: manca in Q.
75 *il mio... un angiolino!*: «io che ho dormito sempre come un angiolo!» (Q).
76 *angiolino*: «angiolo» (Q).
77 L'intera battuta manca in Q.
78 *(indicando...) Ma questo?*: «Ma questi?» (Q).
79 *marinajo*: «marinaio» (Q).

Balliamo! balliamo! Nel sogno, allegramente!

Nuova musica degli strumenti. Ballano, ma con mosse strane, angolose, quali possono esser concesse a fantocci che si piegano male. Sopravviene dal primo uscio a sinistra Spizzi,[80] *che si fa largo tra le coppie danzanti per passare. Ha in mano una corda.*

SPIZZI Largo! Largo! Lasciatemi passare!
CROMO Oh, Spizzi! Anche tu! Che hai in mano?[81] Dove vai?
SPIZZI Lasciami! Non resisto più! La faccio finita!
CROMO Come finita? Con questa corda?

E gli solleva il braccio che regge la corda. Tutti, alla vista di quella corda, scoppiano a ridere. E allora Cromo gli grida:

Sciocco, te lo stai sognando, che ti impicchi! T'impicchi in sogno!
SPIZZI (*svincolandosi e correndo verso il secondo uscio a destra, da cui scomparirà*) Sì, sì, ora vedrete, se m'impicco in sogno!
CROMO Poveretto! L'amore della Contessa!

Sopravvengono in grande ansia e sgomenti, dai primi usci di destra e di sinistra, Lumachi e Sacerdote:

LUMACHI Oh Dio, Spizzi s'impicca!
SACERDOTE Spizzi s'impicca! s'impicca!
CROMO Ma no! Ma no! Ve lo state sognando anche voi!
BATTAGLIA Spizzi dorme nel suo letto.
DIAMANTE E anche voi, se andate a vedervi!
LUMACHI Ma che dormire! Eccolo! È là, che s'è impiccato davvero! Guardate!

La parete di fondo si rifà trasparente, e si vedrà Spizzi che

80 *Spizzi*: «Spizzi, l'Attor Giovane,» (Q).
81 *in mano?*: manca in Q.

pende da un albero, impiccato. Tutti levano un urlo di raccapriccio e si precipitano verso il fondo. La scena s'oscura d'un tratto e nel bujo,[82] *mentre gli attori come immagini di sogno*[83] *scompajono,*[84] *s'ode la sghignazzata dei fantocci che tornano alle loro seggiole, immobili. Si rifà la luce e, tranne quei fantocci negli atteggiamenti di prima, sulla scena non ci sarà nessuno. Poco dopo, dal primo uscio a sinistra entreranno la Contessa, Cotrone e il Conte.*

ILSE L'ho visto: l'ho visto, le dico, appeso a un albero qua dietro la villa!

COTRONE Ma se non ci son alberi dietro la villa!

ILSE Come non ci sono? Attorno a una vasca!

COTRONE Nessuna vasca, Contessa; può andare a vedere.

ILSE (*al marito*) Possibile? L'hai visto anche tu!

IL CONTE Anch'io, sì.

COTRONE Stia tranquilla, Contessa. È la villa. Si mette tutta così ogni notte[85] da sé in musica e in sogno. E i sogni, a nostra insaputa, vivono fuori di noi, per come ci riesce di farli, incoerenti. Ci vogliono i poeti per dar coerenza ai sogni.[86] Ecco il signor Spizzi, lo[87] vede? in carne e ossa, che certo è stato il primo a sognare d'essersi impiccato.

È entrato infatti dal primo uscio a sinistra Spizzi tutto rannuvolato. Alle parole di Cotrone si scuote, stupito e offeso:

SPIZZI Come lo sa?

COTRONE Ma lo sappiamo tutti, caro.

SPIZZI (*alla Contessa*) Anche tu?

ILSE Sì, l'ho sognato anch'io.

IL CONTE E anch'io.

82 *bujo*: «buio» (Q). E così nelle ricorrenze seguenti (anche in «abbujata», p. 248).
83 *come immagini di sogno*: manca in Q.
84 *scompajono*: «scompaiono» (Q).
85 *Si mette... ogni notte*: «La villa che ogni notte si mette tutta» (Q).
86 *coerenza ai sogni*: «loro coerenza» (Q).
87 *lo*: manca in Q.

SPIZZI Tutti? Com'è possibile?

COTRONE È chiaro che lei non può aver segreti per nessuno, nemmeno quando sogna. E poi, spiegavo alla Contessa che questa è anche una prerogativa della nostra villa. Sempre, con la luna,[88] tutto comincia a farsi di sogno sulla terra, come se la vita se n'andasse e ne rimanesse una larva malinconica nel ricordo. Escono allora i sogni, e quelli appassionati pigliano qualche volta la risoluzione di passarsi una corda attorno al collo e appendersi a un albero immaginario. Caro giovanotto, ognuno di noi parla, e dopo aver parlato, riconosciamo quasi sempre che è stato invano, e ci riconduciamo disillusi in noi stessi, come un cane di notte alla sua cuccia,[89] dopo aver abbajato[90] a un'ombra.

SPIZZI No, è la dannazione delle parole che vado ripetendo da due anni, col sentimento che ci mise dentro chi le scrisse!

ILSE Ma sono rivolte a una madre quelle parole!

SPIZZI Grazie, lo so! Ma chi le scrisse, le scrisse per te, e non ti considerava certo una madre!

COTRONE Signori miei, a proposito della colpa che lui ora dà alle parole della sua parte, ecco:[91] l'alba è vicina, e io vi promisi jersera[92] che vi avrei comunicato l'idea che m'è venuta per voi: dove potreste andare a rappresentar la vostra «Favola del figlio cambiato»; se proprio non volete rimanere qua con noi. Dunque sappiate che si celebra oggi, con una festa di nozze colossale, l'unione delle due famiglie dette dei giganti della montagna.

IL CONTE (*piccolino e perciò smarrito, alzando un braccio*) Giganti?

COTRONE Non propriamente giganti, signor Conte, sono detti così, perché gente d'alta e potente corporatura,[93]

88 *luna*: «Luna» (Q).
89 *alla sua cuccia*: manca in Q.
90 *abbajato*: «abbaiato» (Q).
91 *ecco*: «ecco, veniamo a noi» (Q).
92 *jersera*: «iersera» (Q).
93 «I giganti figurano nella mitologia agrigentina come fondatori della città», scrive L. Sedita cfr. (*La maschera del nome*, cit., p. 82), e ricorda

che stanno sulla montagna che c'è vicina. Io vi propongo di presentarvi a loro. Noi v'accompagneremo. Bisognerà saperli prendere. L'opera a cui si sono messi lassù, l'esercizio continuo della forza, il coraggio che han dovuto farsi contro tutti i rischi e pericoli d'una immane impresa, scavi e fondazioni, deduzioni[94] d'acque per bacini montani, fabbriche, strade, colture agricole, non han soltanto sviluppato enormemente i loro muscoli, li hanno resi naturalmente anche[95] duri di mente e un po'[96] bestiali. Gonfiati dalla vittoria offrono però facilmente il manico per cui prenderli: l'orgoglio: lisciato a dovere, fa presto a diventar tenero e malleabile. Lasciate fare a me per questo; e voi pensate intanto ai casi vostri. Per me, portarvi sulla montagna alle nozze di Uma di Dòrnio e Lopardo d'Arcifa,[97] non è nulla; chiederemo anche una grossa somma, perché più grossa la chiederemo e più importanza acquisterà ai loro occhi la nostra offerta; ma ora il problema da risolvere è un altro.[98] Come farete voi a rappresentare la Favola?

SPIZZI Non hanno un teatro lassù i giganti?

COTRONE Non è per il[99] teatro. Un teatro si fa presto a

le *Memorie storiche agrigentine* di Giuseppe Picone (1866). Invece U. Artioli ha richiamato per questi giganti la *Scienza nuova* di Vico, tanto per la loro definizione fisica («stupidi, insensati ed orribili bestioni»), quanto perché (ed è indicazione più convincente) appartengono, in qualche misura, all'epoca della cosiddetta «barbarie ricorsa», che è di «senso» e di «riflessione» (*op. cit.*, p. 112). Ivi, p. 111, anche un riferimento a un passo della novella sparsa *I due giganti* (1915), una sorta di *revêrie* antiurbana da parte del protagonista, che vorrebbe «restituire – gli uomini – alla loro statura di giganti».

94 *deduzioni*: deviazioni.

95 *anche*: manca in Q.

96 *un po'*: manca in Q.

97 «Val pena di osservare», scrive U. Artioli, «che Arcifa è un trasparente anagramma di Africa, e Uma di Dòrnio, anagrammato, dà "un dio di Roma"», con l'inevitabile richiamo a Mussolini, che «aveva già manifestato le sue mire nei confronti dell'Etiopia» (*L'officina segreta di Pirandello*, p. 113). L. Sedita propone per «Uma» il «nome altrettanto ferino» di «Puma», con «aferesi della consonante iniziale» (*La maschera del nome*, cit., p. 82).

98 *un altro*: «questo» (Q).

99 *per il*: «del» (Q).

metterlo su dovunque. Io penso al lavoro che volete rappresentare. Ho letto tutta questa notte, fino a poco fa coi miei amici, la vostra «Favola del figlio cambiato». Ohi dico, ci vuole un bel coraggio, signor Conte, a sostenere che avete tutto quanto v'occorre e che non ne lasciate fuori nulla: siete appena otto, e ci vuol tutto un popolo per rappresentarla.

IL CONTE Sì, ci[100] manca il comparsame.[101]

COTRONE Ma che comparsame, ci vuol altro! Parlano tutti!

IL CONTE I personaggi principali ci siamo.

COTRONE La difficoltà non è dei personaggi principali. Ciò che importa sopratutto è la magia; creare voglio dire, l'attrazione della favola.

ILSE Questo sì.

COTRONE E come fate a crearla? Vi manca tutto! Un'opera corale... Mi spiego bene adesso, signor Conte, come lei ci abbia rimesso tutto il suo patrimonio. Leggendola, mi son sentito rapire. È fatta proprio per vivere qua, Contessa, in mezzo a noi che crediamo alla realtà dei fantasmi[102] più che a quella dei corpi.

IL CONTE (*accennando ai fantocci sulle seggiole*) Abbiamo già visto quei fantocci là preparati...

COTRONE Ah sì, di già? Hanno fatto presto. Non[103] sapevo.

IL CONTE (*stordito*) Come non lo sapeva? Non li ha preparati lei?

COTRONE Io no. Ma è semplice. Man mano che io su leggevo, essi si preparavano qua, da sé.

ILSE Da sé? E come?

COTRONE Vi ho pur detto che la villa è abitata dagli spiriti, signori miei. Non ve l'ho mica detto per ischerzo. Noi qua non ci stupiamo più di nulla. L'orgoglio umano è ve-

100 *ci*: «ma» (Q).
101 *comparsame*: la massa di persone che compaiono sulla scena senza parlare.
102 *fantasmi*: «fantocci» (Q). Si ricordi che *I fantasmi* è il primo titolo dell'opera (cfr. Nota ai testi, p. LXXXIX).
103 *Non*: «Non lo» (Q).

ramente imbecille, scusate. Vivono di vita naturale sulla terra, signor Conte, altri esseri di cui nello stato normale noi uomini non possiamo aver percezione, ma solo per difetto nostro, dei cinque nostri limitatissimi sensi. Ecco che, a volte, in condizioni anormali, questi esseri ci si rivelano e ci riempiono di spavento. Sfido: non ne avevamo supposto l'esistenza! Abitanti della terra non umani, signori miei, spiriti della natura, di tutti i generi, che vivono in mezzo a noi, invisibili, nelle rocce, nei boschi, nell'aria, nell'acqua, nel fuoco: lo sapevano bene gli antichi: e il popolo l'ha sempre saputo; lo sappiamo bene noi qua, che siamo in gara con loro e spesso li vinciamo, assoggettandoli a dare ai nostri prodigi, col loro concorso, un senso che essi[104] ignorano o di cui non si curano. Se lei, Contessa, vede ancora la vita dentro i limiti del naturale e del possibile, l'avverto che lei qua non comprenderà mai nulla. Noi siamo fuori di questi limiti, per grazia di Dio. A noi basta immaginare, e subito le immagini si fanno vive da sé. Basta che una cosa sia in noi ben viva, e si rappresenta da sé, per virtù spontanea della sua stessa vita. È il libero avvento d'ogni nascita necessaria. Al più al più, noi agevoliamo con qualche mezzo la nascita. Quei fantocci là, per esempio. Se lo spirito dei personaggi ch'essi rappresentano s'incorpora in loro, lei vedrà quei fantocci muoversi e parlare. E il miracolo vero non sarà mai la rappresentazione, creda, sarà sempre la fantasia del poeta in cui quei personaggi son nati, vivi, così vivi che lei può vederli anche senza che ci siano corporalmente. Tradurli in realtà fittizia sulla scena è ciò che si fa comunemente nei teatri. Il vostro ufficio.

SPIZZI Ah, lei ci mette allora a paro di quei suoi fantocci là?

COTRONE Non a paro no, mi perdoni; un po' più sotto, amico[105] mio.

SPIZZI Anche più sotto?

104 *che essi*: «ch'essi» (Q).
105 *amico*: «signor» (Q).

COTRONE Se nei fantocci s'incorpora lo spirito del personaggio, scusi, tanto da farli muovere e parlare...

SPIZZI Sarei curioso di veder questo miracolo!

COTRONE Ah, lei sarebbe «curioso»? Ma sa,[106] non si vedono per «curiosità»[107] questi miracoli. Bisogna crederci, amico mio,[108] come ci credono i bambini. Il vostro poeta ha immaginato una Madre che crede le sia stato cambiato in fasce il figlio da quelle streghe della notte, streghe del vento, che il popolo chiama «Le Donne».[109] La gente istruita ne ride, si sa; e forse anche voi; e invece io vi dico che ci sono davvero: sissignori,[110] «Le Donne»! Le notti d'inverno tempestose, tante volte noi qua le abbiamo sentite gridare, con voci squarciate, fuggendo col vento, da queste parti. Ecco, volendo le possiamo anche evocare.

Entrano di notte nelle case
per la gola dei camini
come
un fumo
nero.[111]
Una povera mamma che sa?
dorme stanca della giornata;
e quelle, chinate nel bujo,
allungano le dita sottili...

ILSE (*meravigliata*) Ah, lei sa già perfino i versi a memoria?

COTRONE Perfino? Ma noi possiamo rappresentarle ora stesso la favola da cima a fondo, Contessa, per fare una prova di tutti quegli elementi di cui avete bisogno voi, non noi. Si provi, Contessa, si provi un momento a vi-

106 *Ah, lei... Ma sa,*: manca in Q.
107 *per «curiosità»*: «per curiosità, amico mio,» (Q).
108 *, amico mio,*: manca in Q.
109 *«Le Donne»*: cfr. p. 189, nota 83.
110 *sissignori*: «Sissignori» (Q).
111 *come / un fumo / nero*: «come un fumo nero» (F).

vere la sua parte di Madre, e glielo faccio vedere, per darle un saggio. Quando le fu cambiato il figlio?

ILSE Quando, dice, nella favola?

COTRONE Eh, già, dove altrimenti?

ILSE

Una notte, mentre dormivo,
sento un vagito, mi sveglio,
tasto nel bujo, sul letto, al mio fianco:
non c'è;
di dove m'arriva quel pianto?
da sé,
in fasce, non poteva
muoversi il mio bambino –

COTRONE E perché si ferma? Vada oltre, domandi, domandi, com'è nel testo: «Non è vero? non è vero?»

Non ha finito di proferir la domanda, che la scena, abbujata per un attimo, s'illumina come per un tocco magico, d'una nuova luce d'apparizione, e la Contessa si trova ai due lati, vive, le Due Vicine popolane, come nel primo quadro della «Favola del figlio cambiato», le quali subito rispondono:

L'UNA

Vero! Vero!

L'ALTRA

Bambino di sei mesi,
come poteva?

ILSE (*le guarda, le ascolta, e si spaventa con Spizzi e il Conte che indietreggiano*) Oh Dio, queste?

SPIZZI Da dove sono apparse?

IL CONTE Com'è possibile?[112]

COTRONE (*gridando alla Contessa*) Prosegua! Prosegua! Di

112 Le battute di Spizzi e di Cotrone in Q sono ancora attribuite alla Contessa; ma potrebbe anche trattarsi di una svista tipografica, dal momento che sono trascritte così: «Spizzi – Da dove sono apparse? – Conte com'è possibile?».

che si stupisce? Le ha attratte lei! Non rompa l'incanto e non chieda spiegazioni! Dica: – Quando lo presi...

ILSE (*obbedendo, stordita*)

Quando lo presi
buttato – là – sotto il letto –

dall'alto, non si sa da donde, una voce derisoria, potente, grida:[113]

– Caduto! Caduto! –

La Contessa atterrita con gli altri guarda in alto.

COTRONE (*subito*) Non si smarrisca! È nel testo! Prosegua!

ILSE (*lasciandosi prendere dal prodigio*)

Eh,[114] lo so!
Così dicono: caduto.

L'UNA

Ma come caduto? Può dirlo
chi non lo vide
là sotto il letto,
come fu trovato.

ILSE

Ecco, ecco: ditelo voi
come fu trovato,
voi che accorreste[115]
le prime alle mie grida:
come fu trovato?

L'UNA[116]

Voltato.

L'ALTRA

Coi piedini

113 *dall'alto... grida*: «Dall'interno» (F).
114 *Eh,*: «Eh!» (F).
115 *come fu... accorreste*: in F il senario e il quinario sono congiunti, e formano un endecasillabo.
116 In F sono invertiti i personaggi: «L'UNA» è «L'ALTRA», e viceversa.

verso la testata.[117]

L'UNA

Le fasce intatte,
avvolte strette
attorno alle gambette.

L'ALTRA

Ed annodate con la cordellina...

L'UNA

Perfette.

L'ALTRA

Dunque preso,
preso con le mani, d'accanto
alla madre, e messo per dispetto
là sotto il[118] letto.

L'UNA

Ma fosse stato dispetto soltanto!

ILSE

Quando lo presi...

L'UNA

Che pianto!

Scoppiano dall'interno, tutt'intorno, grandi risate d'incredulità. Le Due Vicine si voltano e gridano, come a pararle:[119]

Era un altro!
Non era più quello![120]
Lo possiamo giurare!

Si rifà un attimo di bujo, riempito ancora dalle risate che d'un subito cessano al ritorno della luce di prima. Si presentano dai varii usci Cromo, Diamante, Battaglia, Lumachi, Sacerdote. Entrando, parlano un po' tutti insieme.

117 *Coi piedini/verso la testata*: «Voltato, coi piedini verso la testata» (F).
118 *il*: «al» (F).
119 *dall'interno... a pararle*: «ancora una volta, più alte che mai, le risa dall'interno. Le due donne si voltano e gridano» (F).
120 *Non era più quello!*: l'esclamazione è ripetuta in F.

CROMO Come? Come?[121] Si recita? Si prova?

DIAMANTE Io non posso! Mi fa male la gola!

LUMACHI Ah, Spizzi, caro! Dio sia lodato!

BATTAGLIA E SACERDOTE Cos'è! Cos'è?

COTRONE Lei ha recitato, Contessa, con due immagini[122] uscite vive, direttamente, dalla fantasia del suo poeta!

ILSE Dove sono andate?

COTRONE Sparite!

CROMO Di chi parlate?

BATTAGLIA Cos'è successo?

IL CONTE Ci sono apparse le Due Vicine del primo quadro della Favola!

DIAMANTE Apparse? Come apparse!

IL CONTE Qua, qua, d'improvviso, e si son messe a recitare con lei

indica la Contessa

CROMO Noi abbiamo sentito le risate!

SPIZZI Son tutti trucchi e combinazioni, signori! Non ci lasciamo abbagliare come allocchi noi stessi che siamo del mestiere!

COTRONE Ah no, caro, se dice così,[123] lei non è del mestiere! Lei dà importanza a un'altra cosa che le preme di più! Se fosse del mestiere, si lascerebbe abbagliare, lei stesso per il primo, perché appunto questo è il vero segno che si è del mestiere! Impari dai bambini, le ho detto, che fanno il gioco e poi ci credono e lo vivono come vero!

SPIZZI Ma noi non siamo bambini!

COTRONE Se siamo stati una volta, bambini possiamo esserlo sempre! E difatti è rimasto anche lei sbalordito, appena quelle due immagini sono apparse qua!

121 *Come? Come?*: «Com'è? Com'è?» (Q).
122 *immagini*: «Immagini» (Q); la maiuscola perché si tratta di personificazioni.
123 *Ah no... così*: «No caro, s'inganna!» (Q).

CROMO Ma come sono apparse? come sono apparse?[124]

COTRONE A tempo! E hanno detto a tempo ciò[125] che dovevano dire; non vi basta? Tutto il resto, come siano apparse e se siano vere o no,[126] non ha nessuna[127] importanza! Io le ho voluto dare un saggio, Contessa, che la sua Favola può vivere soltanto qua; ma lei vuol seguitare a portarla in mezzo agli uomini, e sia! Fuori di qua io però non ho più potere di valermi in suo servizio altro che dei miei compagni, e li metto con me stesso a sua disposizione.

Si ode, a questo punto, potentissimo da fuori,[128] *il frastuono della cavalcata dei Giganti della Montagna che scendono al paese per la celebrazione delle nozze di Uma di Dòrnio e Lopardo d'Arcifa, con musiche e grida quasi selvagge. Ne tremano i muri della villa. Irrompono sulla scena eccitatissimi Quaquèo, Doccia, Mara-Mara, La Sgricia, Milordino, Maddalena.*

QUAQUÈO Ecco i giganti! Ecco[129] i giganti!

MILORDINO Scendono dalla montagna!

MARA-MARA Tutti a cavallo! Parati a festa![130]

QUAQUÈO Sentite? Sentite? Pajono i re del mondo![131]

MILORDINO Vanno alla chiesa per la consacrazione delle nozze!

DIAMANTE Andiamo, andiamo[132] a vedere!

COTRONE (*arrestando con voce imperiosa e potente tutti gli accorrenti dietro l'invito di Diamante*) No! Nessuno si

124 La battuta di Cromo manca in Q; di conseguenza, Cotrone continua a parlare.

125 *A tempo!... a tempo ciò*: «Ma che v'importa di sapere come siano apparse e se siano vere o no? Erano qua, apparse a tempo, hanno detto quel» (Q).

126 *, come siano apparse e se siano vere o no,*: manca in Q.

127 *nessuna*: manca in Q.

128 *da fuori*: «dall'interno» (Q).

129 *Ecco*: manca in Q.

130 *Parati a festa!*: manca in Q.

131 *Pajono i re del mondo!*: manca in Q.

132 *, andiamo*: manca in Q.

muova! Nessuno si faccia vedere, se dobbiamo andar su a proporre la recita! Restiamo qua tutti a concertare la prova!

IL CONTE (*tirandosi*[133] *a parte la Contessa*) Ma tu non hai paura, Ilse? Li senti?[134]

SPIZZI (*atterrito, accostandosi*) Tremano i muri!

CROMO (*accostandosi anche lui atterrito*) Pare la cavalcata d'un'orda di selvaggi!

DIAMANTE Io ho paura! ho paura![135]

Tutti restano ad ascoltare con l'animo sospeso dallo sgomento, mentre le musiche e il frastuono si vanno allontanando.

TELA

133 *tirandosi*: «traendosi» (Q).
134 *Li senti?*: manca in Q.
135 La battuta di Diamante manca in Q.

APPENDICE

I. PERSONAGGI DEI «GIGANTI DELLA MONTAGNA»

LA COMPAGNIA DELLA CONTESSA

ILSE	*detta ancora* LA CONTESSA
IL CONTE	*suo marito*
DIAMANTE	*la seconda donna*
CROMO	*il caratterista*
SPIZZI	*l'attor giovine*
BATTAGLIA	*generico-donna*
SACERDOTE	
LUMACHI	*col carretto*
COTRONE	*detto il Mago*

GLI SCALOGNATI

IL NANO QUAQUEO	
DUCCIO DOCCIA	
LA SGRISCIA	
MILORDINO	
MARA-MARA	*con l'ombrellino, detta anche la Scozzese*
MADDALENA	

FANTOCCI APPARIZIONI L'ANGELO CENTUNO *e la sua Centuria*

Tempo e luogo, indeterminati: al limite, fra la favola e la realtà.

I GIGANTI DELLA MONTAGNA

ARCIFA	BOLAFFIO
DORNIO	LA VECCHIA CAROCCHIA
CUCCURULLO	UMA, *la sposa*
BALLACCHIANO	LOPARDO, *lo sposo*

II. TRACCIA DELL'ULTIMO ATTO DEI «GIGANTI DELLA MONTAGNA»

Scena Prima – I giganti alla fine del banchetto di nozze – Presentazione – Relazioni tra loro – Brindisi e propositi.

Scena Seconda – Arrivo dei Comici, presentati da Cotrone – Che è questo teatro? Una favola? Ci avete preso per bambini? – Chi sono loro. La ricchezza. Come vivono. Come trattano la terra. Possiamo provare, ma vogliamo ridere. – Vi divertirete, se date loro modo di servirvi. Basta per un momento una tenda perché si vestano. – E tirate la tenda!

Scena Terza – Davanti al sipario calato, la vestizione. Di tanto in tanto un'enorme testa di gigante si sporge dal sipario, guarda e sghignazza. – Alla fine, viene avanti Cotrone a domandare se sono pronti: di là, sulla tavola, la scena è pronta.

Scena Quarta – Si riapre il sipario. Appena la scena comincia, cominciano anche le interruzioni dei giganti.

III. IL TERZO ED ULTIMO ATTO DEI «GIGANTI DELLA MONTAGNA» (IV «*momento*»)

*Ecco l'azione del terzo atto (*IV *«momento») dei* Giganti della montagna, *come io posso ricostruirla da quanto me ne disse mio padre, e col senso che avrebbe dovuto avere. Questo è quanto io ne so, e l'ho esposto, purtroppo, senza la necessaria efficacia; spero però senza arbitrii. Ma non posso sapere se, all'ultimo, nella fantasia di mio Padre, che fu occupata da questi fantasmi durante tutta la penultima nottata della Sua vita, tanto che alla mattina mi disse che aveva dovuto sostenere la terribile fatica di comporre in mente tutto il terzo atto e che ora, avendo risolto ogni intoppo, sperava di poter riposare un poco, lieto d'altronde che appena guarito in pochissimi giorni avrebbe potuto trascrivere tutto ciò che aveva concepito in quelle ore; non posso sapere, dico, né nessuno potrà mai sapere se in quell'ultimo concepimento la materia non gli si fosse atteggiata altrimenti, né se Egli non avesse già trovato altri movimenti all'azione, o sensi più alti al Mito. Io seppi da Lui, quella mattina, soltanto questo: che aveva trovato un olivo saraceno. «C'è» mi disse sorridendo «un olivo saraceno, grande, in mezzo alla scena: con cui ho risolto tutto.» E poiché io non comprendevo bene, soggiunse: «Per tirarvi il tendone...» Così capii che Egli si occupava, forse da qualche giorno, a risolvere questo particolare di fatto. Era molto contento d'averlo trovato.*

STEFANO PIRANDELLO

Il terzo atto doveva accadere sulla montagna, in uno spiazzo davanti una delle abitazioni dei «Giganti».

S'apriva con l'arrivo degli attori, stanchi del cammino,

col carretto e in compagnia di alcuni degli Scalognati, guidati tutti da Cotrone.

L'arrivo di questi strani e inaspettati visitatori suscitava la curiosità degli abitanti (non i «Giganti», che non sarebbero mai apparsi sulla scena, ma i loro servi e le maestranze degli operai da essi occupate nei loro grandiosi lavori), ora tutti seduti a un gran banchetto in fondo alla scena, le cui tavolate dovevano immaginarsi come sistemate di là dalla vista degli spettatori su un enorme spazio. Alcuni dei banchettanti, i più prossimi, si sarebbero levati e fatti incontro a domandare, stupiti e attratti, come davanti a esseri piovuti da un altro pianeta; e Cotrone avrebbe manifestato a un autorevole maggiordomo il desiderio dei suoi compagni: che sono attori, e hanno tutto pronto per offrire uno spettacolo artistico di prim'ordine ai signori, in occasione delle nozze e per accrescere lustro ai festeggiamenti che si stanno svolgendo.

Sarebbe venuto fuori in questa prima scena, fra le grida e i canti d'orgia del pantagruelico banchetto e poi i balli e il clamoroso avviamento delle fontane di vino che l'avrebbero allietato, di che specie siano i divertimenti largiti al popolo dai «Giganti» e da questo popolo gustati. Sicché gli attori si sentono morire accorgendosi che costoro non hanno nozione alcuna di rappresentazioni teatrali, e peggio ancora quando si fa avanti qualcuno che ne ha sentito parlare e invoglia tutti gli altri, che è un gran divertimento, il teatro; se non che si capisce che alludono al teatro dei burattini, con le legnate in testa e sul groppone, alle buffonerie dei pagliacci, o alle esibizioni di ballerine e sciantose da caffè-concerto. Ma si confortano, mentre Cotrone, introdotto dal Maggiordomo, va a proporre la recita ai «Giganti», con la speranza, che tentano, ragionandoci, di far diventare certezza, che i signori davanti a cui dovranno recitare, non saranno, non possono essere così terra terra come i loro servi e operai; e anche se è dubbio che riescano a intendere tutta la bellezza della «Favola del figlio cambiato», ascolteranno garbatamente. Intanto stentano a ripararsi dalla curiosità pettegola e franca di cerimonie di tutta la plebaglia che li ha attorniati, e non vedono l'ora che Cotrone torni con la risposta.

Ma Cotrone torna a riferire che purtroppo i «Giganti», se accettano la proposta di questa rappresentazione disposti a pagarla profumatamente, tuttavia non han tempo da dare a simili cose, tali e tante le cure a cui, pur in quel momento di festa, debbono attendere: la recita si faccia per il popolo, al quale è bene offrire di tanto in tanto qualche mezzo di spirituale elevazione. E il popolo acclama freneticamente per il nuovo divertimento che gli viene largito.

L'animo degli attori si divide: alcuni, con Cromo alla testa, dicono che si sentono dati in pasto alle belve, nulla c'è da fare davanti a un tale abisso d'ignoranza, meglio rinunziare all'impresa; altri, con la Contessa, prendendo ardire proprio dallo spettacolo di bestialità che avvilisce e sgomenta i primi, riaffermano che proprio dinanzi a questi ignari conviene sperimentare il potere dell'Arte, e si sentono certissimi che la bellezza della Favola ne soggiogherà le anime vergini; e v'è Spizzi, esaltato, che già si prepara a questa straordinaria rappresentazione come a un'impresa degna d'un antico cavaliere, trascinando con la vergogna dell'esempio i titubanti; mentre il Conte, disgustato e amareggiato da tanta volgarità attorno, vorrebbe almeno ripararne la Contessa.

Cotrone vede e cerca di far notare quale incolmabile distanza separi quei due mondi venuti così bizzarramente a contatto; quello degli attori da una parte, pei quali la voce del poeta è non soltanto l'espressione più alta della vita, ma addirittura la sola realtà certa in cui e di cui sia possibile vivere, e dall'altra parte quello del popolo, tutto inteso, sotto la guida dei «Giganti», a opere grandiose per il possesso delle forze e delle ricchezze della Terra, e che in questa incessante e vasta fatica corale trova la norma, e in ogni conquista sulla materia raggiunge uno scopo della sua stessa vita, di cui ciascun individuo, insieme con tutti gli altri, ma anche dentro di sé, si gloria. Ma Ilse è talmente felice e pronta alla prova, che Cotrone ammette che tutto è possibile, perfino che ella vinca, così tutta fremente com'è.

Presto, presto, ella dice. Dove si terrà la rappresentazione? Qua stesso, davanti al popolo già raccolto per il banchetto. Basterà tendere un telone, che ripari gli attori mentre si truccano e vestono per la scena.

C'è in mezzo la scena un vecchio olivo saraceno; tra esso e la facciata viene tesa una corda, che regge il telone.

Mentre gli attori si approntano ansiosamente, disturbati di continuo da quelli che s'affacciano a spiare e ne chiamano altri, beffardi; Cotrone pensa che sarà bene dare a questo pubblico impreparato una certa informazione dello spettacolo, e va egli stesso a parlare di là dal telone. Ma subito scoppiano di là lazzi e sberleffi, urla, risate sguajate; e il Mago rientra deluso: non gli hanno lasciato aprir bocca.

«Non s'affligga per così poco, noi ci siamo abituati», lo conforta agramente il caratterista Cromo. «Sentirà fra poco!»

E spiegano a Cotrone che s'è fatto beccare perché non ha pratica del pubblico: ma ora andrà uno dei loro, Cromo che già è vestito, col naso da Primo Ministro, per improvvisare questo chiarimento preparatorio: Cromo saprà accaparrarsi l'attenzione, attaccando con qualche barzelletta. S'odono infatti subito clamorose risate di consenso e applausi e incitamenti del pubblico.

L'accoglienza fatta a Cromo rinfranca un po' gli spiriti abbattuti degli attori, per modo che Ilse, con Spizzi e Diamante, i più accesi e infervorati, possono ribattere i timori di Cotrone, il quale ora capisce che finirà male e per l'ultima volta vorrebbe persuaderli a desistere, e accoratamente richiama loro la felicità a cui voltano le spalle: il ricordo della notte degli incanti trascorsa da essi nella villa, dove tutti i fantasmi della poesia hanno vissuto in loro così agevolmente, e potrebbero seguitare a vivere, solo che essi volessero tornarvi e restarvi per sempre.

Intanto l'allegria suscitata da Cromo è tale e tanta da non permettere, nemmeno a lui, di raggiungere lo scopo, cioè di preparar l'animo del pubblico allo spettacolo di poesia che debbono offrirgli. Cromo rientra tutto fradicio e ruscellante d'acqua perché, per maggior divertimento, gli spettatori aizzati lo hanno annaffiato con una pompa.

E di là si sta scatenando un pandemonio: chiamano fuori gli attori, perché si cominci. Che fare? Ilse, che è sola di scena all'inizio della Favola, si stacca dal marito e da Cotrone e s'avvia fuori del tendone, pronta come a un supremo sacrifizio e decisa a lottare con tutta la sua energia per imporre la parola del poeta.

A questo punto è già impostato il contrasto, ormai sul punto di scoppiare drammaticamente. Fatalmente i fanatici dell'Arte, che si reputano gli unici depositarii dello spirito, di fronte all'incomprensione e all'irrisione di quei servi saranno indotti a disprezzarli, come gente sfornita d'ogni spiritualità, e a offenderli; mentre gli altri, ugualmente fanatici, ma d'un ben diverso ideale di vita, non possono credere alle parole di quei fantocci, come sembrano loro gli attori: non perché camuffati, ma perché sentono bene che questi poveri tipi, così fermi in una serietà d'atti e d'accenti assurdi, si sono posti ormai, chi sa perché, addirittura fuori della vita. Fantocci: ma fantocci che perciò dovrebbero prestarsi a divertirli. E pretendono, dopo il primo sbalordimento sommerso da vasti muggiti di noja e di sguajate interrogazioni – ma chi è? ma che vuole? – pretendono che la Contessa smetta di declamare così ispirata quelle parole incomprensibili, e faccia loro qualche bella cantatina e un balletto. Contrariati dalla tenacia di Ilse, cominciano a infuriarsi. Dietro il telone si riflette, nell'agitazione degli altri attori e nella costernazione di Cotrone e del Conte, il dramma in cui Ilse si dibatte davanti al pubblico. La tempesta che gonfia sempre più minacciosa s'abbatte a un tratto sulla scena improvvisata quando la Contessa si scaglia a offendere come bruti gli spettatori. Spizzi e Diamante volano al suo soccorso; il Conte vien meno; Cromo grida che ci si metta pure tutti quanti a ballare e va a esporsi per tentare così di stornare da Ilse l'ira scatenata del pubblico: e del pandemonio di là si scorge qualche immagine riverberata sul telone, di giganteschi gesti, enormi corpi in lotta, braccia e pugni ciclopici levati a colpire. Ma ormai è tardi. Un gran silenzio, di colpo. Rientrano gli attori portando il corpo di Ilse, spezzato come quello d'un fantoccio rotto. Ilse agonizza e muore. Spizzi e Diamante, entrati nella mischia per difenderla, sono stati sbranati: nulla più s'è trovato dei loro corpi.

Il Conte, rinvenuto, grida sul corpo della moglie che gli uomini hanno distrutto la poesia nel mondo. Ma Cotrone comprende che non c'è da far colpa a nessuno di quel che è accaduto. Non è, non è che la Poesia sia stata rifiutata; ma solo questo: che i poveri servi fanatici della vita, in cui oggi lo spirito non parla, ma potrà pur sempre parlare un giorno, hanno innocentemente rotto, come fantocci ribelli, i servi fanatici dell'Arte, che non sanno parlare agli uomini perché si sono esclusi dalla vita, ma non tanto poi da appagarsi soltanto dei proprii sogni, anzi pretendendo di imporli a chi ha altro da fare, che credere in essi.

E quando si presenta, mortificatissimo, il Maggiordomo a offrire con le scuse dei «Giganti» un congruo indennizzo, induce il Conte piangente ad accettarlo. Il Conte, quasi con furore, dice che sì, accetterà: e impiegherà il prezzo di quel sangue per edificare una tomba illustre e imperitura alla sua sposa. Ma si sentirà che egli, pur piangendo e protestando i suoi nobili sensi di fedeltà alla morta Poesia, s'è a un tratto come alleggerito, come liberato da un incubo; e così è Cromo, con gli altri attori.

E se ne vanno, portandosi il corpo di Ilse sul carretto col quale erano venuti.

INDICE

Cicerone
Contro Catilina ◫
Cicerone
Della divinazione ◫
Cicerone
Difesa dell'attore Roscio - Contro Vatinio ◫
Cicerone
Difesa di Archia - Difesa di Milone ◫
Cicerone
Il sogno di Scipione - Il fato ◫
Cicerone
La vecchiaia - L'amicizia ◫
Fedro
Favole ◫
Giovenale
Satire ◫
Livio
Storia di Roma: Libri I-II. Dai Re alla Repubblica ◫
Livio
Storia di Roma: Libri III-IV. Lotte civili e conquiste militari ◫
Livio
Storia di Roma: Libri V-VI · Il sacco di Roma e le lotte per il Consolato ◫
Livio
Storia di Roma: Libri VII-VIII · Il conflitto con i Sanniti ◫
Livio
Storia di Roma: Libri IX-X · Il trionfo sui Sanniti ◫
Lucano
La guerra civile (8) ◫
Lucrezio
La natura ◫
Marziale
Epigrammi ◫
Orazio
Epistole ◫
Orazio
Odi-Epodi ◫
Orazio
Le satire ◫
Ovidio
Amori ◫
Ovidio
Eroidi ◫
Ovidio
Metamorfosi ◫
Ovidio
Tristia ◫
Persio
Le satire ◫
Petronio
Satiricon ◫
Plauto
Anfitrione - Bacchidi - Menecmi ◫
Plauto
Aulularia - Miles gloriosus - Mostellaria ◫
Plauto
Casina - Pseudolo ◫
Sallustio
La congiura di Catilina ◫
Sallustio
La guerra giugurtina ◫
Seneca
Lettere a Lucilio ◫
Seneca
Medea - Fedra - Tieste
Sventonio
Vita dei Cesari
Tacito
Agricola - Germania - Dialogo sull'oratoria ◫
Tacito
Annali ◫
Tacito
Storie ◫
Terenzio
Le commedie ◫
Tibullo
Elegie ◫
Virgilio
Bucoliche ◫
Virgilio
Eneide ◫
Virgilio
Georgiche ◫

Italiani

Abba
Da Quarto al Volturno
Alfieri
Filippo
Alfieri
Mirra
Alfieri
Saul
Alfieri
Tragedie
Alfieri
Vita
Aretino
Ragionamento-Dialogo
Ariosto
Orlando furioso
Bandi
I Mille: da Genova a Capua
Basile
Lo cunto de li cunti ◫
Beccaria
Dei delitti e delle pene - Consulte criminali
Belli
Sonetti
Boccaccio
Decameron
Boccaccio
Elegia di madonna Fiammetta - Corbaccio
Boccaccio
Trattatello in laude di Dante
Boiardo
Canzoniere
Boiardo
Orlando innamorato
Boine
Il peccato - Plausi e botte - Frantumi - Altri scritti
Boito A.
Opere
Boito C.
Senso - Storielle vane
Bracciolini
Facezie ◫
Calandra
La bufera
Campana
Canti Orfici e altre poesie
Capuana
Il marchese di Roccaverdina
Carducci
Poesie

Carducci
Prose
Casanova
Memorie scritte da lui medesimo
Castiglione
Il Libro del Cortegiano
Cattaneo
Notizie sulla Lombardia - La città
Collodi
Le avventure di Pinocchio
D'Annunzio
Alcyone
D'Annunzio
La figlia di Iorio
D'Annunzio
Notturno
D'Annunzio
Novelle
D'Annunzio
Il piacere
D'Annunzio
Poesie
D'Annunzio
Prose
Dante
Commedia - Inferno
Dante
Commedia - Purgatorio
Dante
Commedia - Paradiso
Dante
Convivio
Dante
De vulgari eloquentia ◫
Dante
Monarchia ◫
Dante
Le rime
Dante
Vita nuova
Da Ponte
Memorie - Libretti mozartiani: Le nozze di Figaro - Don Giovanni - Così fan tutte
De Amicis
Sull'oceano
Deledda
Canne al vento
Della Casa
Galateo
De Marchi
Demetrio Pianelli

De Roberto
L'illusione
De Roberto
I Viceré
De Sanctis
La giovinezza
De Sanctis
Un viaggio elettorale
Dossi
L'Altrieri
Dossi
La desinenza in A
Dossi
Vita di Alberto Pisani
—
I Fioretti di san Francesco - Le Considerazioni sulle Stimmate
Fogazzaro
Daniele Cortis
Fogazzaro
Malombra
Fogazzaro
Piccolo mondo antico
Fogazzaro
Piccolo mondo moderno
Foscolo
Le poesie
Foscolo
Ultime lettere di Jacopo Ortis
Goldoni
Gli innamorati - I rusteghi - La casa nova - Le smanie per la villeggiatura
Goldoni
Memorie
Goldoni
I pettegolezzi delle donne - La locandiera - Il campiello
Goldoni
Il servitore di due padroni - La famiglia dell'antiquario - La bottega del caffè
Goldoni
Sior Todero brontolon - Le baruffe chiozzotte - Una delle ultime sere di carnevale
—
Gozzano e i crepuscolari
Gozzi
Fiabe teatrali
Guicciardini
Ricordi
Guicciardini
Storia d'Italia

Leopardi
L'amore nelle prose e nei versi
Leopardi
Canti
Leopardi
Operette morali
Leopardi
Pensieri
Leopardi
La vita e le lettere
Lorenzo de' Medici
Poesie
Machiavelli
Mandragola
Machiavelli
Il Principe e altre opere politiche
Manzoni
Adelchi
Manzoni
Il Conte di Carmagnola
Manzoni
Lettere sui «Promessi sposi»
Manzoni
I promessi sposi
Manzoni
Tutte le poesie
Metastasio
Opere
Nievo
Confessioni di un italiano
—
La novella del Grasso legnaiuolo (2)
Novelle italiane
Il Duecento-Il Trecento
Novelle italiane
Il Quattrocento
Novelle italiane
Il Cinquecento
Novelle italiane
Il Seicento-Il Settecento
Novelle italiane
L'Ottocento
Novelle italiane
Il Novecento
Parini
Il Giorno - Le Odi
Pascoli
Poesie
Petrarca
Canzoniere

Pirandello
Colloquii coi personaggi e altre novelle
Pirandello
Così è (se vi pare) - Il giuoco delle parti - Come tu mi vuoi
Pirandello
Enrico IV - Diana e la Tuda
Pirandello
L'esclusa
Pirandello
Il fu Mattia Pascal
Pirandello
Liolà ◫
Pirandello
Lumie di Sicilia
Pirandello
Novelle per un anno: Donna Mimma - Il vecchio Dio - La giara
Pirandello
Novelle per un anno: In silenzio - Tutt'e tre - Dal naso al cielo
Pirandello
Novelle per un anno: La rallegrata - L'uomo solo - La mosca
Pirandello
Novelle per un anno: Scialle nero - La vita nuda
Pirandello
Novelle per un anno: Il viaggio - Candelora - Berecche e la guerra - Una giornata
Pirandello
La nuova colonia - Lazzaro - I giganti della montagna
Pirandello
Pensaci, Giacomino! - 'A birritta cu' i ciancianeddi - Il berretto a sonagli

Pirandello
Quaderni di Serafino Gubbio operatore
Pirandello
Sei personaggi in cerca d'autore - Ciascuno a suo modo - Questa sera si recita a soggetto
Pirandello
L'umorismo
Pirandello
Uno, nessuno e centomila
Pirandello
I vecchi e i giovani
—
Poesia dialettale dal Rinascimento a oggi
Poesia italiana
Il Duecento
Poesia italiana
Il Trecento
Poesia italiana
Il Quattrocento
Poesia italiana
Il Cinquecento
Poesia italiana
Il Seicento
Poesia italiana
Il Settecento
Poesia italiana
L'Ottocento
Poesia italiana
Il Novecento
Poliziano
Stanze - Orfeo - Rime
Polo
Milione
Porta
Poesie ◫
Pulci
Morgante

Rovani
Cento anni
Serao
Il paese di cuccagna
Stuparich
Ritorneranno
Svevo
La coscienza di Zeno
Svevo
I racconti
Svevo
Senilità
Svevo
Teatro
Svevo
Una vita
Tasso
Gerusalemme liberata
Tasso
Teatro
Tommaseo
Fede e bellezza
Tozzi
Con gli occhi chiusi
Tozzi
Il podere
Tozzi
Tre croci
Verga
I Malavoglia
Verga
Mastro-don Gesualdo
Verga
Le novelle
Verga
Teatro
Vico
Autobiografia - Poesie - Scienza Nuova

Francesi

Alain-Fournier
Il grande Meaulnes
Apollinaire
L'Eresiarca & C. (2)
Balzac
Addio - Il figlio maledetto - El Verdugo
Balzac
Il colonnello Chabert - Un episodio durante il Terrore

Balzac
La cugina Bette
Balzac
Il cugino Pons
Balzac
Eugénie Grandet
Balzac
Illusioni perdute
Balzac
Gli impiegati

Balzac
Il medico di campagna
Balzac
Papà Goriot
Balzac
La pelle di zigrino
Balzac
La ricerca dell'assoluto
Balzac
Sarrasine

Balzac
Splendori e miserie delle cortigiane
Balzac
Storia dei Tredici
Balzac
Studio di donna - Il messaggio - La donna abbandonata
Baudelaire
I fiori del male ◫
Baudelaire
Paradisi artificiali ◫
Baudelaire
Lo spleen di Parigi ◫
Chateaubriand
Atala - René
Constant
Adolphe
Corneille
Il Cid
Daudet
Lettere dal mio mulino
Diderot
La monaca
Diderot
Il nipote di Rameau - Jacques il fatalista
Diderot
Teatro
Flaubert
Bouvard e Pécuchet
Flaubert
L'educazione sentimentale
Flaubert
Madame Bovary
Flaubert
Salambò
Flaubert
Tre racconti
Gautier
Mademoiselle de Maupin
Gautier
Racconti fantastici
Gide
L'immoralista - La porta stretta
Gide
Isabelle La sinfonia pastorale
Gide
Paludi I nutrimenti terrestri
Goncourt
Diario
Holbach
Il buon senso

Hugo
Ernani - Il re si diverte - Ruy Blas
Hugo
I miserabili
Hugo
Notre-Dame de Paris
Hugo
L'uomo che ride
Huysmans
Controcorrente (3)
Laclos
Le relazioni pericolose
La Fayette
La principessa di Clèves
Laforgue
Moralità leggendarie
Lamartine
Graziella
Lautréamont
I canti di Maldoror - Poesie - Lettere ◫
Lesage
Storia di Gil Blas di Santillana
Mallarmé
Poesie e prose ◫
Marivaux
Il gioco dell'amore e del caso - Le false confidenze ◫
Maupassant
Bel-Ami
Maupassant
Forte come la morte
Maupassant
Pierre e Jean
Maupassant
Racconti e novelle
Maupassant
Una vita
Mérimée
Carmen - Colomba
Molière
L'avaro ◫
Molière
Il borghese gentiluomo ◫
Molière
Don Giovanni o il Convito di pietra ◫
Molière
George Dandin ovvero il Marito umiliato ◫
Molière
Il malato immaginario ◫
Molière
La scuola dei mariti ◫

Molière
La scuola delle mogli - La critica della Scuola delle mogli ◫
Molière
Il Tartufo - Il misantropo ◫
Musset
Le confessioni di un figlio del secolo
Nerval
Le figlie del fuoco - La Pandora - Aurelia
Nodier
I demoni della notte e altri racconti
Pascal
Pensieri
Philippe
Bubu di Montparnasse - Croquignole
Prévost
Manon Lescaut
Proust
Un amore di Swann
Racine
Britannico - Bajazet - Atalia ◫
Racine
Fedra (4) ◫
Radiguet
Il diavolo in corpo - Il ballo del conte d'Orgel
Renard
Pel di carota - Storie naturali
Rimbaud
Opere in versi e in prosa ◫
—
Romanzi medievali d'amore e d'avventura
Rousseau
Le confessioni
Saint-Simon
Il Re Sole
Stendhal
Armance
Stendhal
La Certosa di Parma
Stendhal
Cronache romane
Stendhal
Dell'amore
Stendhal
Henry Brulard

Stendhal
Ricordi di egotismo
Stendhal
Il rosso e il nero
Stendhal
Vita di Napoleone
Thomas
Tristano e Isotta
Verlaine
Poesie ◫
Vigny
Poemi antichi e moderni - I destini ◫
Voltaire
Candido - Zadig - Micromega - L'ingenuo
Voltaire
Dizionario filosofico
Zola
L'Assommoir
Zola
La conquista di Plassans
Zola
La fortuna dei Rougon
Zola
L'opera
Zola
Teresa Raquin
Zola
Il ventre di Parigi

Inglesi

Austen
L'Abbazia di Northanger
Austen
Emma
Austen
Mansfield Park
Austen
Orgoglio e pregiudizio
Austen
Persuasione
Bennet
Anna delle cinque città
Brontë Ch.
Jane Eyre
Brontë E.
Cime tempestose
Carroll
Alice nel Paese delle Meraviglie - Attraverso lo specchio
Collins
Pietra di Luna
Compton-Burnett
Fratelli e sorelle
Conrad
Al limite estremo
Conrad
Cuore di tenebra
Conrad
La follia di Almayer
Conrad
La linea d'ombra
Conrad
Lord Jim
Conrad
Un reietto delle isole
Conrad
Sotto gli occhi dell'Occidente
Conrad
Vittoria (6)
Defoe
Il colonnello Jack
Defoe
Lady Roxana
Defoe
Moll Flanders
Defoe
Robinson Crusoe
De Quincey
Confessioni di un oppiomane
Dickens
Il Circolo Pickwick
Dickens
David Copperfield
Dickens
Grandi speranze
Dickens
Il nostro comune amico
Dickens
Tempi difficili
Eliot G.
Middlemarch
Fielding
Joseph Andrews
Fielding
Tom Jones
Forster
Camera con vista
Forster
Casa Howard
Hardy
La brughiera
Hardy
Jude l'oscuro
Hardy
Via dalla pazza folla
Joyce
Gente di Dublino
Keats
Sonetti ◫
Kipling
Kim
Kipling
Racconti
Lawrence
L'amante di Lady Chatterley
Lawrence
Figli e amanti
Morris
Notizie da nessun luogo
Peacock
L'abbazia degli incubi
Scott
Ivanhoe
Scott
La sposa di Lammermoor
Shakespeare
Le allegre comari di Windsor ◫
Shakespeare
Amleto ◫
Shakespeare
Antonio e Cleopatra ◫
Shakespeare
La bisbetica domata ◫
Shakespeare
Cimbelino ◫
Shakespeare
Come vi piace ◫
Shakespeare
La commedia degli errori ◫
Shakespeare
Coriolano ◫
Shakespeare
La dodicesima notte ◫
Shakespeare
I due gentiluomini di Verona ◫
Shakespeare
I due nobili cugini ◫

Shakespeare
Enrico IV, parte prima ◫
Shakespeare
Enrico IV, parte seconda ◫
Shakespeare
Enrico V ◫
Shakespeare
Enrico VI, parte prima ◫
Shakespeare
Enrico VI, parte seconda ◫
Shakespeare
Enrico VI, parte terza ◫
Shakespeare
Enrico VIII ◫
Shakespeare
Giulio Cesare ◫
Shakespeare
Macbeth ◫
Shakespeare
Il mercante di Venezia ◫
Shakespeare
Misura per misura ◫
Shakespeare
Molto rumore ◫
per nulla
Shakespeare
Otello ◫
Shakespeare
Pene d'amor perdute ◫
Shakespeare
Pericle, principe
di Tiro ◫
Shakespeare
Poemetti ◫

Shakespeare
Il racconto
d'inverno ◫
Shakespeare
Re Giovanni ◫
Shakespeare
Re Lear ◫
Shakespeare
Riccardo II ◫
Shakespeare
Riccardo III ◫
Shakespeare
Romeo e Giulietta ◫
Shakespeare
Sogno d'una notte di mezza
estate ◫
Shakespeare
I sonetti ◫
Shakespeare
La tempesta ◫
Shakespeare
Timone d'Atene ◫
Shakespeare
Tito Andronico ◫
Shakespeare
Troilo e Cressida ◫
Shakespeare
Tutto è bene quel che
finisce bene ◫
Shelley
Frankenstein
Sterne-Foscolo
Viaggio sentimentale di
Yorick lungo la Francia e
l'Italia ◫

Stevenson
L'isola del tesoro
Stevenson
Il Master di Ballantrae
Stevenson
Il ragazzo rapito
Stevenson
Lo strano caso del dottor
Jekill e del signor Hyde
Stevenson
Weir di Hermiston
Swift
I viaggi di Gulliver
Thackeray
La fiera della vanità
Trollope
Un caso di coscienza
Wilde
Il ritratto di Dorian Gray
Wilde
Il ventaglio di Lady
Windermere -
L'importanza
di essere Fedele - Salomé
Woolf
Gli anni (4)
Woolf
Gita al faro
Yeats
Il ciclo di Cuchulain ◫

Russi

Bulgakov
Il Maestro e Margherita
Bulgakov
Uova fatali -
Cuore di cane
Čechov
Racconti
Čechov
Teatro
Černyševskij
Che fare?
Dostoevskij
L'adolescente
Dostoevskij
Delitto e castigo

Dostoevskij
I demoni
Dostoevskij
I fratelli Karamazov
Dostoevskij
Il giocatore
Dostoevskij
L'idiota
Dostoevskij
Memorie dal sottosuolo
Dostoevskij
Netočka Nezvanova
Dostoevskij
Racconti

Dostoevskij
Il sosia
Dostoevskij
Umiliati e offesi
Esenin
Poesie ◫
Gogol'
Anime morte
Gogol'
L'ispettore generale
Gogol'
I racconti di Pietroburgo
Gogol'
Taras Bul'ba e gli altri
racconti di Mirgorod

Gončarov
Oblomov
Lermontov
Un eroe del nostro tempo
Leskov
L'angelo sigillato -
Il viaggiatore incantato
Puškin
Romanzi e racconti
Puškin
Teatro
Saltykov-Ščedrin
I signori Golovlëv
Tolstoj
Anna Karenina
Tolstoj
I Cosacchi e altri racconti
Tolstoj
I diari (5)
Tolstoj
Felicità familiare
Tolstoj
Guerra e pace
Tolstoj
La morte di Ivan Il'ič
Tolstoj
I racconti di
Sebastopoli
Tolstoj
Resurrezione
Tolstoj
La sonata a Kreutzer
e altri racconti
Turgenev
Memorie di un cacciatore
Turgenev
Nido di nobili
Turgenev
Padri e figli
Turgenev
Terra vergine

Americani

Cooper
L'ultimo dei Mohicani
Crane
Il segno rosso del coraggio
Dickinson
Poesie ◫
Franklin
Autobiografia
Hawthorne
La lettera scarlatta
Hawthorne
Racconti raccontati due volte
Hawthorne
Settimio Felton ovvero
L'elisir di lunga vita (11)
James
La bestia nella giungla
e altri racconti
James
Il carteggio Aspern
e altri racconti italiani
James
Il giro di vite
James
Principessa Casamassima
James
Washington Square
London
Martin Eden
Melville
Bartleby, lo scrivano -
Benito Cereno
Melville
Billy Budd, marinaio
Melville
Moby Dick
Poe
Il racconto di
Arthur Gordon Pym
Poe
Racconti
Twain
Autobiografia (11)
Twain
Le avventure di Huckleberry
Finn
Twain
Le avventure di Tom Sawyer
Twain
Wilson lo Svitato
Whitman
Giorni rappresentativi

Tedeschi

Büchner
Woyzeck ◫
Chamisso
Storia straordinaria di Peter
Schlemihl
Fontane
Cécile (9)
Fontane
Effi Briest
Fontane
Il signore di Stechlin
Goethe
Le affinità elettive
Goethe
Ballate ◫
Goethe
I dolori del giovane Werther
Goethe
Faust - Urfaust ◫
Goethe
Ifigenia in Tauride ◫
Goethe
Viaggio in Italia (4)
Goethe
La vocazione teatrale di
Wilhelm Meister
Heine
Idee - Il libro Le Grand ◫
Hoffmann
La principessa Brambilla -
Mastro Pulce
Hoffmann
Il vaso d'oro e altri racconti
Hofmannsthal
Elettra ◫
Hölderlin
La morte di Empedocle (2)
Kafka
America

Kafka
Il castello
Kafka
La metamorfosi e altri racconti
Kafka
Il processo
Kleist
La brocca rotta - Anfitrione - Il principe di Homburg
Kleist
I racconti
Klingemann
Le veglie di Bonaventura (2)
Lessing
Nathan il Saggio ◫
Mann
Altezza Reale (1)
Mann
I Buddenbrook
Mann
Tonio Kröger - La morte a Venezia - Cane e padrone
Musil
Il giovane Törless
Novalis
Inni alla notte - Canti spirituali
Rilke
La felicità bianca e altri racconti (2)
Rilke
I quaderni di Malte Laurids Brigge
Rilke
I sonetti a Orfeo ◫
Rosvita
Dialoghi drammatici ◫
Schiller
I masnadieri - Don Carlos Maria Stuarda
Schiller
Wallenstein ◫
Spies
Storia del dottor Faust, ben noto mago e negromante
Storm
Novelle
Trakl
Le poesie ◫

Spagnoli

—
Lazarillo de Tormes
Cervantes
Don Chisciotte della Mancia (1)
García Lorca
Tutte le poesie ◫
Lope de Vega
Fuente Ovejuna ◫
Loyola
Autobiografia (1)
Pérez Galdós
Misericordia
Pérez Galdós
Tristana
—
Poesia spagnola del Novecento ◫
Quevedo
Sogni e Discorsi
Quevedo
Vita del briccone
Rojas
La Celestina

Altre letterature

Antico Testamento
Giobbe-Ecclesiaste
Erasmo da Rotterdam
I colloqui
Ibsen
Spettri - Un nemico del popolo - L'anitra selvatica - Rosmersholm

I titoli contrassegnati con numero tra parentesi sono pubblicati su licenza degli Editori:

(1) Mursia
(2) Guanda
(3) Scheiwiller
(4) Mondadori
(5) Longanesi
(6) TEA
(7) Città Nuova Editrice
(8) UTET
(9) Ponte alle Grazie
(10) Zanichelli

◫ Titoli con testo a fronte

Finito di stampare nel mese di ottobre 2003
dalla S.A.T.E. s.r.l. di Zingonia (BG)